위쳐

운명의 검 하

위쳐 운명의 검 (하)

초판 1쇄 | 2014년 4월 10일
2판 12쇄 | 2021년 12월 20일

지은이 | 안제이 사프콥스키
옮긴이 | 함미라

펴낸이 | 서인석
펴낸곳 | 제우미디어
출판등록 | 제 3-429호
등록일자 | 1992년 8월 17일
주소 | 서울시 마포구 상수동 324-1 한주빌딩 5층
전화 | 02-3142-6845
팩스 | 02-3142-0075
홈페이지 | www.jeumedia.com

ISBN | 978-89-5952-309-2
         978-89-5952-297-2(set)
• 파본은 본사나 구입하신 서점에서 교환해드립니다.

제우미디어 소설 공식 카페 | cafe.naver.com/jeunovels
제우미디어 페이스북 | www.facebook.com/jeumedia
제우미디어 공식 블로그 | blog.naver.com/jeumediablog

만든 사람들
출판사업부 총괄 손대현 | **책임 편집** 김용진 | **기획** 전태준, 홍지영, 김혜리, 신한길
디자인 총괄 디자인수 | **제작** 김금남 | **영업** 김응현, 김영욱, 박임혜
도와주신분 종수, 정동진

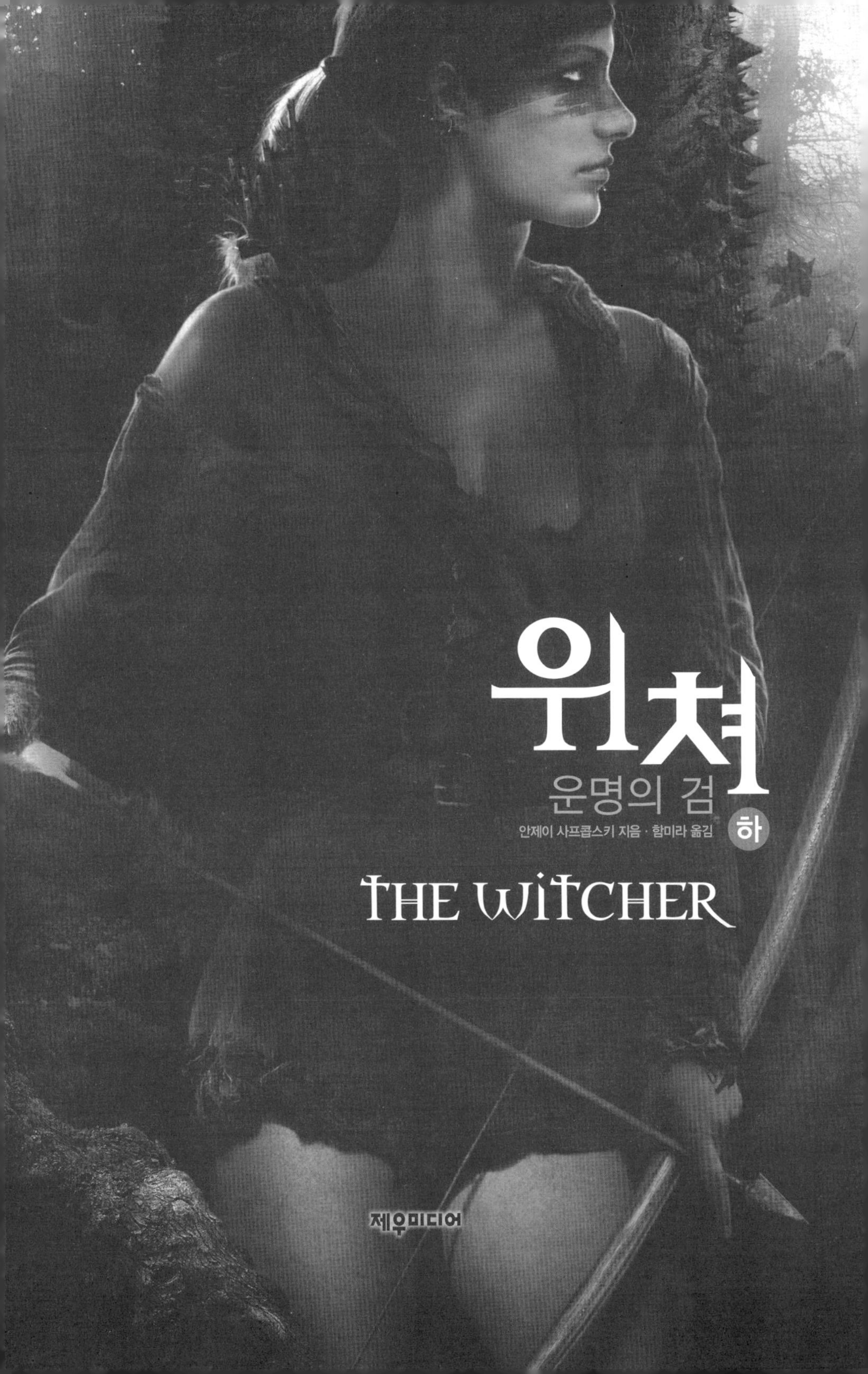
위쳐
운명의 검
하
안제이 사프콥스키 지음 · 함미라 옮김
THE WITCHER
제우미디어

작은 희생

I

사이렌*이 수면 위로 몸의 반절을 드러내고는 양손으로 세차게 수면을 찰랑거렸다. 게롤트는 그녀가 아름답고, 흠잡을 데 없이 완벽한 가슴을 가졌다는 걸 알 수 있었다. 다만 그 색깔 때문에 감동의 효과가 싹 가시긴 했지만 말이다. 그녀의 유두는 진초록색이었다. 유두를 둘러싼 젖꽃판은 그보다 조금 더 밝은 초록색이었다. 사이렌은 밀려오는 파도에 능숙하게 몸을 싣고 우아하게 기지개를 켰다. 그런 다음 빛바랜 듯한 녹색의 젖은 머리카락을 흔들어 털고는 아름다운 가락으로 노래하기 시작했다.

"뭐라나? 그녀가 뭐라는 거지?"

영주가 외돛 상선의 난간 너머로 몸을 숙였다.

"그녀가 말하길 싫답니다."

게롤트가 대답했다.

---

* 사이렌: 반인반어(半人半漁). 여자의 모습을 하고 아름다운 노래로 뱃사람들을 유혹하여 위험에 빠뜨렸다고 하는 신화 속 존재이다.

"내가 그녀를 사랑한다고 통역해주었나? 그녀 없는 삶은 상상도 할 수 없다는 말도? 내가 그녀와 결혼하고 싶어 한다는 것도? 다른 사람은 안 되고, 오직 그녀와 할 거라는 말도 했나?"

"했습니다."

"그래서 뭐라나?"

"아무 말도 없었습니다."

"그럼 다시 말하게."

위처는 손가락을 입술에 대고는 쉼 없이 오르락내리락하는 떨리는 소리를 냈다. 게롤트는 전력을 다해 적절한 단어와 음조를 찾아서 영주가 설명한 내용을 통역하기 시작했다.

사이렌이 물 위에 납작하게 눕더니 게롤트의 말을 가로막았다.

"통역하지 말아요. 괜히 애쓰지 마세요. 다 알아들었어요. 그이는 나에게 사랑한다고 말을 할 때면 늘 저렇게 멍청한 표정을 짓거든요. 뭔가 구체적인 이야기가 있었나요?"

"별로."

"아쉽네요."

사이렌이 몸을 뒤척였다. 그리고 꼬리를 힘차게 뻗어 두 갈래로 갈라진 꼬리지느러미로 바닷물을 헤치며 물속으로 가라앉았다. 노랑촉수의 꼬리를 생각나게 하는 꼬리지느러미였다.

"뭐라던가? 그녀가 뭐라고 말하던가?"

영주가 물었다.

"아쉽다고 하더군요."

"뭐가 아쉽다는 거지? 아쉽다니, 그게 무슨 말인가?"

"제가 보기에 그것은 거절의 말입니다."

"나한테 거절의 말을 하는 사람은 없어!"

영주는 명료한 사실과 마주하자 소리를 질렀다.

"영주님."

상선의 선장이 영주에게 다가오며 낮은 목소리로 말했다.

"그물이 준비되었습니다. 이제 던지기만 하면 됩니다. 그러면 그녀는 영주님께……."

"나라면 그 방법을 권하지 않겠습니다. 그녀는 혼자가 아닙니다. 물속에는 그녀와 같은 무리가 많이 있어요. 그리고 우리가 탄 배 밑의 심해에는 크라칸이 있을 수도 있습니다."

게롤트가 목소리를 깔고 말했다.

"크…… 크라켄이요?"

"그렇소, 문어처럼 생긴 바다 괴물 말이오."

위쳐는 그에게 다시 한 번 크라켄을 확인해주었다.

"나는 그물 갖고 장난치는 건 권하지 않겠소. 그녀가 외치기만 하면, 이 배는 물에 둥둥 떠다니는 널빤지 몇 조각밖에 남지 않을 거요. 그리고 우리는 어린 고양이처럼 물에 빠져 죽을 거요. 말이 나온 김에 결정하시지요, 아글로발. 그녀와 결혼할 겁니까, 아니면 그녀를 그물로 잡아서 어항에 두실 겁니까?"

"나는 그녀를 사랑하네. 난 그녀를 아내로 맞이할 걸세. 하지만 그러려면 그녀에게 비늘로 뒤덮인 꼬리가 아니라 다리가 있어야 해. 또 그렇게 되게 할 수도 있어. 내가 아름다운 진주 1킬로그램을 주고 마법의 영약을 샀는데, 효과가 확실하다는군. 그녀가 이 영약을 마시기만 하면 다리가 생겨날 걸세. 다만 그러면서 고통을 좀 겪긴 하는데, 사흘만 고생하면 된다네. 그 이상은 안 걸린다는군. 위쳐, 그녀를 불러봐. 그녀에게 다시 한 번 얘기해 줘."

아글로발은 확고했다.

"그 이야기는 벌써 두 번이나 했습니다. 그녀가 다시는 묻지도 말라고 대답했어요. 그녀는 동의하지 않는다고요. 그리고 덧붙여서 이런 말도 했지요. 자기가 아는 인어 중에 여자 마법사가 있는데, 주문 한 마디면 당신의 다리를 우아한 꼬리로 만들 모든 준비를 갖추었다고 했습니다. 그것도 아무런 고통 없이요."

"그녀가 정신이 나갔나 보군! 나한테 물고기 꼬리를 가지란 말이야? 절대로 그럴 순 없어! 그녀를 부르게, 게롤트!"

위쳐는 갑판 너머로 멀찍이 몸을 기울였다. 배의 그림자가 드리워져 물이 초록빛을 띠면서 수면이 젤리처럼 빡빡해 보였다. 게롤트는 애써 사이렌을 부를 필요가 없었다. 사이렌이 갑자기 분수처럼 수면 위로 솟구쳐 올랐기 때문이다. 그녀는 아주 잠깐이긴 했지만, 꼬리를 지지대 삼아 수직으로 섰다가 밀려오는 파도 속으로 쓰러졌다. 그런 다음 등을 대고 돌아누워 자신의 아름답고 화려한 자태를 드러냈다. 게롤트는 침을 꿀꺽 삼켰다.

"저기, 두 분!"

그녀가 노래했다.

"아직도 시간이 더 필요한가요? 햇빛을 받으면 내 피부가 건조해져요! 백발 씨, 그이에게 동의하는지 물어봐요."

"그분은 동의하지 않았다오."

위쳐가 노래로 대답했다.

"쉐나츠, 당신이 이해해주오. 그분은 지느러미를 가질 수 없다오. 그분은 물속에서 살 수 없다오. 당신은 물속에서 숨을 쉴 수 있지만 그분은 살 수 없다오!"

"그럴 줄 알았어요!"

사이렌이 얇은 목소리로 새된 소리를 냈다.

"그럴 줄 알았다고요! 핑계에요, 바보 같고 어리석은 핑계에요. 희생할 마음은 한 푼어치도 없는 거죠! 사랑하는 사람은 자신을 내어주는 법이에요! 나는 그이를 위해 헌신했어요! 날마다 그를 위해 바위를 기어올랐죠. 등에 붙은 비늘이 바위에 긁혀 떨어져 나갔고, 꼬리지느러미가 찢어지고, 그이 때문에 감기에 걸리기도 했어요. 그런데 그이는 나를 위해 절굿공이처럼 흉한 두 다리도 희생하려 하지 않는다고요? 사랑은 받는 게 다가 아니랍니다. 포기할 수도 있어야 해요. 희생을 치를 수도 있어야 한다고요! 그이에게 이 말을 그대로 전해주세요!"

"쉐나츠! 못 알아듣겠소? 영주님은 물속에서 살 수가 없다오!"

게롤트가 외쳤다.

"나는 어리석은 핑계를 받아들이지 않겠어요! 나는…… 나도 그이를 사랑해요. 그리고 그이와 함께 알을 낳아 부화도 시키고 싶어요. 하지만 그이가 수컷 인어가 되려고 하지 않는데, 대체 어떻게 해야 하죠? 나는 어디에다 알을 낳아야* 하나요? 모자에 낳아야 하나요?"

"뭐라는 건가? 게롤트! 그녀와 이야기나 나누라고 내가 자네를 불렀는 줄 아나?"

---

* 낳아야: 물고기 중에는 암컷이 산란한 알을 수컷이 입에 물고 부화시키는 종류가 많다.

영주가 소리쳤다.

"그녀가 뜻을 굽히지 않겠답니다. 화가 많이 났어요."

"그물을 가져와!"

아글로발이 고함을 쳤다.

"그녀를 한 달 정도 수조에 넣어 두겠어. 그런 다음에……."

"그건 안 됩니다!"

선장이 영주의 고함 못지않게 큰 소리로 외쳤다. 그러고는 팔꿈치에 손가락을 대고 문어를 연상케 하는 모양을 그려 보였다.

"배 밑에 크라켄이 있을 수도 있어요! 영주님, 크라켄을 보신 적 있습니까? 꼭 원하신다면 영주님이 물속으로 뛰어들어 맨손으로 놈을 잡아보시든가요! 저는 끼어들지 않겠습니다. 저는 이 배로 먹고사는 놈입니다!"

"이런 파락호 같은 작자를 보겠나. 배로 먹고사는 게 아니라 내가 주는 호의로 먹고사는 거야! 그물 가져와, 안 가져오면 네놈의 목을 매달 줄 알아라!"

"한번 해보시죠! 이 배에서는 나의 뜻이 당신의 뜻보다 우선입니다!"

"두 사람 다 조용히 하세요! 그녀가 말을 하고 있잖아요. 아주 알아듣기 어려운 방언입니다. 집중 좀 합시다!"

게롤트가 화가 나서 버럭 소리를 질렀다.

"그만하죠!"

쉐나츠가 운율을 실어 새된 소리로 말했다.

"배가 고프네요! 백발 씨, 그이에게 결정하라고 해주세요. 지금 당장 결정해야 한다고 해줘요. 그이에게 한 가지 말해둘 게 있어요. 나는 더 이상 나를 웃음거리로 만들지도, 또 그이와 사귀지도 않을 거라고요. 그이가 계속 그렇게 팔 네 개짜리 불가사리 같은 외모를 고집한다면요. 그에게 말하세요. 바위 위에서 그이가 놀자고 하던 거요? 그거라면 내 친구들이 나보다 백배는 잘 놀죠! 하지만 나는 그이가 제안한 그 놀이가 그저 미성숙한 놀이로 여겨질 뿐이랍니다. 비늘 허물을 벗기 전의 아이들에게나 맞을 놀이 같다고요. 나는 건강하고 정상적인 사이렌이랍니다……."

"쉐나츠……."

"끼어들지 마세요! 아직 내 말이 안 끝났어요! 나는 건강하고 정상적이며 산란할 수 있을 만큼 자랐어요. 정말로 나를 원한다면, 그이는 꼬리를 가져야 해요, 지느러미랑 정상적인 트리톤*이 지닌 모든 것을 지녀야 해요. 그렇지 않으면 그이에 관해서 아무것도 알고 싶지 않다고 전해줘요!"

게롤트는 서둘러 그녀의 말을 통역하면서도 너무 천박하게 들리지 않도록 노력했지만, 제대로 되지 않았다. 영주는 얼굴이 벌게져 천박하게 욕설을 퍼부었다.

"저런 뻔뻔한 계집을 보겠나! 냉혈 고등어 같으니라고! 가서 대구나 찾아보라지!"

영주가 버럭 소리를 질렀다.

"그이가 뭐라고 하는 거죠?"

쉐나츠가 가까이 헤엄쳐오며 물었다.

"꼬리를 갖고 싶지 않다고 하오."

"그렇다면 그이에게 이렇게…… 이렇게 말하세요. 햇빛에 바싹 말라 죽으라고요!"

---

* 트리톤: 그리스 신화에 등장하는 반인반수의 해신이다. 여기서는 수컷 인어나 수컷 사이렌을 가리킨다.

"그래, 뭐라는가?"

"이렇게 말하라는데요."

위쳐가 통역했다.

"물에 빠져 죽으라네요."

II

"아, 아깝다."

단델라이언이 말했다.

"나도 배를 타고 함께 나갔어야 했는데. 하지만 어쩌겠어. 바다에만 나가면 말로는 표현할 수 없을 정도로 멀미를 해대는걸. 그런데 자네도 알지? 내가 평생 사이렌과는 한 번도 얘기를 해본 적이 없다는 거 말이네. 아깝다, 아까워. 젠장!"

"내가 아는 자네는 발라드를 직접 해보지 않고도 쓰는 걸로 아네."

게롤트가 안장주머니를 단단히 조이며 말했다.

"그야 당연하지. 내가 벌써 처음 몇 구절은 시작했지. 내 발라드에서는 사이렌이 영주를 위해 헌신한다네. 그래서 아름다운 두 다리 대신 물고기 꼬리를 맞바꾸지. 하지만 목소리를 잃는 것으로 그 대가를 지급한다네. 영주는 사이렌을 속이고 떠나지. 그리고 그녀는 슬픔에 사무쳐 죽은 뒤 하얀 물거품으로 변한다네. 햇살이 처음으로⋯⋯."

"누가 그런 말도 안 되는 헛소리를 믿겠나?"

"그건 중요하지 않아. 발라드는 사람들이 믿으라고 쓰는 게 아니야. 듣고 감동하라고 쓰는 거지. 이런 이야기를 나눠봤자 자네는 절대로 알아들을 리 없지. 차라리 아글로발 영주가 얼마나 줬는지나 말해보게.”

단델라이언은 거드름을 피우며 대답했다.

“그 작자, 단 한 푼도 안 줬다네. 내가 맡은 일을 진척시키지 못했다고 주장하더군. 자기가 기대했던 것과는 좀 다른 쪽인데다, 자기는 결과에 대해 지급하지, 선량한 뜻에는 지급하지 않는다나.”

단델라이언은 고개를 끄덕였다. 그러고는 모자를 벗어들고 우울하게 얼굴을 찌푸리고 게롤트를 바라봤다.

“그 말은 우리에게 여전히 돈이 없다는 건가?”

“그런 것 같네.”

단델라이언은 한층 더 우울한 표정이 되었다. 그리고 한숨을 내쉬었다.

“모든 게 다 내 잘못일세. 이건 전부 나 때문이야. 게롤트, 자네 나 때문에 화나지?”

아니었다. 위쳐는 단델라이언에게 전혀 화가 나지 않았다.

두 사람이 이런 상황을 맞게 된 건 단델라이언에게 책임이 있었다. 그건 의심할 여지가 없었다. 축제가 열리는 단풍나무 유곽으로 가야 한다고 밀어붙인 건 다름 아닌 단델라이언이었다. 축제가 열리면 인간의 깊고도 자연스러운 욕구를 만족시킬 수 있다며 게롤트를 끌고 간 것이었다. 다음과 같은 주장을 펼칠 때도 있었다. 사람은 모름지기 웃고 노래할 수 있는 장소에서 다른 사람들도 만나고, 배 터지게 꼬치구이와 고기만두도 먹고, 맥주도 마시고, 음악을 들으면서 춤을 추느라 땀에 젖은 처녀들과 돌아가며 몸도 부빌 필요가 있다는 것이었다. 그러면서 이러한 욕구를 개별적으로 만족하고자 한다면, 그거야말로 이루 말할 수 없는 무질서를 촉발시키게 된다고 표현하기도 했다. 그런 까닭에 축제와 축일이 고안되었다는 말이었다. 그러므로 축제가 있고, 여러 날 축제가 열리면 그리로 가야 한다는 게 단델라이언의 주장이었다.

게롤트는 자신의 깊고도 자연스러운 욕구 목록 중에서 축제 참가는 상당히 아래쪽이었는데도 불구하고 단델라이언의 주장을 거절하지 않았다. 이미 단델라이언과 어울릴 용의가 있다고 밝힌 터였고, 또 사람들이 운집한 곳에선 일자리나 일감에 대한 정보를 얻을 수 있지 않을까 하는 기대도 있었다. 일을 맡기는 사람을 만나지 못한 지 오래되었고, 그래서 갖고 있는 현금이 심각할 정도로 적었던 것이다.

위쳐는 단델라이언이 산림관들과 싸운 것 때문에 기분이 나쁘거나 화가 나지 않았다. 그에게도 잘못이 아예 없는 것은 아니었다. 게롤트는 단호한 태도를 보이고 음유시인을 말릴 수도 있었다. 하지만 그는 그렇게 하지 않았다. 게롤트 역시도 인간이 아닌 인간과의 투쟁을 임무로 하는 사냥부대이자 산림관이라고 불리는 황야의 감시병들을 참기 어려웠다. 그는 산림관들이 엘프들과 발트하우저*들에게 화살을 꽂은 일이며 칼로 쳐내거나 매달아 죽인 일을 자랑하는 소리를 들었을 때 분노가 치밀어 올랐다. 그런데 위쳐와 함께 여행하면서 뭘 해도 무사하다는 확신을 얻은 단델라이언이 그만 분수를 잃고 정도를 넘어서고 말았다. 처음에 산림관들은 단델라이언이 빈정대도, 조롱하는 발언을 해도, 사건을 지켜보던 농부들에게서 폭풍 같은 웃음을 불러일으켰던 불쾌한 풍자를 해도 아무 반응도 하지 않았다. 그러나

---

* 발트하우저: 발트토이펠이라고도 한다. 손과 발과 몸뚱이, 머리카락이 모두 굵고 가는 나뭇가지로 이루어진 괴물이다.

단델라이언이 '불쌍한 사람, 그대는 별 볼일 없어. 그저 산림관이나 할 수 있을 뿐.'이라는 구절로 끝을 맺는 불결하고 굴욕적인 쿠플레*를 급조하여 부르자 충돌이 일어났고, 흔히 볼 수 있는 격한 주먹다짐이 벌어지고 말았다. 무도장으로 사용되던 헛간이 와해되어 헛간을 이루고 있던 모든 것들이 뿔뿔이 흩어졌다. 칼헤히트라고 불리는 부디복 백작의 군대가 투입되었다. 단풍나무 유곽은 부디복 백작의 영토였다. 산림관들과 단델라이언, 게롤트는 모든 피해와 악행에 대해 공동 책임을 지라는 판결을 받았다. 여기에는 한바탕 사건이 휘몰아친 뒤 헛간 타작마당 뒤의 잔해들에서 붉은 뺨에 멍청하게 웃으며 치마를 겨드랑이까지 끌어올린 채로 발견된 벙어리 여인을 유혹한 일도 포함되었다. 붉은 머리의 벙어리 여인은 미성년자였다. 다행히 칼헤히트 백작이 단델라이언을 알고 있어서 벌금형에 그칠 수 있었지만, 벌금을 내느라 그들은 가지고 있던 모든 돈을 탈탈 털어야 했다. 그뿐 아니라 단풍나무 유곽도 떠날 수밖에 없었다. 그것도 전속력으로 말을 달려서 말이다. 마을에서 쫓겨난 산림관들이 복수하겠다며 위협했기 때문이다. 그리고 주변 일대의 숲에서 사십 명에 이르는 산림관 부대원 전체가 물의 요정인 닉스를 잡는데 전념하고 있었다. 게롤트는 산림관들의 화살에 맞고 싶은 생각이 눈곱만큼도 없었다. 산림관들의 화살촉은 가장자리를 톱니처럼 간 것이라, 잘린 자리가 흉측하게 남았다.

그리하여 둘은 황야와 끝닿은 가장자리 마을들을 돌아다니기로 했던 계획을 포기해야 했다. 그곳에 가면 위쳐가 할 일이 많았을 터였다. 하지만 그 대신에 두 사람은 바닷가로 말을 달려 브레머부어드로 향하게 되었다. 아쉽

---

* 쿠플레: 재치 있고 시사 풍자적인 노래를 말하며, 대개 반복 운을 따른다.

게도 위쳐는 이곳에서 아글로발 영주와 사이렌 쉐나츠의 연애사건이라는 별로 성과를 장담할 수 없는 일 외에는 아무것도 찾지 못했다. 게롤트의 황금 인장반지, 그리고 음유시인이 수많은 약혼녀들 중 한 명에게서 기념선물로 받은 진초록색의 희귀 보석인 알렉산드라이트가 박힌 브로치는 진즉 팔아치웠다. 상황이 고약했다. 그래도 위쳐는 단델라이언에게 화가 나지 않았다.

"아니네, 단델라이언. 자네한테 악감정 같은 것은 없어."

단델라이언은 게롤트의 말을 믿지 않았다. 그건 단델라이언이 아무 말도 하지 않고 있다는 사실에서 고스란히 드러났다. 단델라이언이 침묵하는 경우는 극히 드물었기 때문이다. 그는 말의 목을 토닥이고는 몇 번이나 계속해서 안장주머니만 뒤지고 있었다. 게롤트는 단델라이언이 안장주머니에서 돈이 될 만한 건 아무것도 찾지 못하리라는 걸 잘 알고 있었다. 가까운 음식점에서 솔솔 풍겨오는 음식 냄새가 잔인할 정도로 참기 어려웠다.

"선생님?"

누군가 외치는 소리가 들렸다.

"저기요, 선생님!"

"듣고 있습니다."

게롤트가 돌아섰다. 야생 당나귀가 끄는 이륜마차가 게롤트의 곁에 멈추어 섰다. 펠트 부츠에 늑대 모피로 만든 무거운 외투를 걸친 풍채 좋은 뚱뚱한 남자가 둔한 몸짓으로 마차에서 내렸다.

"에…… 그러니까……."

뚱뚱한 남자가 둘이 있는 곳으로 걸어오며 말을 더듬었다.

"제가 뵈려던 분은 당신이 아니라…… 단델라이언 선생님입니다."

"여기 있소. 무슨 일로 그러시오, 선량한 양반?"

음유시인이 뿌듯해하며 몸을 쭉 뻗고는 왜가리 깃털이 달린 모자를 바로 잡아 썼다.

"존경하는 선생님, 저는 텔레리 드루하르트라고 합니다. 이 지역 조합의 최고원로이자 향신료업자입니다. 제 아들 녀석인 가스파르트가 외돛 상선의 선장인 메스트빈의 딸 달리아와 막 약혼을 했답니다."

뚱보 남자가 말했다.

"그래요?"

단델라이언은 그렇게 말하고는 인내심을 갖고 진지한 태도를 유지했다.

"축하합니다. 더불어 갓 탄생한 연인에게 행운이 함께하길 빕니다. 그런데 제가 어떤 도움을 드릴 수 있을까요? 첫날밤의 법도에 관한 것인가요? 그런 거라면 언제든 대환영입니다."

"네에? 그건…… 아닙니다. 그러니까요, 오늘 저녁에 약혼식 피로연이 있습니다. 당신이 브레머부어드에 왔다는 소문을 들은 제 집사람이 저를 붙잡고 끈덕지게 졸라대기 시작했습니다. 그냥 보통 여자인 아내가 이러더군요. '잘 들어요, 여보. 우리가 다른 사람들처럼 인색하게 굴지 않는다는 것, 문화와 예술을 옹호하는 사람들이란 것을 아낌없이 보여주자고요. 피로연을 하게 된다면 마냥 배불리 먹고 마시지만 말고, 정서적으로도 풍부한 피로연을 엽시다.' 그래서 내가 어리석은 여자인 마누라에게 말했지요. '벌써 시인 한 명을 불렀잖아. 한 사람이면 충분하지 않아?' 그랬더니 마누라가 이렇게 대답하더군요. '한 명은 너무 적어요. 하지만 단델라이언 선생님이라면 최고 실력자이고 유명한 분이니 이웃들이 배 꽤나 아파할 거예요.' 선생님, 선생님께서 오시어 자리를 빛내주시길 바랍니다…… 25탈러를 드리겠습니다. 상징으로요. 이해하시지요? 일단 예술을 후원하기 위한 상징으로요…….”

“지금 내가 제대로 들은 거 맞나?”

단델라이언이 말꼬리를 늘이며 물었다.

“내가, 내가…… 차석이라는 거 아니오? 다른 음악가의 들러리를 서라고? 내가? 아직 누구를 위해 반주나 할 정도로 바닥까지 내려가지는 않았소, 친애하는 신사 양반!”

드루하르트는 얼굴이 빨개져 말까지 더듬으며 말했다.

“용서하십시오, 선생님. 그럴 마음은 전혀 없었습니다……. 단지 아내가…… 용서하십시오. 꼭 오시어 자리를 빛내주시길…….”

“단델라이언, 이제 콧대를 좀 낮추지그래. 지금 우리는 단돈 몇 푼이라도 감지덕지야.”

게롤트가 경고하듯 나직이 말했다.

“어디서 사람을 가르치려드나! 내가 콧대가 높다고? 내가? 내가 그런 줄은 미처 몰랐네! 그렇다면 이틀이 멀다 하고 돈벌이가 되는 제안을 거절하는 자네에 관해선 무슨 말을 해야 하나? 히리카는 멸종 위기에 있기 때문에 죽일 수 없고, 스트라이트링은 싸움쟁이라는 이름과 달리 위쳐들이 약재로 사용하는 해가 없는 것들이라 죽일 수 없고, 네흐틴*은 친절해서 죽일 수 없고, 용은 위쳐들의 법전에서 금지하기 때문에 죽일 수 없다면서 말이야. 나에게도 자존심이라는 게 있네! 나에게도 나만의 법전이라는 게 있는 걸세!”

단델라이언이 거만하게 말했다.

---

* 네흐틴: 일종의 밤의 정령이다.

"단델라이언, 부탁하네. 날 봐서라도 좀 해주게. 조금만 희생해주게. 여보게, 더 많은 건 바라지도 않아. 그럼 나도 약속하지. 다음에 일이 들어오면 그때는 나도 고상한 척하지 않겠네. 어서, 단델라이언……."

단델라이언은 바닥을 바라보며 짧고 부드러운 밝은색 수염으로 뒤덮인 턱을 긁적였다. 드루하르트가 놀라서 입도 못 다문 채 다가왔다.

"선생님…… 오셔서 자리를 빛내주십시오. 제가 선생님을 설득하지 못하면 집사람이 저를 가만두지 않을 겁니다……. 그럼…… 30으로 하지요."

"35."

단델라이언이 단호하게 말했다. 게롤트는 미소를 짓고는 희망에 부풀어 음식점에서 풍겨오는 음색 냄새를 들이마셨다.

"좋습니다, 선생님. 동의하겠습니다."

텔레리 드루하르트는 신속하게 동의했다. 어찌나 빠르게 동의하던지 여차했으면 40탈러도 받을 수 있었겠다는 생각이 들 정도였다.

"그런데 지금 그…… 선생님께서 몸을 깨끗이 하고 쉬고 싶으시다면 마음껏 저희 집을 사용하셔도 됩니다. 그리고 당신은…… 이름이 어떻게 됩니까?"

"리비아의 게롤트요."

"선생님, 당신도 물론 초대된 겁니다. 약간의 먹을 것과 마실 것을……."

"여부가 있겠소, 기꺼이 받아들이지요. 친애하는 드루하르트 씨, 길을 안내하시오. 그런데 우리끼리의 이야기입니다만, 나 말고 다른 시인이라는 작자는 대체 누구요?"

"고귀한 숙녀분인 에씨 다벤입니다."

III

게롤트는 밤스의 징 장식과 허리띠 버클을 다시 한 번 옷소매로 닦았다. 그러곤 깨끗한 끈으로 붙들어 맨 머리카락을 손가락으로 쓸어 넘기고 한쪽 발로 다른 쪽 장화를 문질러 닦았다.

"단델라이언?"

"응?"

음유시인은 모자에 고정시킨 왜가리 깃털을 펴고는 입고 있던 밤스의 매무새를 바로잡았다. 그런 다음, 밤스를 팍팍 쳐 구겨진 부분이 없도록 펼쳤다. 두 사람은 반나절을 들여 의복을 구석구석 깨끗이 쓸고 닦아 어느 정도 괜찮은 상태로 만들 수 있었다.

"쫓겨날 때 쫓겨나더라도 저녁은 먹고 쫓겨나도록 굴게. 그 전에는 안 되네."

"자네 지금 농담하나 본데, 자네나 조심하게. 갈까?"

음유시인이 거만하게 대꾸했다.

"가지. 들리나? 저기서 누가 노래하는데, 여자로군."

"자네, 이제야 저 소리가 들리나? 저건 에씨 다벤이야. 샛별눈동자라고 들 부르지. 뭐야, 자네 아직 여자 음유시인은 한 번도 못 만나본 게야? 아, 깜빡했네. 자네는 예술이 꽃피는 곳은 피해 다니지. 샛별눈동자는 타고난 시인이자 가수라네. 그러나 결점이 없다고 할 수는 없어. 소문에는 결점이 하나도 없다고 하지만, 그건 시치미 떼는 거야. 그녀가 지금 부르는 곡 말이야, 내가 만든 발라드거든. 내 곡을 가져다 쓴 대신에 곧 욕 좀 먹을 걸세. 그것도 그 작은 눈에서 눈물이 쏙 빠지도록 말이네."

"단델라이언, 넓은 마음으로 용서해주게. 사람들한테 쫓겨날라, 친구."

"자네는 끼어들지 말게. 이건 직업상의 문제니까. 들어가세."

"단델라이언?"

"응?"

"왜 샛별눈동자라고 하는 건가?"

"보면 알아."

연회는 청어통과 물고기 기름통을 들어낸 대형 물류 창고에서 열렸다. 곳곳에 색색의 띠로 묶은 기생목 가지와 히드 다발이 빼곡히 걸려있었다. 덕분에 청어와 물고기 기름 냄새가 완전히 가시지는 않았어도 심하게 나지는 않았다. 또한 관례대로 마늘 다발도 여기저기 걸려 있었는데, 마늘 다발이 흡혈귀를 쫓아낸다고 해서였다. 벽으로 밀쳐놓은 탁자와 긴 의자는 모두 흰색 천으로 덮여 있었고, 창고 한쪽 구석에는 즉석구이를 할 수 있는 쇠꼬챙이가 달린 커다란 화덕이 마련되어 있었다. 실내는 사람들로 꽉 차 있었지만, 시끄럽지 않았다. 다양한 지위와 직업을 가진 쉰 명이 넘는 사람들과 여드름이 난 약혼자, 그리고 그를 하늘처럼 우러러보는 들창코의 약혼녀는 수수한 푸른색 드레스 차림의 처녀가 층계참에 앉아 무릎에 류트를 올려놓고 부르는 아름다운 선율의 유명한 발라드에 열심히 귀를 기울이고 있었다. 열여덟 살 이상으로 보기 어려운, 가녀린 여자였다. 어두운 황금색을 띤 그녀의 머리카락은 길고 숱이 풍성했다. 게롤트와 단델라이언이 실내에 들어선 순간, 마침 여자는 노래를 마치고 우레와 같은 박수에 고개를 끄덕이며 감사를 표했다. 인사를 할 때마다 머리카락이 나부꼈다.

"어서 오세요. 선생님, 어서 오세요!"

연회복을 입은 드루하르트가 재빨리 두 사람에게 다가와 그들을 홀 한가운데로 끌고 갔다.

"게롤트 선생, 당신도 환영······ 합니다. 와주셔서 영광······ 이네요. 존경하는 신사 숙녀 여러분! 여기 우리를 축하해주러 오신 오늘의 주빈······ 단델라이언이십니다. 단델라이언은 유명한 가수이자 시를 쓰는······ 시인이시랍니다. 영광스럽게도 우리를 축하해주러 큰 걸음을 하셨습니다······. 그러니까 이건 우리에게 영광이······ 영광이······."

사람들의 외침 소리와 박수 소리가 울려 퍼졌다. 딱 적절할 때였다. 드루하르트가 영광이라는 단어가 목에 걸려 죽을 때까지 말을 더듬을 것 같던 차에 박수가 터져 나왔던 것이다. 단델라이언은 자랑스러운 마음에 얼굴이 벌게졌지만 자중하는 표정을 지으며 성의없이 절을 했고, 곧이어 늙은 귀부인들의 보호를 받으며 횃대에 앉은 닭처럼 긴 의자에 앉아 있는 처녀들을 향해 손을 흔들어 보였다. 처녀들은 한결같이 뻣뻣하게 앉아 있어서, 마치 가구용 아교나 아교와 똑같은 효과를 지닌 어떤 약품으로 전부 다 의자에 단단히 붙여놓은 것 같은 인상을 주었다. 모두 경련을 일으킬 정도로 무릎을 딱 붙이고 그 위에 양손을 얹은 모습으로 반쯤 입을 벌리고 있었다.

"자, 자."

드루하르트가 큰 소리로 외쳤다.

"그럼 여러분, 맥주와 음식들을 드시죠! 자, 어서요, 어서! 갖은 음식과 음료가 마련······."

그가 말을 다 마치기도 전에 사람들이 상다리가 휠 정도로 푸짐하게 음식이 차려진 탁자를 향해 파도처럼 몰려가 부서지듯 자리를 잡았다. 푸른색 드레스를 입은 처녀가 사람들 사이를 헤치고 나왔다.

"단델라이언, 잘 지냈어요?"

게롤트는 '별같이 반짝이는 눈동자'라는 표현을 진부하고 멋없는 표현이라고 여겼다. 특히 단델라이언과 함께 여행한 뒤로는 더더욱 그랬다. 음유시인이 가는 곳마다 이 겉치레 말을, 그것도 타당성을 거의 찾아볼 수 없는 사람들에게 이 말을 마구 던지고 다녔던 것이다. 그러나 에씨 다벤에 관한 한, 위처럼 시문학에 취미가 없는 사람조차도 그 표현이야말로 딱 들어맞는다고 인정할 수밖에 없었다. 그녀의 얼굴은 예쁘고 정감이 가는 얼굴이긴 했지만, 딱히 눈에 띄는 구석은 없었다. 하지만 아름답고 짙푸른 불꽃을 반짝이며 불타고 있는 눈은 보는 이의 눈길을 사로잡았다. 에씨 다벤의 다른 쪽 눈은 이마에서 흘러내린 황금색의 고수머리로 덮여 있었다. 에씨는 이 고수머리를 가끔 머리를 흔들거나 입으로 바람을 불어 밀어냈다. 그러자 샛별눈동자의 다른 쪽 눈동자도 먼저 보았던 눈동자에 전혀 뒤지지 않는다는 사실을 알 수 있었다.

　"잘 지냈어, 샛별눈동자? 아름다운 발라드였어, 방금 부른 그 곡. 레퍼토리가 몰라보게 좋아졌더군. 내가 항상 말했지, 시를 쓸 수 없을 때에는 남의 걸 이용할 수밖에 없다고. 너도 많이 사용하지?"

　단델라이언이 씨익 웃으며 말했다.

　"조금요. 두 곡 내지 세 곡 정도. 더 많이 이용하려고 했지만 수월치 않더군요. 끔찍한 잡소리거나 곡조는 아름답고 간단해서 단순한 점에선 으뜸이라 말해도 될 정도이지만 나의 청중들이 기대하는 곡조는 아니었거든요. 단델라이언, 당신은 혹시 새로 쓴 곡 없어요? 어떡하다 보니 신곡 소식을 듣지 못했네요."

　에씨 다벤은 망설임 없이 곧바로 대꾸하고는 하얀 이를 드러내며 미소를 지었다.

"놀랄 일도 아니지. 나는 재능 있는 사람들과 저명한 사람들만 초대하는 곳에서 내 발라드들을 부르는데, 너는 그런 곳에 오지 않으니까."

음유시인이 한숨을 쉬었다.

에씨의 얼굴이 살짝 빨개졌다. 에씨가 고수머리를 입바람으로 밀어냈다.

"맞아요. 난 유곽에는 가지 않아요. 그곳 분위기가 나를 우울하게 만들거든요. 당신이 그런 곳에서 노래를 불러야 하다니, 난 당신이 불쌍할 뿐이랍니다. 그런데 지금도 마찬가지네요. 재능이 없으면 공개 공연은 피할 텐데 말이죠."

이번에는 단델라이언이 노골적으로 얼굴을 붉혔다. 그 즉시 샛별눈동자가 기뻐하며 미소를 지었다. 그런 다음 갑자기 양팔로 단델라이언의 목을 감싸고 그의 볼에 쪽 소리가 나게 뽀뽀했다. 위쳐는 어리둥절하긴 했지만, 그렇게 심하게 놀라진 않았다. 단델라이언의 동료라면 계산적인 면에서 결론적으로 그와 크게 다르지 않을 수도 있으니까 말이다.

"단델라이언, 피리새 같은 사람. 이렇게 다시 만나게 되어서 반가워요. 몸도 건강하고 지력도 충만한 모습이라서 기쁘네요."

에씨는 음유시인의 목에 두른 팔을 여전히 풀지 않은 채 말했다.

"아, 꼬마 인형."

단델라이언이 에씨의 허리를 움켜잡더니 높이 들어 올린 다음 그녀를 빙빙 돌렸다. 그녀의 치마가 펄럭거렸다.

"자기, 굉장하던데! 신께 맹세하건대, 이렇게 멋진 악담을 들었던 게 언제였나 싶을 정도로 오랜만에 들어보았어. 자기는 노래할 때보다 싸울 때가 훨씬 더 귀엽단 말이야! 그리고 정말 아름다워 보여."

"그렇게 부탁했건만 또 꼬마인형이라고 부르고. 나빠요, 단델라이언. 그뿐 아니라 더 늦기 전에 당신과 동행한 분을 소개해주어야 할 것 같네요. 보아하니 우리 부류에 속하신 분은 아닌 것 같은데."

에씨는 입바람을 불어 곱슬머리를 올려붙인 다음 게롤트에게 눈길을 주며 말했다.

"그야 당연하지. 있잖아, 꼬마 인형, 이 사람은 노래도 못하고 듣는 귀도 없어. 운율은 기껏해야 '할까'와 '말까'를 맞추는 정도이지. 이 친구는 위쳐들의 기술을 대변하는 사람이야. 리비아의 게롤트라고 해. 게롤트, 이리 가까이 와서 샛별눈동자의 손에 입을 맞추게."

음유시인이 빙그레 웃으며 말했다.

위쳐는 가까이 가면서도 어떻게 해야 할지 어색했다. 지금껏 백작부인들의 경우에만 앞으로 나가서 손, 경우에 따라선 반지에 입을 맞췄고, 그럴 때면 반드시 무릎을 구부려야 했다. 지위가 좀 더 낮은 미혼여성에게 하는 그런 몸짓은 이곳 남쪽 지방에선 성적 의미를 가진 몸짓으로 간주되었고, 그래서 끈끈하게 결합한 관계가 될 때까지 미뤄두는 행위이기도 했다.

그러나 샛별눈동자가 손가락을 아래로 내리고 손을 들어 흔쾌히 그의 앞으로 내미는 바람에 그의 고민은 날아갔다. 게롤트는 서투르게 손을 잡고 입을 맞추는 시늉을 했다. 에씨는 그를 향한 눈길을 여전히 거두지 않은 채 아름다운 두 눈을 빛내며 얼굴을 붉혔다.

"리비아의 게롤트. 단델라이언, 닥치는 대로 사람을 사귀는 건 아니로군요."

에씨가 말했다.

"영광입니다."

위쳐는 자신의 말솜씨가 드루하르트 못지않게 형편없다는 걸 알면서도 웅얼거렸다.

"아가씨께선……."

"예끼, 이 친구야."

단델라이언이 갑자기 버럭 소리를 질렀다.

"그만두게. 그렇게 더듬거리는 데다 형식적인 말은 해봤자 샛별눈동자를 신경질 나게 할 뿐이네. 그녀의 이름은 에씨이고, 이 사람 이름은 게롤트야. 이걸로 소개는 끝. 그럼 본론으로 들어가지, 꼬마 인형."

"한 번만 더 꼬마 인형이라고 부르면 따귀를 올려붙일 줄 아세요. 그래, 본론이 뭔데요?"

"우리, 어떻게 노래할 건지 정해야지. 내 제안은 번갈아가면서 한 사람이 두 곡의 발라드를 부르는 거야. 더 좋은 효과를 위해서지. 물론 각자 자기가 지은 발라드를 부르는 걸로 하고 말이야."

"그렇게 해도 되겠네요."

"드루하르트가 자기한테는 얼마를 준대?"

"당신이 참견할 일은 아닌 것 같네요. 누가 먼저 할까요?"

"자기."

"좋아요. 어머, 저기 누가 방문했는지 좀 봐요. 아글로발 영주님이에요. 지금 막 들어오고 계세요, 봐요."

"호호."

단델라이언이 반색하며 말했다.

"관객의 질이 확 올라가겠군. 다른 면에선 못 믿을 인간이긴 하지만 말이야. 저 인간, 완전 수전노거든. 그건 게롤트가 확인해줄 수 있지. 이 지방 영주는 돈 주는 걸 더럽게 아까워해. 사람을 고용해놓고 돈을 주는 건 당최 얼마나 미적대던지. 진척이 없어."

"그 이야기라면 나도 몇 가지 들었어요. 가까운 항구에 가도, 배가 정박된 외항에 가도 사람들이 그 이야기를 하더군요. 그 이름도 유명한 쉐나츠에 관한 이야기요. 그렇지 않아요?"

에씨가 게롤트를 바라보며 뺨에 붙은 고수머리를 넘겼다.

아글로발은 문가에서 그를 환영하기 위해 두 줄로 늘어서 몸을 숙여 절하는 사람들에게 짧게 고개를 숙여 답한 다음, 한 치도 지체하지 않고 드루하르트에게로 곧장 걸어간 뒤 그를 창고의 한구석으로 끌고 갔다. 그걸로 아글로발은 홀 한가운데서 사람들이 표하는 경의와 존경의 말 따위는 기대하지 않는다는 걸 보여준 셈이었다. 게롤트는 두 사람을 시야에 두고 살펴보았다. 나누는 말소리는 나직했지만, 둘 다 흥분한 상태라는 건 보는 것만으로도 알 수 있었다. 드루하르트는 연신 소맷자락으로 이마의 땀을 닦아냈고, 머리를 흔들거나 목덜미를 긁적였다. 그가 영주에게 질문하자, 영주는 어둡고 우울하게 어깨를 으쓱해 보이는 걸로 답을 대신했다.

"영주님이 문제가 있는 것으로 보이네요. 이번에도 마음의 문제일까요? 유명한 사이렌과 오늘 아침에 겪었던 오해 때문일까요, 위쳐?"

에씨가 나직이 말하며 게롤트 쪽으로 몸을 가까이 가져갔다.

"그럴지도 모르죠."

게롤트는 여류시인이 던진 질문에 놀라기도 하고, 이상하게 화가 나기도 해서 그녀를 삐딱하게 쳐다보고는 이렇게 말했다.

"누구든 사적인 문제는 있기 마련이죠. 하지만 모두가 이런 개인적인 문제를 시장 바닥에서 노래하듯 떠벌리지는 않을 거예요."

샛별눈동자의 얼굴이 살짝 창백해졌다. 그녀는 입바람으로 고수머리를 폭 불어 날린 다음 금방이라도 싸울 듯 게롤트를 쳐다보았다.

"그 말은 나를 모욕하려는 건가요, 아니면 단순히 기분을 상하게 하려는 건가요?"

"이도 저도 아니오. 나는 단지 아글로발과 사이렌의 문제에 대해 질문이 이어질 것 같아 미리 막고 싶었을 뿐이오. 그 질문에 답할 권한이 나에겐 없다고 느꼈소."

"그렇군요. 이해해요. 앞으로는 당신을 그런 곤경에 빠뜨리지 않겠어요. 물어보려던 질문들도 그만두죠. 솔직히 말씀드리자면, 그 질문은 그저 친절한 대화로 이끌어주는 머리말이자 초대장 같은 것이었어요. 따라서 대화 잔치는 열리지 않을 거예요. 그러니 대화의 내용이 어느 대목장에서 노랫말로 떠벌려질까봐 두려워하실 필요는 없을 것 같네요. 일이 이렇게 되어 기쁠 따름이에요."

에씨 다벤의 아름다운 눈이 살짝 줄어들었다.

그렇게 말한 다음 그녀는 휙 돌아서서 탁자들이 모여 있는 곳으로 갔다. 그녀가 모습을 나타내자 탁자 주변에 있던 사람들이 경의를 표하며 인사를 했다. 단델라이언이 다리를 바꾸어 체중을 싣고는 많은 의미를 담아 혀를 끌끌 찼다.

"게롤트, 내가 아무리 자네 친구라고 해도, 자네가 아주 정중하게 그녀를 대했다고 우기진 못하겠네."

"일이 바보같이 되어버렸군. 공연히 그녀의 기분을 상하게 하고 말았어. 이거 그녀를 뒤따라가 용서를 구해야 하나, 어쩌나?"

위쳐는 단델라이언의 말에 동의했다.

"진정하게."

그렇게 말한 다음 음유시인은 격언조로 한마디 덧붙였다.

"첫인상에 두 번째 기회란 없는 법이네. 처음에 잘했어야지. 차라리 가서 맥주나 마시자고."

맥주는 마시지 못했다. 수다를 떠는 일군의 소시민들 사이를 뚫고 드루하르트가 개척자처럼 길을 내며 걸어왔다.

"게롤트 씨, 허락을 구합니다. 영주님께서 당신과 말씀을 나누고자 하십니다."

"곧 가겠소."

"게롤트, 잊지 말게."

단델라이언이 그의 옷소매를 잡았다.

"자네에게 어떤 일이 맡겨지더라도 고상한 척하지 않고 다 받아들이기로 약속했다는 것 말이야. 지금 자네한테 약속을 지키라고 강요하는 걸세. 자네 입으로 말했잖아? 작은 희생이라며."

"알았네, 단델라이언. 그런데 자네는 어떻게 아글로발이 나한테 일을 맡길……."

"냄새가 나, 냄새가. 명심해, 게롤트."

"알았네, 단델라이언."

게롤트는 드루하르트와 함께 하객들에게서 떨어져 나와 홀의 구석진 곳으로 갔다. 아글로발이 낮은 탁자 위에 앉아 있었다. 조금 전까진 몰랐는데, 다채로운 색상의 옷을 입은 한 남자가 영주의 곁에 서 있었다. 햇볕에 그을린 피부에 수염이 짧았다.

"또 만나게 되었군, 위쳐. 오늘 아침만 해도 자네를 다시는 보지 않겠다고 맹세했네만, 다른 위쳐를 고용하지 못한 관계로 자네로 만족할 수밖에 없는 상황이네. 첼레스트에게 인사하게, 나의 태수이자 진주 채취 담당관일세. 말하게, 첼레스트."

"오늘 아침, 나는 숙고 끝에 여태까지 진주를 캐던 영역을 넘어 채취 구역을 확장해야겠다고 생각했소. 그래서 여러 척의 배 중 한 척을 서쪽 먼 곳까지, 그러니까 해각*을 넘어 '용의 어금니'까지 내보냈소."

구릿빛으로 그을린 남자가 저음으로 이야기를 시작했다.

"용의 어금니는 해각 가장자리에 있는 암초라네. 화산작용으로 생겨난 거대한 두 개의 암초이지. 이쪽 해안에서도 보인다네."

아글로발이 짧게 언급했다.

"그렇소."

첼레스트가 아글로발의 말을 확인해주었다.

"통상 그곳으로는 배를 타고 나가지 않는다오. 급류에다 바위들도 많아서 잠수하기에는 위험하기 때문이었소. 그러나 해안에서는 진주 찾기가 점점 더 어려워지고 있어서 배 한 척을 그리로 내보낸 것이었소. 일곱 명 정원인 배에 두 명의 선원과 다섯 명의 잠수부가 탔소. 그중 한 명은 어린 처녀였소. 저녁 무렵이 되어도 그들이 돌아오지 않자, 우리는 걱정하기 시작했소. 바다가 기름을 쏟아놓은 듯 잠잠했는데도 말이오. 나는 속도가 빠른 1인용배 두세 척을 그곳으로 보냈고, 곧 그곳 바다에서 표류하는 배를 발견했소. 배 안에는 아무도 없었다오. 사람이라곤 찾아볼 수 없었소. 무슨 일이 일어난 것인지 우리는 아직도 모르겠소. 단, 싸움이 있었다는 것만은 분명하오. 흔적이 있었소……."

"어떤 것이었습니까?"

---

* 해각: 海角. 육지가 바다 가운데로 뿔처럼 뻗어 나간 부분이다.

위쳐가 두 눈을 지그시 감았다.

"그게 그러니까…… 배 안이 온통 피로 얼룩져 있었다오."

드루하르트는 휘익 휘파람 소리를 내고는 불안해하며 주위를 둘러보았다.

첼레스트가 목소리를 낮추었다.

"나는 있는 그대로를 말하는 것이오. 피가 배 여기저기에 사방으로 튀겨 있었소. 마치 갑판에서 도살을 한 듯이 보였다오. 뭔가가 사람들을 살해한 것이었소. 말하자면 바다 괴물이 말이오. 의심할 것도 없이 바다 괴물이 그런 것이오."

"해적은 없습니까? 진주를 둘러싼 경쟁 같은 건요? 일반적인 칼싸움이 있었을 거라는 가능성은 배제하시는 겁니까?"

게롤트가 굵고 나직한 목소리로 물었다.

"그렇다네. 이곳에는 해적도, 경쟁도 없네. 그리고 칼싸움이라면 흔적도 없이 모두 사라지는 걸로 끝나지는 않지. 아니고말고. 게롤트, 첼레스트의 말이 맞네. 바다 괴물이 틀림없네. 다른 원인은 아무것도 없어. 다들 몸을 사리고 있어. 아무도 배짱 좋게 바다에서 수영하려 하지 않아! 조개 채취를 위해 개방된 가까운 해안에서도 절대 나서는 법이 없네. 사람들은 겁이 나서 꿈쩍도 않고, 항구는 마비되었어. 심지어 외돛 상선과 갤리언선들마저도 출항하지 않고 있다네. 이해하겠나, 위쳐?"

영주가 말했다.

"예. 알겠습니다. 누가 그 장소를 가르쳐줄 겁니까?"

위쳐가 고개를 끄덕였다.

"이야!"

아글로발이 탁자 위에 손을 얹더니 손가락으로 탁자를 타닥타닥 치기 시작했다.

"이런 모습, 아주 맘에 드네. 이런 게 진짜 위쳐다운 방식이지. 넘쳐흐르는 잡설 따위 집어치우고 곧바로 본론으로 들어가는 모습. 그래, 나는 이런 방식이 좋더군. 봤나, 칠레스트? 내가 자네에게 말했지, 배고픈 위쳐가 좋은 위쳐라고. 그렇지 않나, 게롤트? 음악 하는 자네 친구가 없었더라면 오늘도 저녁을 거른 채 잠자리에 들었을 테니 말이야. 내가 좋은 정보를 주었지, 어떤가?"

드루하르트는 고개를 숙였고, 첼레스트는 그냥 뚱하게 앞만 바라보았다.

"누가 저에게 그 장소를 가르쳐줄 겁니까?"

게롤트는 되풀이해서 말을 하고는 싸늘하게 영주를 바라보았다.

"첼레스트. 첼레스트가 용의 어금니와 그리로 가는 길을 가르쳐줄 걸세. 언제 일하러 갈 건가?"

영주가 웃음기를 거두고 말했다.

"내일 아침에 일찍 가겠습니다. 외항에서 봅시다, 첼레스트 씨."

"좋소, 위쳐 선생."

"잘했어, 훌륭해."

영주는 양손을 비비고 또다시 웃는 얼굴로 빈정거렸다.

"게롤트, 쉐나츠 건보다 나은 성과를 거두길 기대하겠네. 정말이지 기대가 되는군. 아, 한 가지 더 있네. 이번 사건에 관해 이야기하는 건 금물이네. 지금까지 겪은 공포만으로도 충분하니까. 더 이상의 공포는 원치 않네. 드루하르트, 자네도 알아들었겠지? 입만 벙긋했다간 혀를 뽑아버리라고 하겠네."

"알겠습니다, 영주님."

"좋아. 그럼 나는 가보겠네. 즐거운 시간을 보내는데 방해하고 싶지 않으니까. 소문 퍼트리지 마시게들. 잘 있게, 드루하르트. 약혼한 친구들에겐 내 이름으로 행운을 비네."

아글로발이 자리에서 일어섰다.

"고맙습니다. 영주님."

에씨 다벤은 둥글게 몰려든 청중들에게 둘러싸인 채 등받이 없는 의자에 앉아서 아름다운 선율의 슬픈 발라드를 부르고 있었다. 애인에게 속은 한 여인의 한탄스러운 신세를 담은 노래였다. 단델라이언은 기둥에 기대어 혼잣말하듯 중얼거리며 박자와 음절을 손꼽아 세고 있었다.

"그래서? 일거리는 생겼나, 게롤트?"

단델라이언이 물었다.

"그렇네."

위쳐는 시인과 아무런 관계가 없는 세세한 부분들은 언급을 생략했다.

"내가 말했잖아, 냄새가 난다고. 돈 냄새가 나더라고. 잘됐네, 아주 잘되었어. 나도 벌고, 자네도 벌고. 이제 우리도 배불리 먹을 수 있겠군. 우리 치다리스로 가세. 포도주 축제 때까지는 갈 수 있을 거야. 하지만 지금은 잠깐만 나를 용서해주게. 저기 긴 의자 위에서 흥미로운 걸 봐두었거든."

게롤트는 시인의 눈길을 따라가 보았지만, 반쯤 입을 벌린 족히 열 명은 되어 보이는 소녀들 외엔 전혀 흥미로워 보이는 것이 없었다. 단델라이언은 빳빳하게 밤스를 잡아당기고, 오른쪽 귀 쪽으로 모자를 삐딱하게 밀어 쓴 다음, 사뿐사뿐 춤을 추는 사람들 사이를 헤집고 천천히 긴 의자로 향했다. 단델라이언은 노련하게 처녀들을 감시하는 중년 부인들을 피하고 나자 평소 해오던 대로 '치아 드러내기' 의식을 시작했다.

에씨 다벤은 발라드를 마친 뒤 브라보를 외치는 청중들의 환호와 작은 돈주머니, 그리고 약간 시들기 시작했어도 아름다운 커다란 국화꽃 한 다발을 받았다.

게롤트는 하객들 사이를 두루 돌아다니며 탁자에 앉을 기회를 기다리고 있었다. 그는 마리나데에 절인 청어와 양배추를 곁들인 갈매기 요리, 대구 머리탕, 칼집을 낸 훈제 연어와 햄이 무서운 속도로 사라지는 모습을 우수에 찬 표정으로 바라보았다. 문제는 탁자마다 긴 의자에 빈자리가 없다는 데 있었다.

처녀들과 중년 부인들이 조금 생기가 돌자, 단델라이언에게 몰려와 빽빽 대는 목소리로 이제는 그가 등장했으면 좋겠다고 요청했다. 단델라이언은 가짜 웃음을 지어 보이곤, 별로 설득력 없는 방식으로 겸손을 표하며 핑계를 댔다. 게롤트는 더 이상은 기다리고 있을 수 없어서 완력을 써서 거의 반 강제로 한 탁자에 자리를 잡았다.

놀랍게도 식초 냄새를 강하게 풍기는 한 노인이 정중하고도 흔쾌히 옆으로 엉덩이를 밀쳐주었고, 그 바람에 노인은 그와 이웃해 앉아 있던 두서너 사람과 거의 부딪힐 뻔했다. 게롤트는 꾸물거리지 않고 음식으로 달려들어 눈 깜짝할 사이에 손이 닿는 곳에 달랑 하나 있던 사발을 싹싹 비웠다. 식초 냄새를 풍기는 노신사가 옆에 있던 접시를 게롤트에게 밀어주었다. 위쳐는 고맙다고 말한 다음 요즘 시대와 청년들에 관한 노신사의 장광설에 집중했다. 신사는 더 자유로워진 사교형식을 '방종'이라고 완고하게 표현했고, 게롤트는 진지하게 듣는 척하느라 애를 써야 했다.

에씨는 진달랫과의 관목 다발을 걸어둔 벽 근처에 혼자 서서 류트를 조율하고 있었다. 위쳐는 자수를 놓은 비단 밤스를 입은 젊은 사내가 에씨에게

다가가는 것을 보았다. 사내는 에씨에게 뭔가를 말하면서 아리송한 미소를 지어 보였다. 에씨가 젊은 남자를 바라보며 예쁜 입을 가볍게 일그러뜨리고는 몇 마디 말을 하는 게 보였다. 젊은 남자는 고개를 움츠리고 재빨리 자기 갈 길을 갔다. 루비처럼 빨개진 그의 두 귀가 한참 동안 어둠 속에서 빛을 발했다.

"……불쾌한 걸 그대로 드러내고, 욕하고, 창피를 주지요. 방종도 이런 방종이 없어요, 선생."

식초 냄새를 풍기는 노신사는 계속해서 이야기했다.

"맞습니다."

게롤트는 빵으로 접시를 닦아 먹으며 서툴게 한마디 거들었다.

"존경하는 신사 숙녀 여러분, 잠깐만 조용히 해주십시오."

드루하르트가 홀의 가운데로 걸어오면서 크게 외쳤다.

"유명한 단델라이언께서 편찮고 피곤한 몸에도 이제 우리를 위해 마리엔 여왕에 관한 발라드와 검은 까마귀에 관한 발라드를 불러주신답니다! 이것은 방앗간 집 딸인 베베르카 양의 긴급 요청에 따른 곡이기도 한데, 선생님께서 말씀하신 대로 전하자면, 그 요청을 거절하실 수가 없으셨답니다."

베베르카 양은 긴 의자에 앉은 처녀 중 별로 예쁘지 않은 몇몇 가운데 한 명이었지만, 그 말을 듣자 순간적으로 미인처럼 보였다. 터져 나온 박수와 환호성이 냄새를 풍기는 노신사의 다음번 방종에 관한 연설 소리를 눌러버렸다. 단델라이언은 박수 소리가 완전히 잦아들 때까지 기다렸다가 류트를 들고 인상적인 전주를 연주했다. 그리고 전주에 이어 베베르카 양에게서 시선을 떼지 않고 노래를 시작했다. 한 구절 한 구절 노래를 부를수록 그녀는 점점 더 아름다워졌다. 게롤트는 생각했다. '정말이지, 저 얍삽한 친구가 벤

거버그에 있는 예니퍼의 가게에서 파는 마법 오일이나 마법 연고보다 훨씬 더 효과가 좋군.'

에씨가 단델라이언 주변으로 반원을 그리며 모여든 청중들을 지나 조심스럽게 경사면이 설치된 출구로 사라지는 게 보였다. 묘한 충동에 이끌려 게롤트는 탁자에서 벌떡 일어나 그녀를 뒤따라갔다.

에씨는 경사면 난간에 양손을 지탱하고 가녀린 어깨를 위로 세운 채 몸을 앞으로 비스듬히 기울이고 서 있었다. 그녀는 달빛과 항구에서 타오르는 불빛을 받아 반짝이는 주름진 바다에 눈길을 주었다. 게롤트의 발 아래쪽 쪽마루에서 삐걱거리는 소리가 났다. 에씨가 몸을 일으켰다.

"미안, 방해하려던 건 아니었소."

게롤트는 뻣뻣하게 한마디 하고는 그녀의 입매를 바라보며 조금 전 비단옷을 입었던 젊은 남자에게 갑작스럽게 지어 보였던 그 표정을 찾아보았다.

"방해는 무슨, 아니에요."

에씨는 그렇게 대답한 뒤 미소를 지어 보이고는 고수머리를 뒤로 넘겼다.

"혼자 있고 싶어서 나온 게 아니라 신선한 공기를 좀 쐬려고 나왔거든요. 담배 연기와 탑탑한 공기가 당신 같은 분도 긴장을 풀게 만들었나 봐요?"

"어느 정도는. 하지만 당신의 마음을 상하게 한 내 의식이 더 강했던 것 같소. 사과하러 왔어요, 에씨. 그리고 친절하게 대화를 나눌 만한 기회도 찾아보려고 왔소."

"사과는 당신이 받아야죠. 내가 너무 날카롭게 반응했어요. 나는 항상 너무 날카롭게 반응하죠. 도무지 스스로를 통제하질 못한답니다. 죄송해요, 부디 나에게 두 번째 기회를 주세요. 대화를 나눌 기회를요."

에씨가 다시 난간에 양팔을 기대었다.

게롤트는 그녀의 곁으로 가서 난간에 몸을 기댔다. 에씨에게서 뿜어져 나오는 온기와 가벼운 마편초 향을 느꼈다. 라일락과 구스베리 향은 아니지만, 마편초 향도 좋았다.

"게롤트, 당신은 '바다'하면 어떤 생각이 연관되어 떠오르죠?"

에씨가 뜬금없이 물었다.

"불안."

그는 깊이 생각할 것 없이 그렇게 답했다.

"흥미롭네요. 말은 그렇게 하면서 행동은 차분하고 절도 있게 하잖아요."

"불안을 느낀다고 말하진 않았소. 바다하면 떠오르는 생각이 뭐냐고 물었잖소."

"연상되는 생각은 곧 영혼의 형체이죠. 그 부분에 관해선 내가 좀 알아요, 나는 시인이거든요."

"그럼 당신은? 에씨, 당신은 '바다'하면 어떤 것이 떠오르지?"

게롤트는 자신이 느꼈던 불안에 대한 고찰에 종지부를 찍으려고 쉴 틈을 주지 않고 물었다.

"영원한 움직임."

잠시 후 에씨가 대답했다.

"변화. 그리고 수수께끼, 비밀, 내가 잡을 수 없는 어떤 것, 수천 가지 방법으로 수천 편의 시를 쓸 수는 있어도 그 핵심에는, 그 본질에는 도달할 수 없는 어떤 것. 그래요, 아마도 이런 것이지 싶어요."

"그렇다면 당신이 느끼는 것 역시 불안이오. 차분하고 절도 있게 행동하지만 말이오."

게롤트는 말을 하면서도 자신이 점점 더 강하게 마편초 향에 빠져드는 것을 느꼈다.

에씨가 그를 향해 돌아섰다. 그리고 금빛의 곱슬머리를 뒤로 젖히고는 아름다운 두 눈으로 바라보았다.

"나는 차분하지도 않고, 절도가 있는 편도 아니에요, 게롤트."

갑자기, 전혀 예상치도 않게 일이 벌어졌다. 게롤트가 한 몸짓, 그것은 단지 하나의 스침, 그녀의 어깨를 가볍게 스치는 것에서 그쳐야 했다. 그런데 그 몸짓은 에씨의 가녀린 허리를 양손으로 움켜잡는 것으로, 거칠게 힘을 주지는 않았지만 재빠르게 그녀를 잡아당겨 피가 끓어오르는 격렬한 육체 간의 만남으로까지 이어졌다. 에씨가 갑자기 신음을 냈다. 그러고는 긴장하여 몸을 뒤로 젖히고 자신의 허리를 감은 그의 손을 떼어내려는 듯 양손으로 세차게 그의 손을 움켜잡았다. 하지만 게롤트의 손을 떼어내는 대신 그녀는 그의 손을 단단히 움켜잡았고, 고개를 숙인 채 머뭇거리며 입을 열었다.

"뭐죠……. 왜 이러는 거죠?"

에씨가 속삭이듯 말했다. 그녀의 두 눈이 휘둥그레졌다. 금발의 고수머리가 뺨으로 미끄러져 내렸다.

조용히, 그리고 천천히 게롤트는 앞으로 고개를 숙여 가까이 얼굴을 가져갔다. 갑자기 두 사람의 입술이 입맞춤에 대한 열망으로 신속하게 서로의 입술을 찾았다. 그러면서도 에씨는 여전히 그녀의 허리를 부여잡은 그의 두 손을 떼어내지 않았다. 서로 몸이 밀착되지 않도록 몸을 좀 더 뒤로 젖혔을 뿐이었다. 두 사람은 그 상태로 머무르며 마치 춤을 추듯 빙그르르 돌았다. 에씨는 기꺼이 그의 입맞춤에 응했다. 능숙하게 그리고 오래.

그런 다음 그녀는 민첩하게 그에게서 벗어났다. 게롤트의 손을 애써 풀려고 한 것도 아니었다. 에씨는 다시 난간에 몸을 기대고 양 어깨 사이에 머리를 파묻었다. 게롤트는 갑자기 이루 말할 수 없이 자신이 어리석게 여겨졌다. 이 생각에 막혀 그는 에씨에게 다가가지도, 비죽이 올라간 그녀의 어깨를 감싸주지도 못했다.

"왜죠?"

에씨는 그에게로 돌아서지도 않고 냉담하게 물었다.

"이렇게 행동한 건 왜죠?"

에씨가 눈초리로 그를 흘겨보았다. 그러자 위쳐는 불현듯 자신이 잘못했다는 생각이 들었다. 게롤트는 갑자기 눈이 번쩍 뜨이면서 진실이 아닌 위선과 거짓말, 위장, 허세 탓에 자신이 가차없이 수렁에 빠지게 될 수 있다는 사실을 알게 되었다. 그리고 그 수렁에는 용수철처럼 유연하고 얇은 덮개를 씌워놓은 듯 둥그렇게 모여 있는 풀과 이끼가 놓여 있으며, 이미 걸음을 내디딜 때마다 그 바닥이 느슨해져서 벌어지고, 찢어지고 있다는 걸 알게 되었다.

"왜였죠?"

에씨가 물었다.

위쳐는 대답하지 않았다.

"함께 밤을 보낼 여자를 찾고 있었나요?"

게롤트는 대답하지 않았다. 에씨가 천천히 돌아서서 그의 어깨에 손을 가져다 댔다.

"들어가요."

그녀는 아무렇지도 않은 듯 말했다. 그러나 게롤트를 속이지는 못했다. 아무렇지 않은 말투 속에서도 그는 에씨가 얼마나 긴장하고 있는지 느낄 수 있었다.

"그런 표정을 짓지 마요. 아무 일도 없었어요. 그리고 내가 오늘 밤을 함께 할 남자를 찾지 못한 게 당신 잘못은 아니잖아요, 안 그래요?"

"에씨……."

"가요, 게롤트. 단델라이언이 벌써 세 번째 앙코르를 요청받았어요. 이제 내 차례예요. 어서요, 나는 노래할 거란 말이에요……."

에씨가 묘한 눈길로 그를 바라보더니 푸하고 입바람을 불어 눈앞에 드리워진 고수머리를 넘겼다.

"당신을 위해 노래할 거란 말이에요."

IV

"오!"

위쳐는 놀라며 외마디 소리를 냈다.

"어쩐 일이야? 난 또 오늘 밤엔 들어오지 않을 줄 알았지."

단델라이언은 빗장을 질러 문을 닫았다. 그러고는 못에 류트와 왜가리 깃털이 달린 모자를 걸었다. 그런 다음 밤스를 벗어 툭툭 털더니 방 한쪽 구석에 놓여 있는 자루들 위에 걸쳐 놓았다. 다락방에 있는 가구는 이 자루들 외에 손잡이가 달린 물통, 콩깍지로 속을 채운 커다란 요가 전부였다. 게다가 초는 맨 바닥에, 굳어버린 촛농 속에 꽂혀 있었다. 드루하르트는 단델라이언에게 감탄하긴 했지만, 제대로 된 방이나 알코브를 쓰라고 내어줄 정도로 깊은 감명을 받지 못한 게 분명했다.

"어째서 내가 오늘 밤에 들어오지 않을 거라는 생각을 하게 되었지?"

단델라이언이 장화를 벗으며 물었다.

"나는 자네가 베베르카 양의 창문 아래에서 세레나데를 부르려고 나갔다고 생각했다네. 그래서 냄새 잘 맡는 수캐가 암캐한테 그러듯 밤새도록 그녀를 쳐다보느라 못 올 줄 알았지."

위쳐가 팔꿈치로 몸을 지탱하자 요 속의 콩깍지가 버스럭거렸다.

"하하하."

음유시인이 웃음을 터트렸다.

"어리석기는. 자넨 정말 숙맥이야. 베베르카? 베베르카는 무슨! 나는 아케레타 양이 질투심을 갖게 하려고 그런 것뿐이네. 내일 아침 그녀에게 작업을 걸 작정이거든. 조금만 옆으로 가보게."

단델라이언이 콩깍지를 넣은 요 위에 엎어지더니 게롤트의 이불을 홱 잡아당겼다. 게롤트는 괜스레 화가 치밀어 작은 창이 난 쪽으로 고개를 돌렸다. 한때 사람들은 저 창문으로 부지런한 거미들이 아니라 별이 반짝이는 하늘을 보았으리라.

"왜 이렇게 뿔이 났지? 내가 여자들에게 작업을 거는 게 거슬리는가? 언제부터였지? 자네 혹시 드루이드 사제가 되어서 순결을 찬양해온 건가? 아니면 혹시……."

"객쩍은 수다는 그만두게. 피곤하니까. 자네는 못 느꼈나, 우리가 지금 이주일 만에 처음으로 지붕이 있는 곳에서 요를 깔고 누웠다는 걸? 아침이 다가올 때 콧잔등에 떨어지는 비를 맞지 않아도 된다는 거, 생각만 해도 기쁘지 않은가?"

"나에게 여자 없는 이부자리는 이부자리가 아니라네. 그건 불완전한 행복이지. 그런데 대체 불완전한 행복은 뭘까?"

단델라이언이 꿈을 꾸듯 대꾸했다.

게롤트는 밤에 수다의 신이 단델라이언을 덮칠 때면 언제나 그랬듯 답답해하며 신음을 냈다.

단델라이언은 자기 목소리에 심취하여 계속 이야기했다.

"불완전한 행복은 마치…… 마치 하다가 만 입맞춤과 같아……. 물어봐도 되는지 모르겠네만, 자네 이는 왜 가는 건가?"

"자네는 정말이지 지루하기 짝이 없네, 단델라이언. 이부자리, 여자, 엉덩이, 유두, 잡다한 연인들의 개들, 다시 말해 부모들 때문에 중단된 불완전한 행복과 입맞춤, 그런 거 빼면 뭐가 있나? 자네는 다른 건 할 줄 모르는 게 분명해. 자네 같은 시인들은 무분별한 방종은 말할 것도 없고, 여기저기 옮겨 다니며 경솔하게 행동해야만 시를 지으며 노래를 부르는 게 허용되나 보군. 그런 걸 두고 재능의 어두운 면이라고 하는 거네."

게롤트는 엄청나게 많은 말을 했지만, 어조로 보아선 아직 열이 덜 가신 것 같았다. 단델라이언은 그가 왜 그러는지 가볍게 간파했다. 그리고 자신의 판단이 적중했음을 확신했다.

"아하, 샛별눈동자라고 불리는 에씨 다벤이로군. 아름다운 샛별눈동자가 위쳐의 마음에 머물러 혼란스럽게 하는 게야. 위쳐는 마치 생도가 공주님을 대하듯 샛별눈동자를 대하고 있고 말이지. 그리고 자신에게 책임을 묻는 대신, 그녀에게 책임을 돌리고는 그녀에게서 그림자처럼 어두운 면을 찾고 있는 게지."

단델라이언은 차분했다.

"돌았군, 단델라이언."

"아니네, 사랑하는 친구. 에씨는 자네에게 감명을 주었어. 그건 자네도 숨길 수 없는 사실이지. 말이 나온 김에 말인데, 그거야 비난할 게 뭐가 있겠나. 난 전혀 없다고 보네. 하지만 조심하게. 실수하지 말라는 말이야. 에씨는 자네가 생각하는 그런 사람이 아니야. 그녀의 재능에 그늘진 면이 있다고 해도, 자네가 생각하는 그런 면은 분명히 아닐 걸세."

"자네가 그녀를 잘 알고 있을 거라 생각은 했네."

위쳐가 말했다. 이번에는 감정을 추스른 목소리였다.

"아주 잘 알지. 하지만 자네가 생각하는 그런 식으로는 아니야. 그런 식으로 아는 건 아닐세."

"자네답지 않게 이렇게 쉽게 실토를 하다니 아주 특이한 일이로군."

"자네는 바보일세."

단델라이언이 돌아누웠다. 그러고는 양손을 머릿밑에 넣어 베개로 삼았다.

"나는 꼬마 인형이 거의 아이였을 때부터 알고 지냈네. 그녀는 나에게 …… 뭐랄까, 막내 여동생 같다고나 할까, 그런 존재야. 다시 한 번 말하겠는데, 에씨에게 어리석은 짓은 하지 말게. 아주 큰 상처를 줄 수도 있어. 자네 역시 그녀에게 감명을 주었으니까. 인정하게나. 에씨에게 마음이 있지?"

"설령 그렇다 할지라도, 난 그런 문제를 두고 토론하는 습성은 없네, 자네와는 반대로."

게롤트의 말투에 날이 서 있었다.

"그런 문제를 갖고 노래를 만들지도 않지. 자네가 그녀에 대해 말해준 부분에 대해서는 감사하네. 실제로 어리석은 행동을 했을지도 모르지만, 더이상의 실수는 하지 않도록 자네가 나를 막아준 것 같으니까. 하지만 이제 그 이야기는 그만하세. 그런 이야기는 사람의 진만 뺄 뿐이니까."

단델라이언은 잠시 아무 말도 하지 않고 가만히 누워 있었다. 그러나 게 롤트는 그를 너무나 잘 알고 있었다.

"알고 있네. 전부 다 알고 있어."

결국 시인은 입을 열었다.

"또 무슨 시시껄렁한 말을 하려고 그러나, 단델라이언."

"자네는 자네의 문제가 어디에 있는지 아나, 게롤트? 자네 눈에는 자네 가 다른 것처럼 보이지? 자네는 어딜가든 이 달라 보이는 존재를 끌어안고 다니지. 이 존재는 자네가 비정상이라고 간주하는 것, 바로 그것이야. 다른 누구도 아닌 자네 자신이 '비정상'이라는 짐을 자신에게 지우고 있네. 이성 적으로 생각하는 대부분의 사람에게 자네는 지극히 정상적이라는 것, 그리 고 사람들은 누구나 정상적이길 바란다는 걸 이해하지도 못한 채 말이야. 자네가 좀 더 빨리 반응하고, 햇빛을 받으면 동공이 점처럼 작아지는 것? 그게 뭐가 중요하지? 어둠 속에서 고양이처럼 잘 볼 수 있다는 것? 마법 쓰 는 요령을 안다는 것? 그것들도 마찬가지야. 여보게, 친구, 전에 알고 지내 던 여관 주인이 있었는데, 그 사람은 십 분 동안 끊지 않고 방귀를 뀔 수 있 었다네. 그것도 '어서 오라, 새 아침이여'라는 시편을 참조한 멜로디를 연주 할 정도였지. 진기한 재주이긴 했지만, 그것도 재능은 재능이야. 그리고 그 런 희한한 재주를 지녔어도 여관 주인은 지극히 정상이었다네. 부인도 있 고, 애들도 있고, 반신불수인 할머니까지 있는……."

"그게 에씨 다벤과 무슨 상관이 있다는 거지? 설명 좀 해줄 수 있겠나?"

"물론이지. 자네는 괜히 근거도 없이 이렇게 상상한 거야. 즉 샛별눈동자 가 건전하지 않은, 한마디로 변태적이고 비정상적인 호기심 때문에 자네에게 관심을 두는 거라고 상상한 거지. 자네를 괴수나 머리가 둘 달린 송아지 내지는 곡마단에 잡혀온 불도롱뇽처럼 생각할 거라고 말이야. 그래서 그 생각에 사로잡혀 첫 번째 기회가 왔을 때 그녀에게 한 방 날리고 말았던 거지. 그녀 쪽에서는 아무런 공격도 하지 않았는데 말이야. 그때 나는 현장에 있었네. 물론 그 후 이어진 사건 현장에는 없었지만, 나는 두 사람이 홀을 빠져나가는 걸 알아차렸고, 그녀가 다시 돌아왔을 때 뺨이 빨갛게 달아오른 걸 보았네. 그래, 게롤트, 이 대목에서 나는 자네에게 어리석게 굴지 말라고 경고한 거야. 그런데 이미 범한 것 같군. 자네는 자네 머릿속에서 나온 건전하지 못한 호기심에 대해 그녀에게 복수하려고 했어. 그 호기심을 철저히 이용하리라 결정한 거야."

"다시 한 번 말하는데, 자넨 돌았어."

"그리고 자네는 시험해보았지."

음유시인은 전혀 흔들리지 않고 계속해서 이야기했다.

"그녀와 함께 건초 더미가 있는 곳으로 갈 수 있을지, 그녀가 자네처럼 마법에 내어준 낯선 존재, 위쳐와 같은 존재와 사랑을 나누는 일에 호기심을 갖고 있는지. 다행히 에씨는 자네가 생각했던 것보다 더 똑똑하다는 걸 입증해보였네. 그리고 아량 있게 자네의 어리석음을 불쌍히 여기고 봐주었지. 그건 에씨가 자네가 어리석게 군 이유를 파악했기 때문이지. 이건 자네가 밖에서 돌아왔을 때 부푼 입술로 들어오지 않았다는 사실에서 내린 결론이네."

"이제 끝났나?"

"그래, 끝났네."

"그렇군. 그럼 잘 자게."

"나는 자네가 왜 화를 내고, 이를 가는지 알지."

"그야 당연하지. 자네는 뭐든 다 아니까."

"누가 자네를 이처럼 정상적인 여자를 이해할 수 없게 망가트려 놓았는지 알고 있네. 예니퍼가 자네를 속속들이 망가트려 놓은 거야. 자네가 예니퍼의 무엇에 그리 끌렸는지 알 수만 있다면, 내 조용히 꺼져주지."

"그만하지, 단델라이언."

"자네, 정말로 에씨처럼 정상적인 여자는 선호하지 않는 건가? 그 여자 마법사에게는 있고 에씨에게는 없는 게 뭔가? 혹시 나이인가? 샛별눈동자는 어린 축에 들지 않을 걸세. 그냥 보이는 모습 그대로의 나이라네. 자네, 그거 아나? 언젠가 예니퍼가 몇 순배 술이 돌고 나자 나한테 뭐라고 고백했는지? 하하⋯⋯. 그녀가 나한테 이렇게 말하더군. 그녀가 남자와 처음 그걸 했을 때가 쟁기가 발명된 지 정확히 일 년 뒤였다고 말이야."

"거짓말. 예니퍼는 죽을 때까지 자네라는 인간을 참아주지 못할 걸세. 그리고 자네한테는 절대로 속마음을 털어놓지 않을 거야."

"그러거나 말거나. 좋아, 내가 거짓말을 했네. 인정하지."

"그럴 필요 없어. 내가 자네를 좀 잘 아나."

"자네는 나를 좀 안다고 생각하는 모양인데, 잊지 말게. 이 몸은 복잡한 천성을 지닌 몸이라는걸."

"단델라이언."

위쳐가 한숨을 쉬었다. 이제 진짜로 졸렸다.

"자네는 독설가에 음담꾼, 오입쟁이, 그리고 거짓말쟁이야. 그리고 복잡한 것과는 거리가 멀어도 한참 먼 사람이야. 내 말을 믿어도 좋아. 잘 자게."

"잘 자게, 게롤트."

V

"일찍 일어났구려, 에씨."

여류시인이 미소를 지었다. 그러고는 바람에 흐트러진 머리카락을 부여잡았다. 그녀는 주의를 기울여 구멍들과 썩은 널빤지를 피하며 조심스럽게 방파제 위로 올라왔다.

"위쳐가 일하는 모습을 볼 기회를 놓치고 싶지 않았어요. 또다시 나를 호기심쟁이로 생각할 건가요, 게롤트? 좋아요, 숨기지 않을게요, 나는 정말로 호기심이 많거든요. 어떠세요?"

"어떠냐니, 무슨 뜻이오?"

"아, 게롤트. 호기심과 정보를 모으고 해석하는 나의 재능을 과소평가하는군요. 잠수부와 관련된 사건에 대해서 이미 다 알고 있거든요. 아글로발과 당신이 협의한 일의 세부 사항도 알고 있고요. 그리고 당신이 그곳, 용의 어금니까지 태워줄 배를 찾고 있다는 것도요. 배는 구했나요?"

게롤트는 한동안 그녀를 조사하듯 바라보았다. 그런 다음 그는 갑작스럽게 마음을 결정했다.

"아니, 못 구했어. 단 한 척도."

"사람들이 겁을 먹은 건가요?"

"그렇소."

"바다로 나가지 못하면 정찰은 어떻게 해요? 진주 채취꾼들을 죽인 괴물은 또 어떻게 공격한다는 거죠?"

게롤트는 에씨의 손을 잡아 이끌고 방파제의 나무다리에서 내려왔다. 두 사람은 천천히 돌멩이가 깔린 해변을 따라 걸었다. 해변에 들어선 큰 배들

곁을 지나, 기둥에 판판하게 펼쳐놓은 그물 사이에 세워둔 버팀목 사이를 빠져나갔다. 그리고 배를 갈라 건조 중인 생선들을 꽃 장식처럼 달아놓은 틈새도 지나갔다. 게롤트는 뜻밖에도 여류시인과 함께 있는 것에 자신이 전혀 불편해하지 않는다는 사실을, 그리고 그 관계가 부담스럽거나 억지스럽지도 않다는 사실을 깨달았다. 그뿐만 아니라 그는 차분하고 감정이 배제된 대화를 통해 피로연장 밖에서 있었던 어리석은 입맞춤의 인상이 지워질 수 있기를 바랐다. 에씨가 방파제로 왔다는 사실은 그녀가 게롤트를 원망하지 않을 거라는 희망을 주었다. 그는 기뻤다.

"괴물을 공격한다……. 어떻게 할지 방법만 안다면 가능하겠지. 나는 바다괴물에 관해서 아는 게 거의 없어."

게롤트는 그녀가 한 말을 반복해서 중얼거렸다.

"흥미롭네요. 내가 알고 있기에는 육지보다 바다에 훨씬 더 많은 괴물이 있다고 하던데요. 종류도, 수도 더 많다고 말이죠. 그래서 위쳐들에게 바다는 나쁘지 않은 활동 영역이라고 할 수 있다고요."

"전혀 그렇지 않소."

"왜죠?"

"인간이 영역을 바다로 확장하는 건 그렇게 오랜 시간이 걸리지 않을 거요. 예전에 육지에서, 특히 영토 확장을 위한 제1병참기지 역할을 하던 지역들에서 위쳐를 필요로 했었지. 우리는 바다에 사는 놈들과의 싸움엔 적합하지 않소. 특히 공격적인 해충들이란 해충들이 죄다 바다에 모여서 우글거리고 있다 해도 말이오. 우리가 상대하기에 녀석들은 너무 크거나 너무 두꺼운 갑옷을 두르고 있지. 그렇지 않으면 이상적인 환경 속에서 아주 안전하게 지내고 있소. 아니면 이 모든 걸 전부 갖추고 있거나."

그는 고개를 옆으로 돌리고 헛기침을 했다.

"그럼 진주 채취꾼들을 죽인 괴물은요? 그게 뭔지 전혀 모르겠어요?"

"아마도 크라켄이 아닐까?"

"아니에요. 크라켄이었다면 배를 산산조각 냈을 거예요. 하지만 배는 멀쩡했잖아요. 그리고 들은 대로라면 온통 피로 물들어 있었다면서요."

샛별눈동자가 침을 꿀꺽 삼켰다. 그녀의 얼굴이 눈에 띄게 창백해졌다.

"내가 똑똑해서 그런 일에 대해 떠든다곤 생각하지 말아줘요. 나는 바닷가에서 자랐어요. 그리고 그런 비슷한 경우를 몇 번 보았거든요."

"그렇다면 그게 무엇이었을까? 거대오징어였을까? 그랬다면 사람들을 배에서 끄집어 당겼을 수도 있잖아……."

"그랬다면 피는 없었겠죠. 오징어도 아니었어요, 게롤트. 큰칼고래나 용머리거북도 아니에요. 왜냐면 이번 것은 배를 산산조각 내지도, 전복시키지도 않았으니까요. 이번 것은 배로 들어와 그 안에서 살육을 자행한 거예요. 만약 당신이 바닷속에서 놈을 찾는다면, 오류를 범하는 것 아닐까요?"

순간 위쳐가 멈칫했다.

"에씨, 지금 당신에게 감탄하기 시작했어."

게롤트의 말에 에씨가 얼굴을 붉혔다.

"당신 말이 옳아. 공중에서 공격한 것일 수도 있어. 오니토드라콘*이었거나 그리핀이었을 수도, 아니면 비버른*이나 플라터*, 삼지창꼬리일 수도

* 오니토드라콘: 용과 새 중간 형태의 거대한 비행 생물체로, 전신이 깃털로 덮혀 있다. 진짜 용이 아닌 까닭에 삼지창꼬리나 비룡처럼 지능이 없다.
* 비버른: 뱀 모양에 긴 꼬리와 삼지창 모양의 독성을 지닌 거대한 파충류 괴물로, 하늘을 날 수 있다.
* 플라터: 흡혈괴물의 일종으로, 생김새가 박쥐와 비슷하다.

있어. 어쩌면 록…….”

“잠시만요. 누가 오는지 보세요.”

에씨가 말했다.

기슭에서 아글로발이 그들을 향해 걸어오고 있었다. 혼자였고, 옷이 흠뻑 젖어 있었다. 멀리서 봐도 화가 단단히 난 모습이었다. 그들을 보자 아글로발은 분통을 터뜨렸고, 얼굴이 새빨개졌다.

에씨는 살짝 무릎을 구부렸고, 게롤트는 고개를 숙이고 한 손을 가슴에 올렸다. 아글로발이 침을 뱉었다.

“세 시간이나 바위에 앉아 있었네. 거의 동이 트기 시작한 때부터 말이야. 그녀는 코빼기도 안 보이더군. 세 시간 동안이나 멍청이처럼 바위에 앉아서 파도를 흠뻑 뒤집어썼다네.”

아글로발이 으르렁대듯 말했다.

“유감이군요…….”

위쳐가 중얼거렸다.

“유감스러워? 누가, 자네가? 이게 다 누구 때문인데? 자네 때문이야. 자네가 일을 그르쳐 놓았어. 전부 다 망쳐 놓았다고.”

영주가 분통을 터뜨렸다.

“제가 뭘 망쳐 놓았습니까? 저는 통역관으로 일했을…….”

“그깟 일은 악마에게나 줘버려.”

아글로발이 치를 떨며 게롤트의 말을 가로막고는 고개를 옆으로 돌렸다. 아글로발의 옆모습은 참으로 왕족다웠고, 동전에 각인된 그대로 위엄이 있어 보였다.

“정말이지, 자네를 고용하지 않았더라면 더 좋았을 텐데. 모순적으로 들리겠지만, 통역관이 없을 때 나와 쉐나츠는 서로를 더 잘 이해했어. 내가 무슨 말을 하는지 자네가 알지 모르겠지만 말이야. 그런데 지금은……. 자네는 지금 시내에서 사람들이 뭐라고 이야기하는지 아나? 진주 채취꾼들이 죽은 건 내가 사이렌을 화나게 했기 때문이라고 수군대고 있네. 그게 그녀가 한 복수라는 거야."

"터무니없는 말입니다."

위쳐가 차갑게 견해를 밝혔다.

"그게 터무니없는 말이라는 걸 자네가 어떻게 알아?"

영주가 으르렁대듯 말했다.

"아니, 자네가 어제 그녀에게 무슨 이야기를 했는지 내가 알긴 아는 걸까? 그녀가 할 줄 아는 게 무엇인지는 또 어떻게 알지? 그녀가 어떤 괴물들과 물속 깊은 곳에 숨어 있는지 그건 어떻게 알겠어? 그러니 부탁하네. 그것이 터무니없는 소리라는 걸 나한테 입증해주게. 어부들을 죽인 괴물의 머리를 가져오게. 해변가에서 시시덕거리지 말고 어서 일이나 시작하게……."

"일을 시작해요?"

게롤트는 그 말에 불끈 화가 치밀어 올랐다.

"어떻게요? 병이라도 타고 바다로 헤엄쳐나가라는 말씀입니까? 당신의 쳴레스트가 배 주인들에게 고문과 교수형을 걸고 위협하는데도 나서는 사람이 없습니다. 쳴레스트 자신도 그걸 굳이 원하지 않고요. 그런데 어떡해……."

"그게 내가 신경 쓸 일인가? 그건 자네 일이야! 대체 위쳐가 왜 있는 건가? 점잖은 사람들이 어떻게 하면 괴물에게서 벗어날지 궁리하느라 골머리를 앓지 말라고 있는 것 아닌가? 나는 그 일을 위해 자네를 고용했고, 그래서 자네에게 그 일을 수행하라고 요구하는 거야. 그러니 그게 싫다면 당장 가버리게. 안 그러면 내 영토의 경계선까지 자네를 몰아내고 말 걸세!"

아글로발이 고함을 치며 게롤트의 말을 잘랐다.

"고정하세요, 영주님."

샛별눈동자가 나직이 말했다. 그러나 창백해진 얼굴과 떨고 있는 양손에 선 그녀의 불쾌함이 고스란히 드러났다.

"그리고 저도 부탁할게요. 게롤트를 위협하지 말아주세요. 어찌어찌하다 보니 단델라이언과 제가 두루 알게 된 친구가 몇 명 있습니다. 그중 한 사람만 꼽아보자면, 치다리스의 에트하인 왕은 우리와 우리의 발라드를 무척 좋아하시는 분입니다. 에트하인 왕은 계몽군주이시고, 늘 이렇게 말씀하시는 분이지요. 우리의 발라드는 춤과 운율을 위한 음악일 뿐 아니라 인류사의 연대기를 전수하는 하나의 수단이라고요. 영주님, 영주님은 인류사의 연대기에 영주님의 이야기를 넣고 싶지 않으십니까? 원하신다면 그 부분은 제가 힘을 다하겠습니다."

아글로발은 잠시 차갑고 경멸하는 시선으로 에씨를 바라보았다. 그리고 마침내 현저하게 낮아지고 차분해진 목소리로 말했다.

"살해당한 어부들에게는 부인과 아이들이 있네. 사람들은 냄비가 바닥을 보이면 곧 다시 바다로 나갈 걸세. 진주잡이 잠수부든, 어부들이든 모두 말일세. 지금이야 겁을 내고 있지만, 배고픔은 공포를 이겨내지. 그들은 바다로 나가게 되어 있어. 그런데 그들이 돌아올 수 있을까? 게롤트, 자네 생각은 어떤가? 다벤 양, 나는 이 이야기를 다룰 당신의 발라드가 벌써부터 기대되오. 아무런 행동도 하지 않고 기슭에 서서 피 칠갑을 한 배와 우는 아이들을 보는 위쳐에 관한 발라드라."

에씨의 얼굴이 더욱더 창백해졌다. 그녀가 고집스럽게 고개를 뒤로 젖혔다. 그리고 고수머리에 입바람을 분 다음 말대답을 하려고 했다. 그러나 게롤트가 재빨리 그녀의 손을 잡고는 잇새로 치소리를 내며 그녀의 말을 막았다.

"그만하면 됐습니다. 이 일련의 대화에서 진짜로 건질 만한 단 한 가지 중요한 점은 아글로발 영주님, 당신이 저를 고용했다는 것입니다. 저는 그 위탁을 받아들였습니다. 그러므로 맡긴 임무를 수행할 것입니다. 수행할 수 있다면 말입니다."

"그럴 거라고 생각했네. 그럼 다음에 보세. 잘 가시오, 다벤 양."

영주가 짤막하게 말했다.

에씨는 무릎을 구부리는 절 인사는 하지 않았다. 목례만 갖추었을 뿐이다. 아글로발은 젖은 바짓가랑이를 치켜들고 울퉁불퉁한 돌바닥 때문에 갈지자로 항구를 향해 걸어갔다. 게롤트는 그제야 자신이 그때까지도 에씨의 손을 잡은 채 놓을 생각조차 하지 않았음을 알아차렸다. 게롤트가 손을 놓았다. 서서히 본래의 얼굴색으로 돌아온 에씨가 그에게로 얼굴을 돌렸다.

"위험에 빠질 텐데 쉽게 움직이네요. 당신을 움직이는 데는 여자들과 아이들에 관한 몇 마디 말이면 충분하군요. 그런데도 사람들은 당신들, 소위 위쳐들이 얼마나 무정한지 늘 이야기하지요. 게롤트, 아글로발은 여자들과 아이들, 노인 따위는 안중에도 없어요. 그가 원하는 건 진주 채취가 다시 시작되는 거죠. 채취꾼들이 아무것도 거둬오지 못하는 날이면 그에게 경제적 손실이 생기니까요. 아글로발은 배고픈 아이들을 미끼로 당신을 유인하는 거예요. 그런데도 당신은 서슴지 않고 곧바로 목숨을 위태롭게 하는 일에 뛰어……."

게롤트가 그녀의 말을 막았다.

"에씨, 나는 위쳐야. 목숨이 위태로운 걸 감수하는 게 내 직업이지. 아이들은 이 결정에 전혀 관계가 없어."

"내 눈은 못 속여요."

"당신은 왜 내가 당신을 속인다고 생각하는 거지?"

"왜냐면 다른 사람들이 보려는 것처럼 당신이 냉정한 사람이었다면, 보수를 더 높게 올리려고 했을 테니까요. 하지만 당신은 보수에 관해선 한 마디도 언급하지 않았죠. 아, 좋아요. 이 이야기는 이만하면 된 것 같네요. 우리 돌아갈까요?"

"조금만 더 걷지."

"좋아요. 게롤트?"

"듣고 있어."

"말했다시피, 나는 바닷가에서 자랐어요. 배도 조종할 수 있어요. 그리고……."

"그런 생각일랑 아예 떨쳐버려."

"왜죠?"

"떨쳐버리라니까."

위쳐는 같은 말을 되풀이했다.

"좀 친절하게 말할 수는 없어요?"

"왜 없겠어. 하지만 당신은 이 일이……. 하기야 누가 알겠어, 당신이 이 일을 어떻게 생각하고 있는지. 나는 무정한 위쳐야, 냉정한 전문가야. 나는 내 목숨을 걸고 위험을 무릅쓰지, 남의 목숨을 걸진 않아."

에씨는 아무 말도 하지 않았다. 게롤트는 그녀가 입술을 꾹 다물고 고개를 옆으로 돌리는 걸 보았다. 돌풍에 그녀의 머리카락이 다시 흐트러졌다. 머리카락이 뒤엉키며 잠시 에씨의 얼굴을 뒤덮었다.

"나는 그저 당신을 돕고 싶었을 뿐이에요."

"알아. 고마워."

"게롤트?"

"듣고 있어."

"그런데 아글로발이 말한 소문이 어느 정도 사실이라면요? 당신도 알잖아요, 사이렌들이 언제 어디서나 항상 친절한 건 아니라는 걸요. 여러가지 사건들이……."

"나는 그런 말을 믿지 않아."

"인어공주들."

샛별눈동자가 곰곰이 생각하더니 이어서 말했다.

"네레이스와 트리톤, 바다의 요정들. 그들이 할 수 있는 능력이 무엇인지 누가 알겠어요. 게다가 쉐나츠……. 그녀는 그럴만한 이유도……."

"나는 그런 말을 믿지 않아."

게롤트가 에씨의 말에 끼어들었다.

"믿지 않는 건가요, 아니면 믿고 싶지 않은 건가요?"

위쳐는 아무런 대답도 하지 않았다.

"냉정한 전문가인 척 연기하려는 건가요?"

에씨가 묘한 웃음기를 머금고 물었다.

"생각과 칼날이 함께 하는 사람인 척할 건가요? 원한다면 내가 말해 줄게요. 진짜 당신 모습 그대로 행동하세요."

"나는 진짜 내가 어떤지 알고 있어."

"당신은 다정다감한 사람이에요. 당신의 영혼은 근본적으로 불안으로 가득 차 있죠. 돌처럼 무뚝뚝한 당신의 얼굴도, 냉정한 목소리도 나를 속이지 못해요. 당신은 정에 약해요. 바로 그 다정다감함 때문에 당신은 지금 손에 칼을 쥐고 맞서야 하는 일에 나름의 정당한 이유가 있는지, 그것이 도덕적으로 생각해봐야 할 문제는 아닌지, 두려운 거죠……."

그녀가 나직하게 말했다.

"에씨, 나에게서 감동적인 발라드에 쓸 주제 같은 건 찾지 마. 내적으로 찢어지고 너덜거리는 위쳐를 그린 발라드 같은 거 말이야. 어쩌면 나도 내가 그런 사람이길 바라고 있을지도 모르지. 하지만 현실적으로는 그렇지 못해. 나의 도덕적인 문제는 나 대신 위쳐의 법규와 교육이 해결해주지. 일종의 조련이지."

위쳐가 천천히 말했다.

"그렇게 말하지 마요."

에씨는 신경을 곤두세우고 말했다.

"나는 이해할 수가 없어요. 왜 당신이 그렇게 하려는 건지……."

"에씨, 나는 당신이 나에 관해 잘못된 인상을 갖지 않았으면 해. 나는 말을 타고 달리는 기사가 아니야."

게롤트가 다시 한 번 그녀의 말을 가로막았다.

"냉정하고 생각 없는 살인자 역시 아니죠."

"맞아."

그는 조용히 에씨의 말을 인정했다.

"그렇게 생각하는 사람들도 있지만, 사실 나는 그런 인간이 아니야. 그러나 그것은 나의 다정다감함이나 나를 보다 격조 있게 하는 또 다른 특징에 속하는 것이 아니라, 자신의 값어치에 대해 확신하는 전문가의 자부심이자 오만함이야. 직업상의 규정과 냉정한 훈련이 감정보다 더 신뢰할 만하다고, 그것들이 선과 악, 질서와 무질서의 궁지에 빠졌을 때 범할 수도 있는 실수를 방지해주고 자신을 지켜준다고 주입 받은 전문가의 자부심과 오만함이지. 그래, 에씨, 내가 아니라 당신이 정에 약한 거야. 그뿐 아니라 그런 점이야말로 당신 직업이 요구하는 것이기도 하지. 그렇지 않아? 겉보기엔 정감 있어 보이는 사이렌이 마음이 상하여 절망적인 보복 행위로 진주 채취꾼들을 공격했다는 생각에 불안해진 건 당신이었어. 그래서 당신은 즉시 사이렌의 행동을 정당화하고 그녀의 죄를 덜어줄 수 있을 만한 이유들을 찾아나섰지. 영주에게 돈을 받은 위처가 단지 아름다운 사이렌이 자기감정에 겁없이 헌신했다는 이유로 사이렌을 살해할지도 모른다는 생각에 벌벌 떨면서 말이야. 하지만 에씨, 위처는 그런 고민에 얽매이지 않아. 그리고 감정에도 얽매이지 않지. 심지어 범인이 사이렌 집단이라고 밝혀진다 해도 위처는 그들을 죽이지 않을 거야. 규정상 그렇게 하는 것이 금지되어 있거든. 규정이 위처들의 고민을 해결해주지."

샛별눈동자는 그를 바라보다가 고개를 뒤로 휙 젖혔다. 그리고 재빨리 물었다.

"정말로 모든 고민을 다 해결해줄까요?"

'예니퍼에 관해 알고 있구나. 샛별눈동자가 그녀에 관해 알고 있어. 아, 단델라이언, 망할 놈의 수다쟁이……'

두 사람은 서로를 바라보았다.

'에씨, 당신의 푸른 눈동자가 숨기는 것은 무엇이지? 호기심? 색다름에 대한 매료? 샛별눈동자 아가씨, 당신의 재능이 가진 어두운 면은 무엇이지?'

"미안해요. 바보 같은 질문을 했네요. 철부지 같기도 했고. 이제 돌아가요. 바람이 뼛속까지 파고드는 것 같아요. 봐요, 얼마나 물거품이 일고 있는지……."

"보고 있어. 에씨, 그런데 이상하지 않아?"

"뭐가 이상하다는 거예요?"

"내 목을 걸고 장담하건대, 아글로발이 사이렌과 만나는 바위는 백사장 기슭에서 가깝고 크기도 제법 큰데, 그게 지금은 보이지 않아."

"밀물 때문이죠. 이제 곧 기슭이 시작되는 곳까지 물이 차오를 거예요."

에씨가 말했다.

"그렇게나 깊숙이?"

"그럼요. 이곳에선 물이 차오르고 빠져나가는 차이가 아주 심해요. 6미터 넘게 차이가 나죠. 이곳, 해협과 강어귀에서 파도의 반향 현상이 나타나기 때문이래요. 뱃사람들은 파도 메아리라고 말하길 좋아하더군요."

게롤트는 해각 쪽, 용의 어금니가 있는 곳으로 시선을 돌렸다. 용의 어금니는 물거품을 일으키며 거칠게 부딪쳐 부서지는 파도에 뒤덮여 있었다.

"에씨, 그럼 썰물은 언제 시작되지?"

"무슨 생각을 하는 거죠?"

"썰물 때 바닷물이 어디까지 밀려나가는지 알아?"

"무슨……. 아, 이제 알겠네요. 그래요, 당신이 맞아요. 대륙붕 끝까지요."

"어디 끝까지라고?"

"천해*의 바다에 있는 일종의 고원지대 같은 곳의 끝선이요. 대륙붕은 가

---

* 천해: 얕은 바다로, 해안에서 수심 200미터 깊이에 이르는 바다를 이른다.

장자리에 이르면 바다의 깊은 곳을 향해 가파르게 급경사를 이루죠."

"그럼 용의 어금니는……."

"정확히 그 가장자리에 있죠."

"그럼 발을 물에 담그지 않고 그곳까지 가는 것도 방법이겠군. 나에게 얼마의 시간이 주어질까?"

"모르겠어요."

샛별눈동자가 이마를 찌푸렸다.

"그건 이곳 토박이들한테 물어봐야 할 거예요. 하지만 게롤트, 내 생각에 그건 과히 좋은 생각은 아닌 것 같아요. 봐요, 육지와 용의 어금니 사이엔 온통 바위들뿐이죠. 해안 기슭은 전부 좁다란 협만과 수로가 길게 늘어서 있어요. 밀물 때가 되면 그런 곳마다 물이 차면서 소용돌이가 일고 물이 냄비 끓듯 부글거려요. 나도 모르겠네요, 어떤 게……."

바다에서, 이제는 거의 보이지도 않는 바위 쪽에서 첨벙거리는 소리가 들려왔다. 그러더니 아름다운 멜로디로 외치는 소리가 들렸다.

"백발 씨!"

사이렌이었다. 사이렌이 단아하게 물마루를 타고 우아하고 짧게 꼬리를 치며 물을 철썩이고 있었다.

"쉐나츠!"

게롤트가 소리쳐 대답하며 손을 흔들었다.

사이렌이 바위 있는 곳으로 헤엄쳐 오더니, 거품으로 뒤덮인 녹색 물속에 세로로 몸을 세웠다. 그러고는 양손으로 머리카락을 넘겼고, 그 즉시 상체를 드러내 보이며 한껏 아름다움을 뽐냈다. 게롤트는 순간적으로 에씨에게 눈길이 돌아갔다. 에씨는 살짝 붉어진 얼굴로, 옷 아래에 있듯 없듯 대조적인 자신의 가슴을 바라보며 유감스럽고 부끄러운 표정을 지었다.

"내 짝은 어디 있죠? 저기 있어야 하는데."

사이렌이 가까이 다가오며 노래했다.

"저기 있었다오. 세 시간이나 기다리다 가버렸다오."

"갔다고요?"

쉐나츠는 깜짝 놀라 소리를 높였다.

"그이가 기다리지 않았다고요? 그깟 세 시간도 견디지 못했다고요? 그럴 거라 생각했어요. 희생할 준비가 전혀 안 된 거죠! 전혀! 이젠 신물이 나요, 신물이 나! 그런데 당신은 여기서 뭘 하는 거죠, 백발 씨? 애인과 산책하는 건가요? 두 사람, 아름다운 한 쌍이네요. 두 다리 때문에 볼품이 없긴 하지만요."

"이 사람은 내 애인이 아니오. 우리는 잘 알지 못하는 사이라오."

"그래요? 아쉽네요. 두 사람이 잘 어울리는데, 함께 있는 모습이 아름다워 보이는데. 그럼 그 사람은 누구예요?"

"나는 에씨 다벤이라고 해요. 시인입니다."

샛별눈동자는 엑센트와 멜로디를 넣어 노래했다. 그에 비하면 위쳐의 목소리는 까마귀가 까옥거리는 것 같이 들렸다.

"만나서 반가와요, 쉐나츠."

사이렌이 두 손으로 손뼉을 치듯 물을 치며 큰 소리로 웃었다.

"이렇게 좋을 수가! 당신, 우리말을 할 줄 알잖아요! 단언컨대, 당신들은 나를 놀라게 해요, 당신들 인간들은요. 정말이지, 흔히 말하는 것처럼 그렇게 우리가 멀리 떨어진 사이는 아니에요."

사이렌에 못지않게 위쳐 역시 적잖이 놀랐다. 에씨가 워낙 교양이 풍부

하고 책을 많이 읽은 터라 자기보다 옛말, 즉 엘프들의 언어를 더 잘 구사할 거라는 생각은 했었다. 이 언어의 노래 버전이 사이렌과 인어공주, 네레이스들이 사용하는 언어였다. 따라서 그에게는 어렵기만 한 복잡한 사이렌어의 선율적 특징이 샛별눈동자에겐 상대적으로 덜 어렵다는 것 또한 깨달을 수밖에 없었다.

"쉐나츠! 우리가 그렇게 멀리 떨어진 사이가 아니라고는 하지만, 그래도 가끔 멀어지게 하는 건 종종 우리 사이에 살육이 벌어진다는 거요! 누가…… 누가 저기, 두 개의 바위가 있는 곳에서 진주 채취꾼들을 죽였소? 말 좀 해주시오!"

위쳐가 소리쳤다.

사이렌이 물속으로 잠수했다. 물이 끓어오르듯 뽀글거렸다. 잠시 후 그녀가 다시 수면으로 솟구쳐 올랐다. 아름답던 그녀의 얼굴이 찡그린 표정 때문에 추한 모습이 되었다.

"엄두도 내지 마세요! 그 계단엔 다가갈 엄두도 내지 마요! 그곳은 당신들을 위한 것이 아니에요! 그들에게 싸움을 걸지 마세요!"

쉐나츠는 귓전을 후벼 파듯 새된 소리를 냈다.

"뭐가? 뭐가 우리를 위한 곳이 아니라는 거요?"

"당신들에게 맞는 곳이 아니라고요!"

쉐나츠는 소리를 바락 지르고 온몸을 던져 파도 속으로 파고들었다.

물방울이 높이 튀어 올랐다. 잠깐 두 사람은 사이렌의 꼬리가, 양 갈래로 나뉜 지느러미가 파도 속을 파고들며 회오리치는 것을 보았다. 잠시 후 쉐나츠는 물속으로 깊이 사라졌다.

샛별눈동자가 돌풍을 맞아 산발이 된 머리카락을 손가락으로 쓸어 바로

잡았다. 그녀는 고개를 숙인 채 미동도 않고 그 자리에 그대로 서 있었다.

"당신이 옛말을 그렇게 잘 구사할 줄은 몰랐어, 에씨."

게롤트가 흠흠 헛기침을 하고 이야기했다.

"당신이 그걸 어떻게 알겠어요."

에씨가 말했다. 쓸쓸함이 고스란히 묻어나는 목소리였다.

"우리는…… 잘 알지 못하는 사이인데 말이에요."

VI

"게롤트."

단델라이언이 주변을 둘러보며 사냥개처럼 코를 킁킁거렸다.

"여긴 냄새가 고약하군. 자네는 안 그런가?"

"냄새가 고약하다고? 나는 이것보다 더 지독한 냄새가 나는 현장에도 있었다네. 이건 바다 냄새일 뿐이야."

위쳐는 코로 공기를 들이마셨다.

음유시인은 고개를 돌리고 부서진 바위들 사이에 침을 퉤 뱉었다. 갈라진 돌 틈 사이로 물이 스며들어 하얀 물거품을 일으키면서 쏴쏴 소리를 냈다. 파도에 반질반질하게 닦인 조약돌들이 떠밀려 나와 협곡을 이루었다.

"게롤트, 땅이 얼마나 말랐는지 좀 보게나. 물이 다 어디로 빠져나간 거지? 젠장, 밀물과 썰물이란 건 대체 뭐지? 그런 건 어디서 오는 걸까? 자네이런 건 한 번도 생각해본 적 없을걸?"

"없지. 다른 거 걱정하기도 바빴네."

"내 생각에는 저기 물속 깊은 곳, 이 망할 바다의 아주 깊은 바닥에는 거대한 괴물이 앉아있을 것 같아. 비늘로 온몸이 뒤덮인 뚱뚱한 괴물, 못생긴 머리통에 뿔이 달린 괴수가 말일세. 그리고 때때로 물을 뱃속까지 빨아들이는데, 그 물과 함께 먹이로 삼을 수 있는 살아 있는 모든 것, 물고기, 바다표범, 거북이 등을 같이 빨아들이는 거지. 그리고 노획물을 다 삼킨 다음엔 물을 뱉어내는 거지. 그게 밀물인 거야. 자네 생각은 어떤가, 게롤트?"

단델라이언은 살짝 무릎을 굽히는 시늉을 했다.

"자네가 어리석다는 게 내 생각일세. 언젠가 예니퍼가 말해줬는데, 밀물과 썰물 현상은 달 때문에 일어나는 거라네."

"무슨 그런 말도 안 되는 소리가 다 있어! 달이 바다랑 무슨 상관이 있어? 늑대들만 달을 보고 짖어대지, 우후우우우. 예니퍼가 자네를 우롱한 거야, 게롤트. 자네의 거짓말쟁이 여자 친구가 자네를 데리고 장난친 거라고. 내가 아는 한, 그게 처음은 아니었을걸."

위쳐는 대꾸하고 싶은 말이 많았지만 자제했다. 그는 협곡을 이룬 자갈들이 썰물에 그대로 모습을 드러낸 채 물기를 머금고 빛나는 모습을 바라보았다. 아직도 돌들 사이로 물이 철석이며 물거품을 일으켰지만, 눈으로 보기엔 물이 돌보다 더 얕아진 것 같았다.

"자, 그럼 작업 시작하세. 더 이상은 기다릴 수 없네. 더 기다리다간 밀물때까지 일을 마치지 못할 걸세. 자네는 아직도 같이 갈 거라고 고집할 건가?"

게롤트는 그렇게 말하고 일어서서 등 뒤에 맨 칼을 제대로 고쳐 맸다.

"그럼. 발라드에 쓸 소재는 나무 밑에 수북이 떨어져 있는 솔방울처럼 손쉽게 찾을 수 있는 게 아니야. 그뿐 아니라 내일은 꼬마 인형의 생일이기도 하고."

"이 일과 생일이 무슨 관계가 있단 말인가?"

"안타깝군. 우리 정상적인 인간들 사이에선 생일날에 서로 작은 것이라 도 선물하는 것이 관례라네. 사서 주기에는 나한테 돈이 넉넉하지 않거든. 그래서 바다 바닥에서 그녀에게 줄 걸 찾으려는 거라네"

"청어? 아니면 참치 같은 것?"

"자네는 참말로 멍청하구먼. 나는 호박 보석을 찾을 거야. 어쩌면 해마나 아름다운 조개를 찾게 될지도 모르지. 아무튼 중요한 건 내가 그녀를 생각 하고 좋아한다는 걸 증명하거나 상징한다는 거야. 나는 샛별눈동자를 좋아 하고, 그녀를 기쁘게 해주고 싶거든. 자네는 이해하지 못할걸? 그럴 거라고 생각했어. 그럼 가세. 자네가 앞장서게. 어딘가 괴물이 웅크리고 앉아 있을 지 모르니까."

"좋네."

위처는 해안 기슭이 시작되는 곳에서 내려와 미끄러운 해초로 뒤덮인 돌 위에 올라섰다.

"내가 앞장서지. 자네가 염려하는 일이 발생할 때 자네를 엄호할 수 있도 록 말이네. 내가 자네를 생각하고 좋아한다는 걸 증명하기 위해서 말이야. 하지만 명심하게. 내가 비명을 지르면 자네는 잽싸게 줄행랑을 치게나. 내 칼 앞에서 우왕좌왕하지 말고. 지금 해마나 수집하려고 저곳에 가는 게 아 니네. 우리는 사람들을 죽인 괴물과 담판을 지으러 가는 걸세."

두 사람은 배를 드러낸 바다의 미로 속으로 들어갔다. 그리고 곳곳에 아직 도 바위 아궁이 속에서 들끓는 물속으로 걸어가야 했다. 또한 모래와 해초로 가득 찬 주상해분*을 꾹꾹 눌러 밟으며 지났다. 설상가상으로 비까지 내리 기 시작했다. 두 사람은 곧 머리끝부터 발끝까지 흠뻑 젖고 말았다. 단델라이언은 연신 멈추어 서서 뒷굽으로 조약돌과 수초 퇴적물을 쑤석거렸다.

"오, 이것 좀 보게, 게롤트, 꼬마 물고기야. 완전히 새까맣군, 저리 꺼져. 그리고 저기, 오, 작은 뱀장어도 있어. 그리고 저기, 저건 뭐지? 투명하고 커다란 벼룩처럼 생겼어. 그리고 저기……. 오, 맙소사! 게로오오오올트!"

위쳐는 즉시 칼을 잡고 돌아섰다.

그것은 죽은 사람의 머리뼈였다. 하얀 해골이 돌멩이 위로 미끄러져 올라와 모래로 가득한 바위 틈새에 끼어져 있었다. 그것이 전부가 아니었다. 단델라이언은 해골의 뻥 뚫린 눈구멍 속에서 꿈틀거리는 갯지렁이를 보자 고개를 흔들더니 끄억끄억 불쾌한 소리를 내뱉었다. 위쳐는 어깨를 으쓱하고는 파도에 숨어 있던 평평한 암석, 용의 어금니라고 불리며 지금은 산처럼 보이는 우툴두툴한 톱니 모양의 절벽 두 곳을 향하여 돌아섰다. 그는 조심스럽게 걸었다. 바닥이 온통 해삼과 조개, 해초 더미로 덮여 있었다. 웅덩이들과 주상해분엔 거대한 해파리들이 연기처럼 피어올랐고, 거미불가사리들이 다리를 둥그렇게 말고 있었다. 두 사람의 앞쪽에서 벌새처럼 다채로운 색채를 띤 작은 게들이 달아났다. 게들은 열심히 게걸음으로 제 딴에는 달린다고 달리며 집게발을 휘둘렀다.

벌써 먼발치에서 게롤트는 돌 사이에 시체가 가라앉아 있는 것을 알아차렸다. 익사자는 수초들 사이로 가슴팍을 드러낸 채 이리저리 움직이고 있었다. 물론 실제로는 움직일 리 없었지만 그렇게 보였다. 그의 몸은 살갗과 내장 가릴 것 없이 전부 우글거리는 게들의 차지였다. 물에 빠진 지 불과 하루

---

* 주상해분: 舟商狀盆. 해저에 있는 가늘고 긴 계곡이다. 급경사면과 평평한 바닥 때문에 타원형의 배 모양처럼 생긴 분지라하여 붙여진 이름이다.

도 안 되었을 텐데 게들이 그를 얼마나 망가뜨려 놓았던지, 자세히 관찰해 봤자 아무것도 건질 게 없었다. 위쳐는 아무 말 없이 가던 방향을 바꾸어 시체를 피해 갔다. 단델라이언은 아무것도 알아차리지 못했다.

"여긴 뭐가 썩는지, 썩는 냄새가 지독한걸."

단델라이언이 게롤트에게 투덜거렸다. 그는 침을 뱉고는 모자에 묻은 물기를 털어냈다.

"게다가 비는 오고, 날씨는 춥고. 아무래도 감기에 걸릴 것 같아. 목소리가 잠길 거야. 망할……."

"그만 좀 투덜대게. 돌아가고 싶으면 가라고. 길은 알고 있지?"

용의 어금니 바로 뒤로 평평한 바위들이 쭉 뻗어 있었다. 그곳을 지나자 벌써 잔잔하게 물결이 이는 깊은 바다가 나타났다. 썰물의 경계선이었다.

"하, 게롤트! 자네가 찾는 괴물이 아주 영리하게도 썰물과 함께 완전히 바다로 물러갔나 보네. 자넨 분명히 이렇게 생각했겠지? 괴물이 여기 어딘가에서 빈둥거리다가 배를 불룩하니 내밀고 드러누워 자네가 와서 죽여줄 때까지 기다리고 있을 거라고. 그렇지?"

단델라이언이 주위를 둘러보며 말했다.

"조용히 하게."

위쳐는 평평한 바위의 끝으로 다가가 쪼그려 앉았다. 그러고는 바위를 점령하다시피 한 날카로운 조개들을 지지대 삼아 조심스럽게 양손을 기대고 물속을 살펴보았다. 아무것도 보이지 않았다. 물은 어둡고, 수면은 탁한데다 보슬비를 맞아 굽슬굽슬한 물결 모양이 일었다.

단델라이언은 가장자리를 이리저리 돌아다니며 겁 없이 달려드는 게들을 발로 차서 날려버리고는 물에 흠뻑 젖어 있는 바위들을 만져보았다. 바위들엔 미역이 수염처럼 달려 있었다. 바위는 갑각류와 조개들이 쫙 깔린 거친 식민지였다.

"여보게, 게롤트!"

"왜 그러나?"

"이 조개들 좀 보게. 이거 진주조개들이지, 그렇지 않나?"

"아니야."

"자네는 진주조개에 대해서 잘 아나?"

"아니."

"그렇다면 나대지 말고 공부 좀 더하고 오게나. 이건 진주조개야, 확실해. 곧 조개를 긁어모으게 생겼군. 그렇게 된다면, 이번 나들이 길에서 코감기 말고도 뭔가 괜찮은 걸 가져가게 되겠구먼. 이거 모아도 될까, 게롤트?"

"모아보게. 괴물은 진주 채취꾼들을 공격하지. 진주를 모으는 사람도 그 범주에 들어가니까."

"나에게 미끼가 되라는 건가?!"

"모아, 모으라니까. 큰 조개들을 가져가야지. 진주가 들어 있지 않으면, 그걸로 국이라도 끓여 먹게 말일세."

"빼먹은 게 있는데 말이야. 나는 조개만 가져갈 걸세. 나머지는 관심 없으니. 젠장……. 이런 빌어먹을. 어떻게 해야…… 망할…… 이걸 열지? 자네 혹시 칼 있나, 게롤트?"

"자네는 칼도 안 가지고 다니나?"

"난 시인이지, 오다가다 만나는 무법자가 아닐세. 아, 망할 것, 내가 배낭에서 연장을 가져올 테니 진주는 나중에 꺼내세. 이봐! 꺼지라고!"

단델라이언이 게를 발로 찼다. 그의 발에 차인 게가 게롤트의 머리 위로 날아가 첨벙 소리를 내며 파도 속으로 사라졌다. 위쳐는 평평한 바위의 가장자리를 따라 천천히 걸으면서도 시선은 검고 속이 들여다보이지 않는 물의 표면을 향하고 있었다. 단델라이언이 바위벽에서 조개를 떼어내려고 박자에 맞춰 딱딱 돌을 내려치는 소리가 들렸다.

"단델라이언! 이리로 와서 이것 좀 보게!"

날이 빠지고 틈새가 벌어진 평평하던 바위가 갑자기 아래쪽을 향해 직각으로 뚝 떨어졌고, 고르고 날카로운 가장자리가 보였다. 물 밑으로 각진 모서리에 규칙적으로 쌓아 내린 거대한 백색 대리석 덩어리가 선명하게 눈에 들어왔다. 대리석엔 물이끼와 연체동물, 따개비가 자라나 바람결에 살랑대는 꽃처럼 일렁이고 있었다.

"이게 뭐지? 마치…… 계단처럼 보이는걸."

"그야 계단이니까."

단델라이언이 놀라워하며 속삭였다.

"오, 이건 분명 해저 도시로 이어지는 계단이야. 파도가 삼켜버렸다는 전설의 이스말이네. 자네는 해저 도시에 관한 전설을 들어본 적 없나? '해저 도시 이스'에 관해서? 오, 그것에 관해서 발라드를 한 편 써야겠군. '경쟁자의 두 눈에 눈물이 가득 찼도다.' 이런 식으로. 좀 더 가까이 가서 자세히 좀 봐야겠어……. 봐 봐, 저기 모자이크 같은 게 있어. 새겨 넣은 것 같기도 하고 가져다 덧붙인 거 같기도 한데……. 글씨인가? 옆으로 좀 가보게, 게롤트."

"단델라이언! 거긴 깊어! 미끄러질 수도……."

"그러면 어때. 어차피 홀딱 젖고 말았는데. 보게, 여긴 얕은걸. 첫 번째 계단은 딱 내 허리춤까지밖에 안 와. 그리고 넓이도 무도회장처럼 넓어. 오, 이런 젠장……."

게롤트가 번개처럼 달려가 물속으로 뛰어들어 목까지 물속에 잠긴 음유시인을 받쳐주었다.

"이 물건 때문에 헛발을 짚었지 뭐야."

단델라이언은 숨을 헐떡이며 몸을 부르르 떨었다. 그러고는 껍질이 녹청색을 띤 물이 뚝뚝 흐르는 커다랗고 납작한 조개를 부여잡은 양손을 높이 쳐들었다. 물이끼 다발에서 자라난 조개였다.

"이 계단 위에 이런 조개들이 엄청나게 많아. 색이 아름답지 않은가? 이리 오게, 자네의 바랑에다 좀 넣어두게. 내 것은 벌써 꽉 찼거든."

"여기서 나가게. 당장 바위 위로 올라가, 단델라이언. 이건 장난이 아니야."

위처가 화난 목소리로 으르렁거리듯 말했다.

"조용히 해. 자네 들었어? 이게 무슨 소리지?"

게롤트도 그 소리를 들었다. 그 소리는 아래쪽, 물속에서 올라오는 소리였다. 깊고 먹먹하면서 동시에 약하고 나직하며 짧게 툭툭툭 끊기는 소리였다. 방울 소리였다.

"방울 소리라니, 젠장, 난 그만두고 싶지 않네."

단델라이언이 바위 위로 몸을 올려놓으면서 속삭였다.

"내 추측이 맞았어, 게롤트. 저건 바다에 가라앉은 이스의 방울 소리야. 깊은 바다 아래에 있는 흡혈귀들의 도시에서 들려오는 방울 소리지. 물에 빠져 죽은 사람들을 생각해봐……."

"그 입 좀 다물어줄 수 있겠나?"

방울 소리가 계속 들렸다. 이번엔 확연히 가까운 곳에서 소리가 났다.

"……생각해보라니까."

음유시인은 흠뻑 젖은 밤스의 끝자락을 꾹꾹 눌러 짜내며 계속해서 말했다.

"그 사람들의 가혹한 운명. 이 방울 소리는 하나의 경고야……."

위쳐는 단델라이언의 목소리에 주의를 기울이던 걸 멈추고 다른 생각에 초점을 맞추었다. 그는 느끼고 있었다. 느낌상 이것은 만만히 볼 것이 아니었다.

"이건 경고야."

단델라이언은 집중할 때면 늘 그러듯 혀를 반쯤 빼물었다.

"우리에게 경고하기 위해서 울리는 거야. 이 방울 소리를 듣는 사이에……. 음, 우리가 잊지 않도록 하려고…… 흐으으음…… 그래, 그거야!"

"방울 소리가 심장을 두드린다.

먹먹하게 울려 퍼지는 방울 소리가 죽음을 노래한다.

죽음은 가볍고.

망각은 무겁다고……."

위쳐의 바로 곁에서 폭발하듯 물이 솟구쳐 올랐다. 단델라이언은 비명을 질렀다. 물거품 속에서 솟아오른 딱부리 눈의 괴물이 들쭉날쭉 톱니 모양으로 간 낫처럼 생긴 칼날을 게롤트를 향해 내리쳤다. 게롤트는 물이 봉긋하게 솟아오른 순간부터 이미 칼을 손에 쥐고 있었던 터라 엉덩이를 중심으로 몸을 돌려 정확히 목표물을 향했다. 그러고는 비늘로 뒤덮인 괴물의 늘어진 목살에 일격을 가하고 그 즉시 반대쪽으로 돌아서서 물속에서 부글거리며 올라오는 다음 괴물을 향했다. 괴물은 녹청으로 뒤덮인 구리 갑옷투구를 연상케 하는 희한하게 생긴 투구를 쓰고 있었다. 위쳐는 팔을 높이 들어 올린 다음 그를 겨냥하는 짧은 창의 끄트머리에 일격을 가하여 창을 치웠다. 그리고 움직임을 멈추지 않고 춤추듯 몸을 돌려 이빨로 무장한, 물고기처럼 생긴 주둥이를 칼로 갈랐다. 그는 평평한 바위의 가장자리를 향해 뒤로 도약했다. 물이 갈라지며 양옆으로 튀어 올랐다.

"도망쳐, 단델라이언!"

"손을 주게!"

"빌어먹을! 도망치라고!"

큰 파도가 일며 다음 괴물이 모습을 드러냈다. 놈은 거친 녹색 앞발에 초승달 모양의 칼을 들고 휙휙 소리가 나도록 휘둘렀다. 위쳐는 조개로 뒤덮인 바위 모서리에 등을 대고 반동을 이용하여 싸움에 응할 자세를 취했다. 그러나 물고기 눈을 한 괴물은 가까이 다가오지 않았다. 녀석의 키는 게롤트와 같았다. 녀석에게도 물이 허리춤까지 올라왔고, 머리엔 벼슬처럼 생긴 돌기가 인상적으로 솟아올라 있었다. 그리고 아가미를 부풀리고 있어서 제 키보다 더 커 보였다. 이빨이 차지한 넓적한 주둥이가 일그러져 찡그린 얼굴은 마치 잔인하게 미소 띤 얼굴을 보는 것 같았다.

움찔거리며 붉은 물속에 둥둥 떠 있는 두 개의 몸뚱이를 눈여겨볼 틈도 없이 괴물이 칼을 높이 쳐들었다. 괴물은 날밑이 없는 긴 손잡이를 양손으로 부여잡고 있었다. 놈은 벼슬처럼 생긴 돌기와 아가미를 더욱 강하게 부풀린 채 공중에 대고 노련하게 칼날을 돌렸다. 칼날이 회전하며 슉슉, 휙휙 바람 가르는 소리를 냈다.

놈이 한 걸음 앞으로 발을 내디디며 위쳐를 향해 파도를 밀어냈다. 게롤트는 응답하는 차원에서 칼을 물레방아 돌리듯 휙휙 소리가 나게 돌렸다. 그리고 그도 똑같이 한 걸음 앞으로 내디디며 도전에 응했다.

물고기 눈동자가 칼의 손잡이를 잡고 있던 긴 손가락을 능숙하게 미끄러트리더니 천천히 자라 등딱지와 구리 갑옷으로 무장한 어깨를 늘어뜨렸다. 그러자 팔꿈치까지 물속으로 잠겼다. 무기가 물속으로 자취를 감추었다.

위쳐는 양손으로 칼을 움켜쥐었다. 오른손은 칼의 날밑 바로 밑을, 왼손은 칼의 손잡이를 잡은 채 칼을 높이 비스듬하게 쳐들었다. 그리고 오른쪽 어깨 위로 칼을 겨누었다. 그는 괴물의 눈을 바라보았다. 하지만 그것은 오팔로 장식한 물고기 눈이었고, 차갑고 금속성으로 빛나는 눈물 모양의 홍채를 가진 눈이었다. 아무것도 표현하거나 드러내지 않는 눈이었다. 공격의 시작을 알릴 만한 것은 아무것도 표현하거나 드러내지 않는 눈.

깊은 곳에서, 검은 심연에 사라진 계단의 밑바닥에서 방울 소리가 울려왔다. 점점 더 가까이, 점점 더 또렷하게.

물고기 눈동자가 정면으로 돌진하며 물속에서 칼날을 잡아 뺀 다음, 생각할 틈도 주지 않고 빠른 속도로 비스듬히 칼을 내리치며 공격했다. 게롤트는 정말로 운이 좋았다. 사실 그는 오른쪽에서 일격이 가해질 거라고 추측하고 있었기 때문이다. 그는 칼날이 전면을 향하도록 쥐고 방어하며, 멀찍이 몸을 돌리면서 그 즉시 칼을 반대 방향으로 뒤집어 괴물의 사벨과 십자로 교차되게 했다. 이제 모든 것은 둘 중 누가 더 빨리 손잡이를 잡느냐, 정지 상태로 칼을 겨누는 맞수 중 누가 먼저 가격 자세로 옮겨 가느냐에 달려 있었다. 둘은 공격을 가하기 적절한 발로 무게중심을 옮김으로써 이미 가격에 필요한 힘을 구축했다. 게롤트는 이제 곧 둘 다 신속하게 행동에 돌입하리라는 걸 알고 있었다.

그러나 물고기 눈동자에겐 긴 손가락이 있었다.

위쳐가 놈의 엉덩이 위쪽 옆구리에 칼을 박고 반원을 돌았다. 그러고는 온몸을 실어 칼날을 더 깊숙이 밀어 넣었다. 그 상태에서도 그는 우아함과는 거리가 멀지만 열정을 다해 다시 한 번 공격을 가하는 놈의 칼날을 가뿐히 피했다. 괴물은 소리 없이 주둥이를 쩍 벌리고는 물속으로 사라졌다. 놈이 사라진 곳에서 검붉은 구름 같은 것들이 둥글게 덩어리졌다.

"손을 주게! 어서!"

단델라이언이 새된 소리를 질러댔다.

"놈들이 몰려오고 있어, 산더미만 해! 내 눈에도 보인다니까!"

위쳐는 음유시인의 오른손을 잡고 평평한 바위 위로 올라왔다. 그의 뒤에서 파도가 넓게 부서지며 철썩였다.

밀물이 시작된 것이었다.

그들은 물이 점점 더 수위를 높이며 쫓아오는 가운데, 재빨리 도망쳤다. 게롤트는 뒤를 돌아보았다. 그리고 보았다. 물속에서 다음에 그를 공격할 물고기 괴물들이 펄쩍펄쩍 튀어오르는 것을. 많기도 많았다. 그리고 또 보았다. 근육이 붙어 우람한 두 다리로 노련하게 풀쩍풀쩍 점프하며 추격을 시작하는 놈들을. 게롤트는 아무 말도 하지 않고 더욱 속도를 내어 달렸다.

단델라이언은 숨을 헐떡이며 물을 양옆으로 마구 튀기며 힘겹게 달렸다. 물이 이미 무릎까지 차올랐다. 단델라이언이 갑자기 허우적거렸다. 그리고 넘어지지 않으려 두 팔을 앞으로 쭉 뻗는 순간, 첨벙 소리를 내며 그대로 해초 사이로 고꾸라지고 말았다. 게롤트는 단델라이언의 허리를 움켜잡은 뒤, 사방에서 부글부글 끓어오르는 물거품속에서 그를 끄집어냈다.

"달려! 내가 놈들을 막을 테니까!"

게롤트가 소리쳤다.

"게롤트……."

"달려, 단델라이언! 곧 있으면 물이 저지대를 다 채울 거야. 그러면 여기서 빠져나갈 수 없어! 있는 힘껏 달려, 빨리!"

단델라이언은 꿍얼거리며 신음하다가 냅다 달리기 시작했다. 게롤트도 그를 뒤따라 달렸다. 게롤트는 괴물들이 흩어져 쫓아올지도 모른다는 생각을 했다. 게롤트는 괴물들이 떼를 지어 몰려와 싸우게 되면 가망이 없다는 사실을 잘 알고 있었다.

놈들은 바로 저지대 근처까지 그를 따라잡았다. 게롤트가 힘들게 거품을 헤치고 미끄러운 돌들을 지나 경사면을 오르내리며 사투를 벌이는 동안 물이 벌써 헤엄을 쳐도 될 정도로 깊어졌던 것이다. 저지대는 아주 협소하여 놈들이 사방에서 그를 공격할 수 있을 것만 같았다. 그는 주상해분에 멈추어 섰다. 단델라이언이 해골을 발견했던 곳이었다.

그는 그곳에 멈추어 서서 뒤로 돌아섰다. 그리고 차분히 기다렸다.

첫 번째 만난 녀석은 칼끝으로 관자놀이가 있을 법한 지점을 공격했다. 짧은 전투용 도끼로 무장한 두 번째 녀석은 배를 갈라놓았다. 세 번째 녀석은 달아나버렸다.

위쳐는 협곡을 향해 돌진했다. 바로 그 순간 맹위를 떨치며 파도가 몰려와 그에게 거품을 흠뻑 뒤집어씌웠고, 협곡의 협소한 골에 소용돌이를 불러일으켰다. 바위 조각들 사이에 있던 그는 부글거리는 물속으로 빠져들었다. 위쳐는 소용돌이 속에서 퍼덕이는 물고기 괴물과 부딪혔으나 발차기로 녀석을 떨쳐냈다. 누군가가 그의 두 발을 잡고 바닥으로 끌고 내려갔다. 그는 암벽 같은 곳에 세게 등을 부딪쳤다. 그 순간 게롤트는 눈을 번쩍 떴다. 마침 어두운 형상의 적수들을 볼 수 있는 절호의 순간을 잡았다. 번개같이 빠른 섬광이 두 번 번득였다. 첫 번째는 칼로 방어했고, 두 번째 섬광이 번득이기 전에 위쳐는 본능적으로 왼쪽 팔을 들어 공격을 막았다. 맨 처음엔 타격이, 그다음엔 날카롭게 에이는 고통이, 뒤이어 화끈거리는 소금기가 느껴졌다. 게롤트는 두 발을 바닥에 대고 반동을 주며 수면을 향해 솟구쳐 올랐다. 그러면서 손가락을 겹쳐 기호를 그렸다. 둔중한 소리를 내며 폭발이 일었다. 폭발음이 귓전을 때렸고, 잠시 경련을 일으킬 정도로 고통이 가해졌다. 게롤트는 팔다리로 물을 헤치며 생각했다. '여기서 나가면 옌이 있는 벤거버그로 가서 한 번 더 시도해보리라……. 여기서 살아 나가면…….'

그는 드높게 울려 퍼지는 나팔소리를 들은 것 같았다. 아니면 뿔피리 소리거나.

다시 한 번 협곡에서 폭발이 일어났다. 폭발 탓에 생긴 물결이 그를 밀어 올려 커다란 바윗덩어리 위에 내동댕이쳤다. 배부터 바위에 닿은 그에게 이제 뿔피리 소리와 단델라이언의 비명이 선명하게 들려왔다. 두 소리가 사방에서 동시에 몰려오는 것 같았다. 위처는 코로 소금물을 내뿜으며 가쁘게 숨을 쉬고는 주변을 둘러보며 얼굴에 붙은 젖은 머리카락을 털어냈다.

그는 해변 기슭에 있었다. 정확히 그들이 출발했던 바로 그 지점이었다. 게롤트는 돌멩이에 배를 깔고 누었다. 그의 주변으로 하얗게 거품이 부글거리며 파도가 끓어오르다 부서졌다.

그의 뒤편에 있는 오목렌즈 같았던 저지대는 벌써 물이 들어차 작고 협소한 바다를 이루고 있었고, 커다란 회색 돌고래가 그 속에서 파도를 타며 놀고 있었다. 돌고래의 등 위로 물에 젖은 녹색 머리카락이 이리저리 나부꼈다. 사이렌이 앉아 있었다. 그녀의 가슴은 아름다웠다.

"백발 씨, 살아 있나요?"

쉐나츠가 노래하며 손짓을 했다. 그녀의 손에는 나선형으로 둘둘 말린 커다랗고 뾰족한 조개가 들려 있었다.

"살아 있다오."

위처는 어리둥절해하며 대답했다. 그를 둘러싸고 있던 물거품이 붉게 물들었다. 왼쪽 팔이 뻣뻣해졌다. 소금물이 상처에 스며들어 쓰라렸다. 밤스 소매가 세로로 매끈하게 벌어져 있었고, 벌어진 틈에서 피가 솟아나왔다. '저곳에서 벗어났군. 다시 해냈어. 하지만 천만에, 벤거버그는커녕 난 그 어디로도 가지 않겠지.'

게롤트는 비틀거리며 축축한 바닥을 가로질러 그에게로 다가오는 단델라이언을 보았다.

"내가 그들이 쫓아오지 못하도록 막았답니다! 하지만 오래가진 못할 거예요. 어서 도망쳐요. 그리고 다시는 이곳으로 오지 마세요, 백발 씨! 바다는…… 당신들에게 어울리는 곳이 아니에요!"

사이렌이 노래했다. 그러고는 다시 조개를 불었다.

"알고 있소!"

게롤트가 큰 소리로 대답했다.

"나도 안다오! 고마워요, 쉐나츠!"

VII

"단델라이언."

샛별눈동자가 붕대 끄트머리를 이로 잡아 찢어서 뾰족한 삼각건처럼 만든 다음 단델라이언의 손목에 둘러주면서 말했다.

"말 좀 해봐요. 도대체 저 계단 아래에 있는 조개 무더기는 어디서 난 거예요? 드루하르트 씨의 부인이 방금 조개껍데기를 치우면서 당신들 두 사람을 어떻게 생각하는지 적나라하게 보여주더군요."

"조개껍데기라고?"

단델라이언이 놀라서 말했다.

"웬 조개껍데기? 나는 전혀 모르는 일인걸. 아마도 지나가던 오리가 떨어트리고 간 모양이지?"

게롤트는 그늘진 곳으로 얼굴을 돌린 채 웃고 말았다. 단델라이언이 퍼부은 욕설이 생각나 웃지 않을 수 없었다. 단델라이언은 조개를 열어 그 속에 있는 조갯살을 쑤시는데 오전 시간을 모두 보냈다. 그러는 중에 손가락도 베이고 밤스까지 더럽혔지만, 진주라곤 단 한 알도 찾아내지 못했다. 놀랄 일도 아니었다. 아마 그 조개들은 십중팔구 진주조개가 아니라 평범한 섭조개였을 것이다. 그리고 단델라이언이 첫 번째 조개를 따자마자, 조개로 국을 끓여 먹겠다는 생각은 일찌감치 버렸다. 구미를 떨어트리게 생긴 조갯살의 모양새는 물론이고 냄새가 어찌나 고약하던지 눈물이 다 나올 지경이었다.

샛별눈동자는 붕대를 다 감고 나자 뒤집어놓은 나무통 위에 앉았다. 위쳐는 솜씨 좋게 공들여 붕대를 맨 팔을 살펴보며 고마움을 표했다. 상처가 깊었다. 길이도 팔꿈치까지 이어질 정도로 길어서 움직일 때마다 지독하게 고통스러웠다. 해변가에서 임시로 상처를 묶긴 했었다. 그러나 미처 집에 도착하기도 전에 상처가 다시 벌어지고 말았다. 샛별눈동자가 오기 바로 직전, 게롤트는 벌어진 아래 팔뚝에 피를 응고시키는 영약을 몇 방울 떨어뜨렸고, 이어서 감각을 무디게 만드는 영약을 추가로 떨어뜨렸다. 그리고 단델라이언과 그가 낚싯바늘에 고정한 실로 상처를 꿰매려는 순간, 에씨가 그들을 발견했다. 그녀는 두 사람을 닦달하여 결국 직접 상처를 봉합했다. 그러는 동안 단델라이언은 그들이 겪은 싸움에 관해 화려한 입담을 과시하며 설명해주었다. 그러면서도 이번 사건을 그린 발라드에 대한 독점권이 자신에게 있다는 걸 누차 강조했다. 에씨는 자연스럽게 게롤트에게 질문을 퍼부었다. 그러나 게롤트는 그 질문들에 미처 다 대답할 수 없었다. 그러자 에씨는 그런 그에게 기분이 상했고, 게롤트가 자신에게 뭔가를 숨기고 있다는 느낌을 받은 기색이 역력했다. 그녀는 어두운 표정을 짓고는 더는 질문하지 않았다.

"아글로발 영주는 이 상황을 이미 알고 있어요. 두 분이 돌아올 때 보았다네요. 그리고 드루하르트 씨네 사람들이 계단에 떨어진 피를 보자 곧바로 당신이 돌아왔다는 소문이 쫙 퍼졌고요. 사람들은 파도에 쓸려 뭐라도 뭍으로 떠밀려 온 건 없을까, 해변 기슭으로 떠밀려 온 건 없을까, 희망에 부풀어 계속 그곳에서 어슬렁거리고 있어요. 하지만 내가 아는 한, 그들은 아무것도 찾지 못했죠."

에씨가 말했다.

"사람들이 찾는 건 아무것도 없을 거야."

위쳐가 말했다.

"아글로발 영주에겐 내일 아침에 갈 거야. 그런데 에씨, 할 수 있다면 아글로발에게 한 번 더 경고해줘. 사람들이 용의 어금니 근처에서 배회하지 못하게 해야 한다고. 하지만 그 계단과 단델라이언이 늘어놓은 해저 도시 이스에 관한 말은 하지 않기를 바라. 안 그러면 당장에 보물 사냥꾼들이 생겨날 것이고, 그러면 또다시 사상자가 나오기 시작……."

"나는 입이 가벼운 사람이 아니랍니다."

에씨는 기분이 상할 대로 상해서 이마에 내려온 곱슬머리를 격하게 홱 젖혔다.

"나는 이야기를 듣고 그 즉시 우물가로 쪼르르 달려가서 빨래하러 나온 여인들한테 이야기보따리나 풀어놓는 그런 사람이 아니라고요."

"미안해."

"난 나가봐야겠어. 아케레타와 약속이 있어서 말이야. 게롤트, 자네의 밤스를 내가 좀 입고 가겠네. 내 밤스는 완전히 더러워진데다 아직도 마를 기미가 보이질 않네."

단델라이언이 갑작스럽게 외출한다며 인사를 했다.

"여기 젖지 않은 게 뭐가 있죠?"

샛별눈동자가 쏘아붙였다. 그러고는 던져져 있는 옷가지들을 더럽다는 듯 구두코로 툭툭 건드렸다.

"어떻게 이렇게 할 수 있죠? 이런 건 걸어서 제대로 말려야죠……. 두 사람 다 못 말리겠어요."

"그대로 두면 저절로 마르는 걸 뭐."

단델라이언이 게롤트의 젖은 밤스를 걸쳐 입고, 소맷부리에 달린 은으로 된 징을 흡족해하며 바라보았다.

"둘러대지 마요. 그래요, 그렇다면 이건 대체 뭐죠? 세상에, 바랑 속엔 아직도 진흙이랑 수초가 가득 차 있네요! 그리고 이건…… 이건 대체 뭐죠? 어휴!"

게롤트와 단델라이언은 아무 말 않고 에씨가 손가락을 집게 삼아 든 녹청색의 조개를 바라보았다. 두 사람 다 그걸 잊고 있었다. 조개는 살짝 벌어져 있었고, 계속해서 고약한 냄새를 풍겼다.

"그건 선물이야. 내일이 자기 생일이잖아. 안 그래, 꼬마 인형? 그러니까 그건 그댈 위한 선물이라고."

음유시인이 그렇게 말하고는 문쪽으로 물러났다.

"이게요?"

"예쁘지, 그렇지 않아?"

단델라이언은 코를 킁킁대며 냄새를 맡는 척하더니 잽싸게 덧붙여 말했다.

"그건 게롤트의 선물이야. 자기를 위해 고른 거라고. 이런, 벌써 늦었네. 자, 나는 가네, 안녕……."

그가 사라지고 난 뒤 한참 동안 샛별눈동자는 아무 말도 않고 잠자코 있었다. 위쳐는 악취가 나는 조개를 바라보자니 부끄럽기 짝이 없었다. '단델라이언, 자네 혼자 다 해먹어라.'

"당신이 내 생일을 기억했다고요? 정말요?"

에씨는 천천히 물으면서 조개를 멀찍이 치웠다.

"그거 이리 줘."

게롤트가 날카롭게 말했다. 그는 붕대를 감은 팔을 받치고 요에서 일어났다.

"사과할게. 이렇게 바보 같은……."

"아니에요."

에씨는 그렇게 대꾸하고는 허리춤에 찬 칼집에서 조그만 칼을 꺼냈다.

"진짜로 아름다운 조개인걸요. 기념으로 간직할게요. 씻기만 하면 되는걸요. 그리고 그전에 음…… 속을 비워내긴 해야겠네요. 창밖에다 던지면 고양이들이 와서 먹을 거예요."

톡톡톡. 무엇인가가 바닥으로 떨어져 또르르 굴러갔다. 동공을 확대한 게롤트는 에씨의 발치에서 정체 모를 무언가를 발견했다.

그것은 진주였다. 연하게 푸른빛이 감도는 색상의 진주가 오팔처럼 영롱한 빛을 내며 아름답게 반짝였다. 깍지가 터진 완두콩 알만한 크기였다.

"세상에……."

샛별눈동자도 그걸 보았다.

"게롤트……. 진주잖아요!"

"진주네. 다행히 선물 하나는 받았네, 에씨. 기쁘군."

위쳐가 미소를 지었다.

"게롤트, 이건 받을 수 없어요. 이런 진주는 값이……."

"그건 당신 거야. 단델라이언이 비록 어리석은 친구이긴 하지만, 정말로 당신 생일은 잘 기억하더군. 그 친구, 진짜로 당신을 기쁘게 해주길 원했지. 그 이야기를 엄청나게 하더니, 이제 운명이 그걸 듣고 들어주었군."

"그럼 당신은요, 게롤트?"

"나?"

"당신도…… 당신도 날 기쁘게 해주고 싶었죠? 이 진주, 정말 아름다워요. 틀림없이 엄청나게 값어치가 나갈 거예요……. 괜찮겠어요?"

"진주가 당신 마음에 든다니 기쁘기만 한걸. 괜찮지 않다고 생각하는 게 있다면, 그건 오직 한 가지뿐이야. 그러니까 그건……."

"그건?"

"내가 당신을 단델라이언처럼 오래전부터 알고 지내지 못했다는 거야. 생일을 알고, 그걸 기억할 수 있을 만큼 그렇게 오래 말이야. 선물을 주고 당신을 기쁘게 해줄 수 있을 만큼. 당신을…… 꼬마 인형이라고 부를 수 있을 만큼 그렇게 오래."

에씨가 그에게로 다가왔다. 그러고는 갑자기 게롤트의 목에 팔을 둘렀다. 그는 빠르고 노련하게 선수를 쳐 에씨의 입술을 피한 뒤, 성한 팔로 그녀를 움켜잡고 그녀의 볼에 차갑게 입을 맞췄다. 서툴고, 서먹하고, 조심스러운 입맞춤이었다. 에씨의 몸이 뻣뻣하게 굳었다. 그녀는 천천히 뒤로 물러났다. 그러나 그의 목에 둘렀던 팔은 어깨 위에 그대로 둔 채 딱 그 거리만큼만 물러났다. 그는 그녀가 무엇을 기다리는지 알고 있었지만, 그녀를 자기 쪽으로 끌어당기지 않았다.

에씨가 그를 놓아주었다. 그러고는 비스듬하게 기운 지저분한 작은 창이 있는 곳으로 돌아섰다.

"분명하네요. 당신이 나를 잘 모른다는 것, 우리가 잘 알지 못하는 사이라는 것 말이에요. 내가 잊고 있었네요, 당신이 나를 잘 알지 못한다고 했던걸."

갑자기 그녀가 말문을 열었다.

"에씨."

잠깐 아무 말도 않고 있던 게롤트가 입을 열었다.

"나는……."

"나도 당신을 잘 알지 못하죠."

에씨가 그의 말을 격정적으로 막았다.

"그래서 그게 뭐 어떻다고요? 난 당신을 사랑해요. 그건 나도 어쩔 도리가 없네요."

"에씨!"

"그래요. 당신을 사랑해요, 게롤트. 당신이 어떻게 생각하느냐는 나와 아무 상관없어요. 당신을 처음 본 순간부터, 그때 약혼식장에서 당신을 보았던 그 순간부터 당신을 사랑했어요……."

에씨는 거기서 말을 툭 끊고 고개를 떨어뜨렸다.

그녀는 그의 앞에 서 있었다. 게롤트는 자신의 앞에 그녀가 서 있다는 사실이, 물속에 사벨을 감추고 서 있던 물고기 눈동자가 아니라는 사실이 유감스러웠다. 물고기 눈동자라면, 차라리 자신의 매력을 풍기기라도 하련만, 그녀에게는 안 될 일이었다.

"아무 말도 없네요, 당신은."

에씨가 확인하듯 말했다.

"아무 말도, 단 한마디도 않네요."

'피곤해. 그리고 더럽게 힘이 빠지는군. 자리에 앉아야겠어. 눈앞이 캄캄해지네. 피를 흘린데다 아무것도 먹지 못했어……. 이 코딱지만 한 초라한 방이라니. 다음번 뇌우에 벼락을 맞아서 타버려라. 변변찮더라도 의자 두 개, 탁자 하나만 있어도 서로 마주 앉아서 간단하고 분명하게 대화를 나눌 수 있으련만, 심지어 양손을 꼭 잡을 수도 있으련만. 빌어먹을, 이런 것들도 없네. 이 콩깍지를 넣은 요 위에라도 앉아야겠다. 그녀에게는 하는 수 없지, 이리로 와서 앉으라고 청할 수밖에. 하지만 콩깍지를 채운 요는 불안해. 깍지가 삐져나와 배길지도 몰라…….'

"이리로 와서 앉아, 에씨."

그녀가 자리에 앉았다. 잠깐 망설이는 눈치더니 자리에 앉아 깍듯하게 자세를 취한다. 거리를 두고 앉은 그녀. 하지만 거리가 너무 가까웠다.

에씨가 오랜 침묵을 깨고 속삭였다.

"그걸 알게 되었을 때, 그러니까 단델라이언이 피투성이가 된 당신을 끌고 왔다는 이야기를 들었을 때, 나는 미친 듯이 집으로 달려왔어요. 장님처럼 아무것도 눈에 보이지 않았죠. 그런 다음…… 내가 무슨 생각을 했는지 알아요? '이건 마법이다, 당신이 은밀하게 당신의 매력으로 나를 속박한 다음 배후에서 내게 마법을 건 것이다. 기호든, 늑대 메달이든, 사악한 눈길이든 그런 걸 사용하여 나에게 위쳐의 마력을 발휘한 것이다.' 그렇게 생각했어요. 하지만 나는 멈추지 않았어요. 계속해서 달렸죠. 내가 열망하고 있다는 걸 깨달았던 거죠……. 당신의 억센 힘 안에 있기를 열망하고 있다는 걸요. 하지만 실상은 훨씬 더 혹독하다는 게 입증되었죠. 당신은 당신의 매력으로 나를 속박하지도, 어떤 마력도 쓰지 않았던 거예요. 왜죠, 게롤트? 왜 당신은 나에게 마법을 걸지 않은 거죠?"

위쳐는 아무 말도 하지 않았다.

"마력을 썼더라면 모든 것이 간단하고 쉬웠을 텐데 말이에요. 나는 당신의 힘에 굴복한 채 행복했을 텐데 말이죠……. 나도 모르겠어요, 내가 대체 왜 이러는지……."

'젠장, 예니퍼가 나와 함께 있으면 딱 이런 기분이겠군. 이런 기분이 들고 나면, 내가 안쓰럽게 여겨지겠군. 이젠 놀라지 않을 것 같아. 더는 그녀를 미워하지도 않을 것 같아……. 절대로.'

그리고 이렇게 생각했다. '아마 예니퍼 역시 지금 내가 느끼는 이런 기분 때문에 그랬겠지. 내가 지금 채워야 하는 것이 채울 수 없는 것이라는 사실을, 그것을 채우는 것이 아글로발과 쉐나츠의 결합보다 훨씬 더 가능성이 없다는 사실을 철저하게 확신했던 것이겠지. 작은 희생으로는 충분하지 않다는 걸, 그리고 모든 것을 걸고 희생해야만 가능하다는 걸 확신했겠지. 하지만 설령 모든 것을 희생한다 해도 그것으로 충분한지 아닌지는 사실 명확하지 않지. 그래, 예니퍼가 나에게 작은 희생 그 이상을 할 수도, 또 하려고 하지도 않는다는 사실 때문에 그녀를 미워하는 짓은 하지 않을 거야. 이젠 알겠어. 작은 희생이 결코 작은 것이 아니라는걸. 엄청나게 크다는 것을.'

"게롤트."

샛별눈동자가 신음을 내며 양 어깨 사이에 머리를 파묻었다.

"너무너무 부끄러워요. 이 감정 때문에요. 이건 마치 저주받은 병을 앓는 것 같은 느낌, 감기 같기도 하고 호흡곤란 같기도 하고……."

게롤트는 아무 말도 하지 않았다.

"나는 늘 생각했어요. 이건 아름답고 숭고한 영적 상태라고, 심지어 그것 때문에 불행해진다 해도 고상하고 존중할 만한 것이라고요. 이런 상태와 비슷한 발라드를 참 많이도 지었어요. 하지만 이건 몸을 달아오르게 하는 유기적인 거예요. 게롤트, 정말이지 철두철미하게 유기적인 거예요. 병자라면, 독을 마신 사람이라면 그런 느낌을 알 거예요. 독을 마신 사람이 그렇듯 해독제를 얻을 수 있다면 무엇이든 할 각오가 되어 있으니까요. 심지어 굴욕을 당할 각오까지도."

"에씨, 제발 부탁이야……."

"그래요. 나는 지금 소리 없이 괴로워하는 점잖은 몸가짐을 망각한 채 당신에게 모든 것을 고백한 행동으로 인해 굴욕감을 느끼고 있어요. 나의 고백으로 당신을 어려운 상황에 빠트린 것도요. 또 당신이 어려운 상황에 있다는 것 때문에 굴욕감을 느끼고 있어요. 하지만 나로선 달리 어쩔 수가 없어요. 나는 이 감정에 맞설 힘이 없어요. 호의에 몸을 맡긴 채 아파서 드러누워 있는 사람처럼요. 나는 늘 병을 두려워했어요. 내가 약하고 힘없고, 의지할 데 없고, 외로워질지도 모르는 그 순간을 두려워했어요. 나는 항상 병을 두려워했어요, 언제나 병이란 나에게 닥칠 수 있는 가장 나쁜 것이라고 믿었거든요……."

위쳐는 아무 말도 하지 않았다.

"알아요."

에씨가 다시 한 번 신음을 냈다.

"나도 알아요, 내가 당신에게 고마워해야 한다는걸. 당신이…… 이 상황을 이용하지 않은 것에 대해서 말이죠. 하지만 나는 당신이 고맙지 않아요. 그것이 또한 나를 부끄럽게 하네요. 나는 이렇게 아무 말도 안하는 당신이, 이렇게 놀란 눈을 하는 당신이 밉거든요. 난 당신이 미워요. 당신이 아무 말도 안하고 있어서, 당신이 거짓말을 하지 않아서, 당신이……. 그리고 나는 그녀도 미워요. 당신의 마녀라는 그 사람이요. 나요, 그녀의 몸에 칼을 박아 버렸을지도 몰라요. 그 여자가…… 난 그 여자가 미워요. 나를 내보내세요, 게롤트. 나에게 나가라고 명령하라고요. 내 의지로는 도저히 못 가겠어요. 이곳을 떠나고 싶고, 이 도시를, 이 여관을 떠나고 싶지만 내 의지로는 못하겠어요……. 스스로에 대한 수치심 때문에, 내 자신을 낮춘 굴욕감 때문에 나는 당신에게 복수하려고 할 거예요, 물불 가리지 않고 말이죠……."

'듣고 있기 어렵군. 누더기 공이 계단을 굴러가는 것처럼 목소리에 바람이 빠졌어. 곧 울음을 터트리겠는걸. 울 게 확실해. 야단났군, 젠장, 어떻게 해야 하지?'

구부정하게 구부린 에씨의 어깨가 격정적으로 들썩이기 시작했다. 그러고는 고개를 옆으로 돌리고 눈물을 흘리기 시작했다. 나직하고, 놀라울 정도로 조용하게 하염없이 눈물을 흘리며 울었다.

'아무런 느낌도 없어.' 게롤트는 자신의 상태에 경악했다. '아무것도, 일말의 감정도 느껴지지 않아. 지금 내가 그녀의 어깨에 팔을 얹는 것은 고심 끝에 나온 몸짓이야. 이리 재고 저리 재고 저울질해서 나온 행동일 뿐, 즉흥적인 것이 아니야. 나는 그녀를 안아줘야겠지? 그래야 할 것 같다고 감지해서지, 그러고 싶어서 하는 건 아니야. 아무 느낌도 없군.'

게롤트가 안아주자 에씨는 그 즉시 울음을 그치고 눈물을 닦아냈다. 그러면서 격정적으로 머리를 흔들며 얼굴을 볼 수 없게 고개를 옆으로 돌렸다. 그러고는 열정적으로 게롤트에게 기대 그의 가슴팍에 머리를 묻었다.

'작은 희생이다. 그저 조금만 희생하면 돼. 결론적으로 이 작은 희생이 그녀에게 위로가 되어줄 테니까. 포옹과 입맞춤, 부드럽게 쓰다듬어 주는 것……. 그 이상은 아니야. 그리고 그 이상을 원한다 한들, 그게 대수일까? 작은 희생, 아주 작은 희생이면 되는데. 그녀는 아름답고, 성적 매력도 있어……. 그녀가 그 이상을 원했다면…… 그것으로 그녀는 위로를 받았겠지. 잔잔하고, 차분하고, 부드러운 사랑의 행위로. 그러나 나는…… 나에겐 이러나 저러나 마찬가지일 뿐이야. 왜냐면 에씨에게선 라일락과 구스베리 향이 아닌 마편초 향이 나니까. 피부도 전기요법을 쓴 서늘한 피부가 아니지. 에씨의 머리카락은 검게 회오리치는 윤기가 흐르는 곱슬머리도 아니야. 에씨의 눈동자는 아름답고, 부드럽고, 따듯하고 파랗지. 하지만 차고, 냉담하고, 짙은 보라색으로 이글거리진 않아. 에씨는 사랑을 나누고 나면 잠이 들 거야. 머리를 옆으로 돌리고 입을 살짝 벌린 채 잠이 들겠지. 에씨는 개선장군처럼 승리의 미소는 짓지 않을 거거든. 왜냐면 에씨는…….'

에씨는 예니퍼가 아니었다.

'그래서 나는 할 수 없어. 이 작은 희생들을 할 결심이 서질 않아.'

"부탁이야, 에씨. 울지 마."

"알겠어요."

에씨는 천천히 아주 천천히 위쳐에게서 물러났다.

"울지 않을게요. 나도 알아요. 하지만 우는 것 외엔 달리할 수 있는 게 없네요."

두 사람은 아무 말도 하지 않고 콩깍지를 채운 요 위에 나란히 앉아 있었다. 어느새 저녁이 되었다.

"게롤트."

갑자기 에씨가 말문을 열었다. 떨리는 목소리였다.

"어쩌면…… 언젠가는 이 조개처럼, 이 특이한 선물처럼…… 그런 일이
일어날 수도 있지 않을까요? 어쩌면 우리가 진주를 찾아낼 날이 올 수도 있
겠죠? 나중에, 시간이 흐르고서?"

"이 진주는 은과 잘 어울릴 것 같군. 정교하게 세공한 은으로 된 꽃잎 속
에 끼운다면 말이야. 내가 메달을 차고 다니는 것처럼, 당신이 이걸 은줄에
걸어서 매달고 다니는 모습이 그려져. 그게 당신의 부적이 되는 거지, 에씨.
모든 악으로부터 당신을 보호해주는 부적."

게롤트는 억지로 입을 열었다.

"나의 부적."

에씨는 그 말을 되뇌고는 고개를 숙였다.

"나의 진주. 이 진주를 은에 넣어 세공해야겠네요. 그리고 절대로 몸에서
목걸이를 떼지 않을 거예요. 당신 대용으로 받은 나의 보석. 이런 부적이 행
운을 가져올 수 있을까요?"

"그럼, 에씨. 그건 의심할 필요 없어."

"여기 좀 더 앉아 있어도 돼요? 당신 곁에서?"

"그럼."

어스름이 밀려오고 어둠이 드리웠다. 그렇지만 두 사람은 콩깍지를 가득
채운 요 위에 앉아 있었다. 가구는 찾아볼 수 없고, 손잡이가 달린 물통과
딱딱하게 굳은 촛농 속에 박혀 있는 불 꺼진 초가 전부인 다락방 안에 그렇
게 앉아 있었다.

그들은 깊은 침묵 가운데, 고요함 속에 그렇게 앉아 있었다. 아주 오래도록.

그리고 단델라이언이 왔다. 그들은 단델라이언이 류트를 뜯고 흥얼흥얼 노래하며 다가오는 소리를 들었다. 단델라이언은 방 안으로 들어왔다가 그들이 있는 걸 알아차리곤 아무 말도 하지 않았다. 단 한마디도. 에씨 역시 아무 말 없이 자리에서 일어나 나갔다. 두 사람에게 눈길도 주지 않은 채.

단델라이언은 단 한마디도 하지 않았다. 그러나 위쳐는 단델라이언의 두 눈에서 그가 쏟아내지 않은 말들을 읽을 수 있었다.

VIII

"이성을 갖춘 종족이라."

아글로발이 반복하여 말했다. 그는 팔꿈치를 소파 팔걸이에 받치고 손으로 턱을 괸 채 골똘히 생각에 잠기어 있었다.

"해저 문명과 바다 밑바닥에 사는 물고기 인간, 그리고 깊은 곳으로 이어지는 계단이란 말이지. 게롤트, 자네는 나를 남의 말을 더럽게 잘 믿는 팔랑귀로 생각하나 보군."

단델라이언의 곁에 서 있던 샛별눈동자가 화가 나서 가쁜 숨을 몰아쉬었다. 단델라이언은 믿을 수 없다는 듯 절레절레 고개를 저었다. 게롤트는 미동도 하지 않고 있었다.

"영주님이 제 말을 믿든 믿지 못하든 상관없습니다. 그러나 영주님께 위험을 알리는 건 저의 의무라고 생각합니다. 용의 어금니 가까이로 접근하는 배나 썰물 때 그곳에 모습을 드러내는 사람, 모두 위험에 방치되는 것입니다. 그것도 목숨이 오락가락하는 치명적인 위험이에요. 나중에라도 그것의 사실 여부를 직접 조사하고자 한다거나 굳이 위험을 무릅쓰고자 하신다면, 그것은 영주님의 소관입니다. 저는 그저 영주님께 위험을 알리고자 할 따름입니다."

게롤트가 낮은 목소리로 말했다.

"하, 그 괴물이 엘프나 다른 괴물들 같은 것이라면, 우린 겁낼 게 없습니다. 제가 걱정하는 바는 그 괴물이 이런 자잘한 괴물들에 비해 훨씬 지독한 녀석이 아닐까, 그럴 리야 없겠지만, 마법에 걸린 괴물은 아닐까 하는 것입니다. 위쳐가 말한 내용으로 보아, 그것은 일종의 물의 요정인 것으로 보입니다. 물의 요정이라면 막을 방법은 있습니다. 어떤 마법사가 모크바 호수에서 순식간에 물의 요정들을 해치웠다는 이야기를 들은 적이 있습니다. 그 마법사가 작은 병에 든 마법여과액 한 병을 쏟아붓자 물의 요정들이 불쾌한 냄새를 풍기며 사라졌다고 합니다. 정말 흔적도 없이 사라졌답니다."

아글로발의 뒤편 창턱에 앉아 있던 태수 첼레스트가 갑작스럽게 목소리를 냈다.

"맞아요. 흔적도 없이 사라졌다고 하더군요. 민물고기와 강꼬치고기, 게, 민물 말조개까지요. 뿐만 아니라 강바닥에서 자라는 수초인 가래는 썩어 문드러졌고, 호수 기슭에 있던 오리나무숲은 다 말라버렸답니다."

그때까지 아무 말도 않던 드루하르트가 이야기에 동참했다.

"대단하군. 첼레스트, 이런 최상의 해결책을 내놓다니 고맙네. 그래, 뭐 더 아는 건 없나?"

아글로발이 조롱조로 말했다.

"그게 실은, 드루하르트의 말이 아마 사실인 것 같습니다."

태수의 얼굴이 벌겋게 달아올랐다.

"그 마법사가 활시위를 지나칠 정도로 팽팽하게 당긴 탓에 너무 세게 화살이 날아간 셈이지요. 하지만 우리는 마법사 없이도 잘할 수 있습니다, 영주님. 위쳐가 말하길 사람들이 이 괴물과 싸우고, 또 그것들을 죽일 수 있다고 했습니다. 그러면 그건 전쟁입니다, 영주님. 옛날처럼. 이런 전쟁은 사실 처음이 아니지 않습니까? 산속에는 마멋*인간이 살았지요. 그런데 지금 그들은 어디에 있습니까? 숲 속에서는 아직 야생 엘프들과 숲의 정령인 드라이어드들이 바삐 움직이는 것처럼 보이지만, 그것도 곧 끝날 겁니다. 우리는 우리에게 귀속될 것을 위해 고난과 역경을 헤쳐나갈 겁니다. 우리의 할아버지 세대들이 그랬던 것처럼⋯⋯."

"그럼 내 손자 대에 가서나 진주를 볼 수 있게 된다는 말인가? 내가 그렇게나 오래 기다려야 한다는 말인가, 첼레스트."

영주가 얼굴을 찡그렸다.

"아, 그 정도로 심하지는 않을 겁니다. 제가 보기엔⋯⋯ 이를테면 진주 채취꾼을 실은 배와 궁수를 실은 배 두 척을 함께 바다로 내보내는 겁니다. 그러면 우리는 손쉽게 괴물들의 버릇을 고쳐놓게 될 겁니다. 괴물들에게 두려움이 무엇인지 가르쳐주는 것이죠. 그렇지 않소, 위쳐 양반?"

게롤트는 아무 대답도 하지 않고 차가운 눈길로 태수를 바라보았다. 아글로발이 고개를 돌려 귀족적인 옆모습을 보이며 입술을 깨물었다. 잠시 후, 아글로발은 이맛살을 찌푸린 채 두 눈을 가늘게 뜨고 위쳐를 바라보았다.

---

* 마멋: 몸이 토끼만하고 온몸이 회색 털로 덮여 있는 다람쥣과의 포유류로, 유난히 긴 동면을 하는 것이 특징이다.

"자네는 임무를 완수하지 못했어, 게롤트. 일을 다시 그르치고 말았네. 자네가 선의를 보여주었다는 건 부정하지 않겠네. 그러나 나는 선의가 아니라 성과를 보고 보수를 지급하지. 그런데 결과는? 이렇게 표현하는 걸 용서하게. 한마디로 똥 같아. 다시 말해 자네는 기껏 일해서 똥만 번 것이지."

"훌륭하십니다, 영주님."

단델라이언이 조롱조로 말했다.

"영주님께서 용의 어금니에 우리와 함께 가지 않으셔서 유감천만입니다. 어쩌면 저와 위처가 영주님의 손에 칼을 쥐여드리고 바닷속에서 올라온 괴물과 맞설 기회를 드렸을 텐데 말입니다. 그랬더라면 아마 영주님께선 문제를 확실히 이해하시고 중단하셨겠지요. 이렇게 가격을 에누리하는 걸 말입니다……."

"시장판의 여인네들처럼요."

샛별눈동자가 툭 던지듯 말했다.

"값을 깎고, 협상하고, 토론하는 건 내 방식이 아니야. 내가 말했잖아, 자네한테 동전 한 푼 지급하지 않게 될 거라고, 게롤트. 합의 내용은 이거였어. 위험과 위협을 차단하고, 사람들이 위험을 무릅쓰지 않고 진주 채취를 할 수 있도록 한다. 그런데 자네는 뭐라고 했는가? 자네가 나한테 한 말은 바다 밑바닥에 사는 이성을 갖춘 종족에 관한 것이었네. 그리고 자네는 충고했지. 나에게 이윤을 가져오는 곳에서 멀찍이 떨어지라고. 자네가 한 게 뭐가 있나? 이른바 뭣도 아닌 것을 죽였다지……. 그래 얼마나 죽였다 했지?"

아글로발이 조용히 말했다.

"얼마나 죽였냐가 무슨 의미가 있겠습니까? 적어도 당신에게 말입니다, 아글로발 영주님."

게롤트는 조금 창백해진 얼굴로 말했다.

"맞네. 무엇보다도 증거가 빠졌기 때문에 더더욱 그렇지. 그 두꺼비 물고기들의 오른손이라도 가져왔더라면, 누가 알겠는가? 그랬더라면 내 산림관들이 늑대 귀 한 쌍에 받는 정도의 보상금은 치러줬을지."

"어련하시려고요. 이제 제가 할 일은 작별인사밖에 없군요."

위쳐가 쌀쌀맞게 말했다.

"잘못 짚었네. 아직 할 일이 남았어. 남부끄럽지 않은 보수와 생계 지원을 대가로 일을 계속해야지. 내 무장 경비병들의 대위 자격으로 자네는 지금부터 진주 채취꾼들과 동행하게 되는 임무를 명받았네. 평생 이 일을 하라는 것이 아니라 소위 이성을 갖추었다는 그 종족이 나의 배들을 멀리하고, 불을 피하듯 피하는 것이 이성적이라고 받아들일 때까지만일세. 어떤가?"

"고맙습니다만, 그 일엔 아무런 도움도 드리지 못할 것 같습니다. 그런 일은 저에게 맞지 않습니다. 저는 다른 종족과의 싸움에 용병으로 나서는 일이 바보짓이라고 간주해왔습니다. 그런 것은 심심한 나머지 바보같이 어리석은 어린 영주들에게나 좋은 소일거리입니다. 하지만 저에겐 아무 의미도 없습니다."

위쳐가 얼굴을 찌푸렸다.

"오, 대단한 자부심이로군."

아글로발이 씨익 웃었다.

"고상하긴 또 어찌나 고상한지. 제안을 거절 당하고도 머쓱한 감정이 들지 않도록 세련되게 거절하는군. 방금 풍성한 식사를 마치고 나온 부유한 남자와 같은 표정을 짓고 실로 남부끄럽지 않은 액수의 돈을 포기하는 건가, 게롤트? 오늘 점심은 먹었나? 안 먹었지? 그럼 내일은? 그리고 모레는? 내가 보기엔 앞으로 자네가 식사할 기회는 그리 많지 않을 것 같네만. 아니 매우 적을 것 같은데, 위쳐. 그뿐인가, 평소대로라면 돈을 벌 기회는 또 얼마나 적을꼬? 더군다나 팔에 붕대까지 감은 지금 같은 상황에선……."

"어떻게 이렇게까지 할 수 있죠? 어떻게 이 사람에게 그렇게 말씀하실 수 있냐고요, 아글로발 영주님! 이 사람은 당신과 맺은 계약을 수행하는 중에 베여서 벌어진 상처 때문에 팔에 붕대를 감은 거라고요. 그런데 어떻게 이처럼 야비하게 나올 수 있는 거냐고요!"

샛별눈동자가 가녀린 목소리로 외쳤다.

"가만히 있어. 가만히 있으라고, 에씨. 이래 봤자 아무 소용없어."

게롤트가 말했다.

"오, 아니요."

에씨가 버럭 화를 내며 대답했다.

"이렇게 하는 게 중요해요. 누군가는 그의 면전에 대고 진실을 말해주어야 해요. 아무도 작은 바위 해변에 대한 소유권을 두고 싸우려 하지 않자 직접 자신을 영주라고 명명한 영주님, 그래서 지금은 다른 사람을 하찮게 멸시해도 된다고 착각하는 영주님에게 말이죠."

아글로발이 얼굴을 붉히고 입술을 꽉 다물었다. 그러나 그는 아무 말도 하지 않았고, 손끝 하나 까딱하지 않았다.

"그래요, 영주님."

에씨는 떨리는 두 손을 가슴에 꼭 누르고 계속해서 이야기를 이어갔다.

"다른 사람을 얕볼 수 있다는 사실이 당신을 기쁘게 하고 즐겁게 해줄 테죠. 당신은 자신이 주는 돈을 위해 목숨을 걸 준비가 되어 있는 위쳐를 멸시하면서 그걸 즐기고 있지요. 하지만 알아두셔야 할 것이 있습니다. 위쳐가 당신의 모멸과 멸시를 비웃고 있다는 걸요. 그리고 그런 것들이 그에겐 눈곱만큼도 영향을 주지 못한다는 걸요. 위쳐에겐 그런 것들이 도무지 와 닿지 않는다는 걸요. 맞아요. 위쳐는 당신의 시종과 신하들이 느끼는 것, 첼레스트와 드루하르트가 느끼는 것들을 전혀 느끼지 않습니다. 이 사람들은 수치심을, 마음의 바닥을 훑는 화끈거리는 수치심을 느끼지요. 그러나 위쳐는 우리가 느끼는 것, 나와 단델라이언이 느끼는 것을 느끼지 못합니다. 하지만 우리는 혐오감을 느끼지요. 영주님, 왜 그런지 아세요? 그건 제가 말씀드리지요. 위쳐는 자신이 더 낫다는 걸 알기 때문입니다. 그는 당신보다더 가치가 있습니다. 그리고 그것이 위쳐에게 힘을 줍니다."

에씨는 갑자기 입을 다물었다. 그리고 재빨리 고개를 돌렸지만, 게롤트가 아름다운 눈동자와 눈가에서 반짝이는 눈물을 알아차리지 못할 정도로 빠르진 못했다. 그녀는 목에 건 은으로 된 꽃잎에 싸인 꽃목걸이를 손가락으로 만지작거렸다. 목걸이 한가운데에는 커다랗고 푸른빛이 감도는 진주가 박혀 있었다. 꽃에는 정교하게 잘 맞춰진 꽃잎이 달려 있었다. 장인의 손길이 느껴지는 목걸이였다. '드루하르트가 정말 좋은 정보를 알고 있었군.' 게롤트는 생각했다. 드루하르트가 추천한 세공사는 훌륭하게 일을 처리했다. 그리고 그는 그들에게서 동전 한 푼 받지 않았다. 모든 비용을 드루하르트가 지급했던 것이다.

"그래서 말씀인데요, 나의 영주님."

예씨가 다시 고개를 들고 말했다.

"위쳐에게 바다로 내보내려고 배치한 군대의 용병 역할을 맡기실 작정이라면 잘난 척하지 마세요. 조롱하는 행동으로 당신의 명예에 먹칠하지 마세요. 그렇게 하면 결국 당신이 제안한 일을 통해 당신이 얻게 되는 것은 조롱밖에 없을 테니까요. 아직도 파악하지 못하셨나요? 당신은 악으로부터 사람들을 보호하고, 그들을 위협하는 위험을 미리 방지하도록 위쳐를 고용하고, 그가 임무를 수행한 것에 대해 보수를 줄 수 있습니다. 하지만 위쳐를 돈으로 살 수는 없습니다. 그리고 당신 자신의 목적을 위해 그를 이용할 수도 없고요. 왜냐면 위쳐가 상처를 입고, 배를 곯아도, 당신보다 더 낫기 때문입니다. 그는 훨씬 많은 가치를 지닌 존재입니다. 그래서 그는 당신의 인색한 제안을 비웃는 겁니다. 이해하시겠어요?"

"아니, 다벤 양. 이해하지 못했소. 오히려 정반대요. 점점 더 이해할 수 없는 것들 투성이요. 정말로 이해가 안 가는 첫 번째는 내가 아직도 당신들을 몽둥이로 패고 벌겋게 달군 철로 낙인을 찍은 다음 세 명 모두 목을 매달라고 명령하지 않았다는 것이오. 다벤 양, 당신은 자신이 모든 걸 다 알고 있다는 인상을 주려는 것 같군. 그럼 내가 왜 그렇게 하지 않고 있는지에 대해서도 말해보시오."

아글로발이 냉정하게 대꾸했다.

"그러지요, 아글로발 영주님. 당신이 그렇게 하지 않은 것은 당신의 내면 깊숙한 곳 어디선가 예의라는 작은 불꽃이 어렴풋하게나마 빛나고 있기 때문입니다. 벼락부자와 소상인의 거만함으로도 미처 다 끄지 못한 명예의 잔재인 거죠. 아글로발 영주님, 영주님의 내면 깊은 곳에는, 마음 밑바닥에는 아직 그것이 살아 있어요. 여전히 사이렌을 사랑할 수 있는 그 마음 말이에요."

여류시인은 한 치의 망설임도 없이 대꾸했다.

아글로발은 분필처럼 허옇게 변한 얼굴로 소파 손잡이를 움켜잡았다. '브라보.' 위쳐는 생각했다. '브라보, 에씨, 탁월하군.' 게롤트는 그녀가 자랑스러웠다. 그와 동시에 마음이 아파 왔다. 이루 말할 수 없는 후회가 밀려왔다.

"가라. 각자 가던 길로 가도록. 가고 싶은 데로 가라. 날 조용히 놔두고."

아글로발이 나직하게 말했다.

"안녕히 계세요, 영주님. 그리고 작별인사와 함께 한 말씀 드리자면, 좋은 조언은 받아들이세요. 앞으로 위쳐가 당신에게 드릴 조언 같은 거요. 하지만 저는 위쳐가 당신에게 조언하는 건 바라지 않아요. 그가 자신을 낮추고 당신에게 조언하는 건 원하지 않아요. 그를 대신해서 제가 말씀드릴게요."

에씨가 말했다.

"듣고 있소."

"아글로발 영주님, 바다는 거대합니다. 아직껏 아무도 수평선 너머 저곳에 무엇이 있는지 연구하지 못했습니다. 물론 그곳에 무엇인가 있다면 말입니다. 바다는 당신들이 엘프들을 몰아댔던 그 어떤 광야보다도 거대합니다. 바다는 당신들이 마멋인간들을 학살했던 모든 골짜기와 숲을 다 합친 것보다 더 접근하기 어렵습니다. 그리고 그곳 바다의 밑바닥엔 갑옷투구를 이용할 줄 알고 금속 가공기술을 아는 종족이 살고 있습니다. 조심하세요, 아글로발 영주님. 당신이 진주 채취꾼들과 궁수들을 그리로 보내는 건 전혀 알지 못하는 적을 상대로 전쟁을 시작하는 겁니다. 당신이 손대고자 하는 것이 말벌 둥지일 수도 있어요. 제가 조언하려는 것은 바다를 그냥 두라는 것입니다. 왜냐면 바다는 당신을 위해 존재하는 것이 아니기 때문이지요. 당신은 용의 어금니를 출발점으로 내려가는 계단이 어디로 이어지는지 모르고, 또 절대로 알 수 없을 겁니다."

"에씨 양, 그건 당신이 잘못 생각한 거요."

아글로발이 침착하게 말했다.

"우리는 그 계단이 어디로 이어지는지 알게 될 것이오. 한 발 더 나가 바다의 반대편에 뭐가 있는지, 만약 그곳에 무엇이 있다면 그것도 확인할 것이오. 그리고 그 바다에서 긁어올 것이 있다면 몽땅 긁어올 것이오. 우리가 못 하면 우리의 손자들이, 아니면 손자의 손자들이 그렇게 할 것이오. 그것은 단지 시간문제일 따름이오. 그래요, 우리는 그렇게 할 거요. 설령 바다가 피로 붉게 물들 수밖에 없다고 할지라도 그렇게 할 거요. 그리고 당신도 그걸 잘 알고 있을 거요, 에씨. 당신은 인류 역사의 연대기를 발라드로 쓰는 똑똑한 시인이니까. 그러나 삶은 발라드가 아니오. 작고 안쓰럽고 아름다운 눈의 시인이여, 당신은 당신의 아름다운 말들에 빠져 당신은 패배했소. 삶은 투쟁이오. 투쟁에서 위쳐들은 자기들이 우리보다 훨씬 값어치 있는 존재라는 걸 우리에게 가르쳐주었소. 그들은 우리에게 길을 보여주었고, 또 그 길을 개척하게 해주었소. 그리고 인간에게 거치적거리거나 방해가 되는 자들, 우리에게 맞서 이 세계를 보호하려고 했던 자들의 시체와 함께 그 길에 포석을 깔게 해준 것도 그들이었소. 우리는 이 투쟁의 역사를 계속 써나갈 것이오. 우리는 이런 존재요. 인류의 연대기를 창작하는 당신의 발라드와는 전혀 달라요. 이제 우리에겐 더 이상 위쳐가 필요하지 않소. 아무것도 우리를 멈추게 하지 못할 것이기 때문이오, 아무것도."

에씨는 창백해진 얼굴로 입바람을 불어 곱슬머리를 넘기고는 고개를 젖혔다.

"아무것도요, 아글로발 영주님?"

"아무것도, 에씨."

여류시인이 미소를 지었다.

접견실에서 갑자기 시끌벅적한 소음과 큰 소리로 외치는 소리, 발걸음 소리가 들려왔다. 곧 홀 안으로 시동들과 경비병들이 몰려와 무릎을 꿇거나 고개를 숙이고 문 양옆으로 늘어섰다.

문에는 쉐나츠가 서 있었다.

그녀는 녹색 머리를 멋지게 올리고, 산호와 진주를 박은 화려한 관 모양의 머리띠를 두르고 있었다. 그리고 물거품처럼 하얀 밑단이 달린 바닷물색의 드레스를 입고 있었다. 드레스는 가린 부분들이 있어 아쉽긴 했으나, 연옥과 청금석으로 장식된 목 끈 장식과 더불어 사이렌의 매력을 한껏 드러내어 감탄을 자아내게 했다.

"쉐나츠……."

아글로발이 신음을 내며 무릎을 꿇었다.

"나의…… 쉐나츠……."

사이렌이 천천히 다가왔다. 그녀의 걸음걸이는 밀려오는 파도처럼 부드럽고 우아하며 물 흐르듯 자연스러웠다.

쉐나츠가 영주 앞에 와서 멈추어 섰다. 그리고 미소를 지으며 하얗고 조그만 치아를 드러냈다. 그런 다음 조그만 양손으로 재빨리 드레스를 움켜잡고는 한껏 추켜올려 누가 보더라도 여자 마법사 인어가 얼마나 훌륭하게 일을 해냈는지 볼 수 있도록 했다. 게롤트는 침을 꿀꺽 삼켰다. 의심할 여지가 없었다. 여자 마법사 인어가 아름다운 다리란 무엇이고, 어떻게 해야 그런 다리를 만드는지 잘 알고 있다는 것을.

"하! 내 발라드……. 이거 완전히 내 발라드랑 똑같잖아. 그녀가 그를 위해 꼬리를 다리로 만들었지. 대신에 목소리는 잃고 말았지!"

단델라이언이 큰 소리로 외쳤다.

"나는 아무것도 잃은 게 없어요."

쉐나츠가 완벽한 표준어에 멜로디를 넣어 말했다.

"당분간은요. 이 수술을 받고 나니까 마치 새로 태어난 것 같아요."

"당신, 우리말을 하는 거요?"

"그럼요, 그러면 안 되는 건가요? 잘 지냈어요, 백발 씨? 오, 당신의 애인도 함께 있었군요. 내 기억이 맞다면 에씨 다벤, 맞죠? 그 사이 그녀와 좀 더잘 알게 되었나요, 아니면 여전히 잘 알지 못하는 사이인가요?"

"쉐나츠……."

아글로발이 가슴이 찢어지듯 신음하며 무릎걸음으로 그녀에게 다가갔다.

"내 사랑! 나의 연인이여……. 당신은 단 한 사람……. 결국…… 드디어당신이……. 쉐나츠!"

사이렌은 우아한 몸짓으로 손을 내밀며 아글로발에게 입맞춤을 허락했다.

"그래요, 결국 이렇게 되었네요. 왜냐면 나는 당신을 사랑하기 때문이죠, 바보 같은 사람. 작은 희생도 치르지 못한다면 그게 무슨 사랑이라 할 수 있겠어요."

IX

그들은 이른 아침, 브레머부어드에서 출발했다. 수평선 위로 붉은 해가떠오르면서 그들을 감싸고 있던 안개도 빛을 발했다. 그들은 말을 타고 있었다. 서로 이야기를 하거나 어떤 계획을 세운 것도 아니었다. 그들은 그냥함께하기를 원했다. 한동안이라도.

그들은 바위로 이루어진 곳을 떠나면서 바람과 파도에 깎이고 아로새겨진 멋진 석회암에, 해변을 따라 쩍쩍 갈라진 절벽에 대고 잘 있으라고 작별을 고했다. 그러나 꽃으로 뒤덮인 녹색의 계곡 돌 아달라트에 도달했을 때까지도 그들의 코끝에선 바다 냄새가 살랑였고, 귓전에선 거친 파도 소리와 귓속을 파고드는 찢어지는 갈매기 울음소리가 울리고 있었다.

단델라이언은 쉬지 않고, 지치는 기색도 없이 이 주제에서 저 주제로 이리 뛰고 저리 뛰며 떠들었지만, 실제로는 단 한 이야기도 끝내지 못했다. 그는 처녀들에게 결혼 서약을 맺을 때까지 순결을 지키도록 요구하는 바보 같은 관습을 지닌 바르스라는 나라에 관해 이야기했다. 또 이니스 포르회트 섬의 강철 새들에 관해, 생명의 물과 죽음의 물에 관해, 또 칠이라고 불리는 사파이어색 와인의 묘한 맛과 특징에 관해, 그런가 하면 에빙 출신의 네 쌍둥이 왕족인 풋치, 밋치, 그릿치, 후안 피블로 바써밀러라는 끔찍하고 뻔뻔한 개구쟁이들에 관해서도 이야기했다. 단델라이언은 그의 경쟁자들이 퍼트리고 있는 새로운 방향의 음악과 시문학에 관해서 이야기했고, 자신은 그들을 생명의 운동을 모방하는 흡혈귀라고 여긴다는 이야기도 했다.

게롤트는 내내 침묵하고 있었다. 에씨 역시도 침묵하거나 대답을 해도 말을 아꼈다. 위쳐는 그에게로 향하는 그녀의 시선을 느꼈지만. 그 눈길을 피했다.

그들은 배에 몸을 싣고 아달라트 강을 건너고 있었다. 차마 눈 뜨고 보지 못할 정도로 만취한 뱃사공은 선실 기둥을 부여잡은 채 놓질 못하였다. 그러고는 시체처럼 변한 허연 얼굴로 뻣뻣하게 움직이며 물속만 뚫어지라 바라보고 있어서 결국 그들이 직접 밧줄을 당겨야 했다. 뱃사공은 사람들이 묻는 모든 질문에 한결같이 '우웩'처럼 들리는 소리로 답했다.

위쳐는 아달라트 강 반대편 기슭의 땅이 마음에 들었다. 강을 따라 죽 이어져 있는 마을들은 대부분이 울타리에 둘러싸여 있었다. 울타리는 일감을 찾을 확실한 기회에 대한 약속을 의미했다.

이른 오후가 되어 말들에게 물을 먹일 때였다. 샛별눈동자가 게롤트에게 다가왔다. 단델라이언이 멀찍이 떨어져 있는 틈을 탄 것이었다. 위쳐는 멀리 떨어질 기회를 찾지 못했다. 에씨가 그를 기습한 셈이었다.

"게롤트, 나는…… 더는 버티지 못하겠어요. 이건 내 능력 밖의 일이네요."

그녀가 나직이 말했다.

위쳐는 그녀의 눈길을 피하려고 했다. 하지만 에씨는 그걸 허락하지 않았다. 그의 앞에 서서 목에 매단 은 꽃잎에 쌓인 푸른색 진주 목걸이를 만지작거렸던 것이다. 그렇게 그의 앞에 선 그녀를 보며 게롤트는 다시 한 번 자신의 앞에 서 있는 것이 물속에 사벨을 감춘 물고기 눈동자가 아니어서 유감스럽다는 생각을 했다.

"게롤트……. 우리 뭔가 방법을 찾아봐야 하지 않겠어요?"

에씨는 그의 대답을 기다렸다. 게롤트가 말을 해주기를, 작은 희생이라도 해주길 기다렸다. 그러나 위쳐는 그녀에게 해줄 수 있는 말이 아무것도 없었다. 게롤트는 그 사실을 잘 알고 있었다. 거짓말을 하고 싶지 않았다. 하지만 이제 진짜로 위쳐에게 남은 것은 그녀를 아프게 하는 것밖에 없었다.

단델라이언이 정확히 그때 불쑥 나타나 이 상황을 구했다. 역시 단델라이언의 박자 감각은 한 치의 오차도 없었다.

"그야 당연히 그래야지!"

그는 버럭 소리를 지르고는 갈대와 강가에서 서식하는 키 큰 쐐기풀을 밀치는 데 쓰던 나무작대기를 물속으로 훌쩍 던졌다.

"그야 당연히 두 사람 다 방법을 찾아야지, 시간이 다 되어 가는데! 두 사람이 그렇게 빼고 앉아 있는 꼴을 보고 있는 것도 지겨워! 꼬마 인형, 저 친구한테서 기대하는 게 뭔데? 불가능한 걸 고대하나? 그리고 게롤트, 자네는 뭘 기대하는 거지? 샛별눈동자가 자네의 생각을 읽어주길 기대하는 건가, 그녀처럼…… 그러니까 다른 여자들처럼? 그리고 샛별눈동자가 자네의 생각을 읽는 걸로 만족하기를, 그래서 자네는 끝까지 입을 다물고 있어도 되기를 바라는 건가? 아무것도 설명할 필요가 없고, 아무것도 분명히 밝혀줄 필요가 없고, 아무것도 거절할 필요가 없도록? 그리고 자네의 약점을 드러낼 필요가 없도록? 그런 식으로 이해하려면 얼마나 많은 시간과 얼마나 많은 사실이 필요하겠나? 그리고 두 사람, 언제쯤 서로를 살갑게 알아갈 건가? 몇 년 뒤에, 추억 속에서나 그럴 텐가? 내일이면 우리는 서로 헤어져야 하는데, 젠장맞을! 아, 더 이상은 못 참겠어. 신께 맹세코, 난 두 사람 다 딱 질색이야, 질색이라고! 좋아, 둘 다 잘 들어. 나는 이제 개암나무 가지를 꺾어서 낚시하러 갈 거야. 한동안 둘만의 시간을 갖게 될 테니까 서로 허심탄회하게 이야기할 수 있을 거야. 전부 다 쏟아내고, 서로 이해하려고 해봐. 그건 생각하는 것처럼 어려운 일이 아니야. 그리고 나중엔 그걸 해. 꼬마 인형, 저 친구와 그걸 해. 게롤트, 그녀와 그걸 하게. 그녀에게 잘 해줘. 그러고 나면 둘이 문제를 넘어서거나 아니면……."

단델라이언은 격하게 돌아서서 무작정 앞만 보고 걸어갔다. 그 바람에 키 작은 나무를 부러뜨리고는 욕을 해댔다. 그는 개암나무 가지와 말총으로 낚싯대를 만들어 어둠이 깔릴 때까지 낚시했다.

단델라이언이 가자 게롤트와 에씨는 강가를 굽어보는 휘어진 수양버들에 기댄 채 오래도록 그곳에 서 있었다. 그들은 서로의 손을 꼭 잡고 그곳에 서 있었다. 한참의 시간이 흐른 다음 위쳐가 말했다. 나직하고 굵은 목소리로 오랫동안 말을 했고, 샛별눈동자의 눈동자엔 눈물이 넘쳐흘렀다.

그런 다음, 그들은 그것을 했다. 그녀와 그는 그것을 했다.

모든 것이 좋았다.

X

다음 날, 그들은 잔치라도 여는 사람들 같았다. 에씨와 게롤트는 그들이 지나온 마을에서 조리된 어린 양고기를 샀다. 두 사람이 흥정을 하는 동안, 단델라이언은 한 오두막집 뒤에 있는 채소밭에서 마늘과 양파, 당근을 서리해왔다. 말을 타고 가는 길에 그들은 대장간 뒤편 울타리에서 작은 냄비도 한 개 훔쳤다. 냄비엔 조그맣게 구멍이 나 있긴 했지만, 위처가 불의 기호를 이용하여 구멍을 땜질했다.

잔치 음식을 차린 곳은 숲 속 깊은 곳에 있는 넓은 공터였다. 타닥타닥 경쾌하게 불이 타들어갔고, 냄비에선 보글보글 음식 끓는 소리가 났다. 게롤트는 소나무 옹이에서 벗겨 낸 껍질을 숟가락 삼아 냄비 속을 조심스럽게 젓고 있었다. 단델라이언은 양파의 껍질을 벗기고 당근을 말끔하게 닦아냈다. 요리에 관해선 전혀 아는 것이 없는 샛별눈동자는 류트를 연주하며 끊임없이 쿠플레를 불러주어 두 사람의 요리 시간을 지루하지 않게 해주었다.

이별의 식사였다. 내일이면 그들은 헤어져 이미 저마다 가진 어떤 것을 찾아 각자의 길로 접어들 터였다. 하지만 그들은 자신들이 이미 그것을 갖고 있다는 것을 알지 못했다. 자기들이 찾는 것을 이미 갖고 있다는 것을 단 한 번도 예감하지 못했다. 그들은 이른 아침 떠나야 할 각자의 길이 어디로 이어질지 전혀 알지 못했다. 외따로 떨어져 가야만 했다. 그들은 식사를 마친 뒤 드루하르트가 챙겨준 맥주를 마시며 함께 웃고 떠들었다. 그리고 단델라이언과 에씨는 노래 대결을 펼쳤다. 게롤트는 양손으로 머리를 받친 채 소나무가지로 만든 잠자리 위에 누워 지금껏 단 한 번도 이렇게 아름다운 목소리와 그에 버금가는 아름다운 발라드를 들어본 적이 없었다는 생각을 했다. 그는 예니퍼를 생각했다. 또한 에씨도 생각했다. 에씨를 생각하자 어떤 예감 같은 걸 느꼈다, 그것은……

마지막으로 샛별눈동자가 단델라이언과 함께 유명한 친티아와 베르트베른의 듀엣곡을 불렀다. '난 벌써 눈물보다 더 많은 걸 가졌어요.'로 시작하는 위대한 사랑의 노래였다. 게롤트의 눈에는 나무들조차도 두 사람의 노래를 들으려고 몸을 기울이고 있는 것 같았다.

노래를 마치자 샛별눈동자가 마편초 향을 풍기며 게롤트의 곁으로 왔고, 그에게 몸을 바싹 붙이고 누웠다. 그러고는 그의 가슴에 머리를 기대고 한 번, 두 번, 한숨을 쉰 다음 조용히 잠이 들었다. 위쳐는 한참, 한참이 지나고 서야 잠이 들었다.

단델라이언은 사그라지는 불빛에 시선을 고정한 채 오래도록 그곳에 앉아서 류트를 뜯었다.

시작 부분 몇 소절의 선율은 우아하고 고요했다. 동시에 그에 맞은 구절이 떠올랐다. 가사는 마치 황금색의 투명한 호박 보석 속에 박힌 곤충 같았다.

이 발라드는 어떤 위쳐와 어떤 여류시인을 다룬 것이었다. 발라드 속에서 위쳐와 여류시인은 어느 해변 기슭에서 끼룩거리는 갈매기 떼 소리에 둘러싸인 채 우연히 마주쳤지만, 첫눈에 서로 사랑에 빠졌다. 발라드 속에서 그들의 사랑은 너무나도 아름답고 강렬했다. 발라드 속에서는 그 무엇도 이들의 사랑을 넘어설 수도, 이들을 헤어지게 할 수 없었다. 죽음조차도 그렇게 하지 못했다.

단델라이언은 알고 있었다. 이 발라드가 이야기하는 사연을 믿을 사람은 거의 없다는 것을. 그러나 개의치 않았다. 그는 알고 있었다. 발라드란 믿게 하려고 쓰는 게 아니라 감동을 주려고 쓴다는 걸.

몇 년 뒤 단델라이언은 발라드의 내용을 바꾸어 실제 이야기를 쓸 수도 있었다. 그러나 그렇게 하지 않았다. 실제 이야기는 그 누구에게도 감동을 주지 못할 것이기 때문이다. 위쳐와 샛별눈동자가 헤어진 다음 두 번 다시 만나지 못했다는 이야기를 듣고 싶어 하는 사람이 누가 있겠는가? 샛별눈동자가 사 년 뒤 비지마에서 전염병이 기승을 부리던 때에 천연두로 사망했다는 이야기를 누가 듣고 싶어 하겠는가? 그가, 즉 단델라이언이 화장장에서 불타는 시체들 사이를 뚫고 양손에 그녀를 안고 시내에서 멀리 떨어진 숲 속으로 가서 쓸쓸하고 고요하게 묻어준 이야기를, 그리고 그녀와 더불어 그녀의 물건 두 가지, 즉 그녀의 류트와 그녀의 푸른 진주를 묻어준 이야기를 듣고 싶어 하는 이가 누가 있겠는가? 그녀가 단 한 번도 몸에서 떼어본 적이 없는 그 진주를.

단델라이언은 그렇게 하지 않았다. 그는 자신이 지은 발라드의 처음 내용을 그대로 이어갔다. 그러나 그 발라드를 다시는 부르지 않았다. 다시는. 그 누구를 위해서도.

아침 무렵, 아직 어둠이 가시지 않았을 때, 배고프고 성난 늑대인간 하나가 그들이 잠자는 곳으로 살금살금 다가왔다가 단델라이언의 노래 소리를 듣고 잠시 노래에 귀를 기울이다가 제 갈 길로 갔다.

운명의 검

I

첫 번째 시체를 발견한 건 정오 무렵이었다.

살해당한 사람을 보면서 위쳐가 충격을 받는 건 아주 드문 일이었다. 대개는 아주 무심하게 시신을 살펴보는 일이 훨씬 더 많았다. 그러나 이번에는 무심할 수 없었다.

소년은 열다섯 살 정도 되지 싶었다. 소년의 시체는 두 다리를 널찍하게 벌리고 등을 대고 누워 있었으며, 충격을 받아 일그러진 얼굴처럼 입가를 일그러뜨린 채 뻣뻣하게 굳어 있었다. 게롤트는 소년이 즉석에서 죽었다는 사실을 알 수 있었다. 소년은 고통에 신음하며 괴로워하거나 자신이 죽고 있다는 현실을 알지 못했을 것이다. 화살이 소년의 눈을 관통하여 두개골 깊숙이 파고들었고, 뒷머리뼈에 박혀 있었던 것이다. 화살대 끝에는 노랗게 물들인 꿩의 깃털이 끼워져 있었다. 화살대가 풀숲 위로 비죽이 솟아올라 있었다.

게롤트는 주변을 둘러보았다. 그리고 찾던 것을 빠르고 손쉽게 찾아냈다. 똑같이 생긴 두 번째 화살이었다. 화살은 그가 서 있는 뒤쪽으로 약 여섯 걸음쯤 떨어진 곳에 있는 소나무에 꽂혀 있었다. 게롤트는 무슨 일이 일어났는지 잘 알 수 있었다. 소년은 경고를 이해하지 못했던 것이다. 화살이 횡횡거리며 날아와 부딪히는 소리를 듣자 놀라서 잘못된 방향으로 달려갔던 것이다. 그 소리는 소년에게 멈추어 서서 당장 돌아갈 것을 명하는 소리였다. 슉슉거리며 깃털로 장식된 독화살이 날아오는 소리, 나무를 파고드는 화살촉의 짧고 건조한 소리. 횡횡거리는 소리와 건조하게 부딪히던 소리는 '인간이여, 한 발짝도 더는 가까이 오지 마라.'고 명하는 소리였다. '인간이여, 그대는 온 세상을 정복했다. 세상 어디를 가도 그대와 같은 인간 족속이 우글거린다. 그대는 가는 곳마다 새로운 시대, 그대가 진보라고 부르는 변화의 시대를 가져온다. 우리는 그대가 가져오는 변화를 원치 않는다. 우리는 그대가 가져오는 것은 아무것도 원치 않는다.' 횡횡, 그리고 팍팍 화살이 박히는 건조한 소리. '브로킬론*에서 떠나라!'

'브로킬론에서 떠나라.' 게롤트는 생각했다. '인간이여. 그대가 열다섯 살이든, 두려움에 떨며 돌아가는 길을 찾지 못하여 숲을 이리 뛰고 저리 뛰며 질주하든 상관없다. 그대가 일흔 살 노인이어서, 이제는 쓸모없는 노인이 되어서 먹을 것 하나 받아들지 못한 채 오두막에서 내쫓기어, 하는 수 없이 땔감을 모으러 올 수밖에 없었다 해도 상관없다. 그대가 여섯 살배기고, 햇살이 쏟아지는 방향으로 파랗게 피어 있는 꽃에 홀려 이곳에 왔다 해도 상관없다. 모두 브로킬론에서 떠나라! 횡횡거리는 소리와 팍팍 화살이 박히는 건조한 소리.'

---

* 브로킬론: 신트라, 브뤼게, 소든, 버덴으로 둘러싸인 아주 오래된 숲이다. 드라이어드 종족이 거주하는 숲으로, 침입자에겐 경고 없이 화살 세례를 입힌다.

'옛날에 그들은 치명적인 마지막 화살을 쏘기 전에 두 번의 경고를 했었는데. 심지어 세 번까지도. 옛날에는 그랬는데. 옛날에는.' 게롤트는 멈추지 않고 계속 길을 가며 생각했다.

'하지만 지금은 그들도 진보의 길을 걷나 보군.'

끔찍하기로 유명한 숲이건만 보기에는 그렇지 않았다. 물론 숲은 끔찍이도 거칠었고, 길다운 길도 하나 없었다. 하지만 그런 것이야 원시림에서 일반적으로 접하게 되는 어려움일 뿐이었다. 빛이라고는 우듬지 사이로, 또 키 큰 나무에서 뻗어 나온 굵은 가지들의 무성한 잎 사이로 파고드는 희박한 빛과 햇빛이 전부였고, 빛은 들어오는 즉시 수많은 어린 자작나무와 오리나무, 너도밤나무의 젖줄이 되었다. 또 생존경쟁에서 패배한 나무들, 즉 가장 오래 묵은 나무들과 그 나무들의 마른 가지와 최근까지 남아 있던 나무둥치, 버석거리고 흐늘거리는 썩은 껍질들에 가지를 뻗고 끝까지 생명을 연명하는 검은딸기나무와 노간주나무, 고사리류의 식물들도 그 빛을 사용했다. 그러나 이 미로 같은 숲은 침묵하지 않았다. 이런 장소에 잘 어울릴 만한 위협적이고 무거운 침묵과 함께하지 않았다. 그랬다. 브로킬론은 살아 있었다. 곤충들이 윙윙거렸고, 조그마한 도마뱀들이 바스락거리며 바닥을 기어 다녔고, 색색으로 빛나는 딱정벌레들이 휙휙 지나다녔다. 수천 마리의 거미들이 만들어놓은 수천 개의 거미줄마다 물방울이 영롱하게 빛났고, 딱따구리들은 우렁차게 나무줄기를 쪼아댔으며, 어치가 새된 소리를 질렀다.

브로킬론은 살아 있었다.

그러나 위쳐는 잘못된 길로 접어들지 않았다. 그는 자신이 어디에 있는지 알고 있었다. 그는 눈에 화살이 꽂힌 그 소년을 잊지 않았다. 높이 있는 곳에서는 질퍽한 흙과 솔잎들 사이로 드물지 않게 허연 뼈들이 보였고, 그 위로 불개미들이 기어 다녔다.

위쳐는 계속 걸어갔다. 신중을 기하면서도 신속히 걸었다. 발자국들을 보니 갓 지나간 것들이었다. 그는 앞서 간 사람들을 멈추어 세워 되돌아가게 할 수 있으리라 생각했다. 사람들을 설득할 수도 있다고. 아직 늦지 않았다고.

그러나 너무 늦었다.

두 번째 시신은 하마터면 못 보고 지나칠 뻔했다. 살해당한 시신의 손에 들려 있던 단도의 날이 햇빛에 반사되지 않았더라면 말이다. 이번엔 성인 남자였다. 실용적인 회갈색의 소박한 의복이 낮은 신분의 사람임을 설명해주었다. 가슴팍에 비죽이 솟은 두 대의 화살 주변으로 둥그렇게 번진 피 얼룩은 그대로지만, 죽은 이의 옷은 너무 깨끗한 새 옷이었다. 그렇다면 죽은 자는 평범한 농부가 아닐 수도 있었다.

게롤트는 주변을 둘러보다가 가죽 밤스에 짧은 녹색 외투를 입은 세 번째 시신을 발견했다. 시신의 발치에 있는 흙이 파헤쳐져 있었다. 썩은 나무껍질과 솔가지들이 옆으로 비질하듯 쓸려 있었다. 의심할 여지가 없었다. 이 남자는 죽은 지 오래되었다.

앓는 소리가 들렸다.

위쳐는 재빨리 노간주 덤불을 헤쳤다. 덤불에 숨겨져 있던 깊이 파인 그루터기 자리가 보였다. 움푹 파인 그루터기 자리로 드러난 소나무 뿌리들 위에 땅딸막하고 다부진 체격의 한 남자가 누워 있었다. 남자는 검은 곱슬머리였고, 충격을 받아 거의 시체를 방불케 할 정도로 창백해진 얼굴에는 머리카락과 똑같이 검은 수염이 돋아나 있었다. 남자가 입은 밝은 색상의 사슴 가죽 재킷은 피로 검게 물들어 있었다.

위쳐는 몸을 훌쩍 날려 움푹 파인 그루터기 자리 안으로 들어갔다. 부상당한 남자가 눈을 떴다.

"게롤트……. 오, 세상에…… 내가 꿈을 꾸고 있나 보군……."

그가 앓는 소리를 내며 말했다.

"프라익세네트! 자네가 왜 여기에 있나?"

위쳐가 놀라서 소리쳤다.

"나는…… 으으윽……."

"움직이지 말게. 어딜 맞은 건가? 화살이 보이질 않네……."

게롤트가 프라익세네트의 곁으로 가서 무릎을 꿇었다.

"뺐…… 네. 내가 화살 끝을 부러뜨려서 뺐다네……. 내 말 잘 듣게, 게롤트……."

"아무 말도 하지 말고 가만히 있게, 프라익세네트. 말을 하면 피 때문에 질식사할 수도 있네. 화살이 폐를 관통했어. 제기랄, 여기서 자네를 빼내야겠군. 망할, 대체 브로킬론에서 다들 뭘 한 건가? 브로킬론은 드라이어드들의 영역이네, 그들의 성역이지. 이곳을 살아서 나간 자는 아무도 없어. 그걸 몰랐나?"

"나중에……."

프라익세네트는 끄응 신음을 하고는 피를 뱉었다.

"나중에 말해줌세……. 지금은 날 꺼내주게……. 아, 빌어먹을…… 조심하게……. 으으윽……."

"못하겠는걸. 자네가 무척이나 무섭군그래."

게롤트는 일어서서 주위를 둘러보았다.

"그럼 날 그냥 눕혀 두게나."

프라익세네트가 신음을 하며 말했다.

"어쩔 수 없다면 나는 그냥 여기에 눕혀 두게……. 하지만 그녀는 구해주게……. 그녀만은 반드시 구해주게……."

"누구 말인가?"

"공주……. 윽…… 공주를 찾아줘, 게롤트……."

"가만히 누워 있게, 좀. 빌어먹을! 옮길 만한 것 좀 만들어서 자네를 꺼내주겠네."

프라익세네트는 격렬하게 기침을 하며 또다시 피를 토했다. 진한 피가 그의 수염에 매달려 실처럼 길게 늘어졌다. 위쳐는 저주의 말을 내뱉고는 움푹한 구덩이에서 풀쩍 뛰어오른 다음 주변을 둘러보았다. 어린나무 두 그루가 필요했다. 그는 숲 속 빈터의 가장자리 쪽으로 서둘러 달렸다. 아까 올 때 그곳에 오리나무가 모여 있는 것을 보았던 터였다.

휭휭거리는 소리와 화살이 박히며 내는 건조한 소리가 났다.

게롤트는 그 자리에 그대로 얼어붙었다. 화살이 딱 그의 키 높이로 날아와 나무에 꽂혔다. 화살 손잡이에 매의 깃털이 꽂혀 있었다. 그는 깃털이 꽂힌 화살대가 가리키는 방향으로 시선을 돌렸다. 그는 화살이 어디에서 날아왔는지 알고 있었다. 오십 보쯤 떨어진 곳에 흙이 움푹 패여 동굴처럼 된 곳이 또 있었다. 나무가 뒤집혀 생긴 곳으로 뿌리가 위로 뻗쳐 있었고, 아직까지도 모래가 많은 흙이 덩어리째 뿌리를 감싸고 있었다. 그곳에 빼곡하게 있는 인목덤불처럼 어두워서 자작나무의 밝은 줄무늬만이 어둠을 깨고 하얗게 보일 뿐이었다. 그의 눈에는 아무도 보이지 않았다. 그는 아무도 눈에 띄지 않으리라는 것을 알고 있었다.

위쳐는 양손을 천천히 올렸다. 아주 천천히.

"캐드밀! 바 안 에이트네 메아트 에 두엔 카넬! 에쎄아 그윈블리드!"

나직이 휭휭거리는 인목나무의 소리가 들렸다. 그리고 화살이 보였다. 이번에는 눈에 보일 정도로 느리게 발사되었던 것이다. 화살은 위쪽으로 가파르게 올랐다. 위쳐는 위로 솟구쳤다가 속도를 떨어뜨리며 궤도를 비틀어 땅으로 떨어지는 화살을 지켜보았다. 그는 꼼짝도 하지 않았다. 화살은 그에게서 두 걸음 떨어진 곳에 있는 썩은 나무껍질 속에 거의 수직으로 꽂혔다. 동시에 바로 그 곁에 같은 각도로 두 번째 화살이 날아와 박혔다. 그는 다음번 화살은 보지 못하게 될 것 같아 두려웠다.

"메아트 에이트네! 에쎄아 그윈블리드!"

위쳐는 다시 한 번 외쳤다.

"글라에디프 브호르트!"

바람결인가 싶었는데 목소리였다. 화살이 아니라 목소리였다. 그는 살아 있었다. 그는 천천히 가죽띠의 죔쇠를 풀어 칼을 몸에서 뗀 다음, 던져버렸다. 두 번째 드라이어드가 무심히 자란 노간주나무에 둘러싸인 소나무 기둥 뒤에서 소리 없이 나타났다. 그가 서 있는 곳에서 열 걸음도 채 떨어지지 않는 거리였다. 그녀는 작고 아주 가녀렸다. 그래도 소나무 기둥보다 가늘지는 않았다. 게롤트는 아까 이곳에 왔을 때 어떻게 그녀가 그의 눈에 띄지 않았는지 도무지 알 길이 없었다. 아마도 그녀의 옷 덕분이지 싶었다. 옷은 이상하게 이어 붙인 녹색과 갈색의 천 조각으로 이루어져 있었고, 나뭇잎과 나무껍질로 덮여 있었다. 그런 옷차림에도 그녀의 아름다운 몸매는 고스란히 드러났다. 이마에 검은 띠를 둘러 고정한 그녀의 머리카락은 어두운 녹갈색이었고, 얼굴에는 비스듬하게 호두껍질색의 줄이 그어져 있었다.

물론 그녀는 활을 팽팽하게 당기고 그를 겨누고 있었다.

"에이트네……."

위쳐는 다시 이야기를 시작했다.

"타에스 아엡!"

그는 순순히 입을 다물었다. 그리고 그 자리에서 꼼짝도 않고 서서 손을 몸에 붙이지 않은 자세를 유지했다. 드라이어드는 활을 내리지 않았다.

"둔카! 브라엔! 캠 포르트!"

앞서 활을 쏘았던 여자가 뒤집힌 나무등치를 따라 자라난 소관목 사이에서 튀어나와 민첩하게 구덩이를 훌쩍 뛰어넘었다. 그곳에는 마른 가지들이 어지럽게 깔려 있었지만, 그녀가 밟고 지나는 그 어디서도 가지가 부서지는 소리는 나지 않았다. 뒤쪽, 가까운 곳에서 잎사귀가 바람결에 보스락거리는 것 같은 작은 소리가 났다. 게롤트는 이제 자신의 뒤편에 세 번째 드라이어드가 있다는 걸 알 수 있었다. 세 번째 드라이어드가 번개처럼 빠르게 그의 옆쪽에서 몸을 숙이더니 그의 칼을 집어 들었다. 그녀는 벌꿀색의 머리카락을 골풀로 만든 머리띠로 묶은 모습이었다. 화살을 가득 채운 화살집이 그녀의 등 뒤에서 오르락내리락 흔들렸다.

가장 멀리 떨어진 곳, 그러니까 흙구덩이 근처에 있던 여자가 재빨리 다가왔다. 그녀의 옷 역시 동료와 다를 바 없었다. 그녀는 약간 빛바랜 듯한 붉은 벽돌색의 머리카락 위에 클로버와 히드를 둘둘 만 화환을 쓰고 있었다. 그녀는 활을 당기고 있지는 않지만, 활시위에 활을 얹은 채로 다가왔다.

"텐 테쎄 인 마에트 아엡 아이트네 리브. 에쓰 그원블리드?"

그녀가 다가오면서 물었다. 보기 드물게 목소리에 운율이 살아 있었다. 눈동자가 크고 검었다.

"아에…… 아에쎄아……."

위쳐는 이야기를 시작했다. 그것도 브로킬론의 방언에서 쓰는 어휘로 말했다. 사실 드라이어드들이 사투리를 구사하면 노래처럼 들렸지만, 위쳐는 목젖에 말이 탁탁 걸려서 입술이 아파왔다.

"누구 일반어를 구사할 수 있는 드라이어드는 없나? 내가 당신네 말을 잘 구사하는 편이 아니라서……."

"앙바일. 포르트 링게."

그녀가 위쳐의 말을 가로막았다.

"나는 그윈블리드, 하얀 늑대라고 하오. 에이트네 부인이 나를 알고 있소. 나는 에이트네 부인에게 전할 소식을 가지고 가던 길이었소. 브로킬론에는 이미 와본 적이 있소. 두엔 카넬에 있었소."

"그윈블리드. 바트 건*?"

벽돌색 머리가 눈살을 찌푸렸다.

"그렇소. 나는 위쳐요."

게롤트가 대답했다.

벌꿀색 머리가 씩씩거리며 올렸던 활을 내렸다. 벽돌색 머리가 눈을 휘둥그레 뜨고 그를 바라보았다. 그러나 녹색 줄을 그은 그녀의 얼굴은 미동도 하지 않아서 죽은 사람, 아니 동상의 얼굴 같았다. 굳은 얼굴 탓에 그녀가 아름다운지, 아니면 못생겼는지 가늠하기 어려웠다. 대신 잔인하지 않다면 냉담하고 무심할지도 모른다는 생각이 뇌리에서 떠나지 않았다. 게롤트는 판단하려는 자신을 책망했다. 드라이어드들을 인간처럼 생각하고 판

---

* 바트 건: 엘프 고어로 '돌연변이 인간, 위쳐'라는 뜻이다.

단하려는 오류를 범하고 있다는 사실을 알아차렸던 것이다. 그래도 벽돌색 머리가 다른 둘에 비해 어쨌든 나이가 더 많다는 건 알 수 있었다. 아무리 보아도 훨씬, 훨씬 더 나이가 많은 것 같았다.

그들은 결정을 내리지 못한 채 아무 말도 하지 않고 가만히 서 있었다. 게롤트는 프라익세네트가 끙끙 신음을 하다가 쿨럭쿨럭 기침하는 소리를 들었다. 벽돌색 머리도 분명히 그 소리를 들었을 텐데 찡긋거리는 기색도 없었다. 위쳐는 양손을 허리춤에 가져다 댔다. 그리고 차분한 어조로 말했다.

"저기 나무 그루터기가 팬 곳에 부상자가 한 명 누워 있어요. 도움을 받지 않으면 죽고 말거요."

"타에스 아엡!"

녹갈색 머리가 활시위를 팽팽하게 당겼다. 화살촉이 정확히 그의 얼굴을 겨냥했다.

"당신들, 저 사람을 죽게 놔둘 거요? 그냥 저렇게 피에 질식해서 죽게 놔둘 거요? 그렇다면 차라리 그를 죽이든가?"

위쳐는 목소리를 높이지 않았다.

"입 닥치고 있어!"

화살을 겨눈 드라이어드가 이제 일반어로 날카롭게 쏘아붙였다. 그러나 그녀가 한 것은 활을 내리고, 활시위를 좀 더 느슨하게 한 것이 전부였다. 그녀는 동료에게 어떻게 할까 묻는 듯한 시선을 보냈다. 벽돌색 머리가 고개를 끄덕이고는 구덩이 쪽을 가리켰다. 녹갈색 머리가 구덩이를 향해 달려갔다. 잰 걸음에도 발소리가 나지 않았다.

"나는 에이트네 부인을 만나고 싶소. 그녀에게 전할 전갈이 있소."

게롤트가 다시 반복하여 말했다.

"저 여자가 당신을 두엔 카넬로 데려다 줄 것이다. 가라."

벽돌색 머리가 벌꿀색 머리를 가리켰다.

"프라익세……. 그럼 저기 부상자는?"

드라이어드가 눈살을 찌푸리고 위쳐를 바라보았다. 그녀는 활시위에 얹어놓은 활을 만지작거리고 있었다.

"애 끓이지 말고 가라. 저 아이가 너를 이끌 것이다."

"하지만……."

"바엔 포르트!"

그녀는 그의 말을 끊어버리고 입술을 꼭 다물었다.

게롤트는 어깨를 으쓱해 보이고 벌꿀색 머리카락의 여인과 돌아섰다. 그녀는 셋 중에 가장 어린 것 같았다. 그러나 착각일 수도 있었다. 푸른 눈동자의 여인이었다.

"그럼 갑시다."

"그러지."

벌꿀색 머리가 나직한 목소리로 대답했다. 그녀는 잠시 망설이다가 그에게 칼을 건네주었다.

"가지."

"이름이 뭐지?"

"입 닥쳐."

여인은 두리번대는 행동 한 번 없이 매우 빠른 속도로 숲을 뚫고 지나갔다. 게롤트는 그녀와 보조를 맞추려고 무척 애를 써야 했다. 그는 드라이어드 여인이 일부러 그러는 걸 알았다. 뒤따라오는 인간이 소관목 아래에서 낑낑거리며 미적거리다가 탈진하여 바닥에 쓰러지길, 그래서 계속 길을 갈 수 없게 되기를 바라고 있다는 걸 알고 있었다. 그녀가 자신이 인간보다 위쳐의 편에 서 있다는 걸 모르는 게 분명했다. 그녀는 위쳐의 존재가 무엇인지 알기엔 너무 어렸다.

그녀가 갑자기 멈춰 서서 휙 돌아섰다. 게롤트는 그녀가 순수 혈통의 드라이어드가 아니라는 걸 진즉 알아차렸다. 그는 조각조각 이어 붙인 윗도리 속에서 그녀의 가슴이 격하게 너울거리는 것과 그녀가 입으로 숨을 내뱉지 않으려고 애써 자제하는 모습을 지켜보았다.

"예아. 아에엔 에쎄아트 시드?"

그녀가 화난 얼굴로 그를 바라보았다.

"아니, 나는 엘프가 아니야. 이름이 뭐지?"

"브라엔."

그녀는 그렇게 대답한 다음 계속 걸었다. 하지만 이번에는 그를 앞서려고 하지 않았고, 아까보다 좀 더 천천히 걸었다. 그들은 가까이에서 나란히 걸었다. 게롤트는 그녀의 땀 냄새를 맡았다. 어린 인간 여자에게서 흔히 맡을 수 있는 땀 냄새였다. 드라이어드의 땀에선 버드나무 잎사귀를 손에 대고 비비면 나는 냄새가 났다.

"예전 이름은?"

그녀가 게롤트를 바라보았다. 그녀의 입이 갑자기 일그러졌다. 게롤트는 그녀가 조용히 하라고 명령할 줄 알았다. 그러나 그녀는 그렇게 하지 않았다.

"기억이 나지 않아."

잠시 후 그녀가 말했다. 게롤트는 그녀의 말을 믿지 않았다.

그녀는 열여섯 살 이상으로 보이지는 않았다. 브로킬론에서 산 지는 육년, 혹은 칠 년 정도? 그 이상은 아닌 듯 보였다. 아니면 그보다 더 이전에 꼬마였을 때 혹은 젖먹이일 때 이곳으로 흘러들어왔을지도 모른다. 그래서 게롤트가 그녀에게서 더는 인간의 흔적을 알아차리지 못했을지도 모른다. 푸른 눈동자와 타고난 연한 색의 머리카락은 드라이어드들에게서도 나왔다. 엘프나 인간과의 의식에 따른 접촉을 통해 생산되는 드라이어드의 아이들은 전적으로 어머니의 신체적 특징을 물려받았다. 그리고 예외 없이 여자아이들만 낳는다. 아주 드물게, 그리고 대개는 여러 세대가 지나야 한 번씩 이름을 알 수 없는 남자 쪽의 눈이나 머리카락을 물려받은 아이가 태어나는 일이 발생하곤 했다. 그러나 게롤트는 브라엔의 몸속엔 드라이어드의 피가 한 방울도 섞여 있지 않다는 걸 확신했다. 사족이지만, 이 사실이 중요한 의미가 있는 건 아니었다. 피가 들어왔든 나갔든, 지금 그녀는 드라이어드였다.

"그럼 당신은…… 이름이 뭐지?"

비스듬히 위쳐를 바라보며 브라엔이 물었다.

"그윈블리드."

그녀가 고개를 끄덕였다.

"그럼 가지……. 그윈블리드."

그들은 아까보다 더 천천히 걸었지만, 그래도 속도가 점점 더 빨라졌다. 브라엔이 브로킬론을 잘 알고 있었기에 당연한 일이었다. 만약 혼자였다면 게롤트는 속도를 내기는커녕, 올바른 방향도 유지하지 못했을 것이다. 브라엔은 밀림 같은 숲 속의 장애물들을 요리조리 잘도 빠져나가 구불구불하고 사람의 눈에 띄지 않은 오솔길을 따라 걸었다. 그리고 협곡도 여러 차례 지났다. 협곡을 지날 때면 두 사람은 다리를 건너듯 노련하게 뒤집힌 나무둥치들을 뛰어넘었고, 좀개구리밥으로 뒤덮인 소택지의 초록색 물도 볼썽사나운 걸음걸이로 지나긴 했지만 과감하게 통과했다. 소택지는 위쳐도 감히 발을 들여놓지 못하는 곳이어서 몇 날까지는 아니더라도 몇 시간에 걸쳐 우회하곤 했던 곳이었다.

브라엔은 숲의 거칠고 야만적인 성질로부터 그를 보호해준 동행에서 그치지 않았다. 드라이어드인 그녀도 걸음을 멈추고 아주 조심스럽게 발을 내디뎌야 하는 곳도 있었는데, 그럴 때면 발로 오솔길 바닥을 더듬거리며 그의 손을 잡아주었던 것이다. 브로킬론에서 낙하한 이야기를 다룬 많은 전설이 있었다. 뾰족하게 끝을 다듬어 깎은 기둥들이 가득한 무덤, 사방에서 날아오는 화살들, 뿌리가 하늘을 향한 채 뒤집힌 나무들, 끔찍한 '고슴도치' 등에 관한 이야기들이었다. 고슴도치는 가시를 잔뜩 박아 밧줄에 매단 동그란 공을 일컫는데, 이 공이 예기치 않은 순간 뚝 떨어져 오솔길을 깨끗이 쓸어버렸다. 또 브라엔이 멈추어 서서 멜로디를 넣어 휘파람을 불면 소관목숲에서 휘파람으로 화답하는 곳도 있었다. 그런가 하면 브라엔이 활시위에 화살을 얹고 멈추어 서서 그에게 조용히 하라고 명한 다음 미로 같은 숲 속에서 부스럭거리는 어떤 것이 멀어질 때까지 긴장하며 기다렸던 곳도 있었다.

쉬지 않고 전진했는데도 둘은 숲 속에서 밤을 보낼 수밖에 없었다. 브라엔은 밤을 보내기에 딱 좋은 장소를 골랐다. 작은 둔덕 위라 온도 차이가 있어 돌풍에 따뜻한 공기가 실려 오는 곳이었다. 그들은 물기 없는 고사리들 가운데서 드라이어드들의 방식에 따라 바싹 붙어서 잠을 잤다. 한밤중에 브라엔이 게롤트를 안더니 그에게 몸을 기대며 바싹 달라붙었다. 그것이 다였다. 게롤트가 그녀를 안았다. 그러고는 아무 일도 없었다. 그녀는 드라이어드였다. 단지 온기를 더하는 것이 중요했다.

동이 틀 즈음, 아직 어둠이 채 가시지 않았을 때, 그들은 다시 길을 떠났다.

II

그들은 듬성듬성 숲을 이루는 긴 언덕 지대를 가로질렀고, 구불구불한 오솔길을 걸었으며, 안개 자욱한 작은 계곡 분지를 지나갔다. 그런 다음 키 큰 풀들이 자라난 드넓은 숲 속의 빈터를 넘었고, 바람에 쓰러진 나무들이 모여 있는 습지도 지나갔다.

브라엔은 몇 번인지 셀 수 없을 정도로 수없이 멈춰 서서 더듬듯 주변을 훑어보곤 했다. 누가 보면 길을 잃은 것처럼 보일 수도 있었지만, 게롤트는 그럴 리 없다는 걸 알았다. 어쨌든 그는 잠깐의 휴식을 이용하여 뒤집힌 나무둥치에 앉았다.

그때였다. 비명이 들렸다. 가늘고, 높고, 절망적인 소리였다. 브라엔이 즉시 무릎을 꿇으며 동시에 화살집에서 화살 두 대를 꺼냈다. 화살 한 대는 잇새에 물고, 다른 하나는 활시위에 끼우고 시위를 팽팽하게 당긴 다음, 소관목 사이에 대고 무조건 목소리가 들린 쪽으로 화살을 겨누었다.

"쏘지 마!"

게롤트가 소리쳤다. 그는 둥치를 넘어 덤불숲 사이를 헤집고 달려갔다.

비탈진 암벽의 발치에 나무로 생긴 작은 빈터가 있었고, 그곳에서 회색 밤스를 입은 작은 존재가 수세에 몰려 바싹 마른 너도밤나무 기둥에 등을 기댄 채 서 있었다. 그 존재의 앞쪽으로 대략 다섯 걸음쯤 떨어진 곳에서 뭔가가 천천히 움직이며 풀들을 옆으로 밀치는 것이 보였다. 그것은 길이가 얼추 3.6미터 정도에 진한 갈색을 띠고 있었다. 처음 그것을 보았을 때 게롤트는 뱀이라고 생각했다. 그러나 갈고리 모양의 발톱으로 무장한 노란 빛깔의 발들과 긴 몸통, 그리고 편편한 몸마디를 보고 뱀이 아님을 알아차렸다.

뱀보다 훨씬 고약한 것이었다.

녀석에게 몰려 나무 기둥에 기댄 작은 존재는 빽빽 가느다란 비명만 질러대고 있었다. 거대한 왕지네 괴물이었다. 녀석은 길고 떨리는 촉수를 풀 위로 들어 올리고, 냄새와 온도를 탐지했다.

"움직이지 마!"

위처는 버럭 소리를 지른 다음 왕지네 괴물의 주의를 돌리려고 발을 굴렀다. 그러나 괴물은 그에게 반응을 보이지 않았다. 이미 녀석의 촉수가 가까이 있는 제물의 냄새를 감지했던 것이다. 괴물이 발들을 움직이며 S자 모양으로 몸을 구부리더니 서둘러 전진했다. 녀석의 샛노란 앞발이 풀 속에서 노예선의 노처럼 규칙적으로 움직이며 번득였다.

"이그헤른*!"

브라엔이 소리쳤다.

두 번의 도약으로 게롤트는 숲 속 빈터로 들어섰고, 달리면서 등에 있던 칼집에서 칼을 뽑았다. 그리고 나무 아래에 얼어붙은 듯 서 있는 작은 존재를 엉덩이로 밀쳐 옆에 있는 나무딸기 덤불로 밀어 넣었다. 지네류에 속하는 녀석이 풀 속에서 버스럭거리며 많은 발을 바삐 움직여 그를 향해 걸음을 재촉했다. 그러면서 몸의 상반부 몸마디를 꼿꼿이 세운 채 독이 뚝뚝 떨어지는 집게발을 탁탁 벌렸다 닫았다. 게롤트는 춤을 추듯 몸을 출렁거리다가 녀석의 낮은 몸뚱이를 뛰어넘은 다음 반원을 그리며 몸마디 사이의 부드러운 곳, 즉 딱딱한 갑각판 사이를 내리쳤다. 그러나 괴물의 몸놀림은 매우 빨랐고, 칼은 놈을 파고들지 못한 채 각질층만 맞추고 말았다. 결국 놈에게

---

* 이그헤른: 브로킬론에 서식하는 왕지네 괴물을 지칭하는 엘프 고어이다.

가한 일격은 바닥에 두툼하게 깔린 썩은 나무껍질에 부딪혀 둔탁한 울림을 내며 끝났다. 게롤트는 다시 뒤로 몸을 날렸지만, 평소의 노련함만 못했다. 왕지네 괴물이 하반신으로 그의 다리를 감았던 것이다. 엄청난 힘이었다. 위쳐는 일부러 쓰러져 몸을 돌린 다음 놈에게서 빠져나가려고 했다. 그러나 소용없었다.

왕지네 괴물이 몸을 구부리더니 갈고리 발톱으로 격하게 나무를 긁어 생채기를 냈다. 그리고 나무를 꽉 붙잡은 채 집게발을 들고는 게롤트를 잡으려고 제 몸을 뒤집었다. 바로 이 순간, 게롤트의 머리 위로 화살 한 개가 쉭 날아가 놈의 딱딱한 등껍질을 '빠각!' 하는 소리와 함께 관통하며 괴물을 나무 기둥에 박아버렸다. 왕지네 괴물은 몸통을 구부려 화살을 부러뜨린 다음 나무에서 떨어졌다. 그러나 그 순간, 또다시 날아온 두 대의 화살이 녀석에게 명중했다. 위쳐는 부르르 떠는 녀석의 몸을 발로 차서 떨쳐낸 다음, 몸을 굴려 옆으로 빠져나왔다.

옆에서 브라엔은 무릎을 꿇고 믿을 수 없는 속도로 활을 당기고 있었다. 화살이 차례차례 왕지네 괴물의 몸에 꽂혔다. 왕지네 괴물은 화살의 손잡이 부분을 부러뜨리며 계속 나무에서 떨어져 나왔지만, 연달아 날린 화살은 다시금 놈을 나무 기둥에 못 박듯 박았다. 괴물은 넓죽하고 윤기가 흐르는 검붉은 머리통과 집게발을 들고 화살에 맞은 자리마다 덜컥거리는 소리를 내며 자기에게 상처를 낸 적을 잡으려고 애를 썼지만 허사였다.

게롤트가 옆에서 뛰쳐나와 칼을 높이 들고 일격을 가했다. 그리고 이 한 번의 일격으로 싸움은 종료되었다. 나무 기둥이 마치 단두대의 받침목처럼 보였다.

브라엔이 활시위를 당긴 채 천천히 다가왔다. 그러고는 풀숲에 몸을 구부리고 발들을 버둥거리는 몸뚱이를 발로 찬 다음 그 위에 침을 뱉었다.

"고마워."

위쳐는 그렇게 말을 하고는 잘려나간 왕지네 괴물의 머리통을 장화 뒤축으로 으깼다.

"에?"

"네가 내 목숨을 구했으니까."

드라이어드는 게롤트를 바라보았다. 그녀의 시선에는 이해도, 감정도 실려 있지 않았다.

"이그헤른이었어. 녀석이 내 화살들을 부러뜨렸어."

브라엔이 꿈틀거리는 몸통을 장화로 툭 차며 말했다.

"너는 나뿐 아니라 드라이어드 꼬마의 목숨도 구했어. 빌어먹을, 애가 어디 갔지?"

브라엔이 능숙하게 나무딸기 덤불을 옆으로 밀치고는 가시 돋힌 가지 사이로 팔을 밀어 넣었다.

"이럴 줄 알았어."

브라엔이 덤불숲에서 회색 밤스를 입은 작은 존재를 끌어내며 말했다.

"그윈블리드, 직접 보시지."

그 존재는 드라이어드가 아니었다. 엘프 또한 아니었다. 어린 공기의 요정도, 장난꾸러기 요정 퍽도, 하플링도 아니었다. 평범한 인간 소녀였다. 물론 결코 평범하다고 할 수는 없었다. 이곳이 어딘가, 평범한 소녀가 있기엔 절대 평범하지 않은 곳인 브로킬론의 한가운데가 아닌가.

소녀는 잿빛이 감도는 밝은 금발에 초록색의 커다란 눈망울을 지니고 있었다. 열 살 이상으로는 보이지 않았다.

"너는 누구냐? 어떻게 이곳에 오게 되었지?"

위쳐가 물었다. 그러나 소녀는 아무 대답도 하지 않았다. 그는 생각했다. '이 아이, 언젠가 본 적이 있는 것 같아. 어디선가 본 적이 있어. 이 아이가 아니면 이 아이와 비슷하게 생긴 누군가였나.'

"두려워할 필요 없다, 애야."

그는 확신 없는 말투로 말했다.

"나는 두렵지 않다."

소녀가 코를 훌쩍이며 대꾸했다. 잘 알아듣기 어려웠다. 코감기에 걸린 것 같았다.

"어서 이곳을 떠나야 해."

브라엔이 주변을 둘러보며 갑자기 목소리를 냈다.

"이그혜른은 한 마리가 발견되면 멀지 않은 곳에 또 한 마리가 있거든. 그리고 이젠 화살도 얼마 없어."

소녀는 브라엔을 바라보며 입을 쩍 벌렸다. 그리고는 손으로 얼굴을 문질러 닦았다. 하지만 먼지만 번지게 하는 꼴이 되고 말았다.

"세상에, 넌 대체 누구냐? 여기…… 이 숲 속에서…… 뭘 하는 거니? 어떻게 이리로 들어왔어?"

게롤트는 아이에게 몸을 숙이며 물었다.

소녀는 고개를 숙이고 코감기에 걸린 코로 숨을 들이마셨다.

"귀가 먹었니? 누구냐고 내가 물었잖아. 이름이 뭐니?"

"시리."

아이가 거칠게 코를 훌쩍였다.

게롤트가 돌아섰다. 화살을 살펴보고 있던 브라엔이 그를 올려다보았다.

"있잖아, 브라엔……."

"응?"

"그게 가능할까? 이 아이가…… 너희를 피해 무사히 도망칠 수 있을까?"

"으응?"

"그렇게 아무것도 모르는 척하지 마."

게롤트가 화를 내며 말했다.

"너희가 여자아이들을 유괴한다는 건 다 알고 있어. 그리고 너만 봐도 그래. 네가 설마 하늘에서 브로킬론으로 뚝 떨어졌겠어? 내가 궁금한 건 도망칠 수 있느냐 하는 거야……."

"아니."

드라이어드 여인이 그의 말을 막았다.

"저 아이는 지금까지 한 번도 본 적이 없는데."

게롤트는 소녀를 찬찬히 살펴보았다. 잿빛 금발은 비죽비죽 삐져나온데다 솔잎과 나뭇잎이 가득 붙어 있었다. 하지만 소녀에게선 연기 냄새도, 가축우리와 비계 냄새도 아닌 청결함이 묻어나는 냄새가 났다. 양손 모두 믿을 수 없을 정도로 지저분하긴 했지만, 작고 뼈마디가 가늘었고, 긁힌 자국이나 못이 박힌 흔적도 없었다. 아이가 몸에 걸친 붉은 모자가 달린 작은 밤스는 남자아이의 옷이었고, 이렇다할 특징도 없었지만, 긴 장화는 부드럽고 비싼 송아지 가죽으로 만든 것이었다. 그랬다. 아이는 분명히 농사꾼의 아이는 아니었다. 프라익세네트. 위쳐는 불현듯 생각했다. '프라익세네트가 이 아이를 찾고 있었던 게로군. 이 아이 때문에 브로킬론으로 왔던 거야.'

"어디에서 왔냐고 물었다, 코흘리개 꼬맹아."

"어떻게 나에게 감히 그런 말을 하느냐!"

소녀가 거만하게 고개를 뒤로 젖히고 발을 굴렀다. 부드러운 숲의 바닥 때문에 발을 구르는 효과는 전혀 없었다.

위쳐가 웃으며 말했다.

"하, 진짜로 공주님이네. 말하는 걸로 보아선 영락없이 공주님이네. 외양으로 봐선 검소한데 말이야. 너 버덴에서 왔지, 그렇지? 사람들이 널 찾는 건 알고 있니? 걱정하지 마라, 내가 집에 데려다줄 테니. 들어봐, 브라엔……."

게롤트가 고개를 옆으로 돌리자, 그 즉시 소녀가 번개처럼 빠르게 돌아서더니 숲 속으로 달렸다. 언덕으로 이어지는 완만한 오르막이었다.

"블레데 투르트! 케 메레!"

드라이어드가 소리를 지르며 화살집으로 손을 뻗었다.

소녀는 엎어지면서도 무작정 숲으로 달려갔다. 마른가지들이 부러지며 딱딱 소리를 냈다.

"멈춰! 어딜 가려는 거야, 빌어먹을!"

게롤트가 소리쳤다.

브라엔이 눈 깜짝할 사이 활을 당겼다. 화살이 독기를 품고 휘잉 소리를 내며 날아갔다. 야트막하게 포물선을 그리며 날아간 화살이 나무둥치에 꽂히며 하마터면 소녀의 머리카락에 가르마를 탈 뻔했다. 꼬마가 웅크린채 바닥에 몸을 던졌다.

"이런 바보 같으니."

위쳐가 화를 누르며 드라이어드에게로 갔다. 브라엔은 능숙하게 화살집에서 다음 화살을 꺼내고 있었다.

"하마터면 아이를 죽일 수도 있었어!"

"여긴 브로킬론이야."

브라엔이 무뚝뚝하게 말했다.

"하지만 쟤는 어린아이라고!"

"그래서?"

게롤트는 화살대에 시선을 고정했다. 화살대엔 줄무늬에 나무껍질 즙으로 노랗게 물들인 꿩의 깃털이 꽂혀 있었다. 그는 아무 말도 하지 않고 돌아서서 재빨리 숲 속으로 걸어갔다.

소녀는 나무 아래에 몸을 잔뜩 구부린 채로 누워 있다가, 조심스럽게 고개를 들고는 나무줄기에 박힌 화살을 바라보았다. 게롤트의 발걸음 소리를 듣자 소녀는 용수철처럼 발딱 일어났다. 그러나 게롤트는 한 걸음에 소녀에게 다다랐고, 소녀의 밤스에 달린 빨간 모자를 움켜쥐었다. 소녀는 고개를 돌려 위쳐를 보았다. 그런 다음 모자를 잡은 손을 보았다. 그는 소녀를 놓아주었다.

"왜 도망간 거지?"

"그건 네가 상관할 바가 아니다."

소녀가 거칠게 코로 숨을 쉬며 말했다.

"나를 가만히 두라, 너…… 너……."

"어리석은 녀석, 여긴 브로킬론이야. 왕지네 괴물로는 아직 성에 안 차니? 이 숲 속에 너 혼자 있으면 내일까지 목숨이 붙어 있을 것 같니? 그걸 몰라서 그래?"

게롤트는 화가 나서 이를 앙다물고 말했다.

"이 손 놓지 못할까! 무례한 촌뜨기 같은 놈! 나는 공주다. 너도 알렸다!"

소녀가 속삭이듯 말했다.

"너는 어리석은 코흘리개야."

"나는 공주다!"

"공주들은 혼자서 숲 속을 뛰어다니지 않아. 무슨 공주가 콧물을 질질 흘린담?"

"내가 네놈의 목을 치도록 하리라! 그리고 저기 저놈도!"

소녀는 손으로 코를 훔치고는 자기 쪽으로 다가오는 드라이어드를 적의에 찬 눈길로 바라보았다. 브라엔이 웃음을 터트렸다.

"자, 이제 원없이 소리 질렀나?"

위쳐가 소녀의 말을 가로막았다.

"왜 도망친 거지, 공주님? 그리고 어디로 도망가려고 한 거지? 뭐가 그렇게 두려웠어?"

소녀는 아무 말도 않고 코만 훌쩍 들이마셨다.

"좋아, 네 마음대로 해."

게롤트는 드라이어드를 보며 눈을 찡긋해보았다.

"우리는 간다. 혼자서 숲에 남고 싶으면 그렇게 해. 하지만 만약에 또다시 이그헤른이 너를 공격하면 소리는 지르지 마라. 그건 고상한 공주님에게 어울리지 않으니까. 공주는 반항하며 죽지 않거든. 그리고 그전에 코도 풀지. 가지, 브라엔. 잘 있어요, 공주마마."

"기…… 기다려."

"아하?"

"너희와 함께 가겠다."

"이거 영광입니다. 그렇지 않아, 브라엔?"

"그런데 날 키스트린에게로 다시 데려가려는 건 아니렷다? 약속하겠느냐?"

"누구…… 라고? 아, 젠장. 키스트린 말이로군. 키스트린 왕자? 버덴의 왕 에르빌의 아들 말이야?"

소녀는 작은 입을 삐죽 내밀고 코로 거친 숨을 몰아 쉬면서 고개를 돌렸다.

"이만하면 장난은 칠 만큼 친 것 같네. 가지."

브라엔이 중얼거렸다.

"간다고, 곧 가."

위쳐가 드라이어드를 바라보며 말했다.

"다만 계획을 좀 변경해야겠소, 아름다운 궁수님."

"에?"

브라엔이 눈썹을 추켜세웠다.

"에이트네 부인이 기다려줘야겠어. 이 꼬맹이부터 집에 데려다줘야 할 것 같아. 버덴으로 가지."

드라이어드가 눈살을 찌푸리고는 화살집으로 손을 뻗었다.

"가긴 어딜 가? 너, 그리고 저 아이 둘 다 아무 데도 못가."

위쳐가 심술 맞게 씨익 웃었다.

"브라엔, 조심해. 나는 어제 네가 매복해 있다가 화살로 눈을 맞추었던 그런 풋내기가 아니야. 나는 나를 방어할 줄 아는 사람이지."

"못된 놈! 너는 두엔 카넬로 간다. 저 아이도! 버덴이 아니라!"

브라엔이 화를 내며 활을 들어 올렸다.

"안 돼! 버덴으로 가면 안 돼!"

잿빛 금발의 소녀가 드라이어드에게로 달려가 그녀의 날씬한 허벅지를 두 팔로 움켜잡았다.

"나는 너와 함께 가겠다! 그러니 원한다면 저자 혼자 버덴으로, 그 바보 같은 키스트린에게 가라고 하라!"

브라엔은 아이를 보지 않았다. 단 한 번도 아래로 눈길을 돌리지 않았다. 그러나 그녀는 올렸던 활을 내렸다.

"쓰 투르드!"

브라엔은 게롤트의 발치에 침을 뱉었다.

"갈 테면 가라, 두 눈이 너를 이끄는 곳으로! 네가 뭘 할 수 있는지 곧 보게 되겠지. 너는 브로킬론을 벗어나기 전에 뒈지고 말 거야."

맞는 말이라고 게롤트는 생각했다. '나 혼자선 승산이 없어. 브라엔이 없으면 나는 브로킬론을 벗어나지도, 두엔 카넬에 가지도 못할 거야. 그렇다면 어디 보자. 어쩌면 에이트네 부인을 설득할 수 있을지도 모르지…….'

"자, 브라엔, 예쁜 아가씨가 화를 내면 쓰나. 좋아, 네 뜻대로 해주지. 우리 모두 두엔 카넬로 가는 거야. 에이트네 부인을 만나러."

위처는 미안해하는 듯한 미소까지 지어가며 말했다.

드라이어드 여인이 뭐라고 중얼중얼 혼잣말을 하고는 활시위에 끼웠던 화살을 거두었다.

"그럼 출발하지. 시간을 너무 많이 허비했어."

브라엔은 그렇게 말하곤 머리띠를 바로잡았다.

"아야."

한 발자국이나 걸었을까, 소녀가 신음 소리를 냈다.

"왜 그래?"

"뭐가 나한테……. 내 발에 달라붙었어."

"잠깐만, 브라엔! 이리 와, 코흘리개. 목마를 태워줄게."

소녀는 따뜻했고, 물에 젖은 참새 같은 냄새가 났다.

"이름이 뭐지, 공주? 그새 잊어버렸네."

"시리."

"혹시 물어봐도 된다면, 공주님의 나라는 어디에 있을까?"

"말하지 않겠노라. 나는 말하지 않겠노라, 이상 끝."

소녀는 퉁명스럽게 말했다.

"그럼 그 질문은 나중에 하기로 하지. 버둥거리지도 말고 내 귓전에 대고 코로 거칠게 숨 쉬지도 마라. 브로킬론에선 뭘 하고 있었니? 길을 잃었던 거야? 그래서 헤매고 다닌 거니?"

"하필 하는 말이 그 말이냐! 나는 절대로 길을 잃지 않는다."

"버둥대지 말라니까. 너는 키스트린한테서 도망쳐 나온 게로구나? 나스 트록 성에서? 결혼식 전이었니, 아니면 결혼식 후였니?"

"그걸 어떻게 알았느냐?"

소녀가 놀라서 코를 훌쩍였다.

"내가 엄청나게 똑똑하거든. 그런데 왜 하필 브로킬론으로 도망쳐온 거야? 좀 덜 위험한 곳은 없었나?"

"멍청한 말이 나를 싣고 왔다."

"거짓말 마세요, 공주님. 그 정도의 키면 기껏해야 고양이 등에나 올라탈 수 있을걸. 그것도 아주 성질이 좋은 고양이여야 하겠지."

"마르크가 태워주었다. 보이미르 기사의 하인이다. 그런데 숲 속에서 말이 발을 헛디뎌 넘어지면서 다리 한쪽이 부러졌다. 그리하여 우리는 길을 잃고 말았다."

"너, 방금 네 입으로 말했잖아, 절대로 길을 잃는 법이 없다고."

"마르크가 길을 잃었지, 나는 아니다. 안개가 끼어 있었다. 그래서 우리는 길을 잃었던 거다.”

'둘이 길을 잃었던 거로군.' 게롤트는 생각했다. '보이미르 기사의 불쌍한 하인이 운수 더럽게 브라엔과 그녀의 동료에게 걸렸던 거야. 아직 여자가 뭔지도 모르는 새파란 젊은이가 녹색 눈의 코흘리개가 도망치는 걸 도와주었군그래. 기사들의 이야기에서 결혼을 강요당한 동정녀의 이야기를 들은 적이 있었겠지. 그 하인 녀석, 위장한 드라이어드의 화살에 죽으려고 소녀가 도망치는 걸 도운 꼴이 된 거지. 드라이어드는 분명 그의 신분을 몰랐겠지. 하지만 죽이는 것에 관해선 일가견이 있었지.'

“내가 물었다. 나스트록 성에서 결혼식을 치르기 전에 도망친 건지, 후에 도망친 건지.”

“나는 도망쳤다. 이상 끝. 네가 관여할 일이 아니다.”

소녀가 중얼거리듯 말했다.

“할머니께서 나에게 그리로 가서 그와 알고 지내라고 말씀하셨다. 키스트린 왕자와 그냥 알고 지내라는 것뿐이었다. 그러나 키스트린의 아버지인 뚱보 왕…….”

“에르빌.”

“……이 다짜고짜 결혼식부터 시작했다. 결혼식, 그 이상도 그 이하도 아니었다. 그러나 나는 키스트린이 싫었다. 할머니께서는 그와 알고 지내라고 말씀하셨는데.”

“키스트린 왕자가 그렇게 싫었나?”

“나는 그를 원치 않는다. 그는 뚱뚱하고, 멍청하고, 못생겼다. 그리고 입에서 냄새도 난다. 그리로 가기 전에 그들이 나에게 초상화를 보냈다. 하지만 초상화에선 그렇게 뚱뚱하지 않았다. 그런 부류의 남자는 내가 원하는 사람이 아니다. 아무튼 나는 어떤 남자도 원하지 않는다."

시리는 단호한 어조로 말하고 큰 소리로 코를 들이마셨다.

"시리, 키스트린은 아직 어린 아이야, 너처럼. 몇 년 뒤엔 아주 점잖은 청년으로 변할 수 있어."

위쳐가 확신 없는 말투로 말했다.

"그렇다면 몇 년 뒤엔 다른 초상화를 보내야 한다. 그리고 내 쪽에서도 마찬가지로 그래야 마땅하다. 그 역시 나에게 이렇게 말했단 말이다. 사람들이 자기한테 보여준 초상화에선 내가 훨씬 더 예뻤다고. 그리고 이렇게 고백했다. 자기는 알피네라는 궁녀를 사랑하고 그녀의 기사가 되기를 원한다고. 이제 알겠나? 키스트린도 나를 원치 않고, 나도 그를 원치 않는다. 그런데 결혼이라니, 무엇을 위한 결혼이란 말이냐?"

소녀는 군주처럼 대꾸했다.

"시리, 키스트린은 왕자야. 그리고 너는 공주이지. 왕자와 공주는 딱 그렇게 결혼하는 거야, 다른 건 없어. 그것이 관습이야."

위쳐가 웅얼거리며 말했다.

"다른 사람들과 똑같은 말을 하는구나. 내가 어리기 때문에 나에게 거짓말을 할 수 있다고 생각하나 보군. 나는 거짓말을 하지 않는다."

"넌 거짓말을 하고 있어……."

게롤트가 말을 하다 말고 입을 다물었다. 앞장서서 가던 브라엔이 주위를 둘러보았다. 고요함에 놀라는 기색이 역력했다. 그녀는 어깨를 한 번 으쓱하고는 계속 걸어갔다.

"지금 어디로 가는 건가, 우리……. 내 그것이 알고 싶다고 하지 않느냐!"

시리가 짜증 난 목소리로 물었다.

게롤트는 묵묵부답이었다.

"사람이 물었으면 대답을 해라!"

소녀가 위협조로 말을 하고는 큰 소리로 거친 콧숨을 내쉬며 제법 강한 어조로 명령했다. 그는 아무런 반응도 하지 않았다.

"안 그러면 너의 귀를 물어버릴 테다!"

소녀가 호통을 치듯 말했다.

위쳐는 넌더리가 났다. 그는 어깨에서 아이를 들어 올려 바닥에 내려놓 았다.

"자, 코흘리개, 조심해라."

그는 매정하게 말하고는 가죽끈의 쬠쇠를 만지는 척했다.

"이제 나는 너를 내 무릎에 엎어놓고 이 가죽끈으로 네 엉덩이를 때릴 거다. 그렇게 해도 아무도 날 말리지 않을 거야. 여긴 궁정 앞마당도 아니고 나는 네 신하도, 하인도 아니니까. 이제 너는 나스트록 성에 머무르지 않은 걸 후회하게 될 거야. 곧 숲에서 길을 잃은 코흘리개보다 공주 노릇이 훨씬 더 낫다는 걸 깨닫게 될 거야. 공주들은 대체로 참을성 없이 행동해도 되기 때문이지. 게다가 공주는 아무도 엉덩이를 때려주지 않거든. 기껏해야 제 후께서 직접 매를 드신다면 모를까."

시리가 고개를 움츠리고 거칠게 코로 숨을 쉬었다. 브라엔은 나무에 기대어 선 채 심드렁하게 그 광경을 바라보고 있었다.

"자, 어떻게 할까? 우리 정신 차리고 예의 바르게 행동할까? 아니면 귀하신 공주마마님의 엉덩이에 매질을 시작할까? 자, 해? 아니면 하지 마?"

위쳐는 그렇게 물으면서 주먹을 쥐고 가죽끈을 감았다.

소녀가 코로 거칠게 숨을 쉬며 흐느꼈다. 이어서 시키지도 않았는데 무륜을 꿇었다.

"얌전하게 있을 겁니까, 공주님?"

"그렇게 하겠다."

공주가 웅얼거렸다.

"곧 어두워질 거야. 계속 갈지 보자고, 그윈블리드."

드라이어드가 말했다.

울창하던 숲이 성기어졌다. 그들은 모랫바닥에서 자라난 어린나무들 사이를 지나 히드가 무성한 들판을 걸어 안개가 자욱한 초원을 넘었다. 사슴떼의 뿔들이 초원의 안개 사이에서 가지처럼 뻗어 있었다. 공기가 점점 더 서늘해졌다.

"고귀하신 신사님……."

길고 긴 침묵 끝에 시리가 입을 열었다.

"나는 게롤트라고 한다. 왜 그러니?"

"끔찍하게 배가 고파요."

"이제 조금만 더 가면 멈출 거야. 곧 어두워지거든."

"더는 참지 못하겠어요. 나는 아무것도 먹지 못했어요, 언제부터였냐면……."

소녀가 흐느꼈다.

"조용히 해."

그는 바랑을 뒤져 베이컨 한 조각과 작은 치즈 한 덩이 그리고 사과 두 개를 꺼냈다.

"이거 먹어라."

"이 노란 것은 뭐예요?"

"베이컨이야."

"이건 안 먹어요."

"잘 되었네."

그는 베이컨을 잇새에 물고는 알아듣기 어렵게 말했다.

"치즈는 먹어라. 그리고 사과도 한 개 먹고."

"왜 한 개에요?"

"버둥대지 좀 마라. 그럼 두 개 다 먹어."

"게롤트?"

"응?"

"고마워요."

"알았으니까 어서 먹기나 해."

"내가 말한 건…… 그것 때문이 아니에요. 그것도 고맙지만…… 그 왕지네한테서 나를 구해주었잖아요. 워워…… 무서워 죽는 줄 알았어요."

"너는 거의 죽은 목숨이나 다름없었어."

게롤트는 심각한 말투로 말했다. '하마터면 극도로 고통스럽고 역겹게 죽을 뻔했지!'

"그런데 고맙다는 인사는 브라엔에게 해야지."

"저 여자는 누구에요?"

"드라이어드야."

"요물 숲요정이란 말이에요?"

"그래."

"그럼 우리를……. 요물 숲요정은 아이들을 훔쳐가잖아요! 그녀가 우리를 납치한 건가요, 그럼? 에, 그러고 보니 당신은 어리지 않네요. 그런데 그녀는 왜 저렇게 말을 잘 하지 않는 거죠?"

"그녀도 말을 해, 자기 나름의 방식으로. 그건 중요하지 않아. 중요한 건 그녀가 화살을 잘 쏜다는 것이지. 이따가 그녀에게 고맙다는 인사하는 거 잊지 마라."

"나는 잊지 않아요."

소녀가 거칠게 코로 숨을 쉬었다.

"버둥대지 좀 마, 공주님, 장차 버덴의 후작부인이 되실 분이 왜 이리 버둥대나."

"나는 후작부인은 되지 않을 거예요."

소녀가 볼멘소리했다.

"좋아, 좋아. 너는 후작부인이 되지 않을 거야. 너는 햄스터가 되어 땅굴에서 살 거야."

"무슨 그런 말이 있어요! 아무것도 모르면서!"

"내 귀에 대고 소리 좀 지르지 마. 벌써 가죽끈을 잊은 건 아니겠지."

"나는 후작부인이 될 사람이 아니에요. 내가 될 것은……."

"그래, 뭔데?"

"그건 비밀이에요."

"아, 난 또. 그건 비밀이로구나. 그래, 알았어."

게롤트가 고개를 들었다.

"브라엔, 무슨 일이야?"

드라이어드 여인이 멈추어 서서 어깨를 움츠리고는 하늘을 보았다.

"지친다."

브라엔이 기운 없이 말했다.

"너도 아이를 업고 오느라 분명히 지쳤을 거다, 그윈블리드. 여기서 서
지. 곧 어두워질 거야."

III

"시리?"

"응?"

소녀가 코로 거칠게 숨을 쉬며 셋이 깔고 누운 가지들과 함께 부스럭거리
는 소리를 냈다.

"춥지 않니?"

"아니, 오늘은 따뜻한걸. 어제는…… 온몸이 꽁꽁 어는 것 같았어. 어휴."

시리가 한숨을 쉬었다.

"이상해. 저런 꼬맹이가 숲을 지나 그렇게 먼 곳까지 오다니. 전초기지라
할 곳을 지나고, 늪지대도 지나고, 미로 같은 덤불숲까지 다 지나왔다는 말
인데. 체력도 있고, 건강하고, 튼튼하다는 거야. 분명히 잘 맞을 거야. 이 아
이는 우리에게 잘 맞는 아이야."

브라엔이 부드럽고 긴 장화의 가죽끈을 풀면서 목소리를 냈다.

게롤트는 재빨리 드라이어드에게, 그녀의 어스름하게 빛나는 두 눈으로
시선을 돌렸다. 브라엔은 나무에 등을 기대고 서서 이마에 둘렀던 띠를 벗
은 다음 고개를 흔들어 머리카락을 흐트러뜨렸다.

"이 아이는 브로킬론으로 들어왔어."

브라엔은 중얼거리며 게롤트보다 먼저 이야기를 했다.

"이 아이는 우리에게 속할 아이야, 그윈블리드. 우리는 두엔 카넬로 간다."

"그건 에이트네 부인이 결정하겠지."

게롤트는 참을성 있게 대꾸했다. 그러나 그는 브라엔의 말이 옳다는 걸 알았다.

'안타깝군.' 그는 녹색 잠자리에서 뒤척거리는 소녀를 살펴보면서 생각했다. '아주 단호한 구석이 있는 아이야. 내가 어디에서 이 아이를 보았지? 어디인들 어떠랴. 하지만 안타깝군. 세상이 얼마나 크고, 얼마나 아름다운데. 그런데 이 아이의 세상은 이제 브로킬론이 되겠지. 아이의 생이 다하는 날까지. 어쩌면 그리 많지 않은 나날들이 될지도 몰라. 아마 아이가 고사리들 사이에 엎어지는 그날까지만이겠지. 패배해야 하는 자들의 편에 서서, 숲을 둘러싼 의미 없는 전쟁 가운데 윙윙거리는 화살 소리와 비명에 둘러싸인 채 엎어지는 그날까지. 그럴 수밖에 없을 거야, 이르든 늦든.'

"시리?"

"응?"

"부모님은 어디에 사시지?"

"나는 부모님이 없어요. 내가 꼬마였을 때 바다에서 익사하셨어요."

소녀가 코로 숨을 몰아쉬며 말했다.

'그렇군. 그걸로 많은 것이 설명되지. 공주요, 유명을 달리한 제후 부부의 아이. 누가 알겠어, 넷째 아들의 셋째 딸일지도 모를 일. 실제로는 성의 관리 감독이나 마구간 감독이라는 칭호와 다름없는 자리지. 궁정을 유령처럼 떠도는 잿빛 금발에 초록색 눈을 가진 존재를 사람들은 가능한 한 빨리 팔아치워야 했던 거지. 결혼을 시켜야 했던 거야. 아이가 작은 숙녀가 되어 성이라는 공동 침실에서 쉽게 벌어지는 근친상간이나 부적절한 결혼, 혹은 좋

지 않은 소문의 위험에 노출되기 전에 가능한 한 빨리 말이지.'

아이가 도망친 것에 대해 그는 놀라지 않았다. 그는 이미 유랑극단과 함께 떠도는 수많은 공주, 심지어 왕비들과도 마주친 적이 있었다. 또한 그들이 연로한 나이에도 여전히 왕위계승자를 얻으려 혈안이 된 왕에게서 도망칠 수 있어 행복해하는 모습도 보았다. 동맹과 왕가 간의 결합의 대가로 말라비틀어진 혹은 의심스럽기 짝이 없는 순결을 지녔다며 아버지가 선택해온 절름발이 혹은 마맛자국이 성성한 왕비를 취하느니 차라리 불안정한 용병 신세를 택한 왕의 아들들도 보았다.

"자라, 푹 자둬, 고아야."

위쳐가 말했다.

"한다는 말하고는!"

소녀가 중얼거렸다.

"나는 공주예요. 고아가 아니라고요. 나에겐 할머니가 계세요. 나의 할머니는 알고 있겠지만, 여왕님이세요. 내가 할마마께 당신이 가죽끈으로 나를 때리려고 했다고 말씀드리면, 할머니께선 당신 목을 치실 거예요. 두고 봐요."

"아이고, 무서워! 시리, 불쌍히 여겨주라!"

"한다는 말 하고는!"

"그래도 너는 착한 아이잖니. 목이 베이면 끔찍하게 아파요. 그러니 할머니께 말하지 않을 거지, 아무것도?"

"말할 건데요?"

"시리."

"말할 거야, 말할 거야, 말할 거라고요! 겁나죠, 응?"

"그럼, 아주 겁나지. 시리, 너 그거 아니? 사람은 말이야, 머리를 잃으면, 그것 때문에 죽을 수 있단다."

"지금 놀리는 거죠?"

"어떻게 내가 감히 그렇게 하겠사옵니까?"

"우스갯소리 할 날도 곧 사라질 거예요. 두고 봐요. 나의 할머니는 농담이 통하는 분이 아니라고요. 할머니께서 발을 구르시면, 덩치가 산만한 장군과 기사들도 할머니 앞에 무릎을 꿇어요. 내 눈으로도 똑똑히 봤어요. 그리고 누구라도 명령을 따르지 않으면, 그다음은 샤샥, 머리가 사라져 버려요."

"끔찍해라. 시리?"

"응?"

"그런데 그 사람들이 어쩌면 네 목을 칠지도 몰라."

"내 목을?"

"당연하지. 결론부터 말하자면 키스트린과 결혼에 합의하고 너를 버덴으로, 나스트록 성으로 보낸 것은 너의 할머니, 여왕님이었어. 너는 할머니 말씀을 안 들은 거잖아. 그러니까 넌 돌아가는 즉시…… 샤샥! 머리가 사라질 걸."

소녀는 갑자기 입을 꾹 다물었다. 심지어 꼼지락거리던 것도 멈추었다. 그는 소녀가 혀를 차고 아랫입술을 깨무는 소리, 코감기에 걸린 코로 숨을 들이마시는 소리를 들었다.

"그 말은 맞지 않아요. 할머니는 내 목이 잘려나가도록 허락하실 분이 아니에요. 왜냐면…… 왜냐면 나의 할머니니까. 에, 기껏해야 때려주라고만 하실걸……."

"아하, 할머니는 농담이 통하는 분이 아니라며? 회초리가 효과를 발휘한 모양이네, 응?"

게롤트가 빙긋이 웃으며 말했다.

시리가 분해서 거칠게 코로 숨을 몰아쉬었다.

"시리, 있잖아. 우리, 이렇게 하자. 너의 할머니께 내가 벌써 너를 때려주었다고 말하는 거야. 그러니까 같은 일로 두 번이나 벌을 받으면 안 되는 거라고 말이야. 약속?"

"똑똑한 줄 알았는데 아닌 것 같네요!"

시리가 몸을 일으켜 팔꿈치를 세웠다. 나뭇가지들이 뚝뚝 부러지는 소리가 났다.

"할머니께서 당신이 나를 때렸다는 말을 들으시면, 당신은 즉석에서 목이 달아나고 말 거예요!"

"너는 내가 머리가 붙어 있어서 유감인가 보다?"

소녀는 아무 말도 하지 않고 다시 코로 거칠게 숨을 쉬었다.

"게롤트……."

"응, 시리?"

"할머니께서는 내가 돌아갈 수밖에 없다는 걸 알고 계세요. 나는 후작부인이, 어리석은 키스트린의 부인이 될 수 없어요. 나는 돌아가야 해요. 그래서 일을 마무리해야 해요."

'암, 그래야지. 시리.' 게롤트는 생각했다. '그러나 안타깝게도 그 일은 너나 너의 할머니가 아니라 늙은 에이트네의 기분에 달렸지. 그리고 나의 설득력에도.'

"할머니께서는 그걸 알고 계세요."

시리는 이야기를 이어갔다.

"왜냐면 나는……. 게롤트, 맹세해요, 아무한테도 털어놓지 않겠다고.

이건 엄청난 비밀이니까. 끔찍하기도 하고. 그러니 당신에게 명하노니, 맹세해요."

"맹세할게."

"좋아, 그럼 말할게요. 나의 엄마는 마법사에요. 이건 당신만 아는 사실이에요. 그리고 나의 아빠도 마법에 걸렸어요. 이것은 전부 어떤 보모가 나에게 들려준 이야기에요. 하지만 할머니께선 그 말을 들으시고, 엄청나게 화를 내셨어요. 그도 그럴 것이 내가 운명이 정해진 예정된 아이였다네요. 알겠어요?"

"어떤 운명으로 예정되었는데?"

"그건 나도 몰라요."

시리는 경외심 어린 말투로 말했다.

"하지만 나는 예정된 몸이에요. 그 보모가 그렇게 말해주었어요. 하지만 할머니께선 이렇게 말씀하셨어요. 온 성이 무너지는 한이 있어도 그것은 허락하지 않겠노라고. 그러나 그 보모는 '예정된 운명에 맞서 뭔가를 할 수는 있겠지만, 아무 소용이 없습니다.'라고 말했어요. 하! 그 말을 한 다음 보모는 눈물을 흘리며 울었어요. 그러자 할머니께선 저주의 욕을 퍼부었고요. 이제 알겠어요? 나는 예정된 몸이라고요. 나는 바보 같은 키스트린의 아내는 안 될 거예요. 게롤트?"

"그만 자."

위쳐가 하품을 했다. 투둑툭, 소나무 마디가 부서지는 소리가 났다.

"그만 자라, 시리."

"동화를 들려줘요."

"뭐라고?"

"동화를 들려달라고요. 동화도 없이 잠을 자라고요? 진짜인가 보네!"

소녀가 씩씩거렸다.

"빌어먹을, 나는 아는 동화가 없단다. 어서 자."

"거짓말하지 마요. 하나 정도는 알겠죠. 어렸을 때 동화를 들려주던 사람이 주변에 아무도 없었단 말이에요? 지금 놀리는 거죠?"

"아무것도 놀리는 거 없어. 아, 갑자기 생각난 게 있긴 하다."

"아하! 것 봐. 그럼 이야기해줘요."

"뭘?"

"동화."

위쳐가 또다시 웃었다. 그러고는 양손으로 머리를 받치고 누워 나뭇가지 사이로 반짝이는 별들을 바라보았다.

"옛날 옛날에 고양이…… 한 마리가 살고 있었어."

그가 이야기를 시작했다.

"흔히 볼 수 있는 쥐나 잡아먹은 평범하고 줄무늬가 진 고양이였어. 그러던 어느 날, 이 고양이가 혼자서 무섭고 깜깜한 숲 속으로 멀리 여행을 떠나게 되었지. 고양이는 걷고…… 걷고…… 또 걸었어……."

"그건 당신만 아는 이야기잖아요."

시리는 중얼거리면서 그에게 몸을 기댔다.

"난 고양이가 도착하기 전에는 잠들지 않을 거예요."

"조용히 해, 코흘리개. 그러니까…… 고양이는 걷고, 걷고, 또 걸었어. 그러다 여우와 맞닥뜨리게 되었지. 붉은 여우였어."

브라엔이 한숨을 폭 쉬고는 위쳐의 곁으로 와서 누웠다. 아이의 반대편에 누운 그녀도 그에게 살짝 몸을 기대었다.

"그래서? 말해봐요, 그래서 어떻게 되었는지."

시리가 코감기든 코로 숨을 쉬었다.

"그 여우는 고양이를 빤히 바라보았지. '너는 누구냐?' 여우가 물었어. '나는 수고양이다.'라고 고양이가 대답했지. 여우가 말했어. '고양아, 이렇게 혼자서 숲 속을 돌아다니다니 너는 겁도 없구나? 이제 곧 왕이 사냥을 나올 텐데, 그땐 어떡할 거니? 개와 몰이꾼을 데리고 말을 타고 올 건데? 사냥은 너와 나 같은 것들에겐 끔찍한 불행이란다. 너에겐 털가죽이 있어. 나도 털가죽이 있고. 우리처럼 털가죽이 있는 것들을 사냥꾼들은 절대로 도망가게 두질 않는단다. 사냥꾼들에겐 신부도 있고 애인도 있는데, 그 여자들이 목덜미와 앞발에 추위를 많이 타거든. 그래서 사냥꾼들은 우리의 털가죽을 갖고 옷깃과 머프*를 만들고, 여자들은 이것을 차고 다니지.'"

"머프가 뭐죠?"

시리가 물었다.

"말 막지 마라. 그리고 여우는 계속해서 말했어. '고양아, 나는 꾀를 부려서 그들을 이길 수 있어. 나는 사냥꾼들에 맞설 수 있는 1,286개의 위장 공격술을 알고 있단다. 난 그 정도로 약았지. 그런데 고양이, 너는 사냥꾼에 맞설 공격술을 몇 개나 갖고 있지?'"

"아, 멋진 동화인걸요."

시리는 위쳐에게 더 찰싹 달라붙었다.

"말해봐요, 고양이가 뭐라고 했어요?"

---

* 머프: 장갑 대용으로 쓰는 방한용 토시다. 주로 원통을 눕힌 것처럼 만들어 긴 끈으로 목에 고정시켜 배 앞쪽에 가방처럼 메고 다니며 손을 넣었다 뺐다 한다.

"응. 고양이가 뭐라고 했는데?"

반대쪽에서 브라엔이 속삭였다.

위쳐가 고개를 돌렸다. 드라이어드의 두 눈이 반짝였다. 그녀는 입을 반쯤 벌리고 혀로 입술을 훑었다. 그는 생각했다. '당연하지. 꼬마 드라이어드들이 동화를 들었을 리가 없지. 꼬마 위쳐들처럼. 위쳐든, 드라이어드든 잠자기 전에 누가 동화를 들려주는 일은 아주 드문 일이니까. 꼬마 드라이어드들은 나무가 바스락거리는 소리를 들으며 잠이 들지. 꼬마 위쳐들은 근육의 고통과 함께 잠이 들고. 캐어 모헨에서 베세미르의 동화를 들을 때면 브라엔처럼 우리도 두 눈을 반짝였지. 하지만 그것도 오래전 일이네……. 아주 오래되었어…….'

"어서, 그래서 어떻게 되었는데?"

시리가 졸라댔다.

"그 질문에 고양이는 이렇게 대답했지. '여우야, 있잖아, 나는 위장술 같은 건 하나도 아는 게 없어. 다만 내가 할 수 있는 건 딱 한 가지, 재빨리 나무 위로 올라가는 거야. 그거면 충분할 거야. 그렇지?' 여우는 그만 웃음을 터트리고 말았어. 그러고는 말했지. '아이쿠, 너는 바보로구나. 어서 여기서 꽁지가 빠지라 도망이나 쳐라. 그 줄무늬 꽁지를 잘 감고 말이야. 정말로 꽁지가 빠질지도 모르니까. 사냥꾼들이 너를 포위하면 너는 목숨을 잃고 말거야!' 그런데 갑자기 눈 깜짝할 사이에 사냥 나팔 소리가 울렸어! 그러고는 덤불 속에서 사냥꾼들이 튀어나오다가 고양이와 여우를 보았어!"

"어머나!"

시리가 코로 거친 숨을 내쉬었다. 드라이어드는 몸을 거칠게 움직였다.

"조용. 그리고 그 둘을 향해 큰 소리로 고함쳤지. '출발, 녀석들의 가죽을 벗겨라! 머프에 쓸 거야, 머프용으로 벗겨!' 그러고는 사냥개를 풀어 여우와 고양이를 쫓았지. 그러자 고양이는 재빨리 나무 위로 올라갔단다. 고양이 들이 늘 그러듯이 나무 꼭대기까지 냅다 올라갔지. 하지만 여우는 '왁!' 이미 개들한테 잡힌 뒤였단다. 붉은 털가죽은 꾀 많은 여우의 위장 전술에 한 번 도 제대로 사용되지 못한 채 옷깃이 되고 말았어. 그런데 고양이는 나무 꼭 대기에서 야옹거리며 사냥꾼들을 내려다보며 쉭쉭댔지. 하지만 사냥꾼들 은 고양이에게 아무 짓도 할 수 없었어. 나무가 지독하게 높았거든. 그래서 나무 아래에서 있는 힘껏 고양이에게 욕을 퍼부었지. 그들은 크기가 어중간 하여 이도저도 마름할 수 없는 여우의 가죽을 벗겨갈 수밖에 없었고. 그들 이 가고 나자 고양이는 나무에서 내려와 조용히 집으로 갔단다."

"그래서 그다음은?"

"없어. 이게 끝이야."

"그럼 교훈은? 동화엔 가르침이 있잖아요, 안 그래요?"

시리가 물었다.

"에? 교훈이 뭔데?"

브라엔이 게롤트에게 몸을 기댄 채 말했다.

"좋은 동화는 교훈을 담고 있지. 그런데 나쁜 동화에는 없어."

시리가 확신에 차서 말하곤 코를 홀쩍였다.

"이건 좋은 동화였어."

드라이어드가 하품을 했다.

"필요한 건 전부 갖추었으니까. 이그헤른과 마주쳤을 때 이 꼬맹이가 그 똑똑한 고양이처럼 나무 위로 도망쳤어야 했는데. 오래 생각할 것 없이 하 나, 둘, 그리고 나무 위로 샤샥. 그게 진짜 똑똑한 거야. 자신을 잡아먹히게

두지 않는 거."

게롤트가 나직이 소리 내어 웃었다.

"나스트록 성의 공원엔 나무가 없었니, 시리? 브로킬론으로 도망치는 대신 나무 위로, 그러니까 나무의 가장 높은 꼭대기로 올라가서 키스트린에게서 결혼할 마음이 사라질 때까지 기다릴 수도 있었을 텐데."

"지금 놀리는 거죠?"

"그럴 걸."

"아, 정말 당신을 참아내기가 어려워요."

"이런 끔찍한 말을 하다니. 시리, 너, 내 가슴 한복판에 비수를 꽂은 거야."

"알고 있어요."

소녀는 게롤트의 말에 짐짓 심각하게 대답하고는 코를 훌쩍였다. 그러고는 곧바로 그의 곁을 파고들었다.

"잘 자라, 시리. 잘 자."

그는 그렇게 웅얼거리며 시리에게서 나는 사랑스러운 참새 같은 냄새를 들이마셨다.

"잘 자, 브라엔."

"좋은 꿈 꿔, 그윈블리드."

그들의 잠자리 위에서 브로킬론이 수백만 개의 가지와 그보다 백배는 더 많은 나뭇잎을 흔들며 바스락거리고 있었다.

IV

다음 날, 그들은 나무들이 있는 곳에 도달할 수 있었다. 브라엔이 무릎을 꿇고, 고개를 숙였다. 게롤트는 그도 똑같이 그렇게 해야 할 것 같은 느낌이 들었다. 시리는 놀라움에 감탄 어린 한숨을 내쉬었다.

나무들은 대부분이 떡갈나무와 주목과 호두나무들이었다. 각각 둘레가 몇 미터나 되었고, 우듬지까지 높이가 얼마나 되는지는 가늠하기 힘들었다. 미끈한 나무 기둥 사이를 억세고 구부러진 뿌리들이 넘나들었고, 휘어진 뿌리 자체의 높이가 그들의 머리보다 한참이나 더 위에 있었다. 이제 셋은 더 빨리 갈 수 있었다. 거대한 나무들이 서로 좀 더 널찍하게 간격을 두고 서 있었고, 나무들이 드리운 그늘에선 식물들도 자랄 수 없던 터라 나뭇잎만 양탄자처럼 수북이 깔려 있었다.

더 빨리 갈 수 있는데도 그들은 천천히 갔다. 말없이, 고개를 숙이고. 거대한 나무들 사이에서 그들은 작고, 보잘 것 없었으며, 중요한 존재가 아니었다. 그들은 아무 가치도 없었다. 시리조차도 아무 말 없이 조용했다. 적어도 반 시간 정도는 아무 소리도 내지 않았다.

한 시간 뒤에 그들은 나무 지대를 나와 다시 협곡으로, 축축한 너도밤나무 숲으로 들어섰다.

시리의 코감기가 점점 더 심해졌다. 게롤트에게는 손수건이 없었다. 게롤트는 시리가 끊임없이 코로 거친 숨을 몰아쉬자 짜증이 났고, 참을성의 한계에 이르러 손가락으로 코를 푸는 방법을 가르쳐주었다. 아이는 이 새로운 코풀기 방식을 비상할 정도로 좋아했다. 아이의 웃음과 반짝이는 두 눈에서 위쳐는 아이가 새로 배운 이 기술로 자신을 드러내리라, 그것도 연회나 멀리 국외에서 온 사절단의 환영 행사에서 이 코풀기 기술을 쓰리라 생각하며 즐거워하고 있다는 확신이 들었다.

브라엔이 갑자기 걸음을 멈추고 뒤돌아섰다.

"그윈블리드. 자, 이제 나는 이 붕대로 네 눈을 가릴 거야. 그래야 하거든."

그녀가 팔꿈치에 감고 있던 녹색 띠를 풀며 말했다.

"알고 있어."

"내가 길을 안내하지. 자, 손 내밀어."

"안 돼. 내가 안내할게, 브라엔."

시리가 나섰다.

"좋아, 꼬마야."

"게롤트?"

"응?"

"그런데 그윈…… 블리드? 그게 무슨 뜻이죠?"

"하얀 늑대라는 뜻이야. 드라이어드들은 나를 그렇게 불러."

"조심해요, 나무뿌리에요. 엎어지면 안 돼! 그들이 그렇게 부르는 건 머리가 하얘서인가요?"

"그래……. 빌어먹을!"

"내가 말했잖아요. 거기 나무뿌리가 있다고."

그들은 걸었다. 천천히. 바닥에 떨어진 나뭇잎들 때문에 발바닥 밑이 미끈거렸다. 그는 얼굴에서 온기를 느꼈다. 그의 눈을 가린 띠를 뚫고 햇빛이 밀려들었다.

"아, 게롤트."

시리의 목소리가 들렸다.

"여긴 너무나도 아름다워요. 당신이 이걸 볼 수 없다니 아쉽네요. 여긴 정말 꽃들이 많아요. 그리고 새들도. 새들이 노래하는 소리 들려요? 세상에, 여긴 훨씬 더 꽃들이 많네요. 엄청나게 많아요. 오, 그리고 다람쥐들도 있어요. 조심해요, 이제 냇물을 지나갈 거예요. 돌다리로 갈 거니까 물에 빠지지 않게 조심해요. 와, 어쩜 물고기가 이렇게 많을까! 정말 많다! 물고기들이 물속에서 헤엄치고 있어요. 작은 동물들이 이렇게 많이 모여 있다니, 어머나. 세상 어디에도 이렇게 많은 물고기를 한 번에 볼 수 있는 곳은 없을 거예요."

"어디에도 없지, 어디에도. 그게 바로 브로킬론이야."

그가 중얼거렸다.

"뭐라고요?"

"브로킬론이라고. 최후의 장소."

"무슨 말인지 모르겠어요……."

"그게 무슨 말인지 알아듣는 사람은 아무도 없어. 그걸 알아들으려고 하는 사람도 없고."

V

"띠를 풀어, 그윈블리드. 이젠 풀어도 돼. 도착했어."

브라엔은 무릎까지 올라 찬 짙은 안개 카펫 속에 서 있었다.

"두엔 카넬이야."

그녀가 손짓하며 말했다.

두엔 카넬, 떡갈나무 지역. 브로킬론의 심장.

이곳은 게롤트가 이미 와본 곳이었다. 두 번이나. 그러나 그는 아무에게도 그 이야기를 하지 않았다. 했다 한들 아무도 그의 말을 믿지 않았을 것이다.

키가 크고 녹음이 울창한 나무들의 수관에 둘러싸인 계곡 분지. 땅과 암석, 뜨거운 온천수에서 밀어내는 증기와 안개에 둘러싸인 곳. 계곡 분지……

그의 목에 걸린 메달이 살짝 움찔거렸다.

마법으로 둘러싸인 계곡 분지. 두엔 카넬. 브로킬론의 심장.

브라엔이 고개를 들고 등에 멘 화살집을 제대로 고쳐 맸다.

"가지. 자, 손 줘, 꼬마야."

처음에 계곡 분지는 죽어 있고 버림받은 곳처럼 보였다. 그러나 그 인상은 오래가지 않았다. 잘 조율된 휘파람 소리가 끊이지 않고 울렸다. 그리고 그들이 선 곳 바로 옆의 나무는 영지버섯이 나선형으로 나무 기둥을 감싸고 있었다. 돌출된 버섯을 계단 삼아 갈색 피부에 검은 머리카락을 가진 드라이어드가 날렵하게 내려왔다. 다른 드라이어드들처럼 온갖 것을 주워 모아서 이어 붙인 위장복을 입고 있었다.

"카에드*, 브라엔."

"카에드, 시르싸. 반 포르트 메아트 에이트네 아?"

"네엔, 아에프더."

검은 머리가 대꾸하면서 선망의 눈길로 위쳐를 훑어보았다.

"에스 아엔 시드?"

---

* 카에드: 엘프 고어로 숲이라는 의미다. 드라이어드 사이에는 인사말로 쓰인다.

그녀가 미소를 지었다. 하얀 이가 반짝이며 드러났다. 그녀는 보기 드물게 아름다웠다. 인간의 기준에서 보아도 그랬다. 게롤트는 확실하지도 않고 바보 같은 생각이라고 여겨지면서도, 갈색 피부의 드라이어드 여인이 그를 대담하게 살펴보는 걸 알 수 있었다.

"네엔. 에쓰 바트그혜른, 그윈블리드, 아 바엔 메아그 에이트네 바, 아쓰."

브라엔이 고개를 저으며 말했다.

"그윈블리드? 블레데 카에르메! 아엔네 카엔 느웨드 포르트! 테스 포일레!"

아름다운 드라이어드가 입을 일그러뜨렸다.

브라엔이 킥킥거렸다.

"무슨 일인데 그러지?"

위쳐가 물었다. 점점 기분이 나빠졌다.

"아무것도 아니야."

브라엔이 또다시 키득거렸다.

"아무것도 아니야. 가지."

"어머나. 저것 좀 봐요, 게롤트. 어쩜 희한하게도 생겼네. 정말 작은 집들이야!"

시리가 놀라 소리쳤다.

계곡 분지의 좀 더 내부로 들어가면 본래의 두엔 카넬이 시작되었다. 모양새가 커다랗고 동그란 기생목을 생각나게 하는 '희한하게 생긴 작은 집들'이 서로 높이를 달리하여 나무의 줄기와 큰 가지들을 둘러싸고 있었다. 거의 땅바닥에 바싹 달라붙어 있거나, 높이, 심지어 아주 높이 우듬지 바로 아래에 바싹 붙어 있는 것도 있었다. 게롤트는 평평한 대지에는 좀 더 큰 집들이 있는 것도 알아차렸다. 여전히 잎사귀로 뒤덮인 가지를 엮어 만든 오두막들이었다. 구멍들 사이로 안에서 움직이는 것들이 보였지만 드라이어드들은 거의 모습을 드러내지 않았다. 전에 게롤트가 왔을 때보다 눈에 띄게 숫자가 적었다.

"게롤트, 이 집들이 자라고 있어요. 집들에 잎이 달렸네!"

시리가 속삭였다.

"그건 살아 있는 나무로 지었기 때문이야. 드라이어드들은 그렇게 살아. 그래서 집도 그렇게 짓고. 드라이어드는 절대로 나무를 상하게 하거나 도끼로 잘라 내거나 톱질을 하는 법이 없단다. 나무를 사랑하거든. 드라이어드는 나무를 자르지 않고도 가지들이 자라나 나중에 집을 이루도록 설계하고, 자라게 할 줄 알지."

위쳐가 고개를 끄덕였다.

"예뻐요. 나도 우리 정원에 저런 작은 집을 갖고 싶어요."

브라엔이 큰 오두막들 가운데 한 곳에서 멈추어 섰다. 그리고 말했다.

"안으로 들어가라, 그윈블리드. 여기서 에이트네를 기다리면 돼. 바 페일, 꼬마야."

"뭐라는 거죠?"

"그건 작별인사야. 잘 가라고 말한 거야."

"아하. 잘 가, 브라엔."

둘은 안으로 들어갔다. 햇살이 지붕 구조물을 뚫고 작은 집의 내부로 들어왔다. 얼기설기 얽힌 지붕 사이로 들어온 햇살이 만화경처럼 실내에 퍼졌다.

"게롤트!"

"프라익세네트!"

"살아 있었군그래, 내가 죽일 놈일세!"

프라익세네트가 상처 입은 몸으로 이를 환히 드러냈다. 그러고는 두 팔에 힘을 싣고 소나무 가지로 만든 잠자리에서 몸을 일으켰다. 그의 눈길이 위쳐의 다리에 달라붙어 있는 시리에게로 향했다. 순간, 프라익세네트가 눈을 휘둥그레 뜨더니 얼굴까지 빨개졌다. 프라익세네트가 소리쳤다.

"너, 이 고약한 것! 너 때문에 하마터면 내 목숨이 끊어질 뻔했어! 내가 일어나지 못하는 걸 다행인 줄 알아라. 안 그랬으면 벌써 나한테 호되게 얻어맞았을 거다."

시리는 뽀로통한 얼굴이 되었다.

"벌써 두 번째네, 나를 패주려고 하는 사람이. 나는 여자아이다. 그리고 여자아이는 때리면 안 되는 거야!"

소녀는 그렇게 말하곤 희한하게 코를 찡그렸다.

"내 몸만 성했으면 진즉 보여줬을 거다…… 그래도 된다는 걸."

프라익세네트가 기침을 하며 말했다.

"고얀 것 같으니! 에르빌 왕이 미치려고 해……. 그는 지금 네 할머니가 선전포고를 할까봐 겁을 내고 있어. 에르빌 왕이 아무리 네가 네 발로 도망쳤다고 해도 그 말을 누가 믿겠어? 모두 에르빌 왕이 어떤 사람이고 무엇을 좋아하는지 빤히 아는데. 다들 에르빌이 너를 술독에……. 그러니까 에르빌 왕이 너에게 무슨 짓인가를 했고, 그런 다음에 너를 성의 도랑에 빠져 죽게 했다고 생각하고 있어! 지금 버덴에는 닐프가드와 전운이 감돌고 있어. 너 때문에 네 할머니와 맺은 계약과 연맹이 엉망이 되고 말았어! 이제 알겠니, 네가 무슨 일을 저질렀는지?"

"흥분하지 말게. 그러다 상처가 다시 터지면 어쩌려고 그러나. 그런데 어떻게 여기까지 이리도 빨리 온 건가?"

위쳐가 주의를 주었다.

"그걸 누가 알겠나. 나는 내내 거의 의식이 없었는데. 그들이 토할 것 같이 역겨운 것을 나에게 들이부었다네. 강제로. 내 코를 꽉 막더니……. 내 원 창피해서, 빌어먹을……."

"그 역겨운 것 덕분에 목숨을 구한 줄 알게. 드라이어드들이 자네를 이리로 옮겨온 건가?"

"썰매에 태워서 끌고 왔다네. 내가 자네에 관해 물었는데, 아무것도 말해 주지 않더라고. 나는 영락없이 드라이어드들이 자네를 화살로 뚫어버린 줄 알았네. 자네가 그렇게 갑작스레 사라져 버렸으니……. 하지만 자네는 이렇게 무사하고 건강한 모습으로, 심지어 밧줄에 묶이지도 않은 채 나타났네. 게다가 덤으로, 부탁도 안 했는데 이렇게 시리 공주님까지 구해왔지 뭔가……. 나 같은 놈은 죽어야 해. 자네는 어디에 내놓아도 일 처리를 잘하는데 말이야, 게롤트. 자네는 늘 고양이처럼 운이 좋은 친구야."

위쳐는 미소를 지었다. 그러나 아무런 대꾸도 하지 않았다. 프라익세네트가 심하게 기침을 하기 시작했다. 그러고는 고개를 옆으로 돌리더니 장밋빛 가래를 뱉었다.

"그리고 그들이 나를 죽이지 않은 건 아마 자네의 영향도 있었을 걸세. 그들이 자네를 알고 있더군. 그 망할 요물 숲요정들이. 자네는 벌써 두 번이나 곤란에 빠진 나를 구해주었어."

"진정하게, 남작."

프라익세네트는 신음을 하며 일어나려고 했지만, 포기하고 말았다.

"내 남작 지위는 일말의 가치도 없는 쓰레기 같은 것이야. '함'에서나 남작이었지. 지금은 버덴의 에르빌 왕의 휘하에 있는 일종의 군사령관이라네. 아니지, '사령관이었다.'지. 이 숲에서 어찌어찌 빠져나간다 해도, 버덴에 날 위한 자리는 더 이상 없을 걸세. 기껏해야 사형대 위에나 있을까? 이 조그만 족제비 같은 시리가 나의 감시망을 뚫고 도망쳐버렸지. 자네 설마 내가 배짱 좋게 사냥이나 하려고 브로킬론에 갔다고 생각하는 건가? 아닐세, 게롤트. 나는 겁을 먹었고, 혹시 시리를 데려가면 에르빌 왕이 호의를 베풀 거라는 기대에서 그랬다네. 하지만 우리는 저 빌어먹을 요물 숲요정들과 싸움을 하게 된 것이지……. 자네가 없었더라면 나는 숲에서 유명을 달리했을 걸세. 자네가 나를 다시 구해주었어. 그건 하늘의 뜻이었네. 그건 명백한 사실이야."

그가 거칠게 숨을 쉬었다.

"과장하지 말게."

프라익세네트는 고개를 저었다.

"그건 예정되었던 거야. 위쳐, 하늘에 틀림없이 기록되어 있을 거야. 우리가 다시 만나게 될 거라고. 자네가 다시 내 목숨을 구하게 될 거라고. 자네가 나를 새 마법에서 풀어주었을 때, 함에 있던 사람들이 그렇게 말했던 것이 기억나는군."

"우연이었어. 우연이었네, 프라익세네트."

게롤트가 차갑게 말했다.

"대체 어느 대목이 우연이라는 말인가. 제기랄, 자네가 없었더라면 나는 틀림없이 아직까지도 가마우지로 있었을 거야……."

"네가 가마우지였단 말이냐! 진짜 가마우지였단 말이야? 새였어?"

시리가 흥분해서 소리쳤다.

"그랬었다고. 저런…… 여자애가…… 나에게 마법을 걸었어. 복수심에서…… 그렇게 한 거야."

남작이 치아를 드러냈다.

"분명히 그 여자애에게 털가죽을 주지 않은 게지. 너…… 아니 머프를 만들 수 있도록 말이야."

시리가 코를 찡그리며 장담한다는 듯 말했다.

"다른 이유가 있었어."

프라익세네트는 약간 상기된 얼굴로 시리를 위협하듯 노려보았다.

"어이, 꼬맹이, 넌 뭘 안다고 끼어들어, 끼어들긴!"

시리가 기분 상한 표정으로 고개를 옆으로 돌렸다.

프라익세네트가 헛기침을 했다.

"자, 내가 어디까지 말했더라……. 아하, 자네가 함에서 나의 마법을 풀어준 대목이었지. 자네가 없었더라면 나는 생이 다하는 날까지 가마우지로 남아 호수 근처 이곳저곳을 날아다니며 나뭇가지에 똥을 싸댔을 거야. 그리고 헛된 희망에 온몸을 던져 헌신했을 걸세. 내 여동생이 헌신하는 마음으로 쐐기풀로 실을 자아 한 올, 한 올 엮어 짠 셔츠가 나를 구할 거라는 헛된 희망 말일세. 사실 여동생은 그보다 훨씬 나은 걸 위해 헌신할 가치가 있었는데. 제기랄, 그 셔츠만 생각하면 나는 아무나 붙잡고 걷어차고 싶은 기분이 든다니까. 어리석은 것……."

"그렇게 말하지 말게. 자네 동생의 의도는 최고였잖아. 잘못된 정보를 입수했을 뿐. 더는 말할 것 없네. 어처구니없는 엄청난 양의 신화들에 나오는 마법 해독 방법이 널리 회자되고 있지 않은가. 그래도 프라익세네트, 자네는 운이 좋았던 걸세. 그녀가 자네에게 펄펄 끓는 우유에 잠수해야 한다며 그렇게 하라고 했을 수도 있네. 그런 사례를 들은 적이 있거든. 그리고 쐐기풀로 만든 셔츠가 건강에 크게 도움이 되지는 않아도 건강을 해치지는 않는다네.”

위쳐가 웃으며 말했다.

“하, 자네 말이 맞는 것 같네. 아마도 내가 그 애한테 너무 많은 걸 요구하고 있나 보이. 엘리자는 항상 어리석었어. 어렸을 때부터 멍청하고 귀여운데가 있었지. 사실, 왕의 부인이 되기엔 최고의 자질인 거지.”

“귀여운 자질? 그리고 그게 왜 왕비가 되는데 맞다는 거지?”

시리가 궁금해하며 알고 싶어 했다.

“꼬맹아, 말하는데 끼어들지 말라고 내가 말했다. 그래, 게롤트, 당시에 자네가 함에 나타난 건 나에겐 행운이었지. 그리고 친애하는 나의 매제인 왕께서 자네가 마법을 풀어주는 대가로 요구했던 금화 몇 닢을 내어줄 마음을 가진 것도 행운이었고.”

“알고 있나, 프라익세네트? 이 사건에 관한 이야기가 멀리까지 파다하게 퍼진걸?”

게롤트가 이번엔 크게 더 활짝 웃음을 지었다.

“원래 이야기로 말인가?”

“거의 아니지. 우선 사람들은 자네에게 여섯 명의 형제를 더 붙여주었다네.”

“그건, 안 돼! 그럼 엘리자까지 우리가 전부 여덟 명이라는 말인가? 젠장, 그런 바보 같은 생각이 어디 있어! 우리 엄마가 무슨 집토끼인 줄 아나!”

남작은 팔꿈치로 몸을 지탱한 자세로 기침했다.

“그게 다가 아닐세. 사람들이 가마우지는 이야기에 어울리지 않는다는 견해를 보였다네.”

“그건 그래! 가마우지라니, 어울리지 않게! 그 이야기에서 그럼 마법에 걸린 나는 무엇이 되었나?"

남작이 얼굴을 찡그리며 자작나무 껍질로 감싼 가슴팍을 문질렀다.

"까마귀. 자네는 까마귀가 되었네. 자네 형제는 일곱이고. 잊지 말게."

"젠장맞을, 어떻게 가마우지보다 까마귀가 더 잘 어울린다는 거지?"

"나도 모르겠네."

"나도 모르겠군. 하지만 그 이야기에선 왠지 엘리자가 그놈의 지긋지긋한 쐐기풀 셔츠의 도움을 받아 나를 구할 것 같군그래."

"맞았네! 그런데 엘리자는 어떻게 지내고 있나?"

"그 애는 폐결핵에 걸렸다네. 불쌍한 것. 아무것도 못한 지 오래되었네."

"안 되었군."

"안 되었지."

프라익세네트는 무심한 말투로 위쳐의 말에 동의하고는 고개를 돌렸다.

"마법에 관해서 말인데, 다시 재발하지는 않았나? 깃털이 자라는 건 아니겠지?"

게롤트는 탄력 있는 가지를 엮어 만든 벽에 등을 기댔다.

"감사하게도 그런 건 없네. 다 멀쩡해. 딱 한 가지, 그때부터 계속 이어지고 있는 게 있다네. 바로 생선에 대한 취향이지. 가끔 동이 트기가 무섭게 나는 물고기를 찾아 낚시터로 간다네. 그리고 사람들이 내가 귀족이라는 걸 알아차리기 전에, 물고기 통에서 한두 줌쯤 되는 잉어를 집어 올리다가 미꾸라지 몇 마리도 집어 올리고, 농어도 들어 올리곤 한다네……. 순전히 재미삼아 말일세, 먹으려는 게 아니라."

남작이 한숨을 쉬었다.

"저자가 가마우지였다는 거네요. 그리고 당신은 저자를 마법에서 풀어줬

고요. 당신은 마법을 부릴 줄 아는군요."

시리가 게롤트에게 시선을 고정한 채 천천히 말했다.

"그야 당연하지. 이 친구는 마법을 부릴 수 있어. 위처는 누구나 그럴 수 있지."

프라익세네트가 말했다.

"위…… 위처라고?"

"이 친구가 위처라는 걸 몰랐던 거냐? 그 유명한 리비아의 게롤트를? 그러고 보니 그러네. 너 같은 꼬마애가 위처가 뭔지 어디서 어떻게 알 수 있겠어? 요즘은 예전과 다르게 위처가 많지 않지. 거의 찾아보기 어려우니까. 그러고 보니 분명히 여태까지 한 번도 위처를 본 적이 없었겠구나, 그렇지?"

시리는 게롤트에게서 눈길을 떼지 않은 채 고개를 끄덕였다.

"꼬마야, 위처란 말이야, 아주……."

프라익세네트는 오두막으로 들어오는 브라엔을 보자 갑자기 입을 다물었다. 그의 얼굴에서 핏기가 가셨다.

"안 돼. 난 안 할 거야! 내 입속에다 아무것도 쏟아붓지 못하게 할 거야, 절대로, 다시는 안 해! 게롤트! 저 여자한테 말해주게……."

"진정하게."

브라엔은 프라익세네트에겐 스치는 눈길조차도 주지 않고 곧바로 위처의 곁에 쪼그린 시리에게로 갔다.

"가자. 가자, 꼬마야."

"어딜? 난 안 가. 나는 게롤트 곁에 있을 거야."

시리가 얼굴을 찌푸렸다.

"가봐. 브라엔과 어린 드라이어드들이랑 함께 놀 거야. 너에게 두엔 카넬을 구경시켜줄 거야……."

위쳐는 억지로 웃는 얼굴을 하고 말했다.

"브라엔은 내 눈을 가리지 않았어요. 우리가 이리로 올 때, 브라엔은 내 눈은 가리지 않았어요. 당신 눈은 가렸는데 말이죠. 당신이 이곳에서 나가면 다시는 찾아올 수 없게 하려고. 이것인즉슨……."

시리가 말했다, 아주 천천히.

게롤트가 브라엔을 쳐다보았다. 드라이어드 여인은 어깨를 으쓱해 보이곤 소녀를 가슴에 꼭 안아주었다.

"이것인즉슨…… 나는 이곳을 떠나지 못할 거라는 말이렷다. 그러느냐?"

시리의 목소리가 갑자기 거부감 어린 목소리로 변했다.

"아무도 자신에게 예정된 운명에서 벗어나지 못한다."

목소리에 모두 고개를 돌렸다. 나직하지만 울림이 풍성하고, 흔들림이 없는 단호한 목소리. 복종을 강요하며 그 어떤 이의도 허용하지 않는 목소리. 브라엔이 절을 했다. 게롤트는 한쪽 무릎을 꿇었다.

"에이트네 부인……."

브로킬론의 지배자는 연녹색의 길고 찰랑거리는 가운을 걸치고 있었다. 대부분의 드라이어드들처럼 그녀는 날씬한 체격에 키가 크지 않았다. 그러나 당당하게 올린 머리와 진지하고 날카로운 표정의 얼굴과 결연하게 다문 입은 그녀를 훨씬 더 크고, 중요한 인물로 보이게 했다. 그녀의 머리카락과 두 눈은 은을 녹여놓은 것 같았다.

에이트네가 활과 화살로 무장한 젊은 드라이어드 두 명의 경호를 받으며 오두막 안으로 들어왔다. 그녀는 아무 말도 하지 않고 브라엔에게 고개를 끄덕였다. 그러자 브라엔은 곧바로 시리의 손을 잡고 고개를 깊숙이 숙인 채 입구를 향해 끌고 갔다. 시리는 **뻣뻣**하게 경직된 채 창백한 얼굴로 아무 말 없이 걸어갔다. 시리가 에이트네의 곁을 지날 때였다. 은발의 드라이어드가 재**빠른** 동작으로 시리의 턱밑을 잡고 고개를 들게 했다. 그러고는 한참 동안 소녀의 두 눈을 바라보았다. 게롤트의 눈에 시리가 떠는 모습이 들어왔다.

"가봐라."

마침내 에이트네가 말했다.

"가라, 아이야. 아무것도 두려워하지 마라. 이제 너의 예정된 운명을 바꿀 수 있는 것은 아무것도 없다. 너는 브로킬론에 있다."

시리는 순순히 브라엔을 뒤따라 타박타박 걸어갔다. 입구에 이르자 시리가 뒤돌아섰다. 위쳐는 소녀의 입술이 떨리고, 초록색 눈동자 가득 눈물이 고인 것을 보았다. 그는 한마디도 하지 않았다. 그는 고개를 숙인 채 여전히 한쪽 무릎을 꿇고 있었다.

"일어서라, 그윈블리드. 환영하네."

"어서 오십시오, 에이트네 부인, 브로킬론의 주인이시여."

"나의 숲에서 이렇게 자네를 손님으로 다시 보게 되어 기쁘군. 아무튼 자네는 언제나 나에게 알리지도, 또 내 동의를 구하지도 않고 오는군그래. 나 모르게, 그리고 나의 허락도 없이 브로킬론에 들어오는 건 위험한 일이다, 하얀 늑대. 설령 자네라고 해도."

"저는 전갈을 받들고 왔습니다."

"아하……. 자네의 대담한 행동이 거기서 나온 거로군, 게롤트. 외교 문서에 대한 불가침성은 인간들 사이에서나 통용되는 관례이지. 나는 그걸 받아들이지 않는다. 인간에 관한 건 그 어떤 것도 인정하지 않아. 여긴 브로킬론이다."

드라이어드가 가벼운 미소를 지었다.

"에이트네 부인……."

"잠자코 있으라. 내가 자네를 해치지 말라고 명했다. 자네는 살아서 브로킬론을 떠날 것이야. 자네가 사절로 와서 그런 것이 아니다. 다른 이유에서다."

에이트네가 전혀 목청을 높이지 않고 그의 말을 가로막았다.

"제가 누구의 전령으로 왔는지 궁금하지 않으십니까? 어디에서 왔는지, 누구의 이름으로 왔는지?"

"솔직히 말하면, 궁금하지 않다. 이곳은 브로킬론이다. 자네는 밖에서, 나와는 아무 상관도 없는 세상에서 왔다. 내가 왜 나에게 보낸 전갈을 듣느라 시간을 허비해야 하지? 나와 다르게 생각하고 느끼는 누군가의 머리에서 나온 어떤 제안과 어떤 요청이 나에게 뭐 그리 의미가 있겠느냐? 벤즐라프 왕이 생각하는 것이 나와 무슨 상관이 있을쏘냐?"

게롤트가 놀라서 고개를 흔들었다.

"제가 벤즐라프 왕에게서 온 것을 어찌 아셨습니까?"

"그거야 뻔하지. 에케하르트는 어리석어도 너무 어리석고, 에르빌과 비락사스는 나를 몹시 미워하고 있네. 다른 지역들은 브로킬론과 접해 있지 않고."

드라이어드 여인이 웃음기를 머금고 말했다.

"브로킬론의 밖에서 일어나는 일에 관해 많이 알고 계시네요, 에이트네 부인."

"하얀 늑대여, 나는 아는 게 아주 많다네. 그건 내 나이가 갖는 특권이지. 그러나 지금은, 자네가 허락해준다면, 내 기꺼이 특정한 일 한 가지를 처리하려 하네. 저 곰처럼 생긴 남자 말이네. 자네의 친구인가?"

에이트네는 웃음기를 거두고 프라익세네트를 바라보았다.

"우리는 알고 지내는 사이입니다. 제가 그를 마법에서 풀어준 적이 한 번 있었습니다."

"바로 그게 문제라네. 내가 저자를 어떻게 해야 할지 모르겠네. 결론적으로 이젠 저자를 죽이라고 명령할 수도 없게 되었네. 저자가 건강을 회복하도록 허락할 수는 있을 걸세. 그런데 저자는 위험해 보이는군. 미치광이처럼 보이지는 않지만 말이야. 그러니까 머리 가죽 사냥꾼 말이네. 에르빌이 드라이어드의 머리 가죽에 값을 쳐주는 걸로 알고 있네. 얼마나 쳐주는지는 잊어버렸네. 덧붙여 말하자면 화폐 가치가 하락하면서 값이 오르고 있을 걸세."

에이트네가 쌀쌀맞게 말했다.

"잘못 짚으셨습니다. 그는 머리 가죽 사냥꾼이 아닙니다."

"그럼 브로킬론에선 뭘 하려던 거지?"

"저 친구가 아까 그 소녀를 보호하는 임무를 맡았습니다. 그는 소녀를 찾으려고 목숨 걸고 위험을 무릅쓴 겁니다."

"몹시 어리석은 자로구나. 위험을 무릅쓴다는 말은 그런 데다 쓰는 게 아니지. 그는 확실하게 죽으러 간 것이었네. 그가 산 것은 전적으로 그의 말같이 강인한 체질과 지구력 덕분이었어. 그러나 저 아이에 관해 보자면, 단지 우연히 살아남은 것이라 할 수밖에 없다. 드라이어드들이 아이가 퍽*이거나 레프레컨*이라고 생각했기 때문에 활을 쏘지 않은 것이었고."

---

* 퍽: 짓궂은 장난을 좋아하는 장난꾸러기 요정이다
* 레프레컨: 아일랜드 민담에 나오는 작은 남자 요정이다.

에이트네가 차갑게 말했다. 그리고 프라익세네트에게 슬쩍 눈길을 주었다. 게롤트는 이제 그녀의 입매에서 불편하게 경직되었던 모습이 사라진 것을 알 수 있었다.

"잘 되었다. 이 기회를 최대한 이용해야겠구나."

에이트네는 소나무 가지로 만든 잠자리에 발을 들였다. 그녀를 호위하는 두 명의 드라이어드 여인들 또한 가까이 다가왔다. 프라익세네트는 핏기가 가신 얼굴로 잔뜩 몸을 움츠렸다. 몸을 움츠려도 덩치는 여전했다.

에이트네는 잠시 눈살을 찌푸리고 그를 살펴보았다. 마침내 그녀가 물었다.

"아이들이 있나? 덩치, 너에게 말하는 것이다."

"예에?"

"내가 잘 알아듣게 말한 것 같은데."

"저는……."

프라익세네트는 헛기침을 하다가 기침을 터트리고 말았다.

"저는 결혼하지 않았습니다."

"네 가정생활엔 관심 없다. 나는 네가 그 살찐 허리를 제대로 돌릴 수 있을지에만 관심이 있다. 내 나무의 신께 맹세하라! 여인에게 아이를 잉태하게 한 적이 있는가?"

"에……. 예……. 예, 주인님, 하지만……."

에이트네는 건성으로 그만하면 됐다는 손짓을 하고는 게롤트에게로 돌아섰다.

"저자는 브로킬론에 머무를 걸세. 다시 건강해질 때까지 말일세. 그러고 난 다음에도 시간은 있으니까. 그런 다음엔…… 원하는 곳으로 가도 된다."

"명심하겠습니다, 에이트네 부인."

위쳐는 허리를 굽혀 절했다.

"그런데…… 그 아이는요? 그 아이는 어떻게 하실 겁니까?"

"그건 왜 묻는가? 알고 있잖은가?"

드라이어드는 그녀의 은빛 눈으로 그를 차갑게 살펴보았다.

"그 아이는 평범한 농부의 아이가 아닙니다. 그 아이는 공주입니다."

"아무 감명도 받을 수 없는 말이네. 그렇다고 달라질 것도 없고."

"들어 보십시오……."

"더는 아무 말도 말게, 그윈블리드."

위쳐는 갑자기 말을 멈추고 입술을 깨물었다.

"제가 가지고 온 전갈은 어떻게 하실 겁니까?"

"그건 듣기로 하겠네."

에이트네는 한숨을 지었다.

"아니, 호기심에서가 아니야. 자네를 위해서 그렇게 하는 걸세. 그래야 자네가 벤즐라프에게 들러 그가 주기로 한 보수를 받을 것 아닌가? 분명히 나한테 들이닥치면 주겠다고 약속했을 터. 하지만 지금은 말고. 지금은 내가 할 일이 있네. 저녁때 나의 나무로 오게."

그녀가 나가자 프라익세네트가 팔꿈치로 몸을 지탱한 채 신음을 하며 기침을 하더니 손바닥에 가래침을 뱉었다.

"이게 대체 무슨 일인가, 게롤트? 왜 내가 여기에 남아 있어야 한다는 거야? 그리고 애들 이야기는 또 뭐야? 자네는 날 무슨 일에 끌어들인 건가, 응?"

위쳐가 자리에 앉았다.

"자네는 목숨을 구했네, 프라익세네트. 자네는 살아서 이곳을 나가는 몇 안 되는 사람 중의 한 사람이 될 걸세. 최소한 최근 들어선 말일세. 그리고 자네는 꼬마 드라이어드의 아버지가 될 거야. 어쩌면 여러 명의 아버지가 될 수도 있고."

게롤트가 피곤한 목소리로 말했다.

"그게 무슨 소리인가? 내가…… 종마처럼 씨내리를 해야 한다는 건가?"

"좋을 대로 부르게. 종마든 씨내리든. 자네에게는 달리 뾰족한 선택의 여지가 없네."

"이제 이해가 되었어. 아, 포로가 되어 광산에서 일하고 터널을 뚫는 내 모습이 보이는군. 그렇다면 차선을 택해야지. 힘이 닿는한 최선을 다해. 고작해야 두서넛밖에 없는데……."

남작이 중얼거리면서 거짓 웃음을 웃었다.

"바보같이 히죽거리는 것 좀 그만하게. 그리고 자네가 상상하는 그것도. 친절하게 풍악이 울리고 포도주가 나오며 부채질을 하는 시녀의 시중을 받는 가운데 자네에게 반한 드라이어드들이 떼로 몰려들 거라는 생각은 아예 말게나. 한 명, 어쩌면 두 명이 될 거야. 자네를 연모하는 마음에서 나오는 건 절대 아니네. 드라이어드들은 그 일 전체를 아주 기능적인 측면에서 본다네. 그리고 자네가 거기에 딱 들어맞은 거지."

게롤트가 얼굴을 찌푸렸다.

"그게 즐거운 일이 아니라고? 그렇다고 그걸 불쾌하게 여기는 건 아니겠지?"

"유치하게 굴지 말게. 그런 관점에선 드라이어드들 역시 다른 여자들과 다를 바 없네. 적어도 육체적으로는."

"그 말인즉슨?"

"드라이어드들이 그걸 유쾌하게 볼지, 불쾌하게 볼지는 자네에게 달렸다는 거지. 그래도 그들의 관심사가 전적으로 그것의 기능적 결과에 쏠릴 거라는 사실엔 아무런 변화도 없다네. 자네의 인품은 서열 두 번째라고. 고맙다는 인사는 기대하지 말게. 아 참, 그리고 어떤 상황에서도 자네가 자발적으로 뭔가를 하려 해서는 안 되네."

"내가 어떻게 하면 안 된다고?"

"아침에 함께 밤을 보냈던 여인을 만나면 인사를 하게. 그러나 무슨 일이 있어도 히죽이 웃는다거나 윙크를 해선 안 된다는 말이네. 드라이어드들에게 잠자리를 함께하는 일은 죽음을 건 진지한 일이라네. 그 여인이 미소를 짓거나 자네에게 다가오면, 자네는 그녀와 얘기를 나눠도 되네. 가장 좋은 건 나무에 관해서 이야기하는 것이지. 그러나 만약 여인이 자네를 못 본 척 행동하면, 그녀에게서 멀찍이 떨어져 지내게. 그리고 다른 드라이어드들에게서도 멀찍이 떨어져 지내고, 손조심하게나. 준비되지 않은 드라이어드에게 그런 일은 있을 수 없어. 그런 드라이어드를 건드리면 갈빗대 사이에 칼을 맞고 말지. 그들은 자네의 의도가 뭔지 모르니까."

위쳐는 참을성 있게 설명했다.

"자네는 모르는 게 없구면. 이들의 결혼 관례를 어떻게 그리도 잘 아나. 자네도 기회가 있었나 보군?"

프라익세네트는 비죽이 웃음을 흘렸다.

위쳐는 대답하지 않았다. 그의 눈앞에 아름다운 갈색 머리의 드라이어드가 노골적으로 웃으며 서 있었다.

"바트그헤른, 블레데 카에르메. 위쳐라니, 더럽게 재수 없어. 브라엔, 우리한테 뭘 데려온 거야? 저자가 우리한테 무슨 소용이 있지? 위쳐는 있어 봤자 아무 일도 할 수 없는데……."

"게롤트?"

"왜?"

"그런데 시리 공주는?"

"그 애는 잊어버리게. 그 아이는 드라이어드가 될 걸세. 이삼 년 후에는 자기 형제가 브로킬론에 발을 들여놓으려 해도 형제의 눈에 화살을 쏘겠지."

"빌어먹을. 에르빌 왕이 미쳐 날뛸 거야. 게롤트, 어떻게 해볼 도리가 없을까……?"

프라익세네트는 욕설을 뱉고는 몸을 웅크렸다.

"없네. 우선은 아무것도 하지 말게. 그렇지 않으면 살아서 두엔 카넬을 나가지 못할 거야."

위쳐는 그의 말을 단칼에 잘라버렸다.

"그렇다면 그 아이는 실종된 것이로군."

"그쪽에서 볼 땐 그렇지."

VI

에이트네의 나무는 당연한 일이지만, 떡갈나무였다. 정확히 말하자면 세 그루가 함께 자라난 떡갈나무로, 위쳐가 보기에 어림잡아 삼백 년은 되어 보였지만, 말라가는 징조는 전혀 보이지 않았고, 아직도 녹음이 성성했다. 떡갈나무의 속은 비어 있었다. 그리고 그 빈 공간엔 어엿한 크기의 방과 원뿔 모양으로 한데 모인 높다란 천정이 갖춰져 있었다. 그을음이 생기지 않는 기름 램프가 실내를 밝혔다. 소박하지만 쾌적한 집으로, 실내 장식도 손색이 없을 정도로 갖추어져 있었다.

에이트네는 방 한가운데에 있는 일종의 섬유질 매트에 쪼그리고 앉아 있었다. 그리고 그녀의 앞에는 꼿꼿이 몸을 세운 채, 돌처럼 굳은 채 그녀의 발꿈치께에 앉아 있었다. 깨끗이 씻고, 코감기도 나은 모습으로, 에메랄드 같은 커다란 초록색 눈을 동그랗게 뜨고 있었다. 게롤트는 지저분한 것과 심술궂게 굴던 찡그린 표정이 사라진 소녀의 얼굴이 아주 예쁘다는 걸 알 수 있었다.

에이트네는 소녀의 긴 머리카락을 천천히, 그리고 조심스럽게 빗기고 있었다.

"들어오게, 그윈블리드. 앉게나."

그는 예를 갖추어 먼저 한쪽 무릎을 꿇은 다음 자리에 앉았다.

"좀 쉬었나? 돌아갈 날은 언제로 정할 건가? 내일 아침 일찍은 어떤가?"

드라이어드는 그를 쳐다보지 않은 채 빗질을 계속하며 물었다.

"명령하시는 대로 언제든 떠나겠습니다. 브로킬론의 주인이시여. 제가 두엔 카넬에 머무르며 당신께 폐를 끼치는 걸 중단하는 데는 당신의 말씀 한마디면 충분합니다."

게롤트는 무뚝뚝하게 대꾸했다.

"게롤트."

에이트네가 천천히 고개를 돌렸다.

"내가 이런다고 섭섭하게 생각하지 말게. 나는 자네를 잘 알고 또 높이 평가하네. 자네가 단 한 번도 드라이어드나 닉스, 실피드* 혹은 다른 요정들

---

* 실피드: 공기의 요정이다.

을 괴롭힌 적이 없다는 것도 알고 있네. 자네는 오히려 늘 정반대였어. 그들을 보호하고, 그들의 목숨을 구해주곤 했으니까. 그러나 그렇다고 해서 달라지는 건 아무것도 없어. 우리 사이를 벌어지게 하는 것들은 너무나도 많네. 우리는 서로 다른 세상에 속해 있지. 나는 어떤 예외도 만들고 싶지 않고, 만들 수도 없네. 누구를 위해서든간에. 자네가 내 말을 이해했는지는 묻지 않겠네. 어차피 그렇게 해야 한다는 걸 알고 있으니까. 단 자네가 이런 내 생각을 받아들일지 어떨지는 묻겠네."

"제가 받아들이느냐 마느냐에 따라서 변하는 것이 있습니까?"

"없네. 하지만 자네가 어떻게 할지는 알고 싶군."

"받아들일 겁니다. 그럼 이 아이는 어떻게 되는 겁니까? 시리는요? 그 아이 역시 다른 세상에 속한 아이입니다."

시리가 겁을 먹고 그를 바라보았다. 그런 다음 고개를 들어 에이트네에게로 눈길을 돌렸다. 에이트네가 미소를 지었다.

"그렇게 오래 속한 건 아니었지."

에이트네가 말했다.

"에이트네 부인, 제발요. 고려해주십시오."

"뭘 말인가?"

"그 아이를 저에게 주십시오. 그 아이는 저와 함께 돌아가야 합니다. 자기가 속한 세상으로요."

"아니 될 말이네, 하얀 늑대. 이 아이는 넘겨주지 않겠네. 자네야말로 이걸 이해해야 하네."

늙은 드라이어드 여인이 다시 빗을 들고 소녀의 잿빛 금발을 빗겼다.

"제가 말입니까?"

"그래, 자네. 세상의 소식들은 심지어 브로킬론에까지 밀려들지. 자신이 일을 잘 마치는 것에 대한 대가로 때때로 특별한 맹세를 요구하는 어떤 위쳐에 관한 소식을 포함해서 말이야. 그 위쳐가 이렇게 맹세하라고 한다지? '집에 있을 거라고 예상하지 않았던 것을 나에게 주겠다고 하시오.', '이미 갖고 있지만 그 사실을 모르고 있는 것을 나에게 주어야 하오.'라고. 자네한 텐 낯선 일이 아닐 텐데? 그렇게 위쳐들은 얼마 전부터 운명을 조종하려고 시도하고 있지. 그들은 운명이 그들의 후계자로 정한 소년을 찾아 나섰어. 사람들이 예정된 운명을 지워 없애거나 망각하는 걸 막으려고 말이야. 없던 일이 되는 걸 막으려고. 내 말에 왜 놀라는가? 나는 드라이어드의 운명을 염려하네. 이것이 옳지 않겠는가? 인간에게 살해당한 모든 드라이어드들에 대한 대가로 한 명의 인간 소녀를 취하려는 것이네."

"당신이 그 아이를 붙잡고 있으면, 에이트네 부인, 적대감과 복수심을 일으키게 될 겁니다. 불꽃같은 증오심을 불러일으킬 것입니다."

"그거야 어디 하루이틀 일이던가? 인간의 증오심 말일세. 아니, 게롤트, 나는 이 아이를 내어주지 않을 걸세. 최근엔 이런 일이 흔치 않았다네."

"흔치 않았다고요?"

늙은 드라이어드 여인이 은색의 커다란 두 눈을 들어 그를 바라보았다.

"사람들은 병에 걸린 여자아이들을 나에게 떠넘기지. 디프테리아, 성홍열, 후두염, 최근 들어선 천연두까지. 그들은 우리에게 면역성이 없다고 생각해. 전염병이 우리를 멸종시킬 거라고 생각하지. 아니 최소한도 우리의 숫자는 줄일 거라고 생각하지. 자네가 이 사실을 알려주면 사람들은 실망을 맛볼 수 있겠지. 우리에겐 면역성 그 이상의 무엇이 있어. 브로킬론은 자기 아이들을 염려하고 보살펴주지."

에이트네가 갑자기 입을 다물었다. 그러고는 몸을 숙이고 한 손을 보조수단 삼아 다른 한 손으로 엉클어진 시리의 머리 다발을 조심스럽게 빗었다.

위쳐는 헛기침을 흠흠 하고 말했다.

"이제 벤즐라프 왕이 저에게 들려 보내신 전갈의 내용을 말씀드려도 되겠습니까?"

"그걸 듣느라 시간을 낭비할 필요가 있을까?"

에이트네가 고개를 들었다.

"뭘 위해 그런 수고를 하려는가? 벤즐라프 왕이 원하는 것이 무엇인지 내가 정확히 알고 있는데. 예언의 능력이 없다 해도 그건 다 알 수 있다네. 벤즐라프 왕은 내가 브로킬론을 그에게 넘기길 원하겠지. 분명히 브다 강까지겠지. 그가 브다 강을 브뤼게와 버덴 사이의 자연 경계선으로 여기고 있다고 알고 있네. 아니면 여기고 싶어 하거나. 짐작컨대 그자는 나에게 그 대가로 이 고립된 땅을, 이 손바닥만 한 작고 거친 숲을 제안할 거야. 그리고 틀림없이 왕의 말과 왕의 보호권을 거들먹거리며 이 작고 거친 곳이, 이 황야의 뾰족한 끄트머리가 영원히 나에게 속할 것이며 아무도 이곳에 사는 드라이어드들을 괴롭힐 수 없다는 걸 보증한다고 하겠지. 드라이어드들이 이곳에서 평화롭게 살 수 있을 거라고 말이야. 그렇지 않나, 게롤트? 벤즐라프는 지난 이백 년 동안 계속되어 온 브로킬론을 둘러싼 전쟁이 어서 끝나길 바라지. 그러면서 전쟁을 종료하려면, 드라이어드들이 지난 이백 년 동안 목숨을 바쳐 보호하던 것을 자기에게 내놓아야 한다고 주장하지. 그냥 자기 말대로 그렇게 넘기라는 말 아닌가? 브로킬론을 넘겨달라고?"

게롤트는 아무 말도 하지 않았다. 아무것도 덧붙일 말이 없었다.

에이트네가 웃었다.

"왕의 제안이라는 것이 그런 내용이었나, 그윈블리드? 아니, 아마 더 솔직하게 표현했을지도 모르겠군. 이렇게 말이야. '그렇게 뻣뻣이 고개를 세우고 도도하게 굴지 마라. 너는 숲의 유령이고, 황야의 야수이며, 과거의 유물일 뿐이다. 그러지 말고 우리가, 나 벤즐라프 왕이 원하는 바를 잘 들어라. 우리는 삼나무와 떡갈나무, 호두나무를 원한다. 우리는 마호가니와 자작나무, 활에 필요한 주목, 돛대에 쓸 소나무를 원한다. 왜냐면 우리가 브로킬론의 바로 곁에 직면하여 있는데도 브로킬론을 두고 목재를 숲 저편에서 수입해야 하기 때문이다. 우리는 땅속에 있는 철과 구리를 원한다. 우리는 이 숲 때문에 인적이 끊긴 '크라그 안 마을'에 숨겨진 보물을 원한다. 우리는 슉슉거리며 날아다니는 화살 소리를 들을 필요 없이 나무를 베고 톱질하고 땅을 파기를 원한다. 그리고 가장 중요한 것은 바로 이것이다. 우리는 궁극적으로 한 명의 왕을 원하고, 왕국에 있는 모든 것이 이 한 명의 왕에게 예속되기를 원한다. 우리는 우리의 왕국에 브로킬론이라는, 우리가 발을 들여놓을 수 없는 숲이 있는 것을 원치 않는다. 그런 숲은 우리를 자극하고, 화나게 하고 두 발을 뻗고 편히 잠들지 못하게 한다. 우리는 인간이고, 세상을 지배하는 건 우리니까. 마음만 먹으면 우리는 이 세상에 약간의 엘프와 드라이어드, 혹은 닉스가 있는 건 참을 수 있다. 그들이 주제넘게 설치지만 않는다면 말이다. 브로킬론으로 파견된 위쳐의 말에 귀를 기울이고 우리의 의지에 순순히 따르라, 그렇지 않으면 죽일 것이다.'"

"에이트네, 당신이 직접 시인하셨지요, 벤즐라프 왕이 바보도 미치광이도 아니라고 말입니다. 당신은 분명히 그가 정의롭고 평화를 사랑하는 왕이라는 걸 알고 계십니다. 여기서 쏟은 피에 그는 고통스러워하고 불안해하고 있습니다……."

"그가 브로킬론에서 멀찍이 떨어지면 단 한 방울의 피도 흘리지 않을 것이다."

"당신은 잘 알고 계십니다……. 그의 입장에선 그렇지 않다는 걸 잘 알고 계시지 않습니까? 로드펠트에서, 아흐텐마일에서, 올빼미언덕*에서 죽임을 당한 건 인간입니다. 리본 강*의 왼쪽 기슭에서 죽임을 당한 것도 인간입니다."

게롤트가 고개를 들었다.

"자네가 열거한 장소들은 브로킬론 내에 있는 곳일세. 나는 인간들이 만든 지도와 경계선은 인정하지 않아."

드라이어드 여인은 침착하게 이의를 말했다.

"하지만 그곳의 숲들은 백 년 전에 개간된 곳입니다!"

"브로킬론에게 백 년이 무슨 대수인가?"

게롤트는 말문이 막혔다.

에이트네는 빗을 치우고 시리의 잿빛 금발을 쓰다듬었다.

"벤즐라프 왕의 제안을 받아들이세요, 에이트네 부인."

에이트네가 게롤트를 차갑게 바라보았다.

"그렇게 해서 우리가 얻을 게 뭐지? 우리, 브로킬론의 아이들이?"

"생존할 가능성이죠. 아니요, 에이트네 부인, 제 말을 막지 마세요. 당신이 무슨 말을 하려는지 알아요. 브로킬론의 자주독립에 대한 당신의 자부심을 모르는 바 아닙니다. 그러나 세상은 변하고 있어요. 뭔가는 끝을 향해 가

---

* 올빼미언덕: 브로킬론과 브뤼게 가운데에 위치해 있다.
* 리본 강: 왼쪽으로 브로킬론, 오른쪽으로 브뤼게를 두고 야루가 강변으로 흘러가는 강이다.

고 있고요. 당신이 원하든 원하지 않든 간에 인간이 세계를 지배하는 건 하나의 사실입니다. 인간에게 동화한 것들은 살아남을 겁니다. 다른 것들은 죽겠지요. 에이트네 부인, 드라이어드와 닉스, 엘프들이 인간들과 구획정리를 잘 해서 조용히 사는 숲들도 있어요. 우리는 서로 그렇게 가까워지는 겁니다. 결론적으로 인간들은 당신네 아이들의 아버지가 될 수 있습니다. 지금 당신이 이끄는 전쟁이 당신에게 무슨 이득을 안겨주겠습니까? 당신네 아이들의 아빠가 될 수도 있는 잠정적인 아버지들이 당신들의 화살에 쓰러져 가는데. 앞으로 상황이 어떻게 흘러갈까요? 브로킬론의 드라이어드들 중 순수 혈통이 얼마나 될까요? 그들 중 훔쳐오고, 변형시킨 인간 소녀들은 또 얼마나 될까요? 당신은 프라익세네트마저 이용할 수밖에 없지요. 선택의 여지가 없으니까요. 보니까 어린 드라이어드들이 별로 없더군요. 어린 드라이어드 대신 제 눈에 보이는 건 한 명의 인간 소녀뿐. 겁을 먹고, 마취제에 취해 멍하고, 두려워서 굳어버린……."

"나는 하나도 두렵지 않아!"

갑자기 시리가 소리를 지르며 잠시지만 늘 그래 왔던 심술궂은 표정을 되찾았다.

"그리고 나는 멍하지도 않아. 그건 당신 혼자 생각이야! 하필 하는 말이라곤! 나는 두려워하지 않아! 나의 할머니께서 말씀하셨다. 드라이어드들은 나쁘지 않다고. 그리고 나의 할머니는 세상에서 가장 똑똑하신 분이시다! 나의 할머니께서…… 나의 할머니께서 말씀하셨다. 인간과 요정이 사이좋게 지내는 그런 숲은 이제 없다고……."

소녀가 갑자기 말을 멈추고 고개를 숙였다. 에이트네는 빙그레 미소를 지었다.

"오래된 혈통의 아이로고."

에이트네가 말했다.

"그래, 게롤트. 아직도 오래된 혈통의 아이들이 세상에 태어나지. 예언에서 언급한 아이들 말이네. 자네, 뭔가는 끝을 향해 가고 있다고 말했나…….우리가 살아남게 될지 어떨지 걱정되는가……."

"그 코흘리개는 버덴의 키스트린과 결혼해야 한답니다. 아이가 그걸 안 하려고 하니 유감이지요. 키스트린이 언젠가는 에르빌 왕의 유산을 상속받을 텐데 말입니다. 그리하여 어쩌면 그가 이런 견해를 지닌 부인의 영향을 받아 브로킬론에 대한 출정을 중단시킬지도 모를 일인데 말입니다."

게롤트가 에이트네의 말을 끊고 말했다.

"난 키스트린을 원치 않는다고!"

소녀가 얇은 목소리로 소리를 질렀다. 소녀의 초록색 눈에서 불꽃이 일었다.

"키스트린은 멍청하고 귀여운 재원을 물색해야 해. 나는 그런 재원이 아니야! 나는 후작부인이 되지 않을 거다!"

"조용히 해라, 오랜 혈통의 아이여. 소리 지르지 마라. 당연히 너는 후작부인이 되지 않을 거다."

에이트네가 그녀를 꼭 안아주었다.

"당연히라니요."

위쳐가 기분이 상하여 말을 툭 던졌다.

"에이트네 부인, 당신도, 그리고 나도 그 아이가 무엇이 될지 정확히 알고 있습니다. 그건 이미 결정이 났다고 봅니다. 안 됐군요. 벤즐라프 왕께는 어떤 답변을 갖고 가야 할까요, 브로킬론의 주인님?"

"없다."

"없다니, 그건 또 무슨 말씀이신지요?"

"없다. 그렇게 말하면 그도 알아들을 게야. 벌써 오래전에, 아주 오래전, 벤즐라프가 아직 세상에 나오기도 전에, 전령관들이 말을 타고 브로킬론의 경계선에 들이닥쳐 사냥 나팔과 트럼펫을 불고는 삼각 깃발과 군기를 땅에 박았지. '항복하라, 브로킬론!' 그들이 외쳤어. '칼슈타인과 포이흐타우의 왕 치겐젠헨이 요구하노니, 브로킬론은 항복할지어다!' 그러나 브로킬론의 대답은 항상 똑같았지. 그윈블리드, 자네가 나의 숲을 떠나게 되면, 뒤돌아서서 귀를 기울여 보게. 나뭇잎의 바스락거림 속에서 자네는 브로킬론의 대답을 듣게 될 걸세. 그 대답을 벤즐라프에게 가져가게. 그리고 덧붙여 이 말도 전해주게. 두엔 카넬에 떡갈나무들이 서 있는 한 다른 대답은 듣지 못할 거라고. 이곳에서 단 한 그루의 나무라도 자라고 있고, 단 한 명의 드라이어드라도 살아 있는 한 말이야."

게롤트는 아무 말도 하지 않았다.

"자네, 뭔가는 끝을 향해 가고 있다고 말했나."

에이트네가 천천히 이야기를 이었다.

"그건 사실이 아니야. 절대로 끝을 향해 가지 않은 것들이 있지. 자네, 나에게 생존에 관해 말했나? 나는 생존을 위해 투쟁하는 걸세. 브로킬론은 나의 전투 덕택에 살아남을 거야. 그도 그럴 것이 꽃들은 인간들보다 더 오래 살거든. 자네, 나에게 여왕들과 어린 영주들에 관해 말했지. 그들이 누구인가? 내가 아는 그들은 크라그 안 마을의 공동묘지에, 거기 숲 속 깊은 곳에 누워 있는 백골일 뿐이야. 대리석 무덤 속에, 겹겹이 쌓아놓은 누런 금속과 번쩍이는 돌 위에 누워 있는 백골. 그러나 브로킬론은 영원히 이어질 걸세.

나무들은 무너진 궁전의 폐허를 굽어보며 살랑거리고, 뿌리는 대리석을 깨트리지. 자네의 벤즐라프는 백골이 되어 누워 있는 왕들이 누구였는지 기억할까? 그윈블리드, 자네는 기억하나? 만약 못한다면 무슨 수로 무엇인가는 끝을 향해 가고 있다고 주장할 수 있지? 자네가 어떻게 알 수 있지, 누군가에겐 몰락이 예정되어 있고, 누군가에겐 영원이 예정되어 있다고? 무엇이 자네에게 운명에 관해 말할 권한을 주었지? 자네, 적어도 운명이, 숙명이 무엇인지 알기는 아는가?"

"아니요. 모릅니다. 그러나……."

"그걸 모른다면, 그렇다면 더는 '그러나'라는 토는 달지 말게. 자네는 그게 뭔지 몰라. 몰라도 정말 모르지."

에이트네가 갑자기 말을 멈추더니 이마에 손을 얹고 얼굴을 돌렸다.

"몇 해 전, 자네가 이곳에 처음 왔을 때, 자네는 그때도 그걸 몰랐지. 하지만 모렌……. 나의 딸은……. 게롤트, 모렌은 이제 살아 있지 않아. 리본 강 유역에서 브로킬론을 지키다 목숨을 잃었다네. 사람들이 딸아이를 데리고 왔을 때, 나는 아이를 알아보지 못했어. 너희 인간들의 말발굽에 그 아이의 얼굴이 으스러져 버렸거든. 예정된 운명, 숙명이라 했나? 그래서 오늘 자네가, 우리 모렌에게 아무 아이도 줄 수 없었던 위쳐인 자네가 이 아이를, 오랜 혈통의 아이를 나에게 데려온 걸세. 숙명이 무엇인지 아는 소녀를. 아니지, 이 아이가 자네에게 적합할지, 자네가 받아들일 수 있을지는 알 길이 없지. 하지만 이 아이는 무조건 믿고 있네. 시리, 다시 한 번 말해보아라. 위쳐가, 그러니까 리비아의 게롤트, 하얀 늑대가 들어오기 전에 네가 나에게 했던 말 있잖니, 그 말을 다시 한 번 해보렴. 위쳐는 그걸 모르고 있어. 다시 이야기해보아라, 오래된 혈통의 아이야."

"자비로운…… 고귀한 부인, 저를 이곳에 붙잡아두지 말아주세요. 저는 그럴 수……. 저는 집에…… 가고 싶습니다. 저는 게롤트와 함께 집으로 돌아가고 싶습니다. 저는 그래야만 합니다……. 게롤트와 함께……."

시리가 갈라진 목소리로 말했다.

"왜 게롤트와 함께이냐?"

"그것은 저 사람이…… 저 사람이 저의 운명이기 때문입니다."

에이트네가 얼굴을 돌렸다. 얼굴이 몹시 창백했다.

"게롤트, 뭐 더 할 말 없나?"

그는 대답하지 않았다. 에이트네가 손뼉을 쳤다. 어둠이 깔린 밖에서 브라엔이 유령처럼 나타나 떡갈나무 안으로 들어왔다.

그녀의 양손에는 은으로 된 커다란 잔이 들려 있었다. 위쳐의 목에 달린 메달이 빠르고 리듬감 있게 움찔거리기 시작했다.

"그래, 더 할 말이 없는가 말이다?"

은발의 드라이어드가 다시 한 번 물었다. 그런 다음 자리에서 일어났다.

"저 아이가 브로킬론에 남고 싶지 않다지 않나! 저 아이가 드라이어드가 되기를 원치 않는다지 않나! 저 아이가 나에게 모렌을 대신해주지 않겠다네, 이곳을 떠나, 자신의 운명을 따라가겠다 하네! 오래된 혈통의 아이야, 그런 거냐? 네가 원하는 것이 진정 그것이더냐?"

시리가 고개를 숙이고 끄덕였다. 그녀의 어깨가 흔들렸다. 게롤트는 더 이상 참을 수 없었다.

"에이트네 부인, 왜 이 아이를 괴롭히는 겁니까? 당신은 눈 깜짝할 사이에 아이에게 브로킬론의 물을 먹일 겁니다. 그러면 아이가 원하는 건 아무런 의미도 없어질 테지요. 그런데 왜 이렇게 하시는 겁니까? 왜 내가 있는 자리에서 이러시는 겁니까?"

"자네에게 운명이 무엇인지 보여주려는 거네. 자네에게 아무것도 종말을 향해 가지 않는다는 것을 증명해보이려는 걸세. 종말을 향한 것이 아니라 모든 것이 비로소 시작되었다는 것을 보여주려는 걸세."

"아니요, 에이트네 부인."

위쳐는 그렇게 말한 다음 일어났다.

"당신의 계획을 망가뜨려서 죄송합니다. 우리 사이에 벌어져 있는 심연을 설명하시려다가 조금 과하게 멀리 가신 것 같습니다, 브로킬론의 주인님. 당신들, 오래된 민족은 늘 반복해서 말하길 좋아하지요. 증오는 당신들에겐 낯선 것이라고, 인간들만이 아는 감정이라고요. 하지만 그것은 사실이 아닙니다. 당신들은 무엇이 증오인지 알고 있습니다. 그리고 당신들은 증오할 수 있는 능력도 있습니다. 다만 당신들은 그것을 뭔가 다른 식으로, 좀 더 영리하고 좀 덜 격하게 드러낼 뿐이지요. 그래서 어쩌면 더 잔인할 수도 있습니다. 나는 모든 인간의 이름으로 당신의 증오를 받아들이겠습니다, 에이트네 부인. 저의 자업자득이지요. 모렌에 관한 일은 정말 유감입니다."

에이트네는 아무 대답도 하지 않았다.

"그리고 바로 그것이 내가 브뤼게의 벤즐라프 왕에게 전달해야 할 브로킬론의 답변이지요, 그렇지 않습니까? 경고와 도전이라셨습니까? 이곳의 나무들 사이에서 잠자는 증오를 여실히 드러내고 자신의 뜻에 따라 순식간에 기억을 망가뜨리는 독을 사람의 아이에게 마시게 하는 힘이요? 그것도 자신의 영혼과 기억을 이미 파괴한 또 다른 아이의 손에 그 독을 들려서요? 그리고 두 아이를 다 알고, 좋아하게 된 위쳐가 이 대답을 듣고 벤즐라프에게 전하라는 겁니까? 당신 딸의 죽음에 책임이 있는 위쳐가요? 좋아요, 에이트네 부인. 당신이 원하는 대로 해드리지요. 벤즐라프 왕은 당신의 답변을 듣게 될 겁니다. 그는 나의 목소리를 듣고, 나의 눈을 보고, 그 속에서 모든 것을 읽을 겁니다. 그러나 이곳에서 벌어질 일까지 그에게 보여줄 필요는 없을 것 같습니다. 또한 그것은 제가 원하지 않습니다."

에이트네는 여전히 침묵하고 있었다.

"잘 있어라, 시리."

게롤트가 무릎을 꿇고 소녀를 품에 꼭 안았다. 시리의 어깨가 격하게 들썩였다.

"울지 마라. 너도 알잖니. 이곳에 있으면 너에게 나쁜 일이 벌어지지 않을 거라는 걸."

시리가 코를 훌쩍였다. 위쳐가 다시 일어섰다.

"잘 있어라, 브라엔."

그는 젊은 드라이어드에게 말했다.

"건강하게 지내고 늘 몸조심해. 살아남아, 브라엔. 너의 나무처럼 그렇게 오래 살길 바란다. 브로킬론처럼. 그리고 한 가지……."

"응, 그윈블리드?"

브라엔이 고개를 들었다. 그녀의 두 눈에서 무엇인가가 촉촉하게 빛났다.

"활이 있으면 죽이는 게 쉬워요, 아가씨. 활시위를 당기기도 쉽고 날아가는 화살을 보며 이렇게 생각하게 되기 쉽지. '저건 내가 아니야, 내가 아니라 화살이야.'라고. '내 손엔 저 소년의 피가 끈적거리지도 않는걸. 소년을 죽인 건 저 화살이지 내가 아니야.'라고. 그리고 화살은 밤에 아무런 꿈도 꾸지 않지. 너도 밤마다 아무것도, 아무것도 꿈꾸고 싶지 않겠지, 푸른 눈동자의 드라이어드 아가씨. 잘 있어, 브라엔."

"모나……."

브라엔이 웅얼거리며 말했다. 그녀의 손에 들린 은잔이 떨리며 잔 속에 든 투명한 액체가 찰랑거렸다.

"뭐라고?"

"모나!"

브라엔이 신음을 냈다.

"나는 모나에요! 에이트네 부인! 나는……."

"그만해. 정신 차려, 브라엔."

에이트네 부인이 날카롭게 말했다.

게롤트가 무뚝뚝하게 웃어 보였다.

"당신에게는 정해진 천직이 있습니다, 숲의 주인님. 저는 당신의 완강함과 당신의 투쟁을 존경합니다. 하지만 저는 머지않아 당신이 홀로 투쟁하게 되리라는 걸 알고 있습니다. 여전히 자신의 진짜 이름을 아는 소녀들을 죽음의 장으로 파견하는 브로킬론의 마지막 드라이어드. 그래도 저는 당신의 행운을 빕니다, 에이트네 부인. 안녕히 계십시오."

"게롤트……."

여전히 고개를 숙인 채 꼼짝도 하지 않고 앉아 있던 시리가 속삭이듯 말했다.

"나를…… 혼자…… 두고 가지 마요."

"하얀 늑대."

에이트네가 소녀의 구부정한 어깨를 감싸 안으며 말했다.

"자네, 꼭 그렇게 이 아이가 청할 때까지 기다려야 하겠는가? 자기를 버리고 떠나지 말라고 청할 때까지? 자기 곁에서 끝까지 버텨달라고 청할 때까지? 자네는 왜 이 아이에게서 그렇게 빨리 떠나려는 건가? 왜 혼자 내버려두려는 거지? 그윈블리드, 어디로 도망치려는 건가? 무엇이 두려운가?"

시리는 더더욱 깊숙이 고개를 숙였다. 그러나 울지는 않았다.

"끝닿는 데까지."

위쳐가 고개를 끄덕였다.

"좋아, 시리. 너는 혼자 있지 않을 거야. 내가 네 곁에 머물러주마. 겁내지 마라."

에이트네가 떨고 있는 브라엔의 두 손에서 은잔을 가져와 높이 들었다.

"하얀 늑대, 자네는 고대 룬문자*를 읽을 수 있나?"

"예."

"이 잔에 새겨진 걸 읽어보게. 이 잔은 크라그 안 마을에서 가져온 잔일세. 이젠 이름조차 기억나지 않는 왕들이 이 잔으로 마셨지."

"두엣테안 아에프 키란 케르메 글래디프. 인 아 에쎄아트."

"그게 무슨 뜻인지 알겠나?"

"운명의 검은 양날의 검이다. 그 한쪽 칼날은 바로 너다……."

"일어나라, 오래된 혈통의 아이여."

늙은 드라이어드의 목소리엔 강철 같은 굳건함이 서려 있었다. 아무도 이의 제기를 할 수 없는 명령이었고, 아무도 벗어날 수 없는 의지가 느껴졌다.

"마셔라. 이것은 브로킬론의 물이다."

게롤트는 에이트네의 은빛 두 눈에 시선을 고정하고 입술을 깨물었다. 그는 천천히 은잔의 가장자리로 입술을 가져가는 시리를 차마 바라보지 못

---

* 룬문자: 나무나 돌에 새겨진 형태로 발견된 고대 북유럽의 문자이다.

했다. 예전에 이런 장면을 한 번 본 적이 있었다. 발작과 경련, 귓속을 파고드는 끔찍하고 시들어가는 비명. 그리고 감도는 적막함, 천천히 뜬 눈 속에 드러나는 생기 없고 무감각한 모습. 그는 이미 전 과정을 보았다.

시리가 물을 마셨다. 브라엔의 굳은 얼굴 위로 눈물이 흘렀다.

"이만하면 됐다."

에이트네가 소녀에게서 잔을 가져와 바닥에 놓았다. 그리고 두 손으로 소녀의 머리카락을 쓰다듬었다. 잿빛 금발이 소녀의 어깨 위에서 찰랑거렸다.

"오래된 혈통의 아이야, 선택하라. 너는 브로킬론에 남을 것이냐, 아니면 예정된 너의 운명을 따라갈 것이냐?"

위쳐는 믿을 수 없다는 듯 고개를 저었다. 시리는 숨결이 빨라졌고, 얼굴이 빨개졌다. 거기서 끝이었다. 그 이상은 아무 일도 없었다.

"나는 나의 예정된 운명을 따라가겠습니다."

아이는 낭랑한 목소리로 말했다. 그리고 드라이어드의 은빛 눈을 바라보았다.

"그래야 한다니 어쩔 수 없구나."

에이트네는 짧고 차갑게 말을 하고는 두 사람에게 등을 보이고 돌아섰다.

"가라."

브라엔이 시리에게 손을 뻗었다. 그리고 게롤트의 어깨에 손을 댔다. 그러나 위쳐는 그녀의 손을 떼어냈다.

"감사합니다, 에이트네 부인."

에이트네가 천천히 돌아섰다.

"나한테 감사할 게 뭐가 있나?"

"예정된 운명에 대해서요. 당신의 결정에 대해서요. 그건 브로킬론의 물이 아니었으니까요, 그렇지 않습니까? 시리의 결정은 집으로 돌아가겠다는 것이었지요. 그러나 에이트네 부인, 당신은 섭리의, 운명의 역할을 했지요. 그래서 그것에 대해 감사하는 겁니다."

위쳐가 웃어 보였다.

"자네는 하늘의 뜻에 관해서, 운명에 관해서 너무도 아는 게 없구먼."

은발의 드라이어드가 씁쓸하게 말했다.

"정말 너무도 이해하지 못하고 있어. 나에게 감사한다고 했나? 내가 한 역할에 대해서 감사한다고? 그 말은 마치 내가 대목장에서 공연을 했고 그 공연을 마친 것에 감사한다는 말같군? 그건 재주요, 속임수라고 우롱하는 것이지 않나. 근데 그것에 대해 자네가 믿는 대로라면, 운명의 검은 연극 소품처럼 겉만 번지르르하게 은박으로 뒤집어씌운 싸구려 나무칼 같은 것이겠군그래. 근데 그것에 대해 감사한다고? 자, 집어치우게. 나한테 감사하지 말고 본심을 드러내게나. 자네의 입장을 주장해보게. 이성이 자네 편이라는 걸 증명해봐. 자네의 진실을 나에게 털어놓아 보게. 무미건조한 인간의 진실이 어떻게 승리할 수 있는지, 건강한 인간의 이성이 어떻게 승리를 거두고 있는지 보여주게나. 그 이성 덕분에 인간이 자신의 생각대로 세상을 지배하게 될 터! 저기 브로킬론의 물이 있네. 아직 좀 남아 있어. 마셔보겠나? 세계의 지배자여?"

게롤트는 에이트네의 말에 자극을 받긴 했지만 망설였다. 그러나 단지 잠깐일 뿐이었다. 브로킬론의 물이 진짜여도 위쳐에겐 아무런 영향도 주지 못했다. 물 속에 들어 있는 환각을 불러일으키는 독성 물질인 타닌산에 대해 그는 완벽한 항체를 갖추고 있었다. 하지만 그 물은 브로킬론의 물일 리 없었다. 시리가 저기 담긴 것을 마셨다. 그런데 시리에게선 아무 일도 일어나지 않았다. 그는 잔을 향해 손을 뻗었다. 그리고 양손으로 잔을 잡고 드라이어드의 은빛 눈을 바라보았다.

그의 발아래에서 땅이 사라졌다. 순식간이었다. 그리고 그의 어깨 위로 흙이 쏟아졌다. 우람한 떡갈나무가 빙글빙글 돌며 떨리기 시작했다. 그는 뻣뻣해진 두 팔을 어렵사리 휘두르며 눈을 떴다. 그러나 그것은 흡사 지하 납골묘의 대리석판을 밀치는 것 같았다. 그는 자신을 굽어보는 브라엔의 작은 얼굴과 그녀의 뒤에 있는 에이트네의 수은처럼 빛나는 눈을 보았다. 그리고 에메랄드처럼 녹색을 띤 또 다른 눈도 보았다. 아니, 에메랄드보다 좀 더 밝은 녹색이었다, 봄에 막 피어난 새싹같이. 그의 목에 찬 메달이 움찔거리며 진동했다.

"그윈블리드."

목소리가 들렸다.

"잘 보게. 눈을 감으면 아무것도 자네를 도울 수 없어. 봐, 보라고, 자네의 운명을!"

"기억하겠나?"

커튼처럼 처져 있던 연기가 걷히고, 갑자기 눈앞이 또렷해졌다. 촛불을 밝힌 거대한 샹들리에와 늘어진 샹들리에의 가장자리를 타고 흐르는 촛농. 돌벽과 가파른 층계. 녹색 눈에 잿빛 금발의 소녀가 그 계단을 내려오고 있었다. 소녀는 장인의 손길로 세공한 보석 한 개가 박힌 작은 왕관을 머리에 쓰고, 긴 옷자락이 달린 청금색의 드레스를 입고 있었다. 진홍색 밤스를 입고 단발머리를 한 시동이 옷자락을 들고 따라왔다.

"기억하겠어?"

말을 하는 건 그 자신의 목소리였다. 그의 목소리가 말을 하고 있었다······.

"육 년 뒤에 돌아오겠소······."

정자, 온기, 꽃향기, 붕붕거리는 무겁고 단조로운 벌 소리, 그 자신이 보였다. 그는 좁다란 황금 머리띠 뒤로 흘러내린 곱슬곱슬한 잿빛 금발의 한 부인에게 무릎을 꿇고 장미 한 송이를 주고 있었다. 그의 손에서 장미를 받는 그 부인의 손가락엔 에메랄드 반지가 끼워져 있었다. 윗부분을 둥글게 연마한 커다란 초록색의 에메랄드였다.

"다시 오게나."

그 부인이 말했다.

"생각이 바뀌면 다시 오게. 자네에게 예정된 운명이 기다리고 있을 거야."

'난 다시는 돌아가지 않을 거야.' 그는 생각했다. '그곳엔 절대로······ 돌아가지 않을 거야. 절대로······.'

"어디로?"

잿빛 머리카락. 녹색 눈.

또다시 그의 목소리가 들렸다. 이번엔 어둠 속에서, 모든 것을 집어삼킨 칠흑같이 깜깜한 어둠 속에서였다. 그곳엔 오직 불길만이 있었다. 지평선까지 이어진 불길만이 있었다. 벨레타인이로군! 오월의 밤이야! 자욱한 연기 속에서 어두운 보라색 두 눈이 내다보고 있었다. 굽실거리는 곱슬머리에 둘러싸인 삼각형의 창백한 얼굴 속에서 보라색 눈이 불타듯 빛나고 있었다.

"예니퍼!"

"너무 적어."

가늘고 긴 환영의 얼굴 윤곽이 갑자기 일그러지며, 창백한 얼굴 위로 눈물이 또르르 흘렀다. 눈물은 촛농이 흐르듯 빠르게, 점점 더 빠르게 흘렀다.

"너무 적어. 그 이상이 필요해."

"예니퍼!"

"허무하고 허무하도다. 그대 속에 있는 것은 허무와 공허로다. 세상의 지배자여, 자신이 사랑하는 여인을 한 번도 정복하지 못한 그대, 세상의 지배자여. 떠나고 달아나봐도 운명의 손바닥에서 벗어나지 못하는 그대, 세상의 지배자여. 운명의 검은 양날의 검이다. 그 한쪽 날은 그대. 그럼 다른 쪽 날은 뭘까, 하얀 늑대?"

환영이 에이트네의 목소리로 말했다.

"예정된 운명이란 없습니다. 없어요. 그런 건 없습니다. 그것은 존재하지 않습니다. 모두에게 예정된 유일한 것, 그것은 죽음입니다."

그 자신의 목소리였다.

"참말이로고."

에메랄드 반지의 부인이 수수께끼 같은 미소를 지으며 말했다.

"그 말은 참일세, 게롤트."

부인은 은으로 된 갑옷투구를 입고 있었다. 갑옷은 피로 얼룩지고, 우그러지고, 날카로운 창끝과 도끼창의 끝에 찔려 구멍이 나 있었다. 수수께끼같이 모호하고 냉소적으로 웃는 그녀의 입가에서 피가 가느다란 실처럼 흘러내리고 있었다.

"자네, 예정된 운명에 대해서 조롱하고 있구먼."

그녀가 여전히 웃음기를 거두지 않은 채 말했다.

"예정된 운명을 조롱하고, 그걸 갖고 놀고 있구먼. 운명의 검은 양날이 검이라네. 그 한쪽은 자네이지. 다른 쪽은…… 죽음일까? 하지만 우리는 죽을 존재, 자네의 손에 죽을 존재라네. 하지만 자네에겐 죽음이 다다를 수 없지. 그래서 죽음은 우리로 만족하지. 그래도 죽음은 끈질기게 자네의 뒤를 밟지, 쉬지 않고, 하얀 늑대. 그러나 다른 사람들은 죽을 존재이지. 자네의 손에 말이야. 날 기억하겠나?"

"카…… 칼란테!"

"너는 그를 구할 수 있어."

연기 커튼을 뚫고 에이트네의 목소리가 들려왔다.

"너는 그를 구할 수 있단다, 오래된 혈통의 아이야. 그가 좋아하게 된 허무에 빠져들기 전에, 그 끝없는 검은 숲에 빠져들기 전에."

봄의 새싹 같은 녹색의 눈. 만지는 감촉. 알아들을 수 없게 한꺼번에 합창하듯 소리 지르는 목소리들. 얼굴들.

게롤트는 이제 더 이상 아무것도 볼 수 없었다. 그는 심연 속으로, 허공 속으로, 어둠 속으로 날아갔다. 그가 들은 가장 마지막 소리는 에이트네의 목소리였다.

"결국 그래야 한다면 어쩔 수 없지."

VII

"게롤트! 일어나요! 일어나요, 제발!"

그는 눈을 뜨고, 해를 바라보았다. 금화처럼 테두리가 선명한 해가 커튼처럼 희뿌연 아침 안개를 뒤로하고 나무 꼭대기 위 하늘 높이 떠 있었다. 그는 축축하고 폭신한 이끼 위에 누워 있었다. 딱딱한 뿌리 하나가 등에 배겼다.

그의 앞에 시리가 쪼그리고 앉아 그의 밤스를 잡아당기고 있었다.

"제기랄……."

그는 헛기침을 하고 주변을 둘러보았다.

"여기가 어디지? 내가 어떻게 여기까지 온 거냐?"

"나도 몰라요. 나도 조금 전에 일어나보니까, 여기 이렇게 당신 곁에 있었단 말이에요. 진짜로 얼어 죽는 줄 알았네. 근데 기억이 안 나요, 어떻게……. 있잖아요, 이건 마법이에요!"

"분명히 네 말이 맞는 것 같다."

게롤트는 일어나 앉은 다음, 옷깃 뒤쪽에서 전나무 잎사귀를 끄집어냈다.

"틀림없이 네 말이 맞는 것 같다, 시리. 브로킬론의 물, 빌어먹을……. 드라이어드들이 우리를 갖고 장난을 쳤나보다."

위쳐는 자리에서 일어나며 곁에 놓여 있던 칼을 집어 들고 가죽끈을 어깨에 걸쳤다.

"시리?"

"예?"

"너는 나를 갖고 장난을 쳤고."

"내가요?"

"너는 파베타의 딸이자 신트라 왕국의 여왕, 칼란테의 손녀야. 너는 처음부터 내가 누군지 알고 있었지?"

"아니요. 처음부터는 아니었어요. 당신이 우리 아빠의 마법을 풀어주었죠, 그렇지 않아요?"

시리가 얼굴을 붉혔다.

"그렇지 않아. 그렇게 한 건 너의 엄마였어. 그리고 너의 할머니였지. 나는 그저 도와줬을 뿐이야."

게롤트는 고개를 저었다.

"하지만 그 보모가 말해주었어요……. 그 보모가 그랬단 말이에요. 나의 운명은 예정되어 있다고요. 내가 예상치 못했던 아이라서 그런 거라고요. 놀라운 아이 말이에요. 게롤트?"

"시리."

게롤트는 소녀를 빤히 바라보았다. 그러다가 고개를 젓고는 미소를 지었다.

"너는 내가 만난 사람들 중에 가장 놀라운 아이다, 믿어도 좋아."

"하!"

소녀의 얼굴이 환해졌다.

"정말이었어! 나의 운명은 예정된 거였어. 그 보모가 그랬어요, 머리가 하얀 위쳐가 올 거라고, 그래서 나를 데려갈 거라고요. 하지만 할머니께서는 욕을 하셨죠. 아, 어떻게 되는 거죠? 나를 어디로 데려갈 거예요? 말해봐요."

"집으로, 신트라로 갈 거야."

"아하……. 내 생각엔 당신이……."

"가면서 더 생각해보자꾸나. 어서 가자, 시리. 브로킬론에서 나가야 해. 여긴 위험한 곳이야."

"나는 두렵지 않아요!"

"하지만 난 아니야."

"할머니가 말씀하셨어요, 위쳐는 아무것도 겁내지 않는다고."

"할머니께서 과장이 매우 심하셨네. 출발하자, 시리. 지금 우리가 있는 곳이 어디인지 안다면 좋으련만……."

게롤트는 해를 쳐다보았다.

"자, 위험을 감수할 수밖에……. 저기 저쪽으로 가자."

"아니요."

시리가 코를 찌푸리고는 그 맞은편 방향을 가리켰다.

"저기, 저쪽."

"어떻게 그리로 가야 한다는 걸 알지?"

"그냥요."

시리는 어깨를 으쓱하고 에메랄드빛 초록색 눈을 들어 순진하게, 뭐가 이상하냐는 듯 그를 바라보았다.

"왠지 그럴 것 같아요……. 뭔가 저쪽으로 가면…… 나도 잘 모르겠네요."

'파베타의 딸이로군. 오래된 혈통의 아이라……. 어머니에게서 뭔가를 물려받았을 가능성이 있지.'

"시리. 이걸 잡아보렴."

그는 목깃을 풀어헤쳐 메달을 꺼냈다.

"어머나. 무서운 늑대 같은데요. 이빨도 있어요……."

아이가 입을 쩍 벌렸다.

"잡아보라니까."

"어머나!"

위쳐가 웃었다. 그도 메달이 격렬하게 움찔거리는 걸 느꼈다. 은줄이 딸려갈 정도로 강력한 파장이었다.

"메달이 움직이잖아요! 움직여요!"

시리가 한숨을 쉬었다.

"나도 알아. 가자, 시리. 네가 안내해."

"이건 마법이에요, 그죠?"

"물론이지."

위쳐가 짐작한 그대로였다. 소녀는 방향을 감지해냈다. 어떤 방법으로 그렇게 하는지는 그도 알 수 없었다. 그러나 그들은 빨리, 예상보다 더 빨리 도로로 나올 수 있었다. 포크처럼 생긴 세 갈래의 갈림길과 연결된 길이었다. 그곳은 브로킬론의 경계 지역이었다. 적어도 인간의 견해에선 그랬다. 그가 기억하는 한 에이트네는 이 경계선을 인정하지 않았다.

시리는 입술을 질끈 깨물고, 코를 찌푸리고는 갈림길을 바라보며 머뭇거렸다. 세 갈래의 길 중 말발굽과 마차 바퀴에 패여 울퉁불퉁한 모래투성이 도로였다. 그러나 게롤트는 아까부터 그들이 있는 곳이 어디인지 알아냈다. 그는 소녀의 보이지 않는 능력에 기대면서도 기대고 싶지 않았다. 그는 동쪽으로 난 길을 제안했다. 브뤼게로 가는 길이었다. 시리는 여전히 코를 찌푸리고는 서쪽으로 난 길을 바라보았다.

"그쪽으로 가면 나스트록 성이 나온단다. 키스트린이 보고 싶은 게냐?"

위쳐가 놀리며 말했다.

소녀가 뭐라고 중얼거리더니 순순히 그를 따라갔다. 그러나 몇 번이고 뒤를 돌아보았다.

"왜 그러니, 시리?"

"나도 모르겠어요. 하지만 이 길은 나쁜 길이에요, 게롤트."

시리가 소곤대듯 말했다.

"왜? 우리는 지금 브뤼게로 가고 있는데? 벤즐라프 왕에게 말이야. 벤즐라프는 아름다운 성에 살고 있지. 거기 도착하면 목욕도 할 거고, 또 깃털이불을 덮고 늘어지게 잠도 잘 거야…….."

"이 길은 나쁜 길이에요. 나쁜 길이라고요."

시리는 같은 말만 되풀이했다.

"맞아, 난 더 좋은 길들을 알고 있어. 코 좀 그만 찌푸려라, 시리. 가자, 빨리빨리."

덤불이 무성한 굽은 길을 지날 때였다. 시리가 옳았음이 입증되었다.

두 사람은 갑자기 순식간에 포위를 당했다. 뾰족 모자를 쓰고 고리를 엮어 짠 갑옷과 가슴팍에 버덴의 문양인 검정색과 황금색의 바둑판 무늬가 새겨진 군청색 외투를 입은 사내들이었다. 사내들은 두 사람을 에워싸고 있었지만, 아무도 가까이 오거나 무기에 손을 대지는 않았다.

"어디서 왔고, 어디로 가려는 거냐?"

낡은 녹색 옷을 입은 땅딸막하고 옹골찬 체격의 사내가 게롤트의 앞에 두 다리를 쩍 벌리고 서서 짖듯이 물었다. 까무잡잡하고, 오븐에 구운 자두처럼 쪼글쪼글한 얼굴이었다. 어깨에 멘 활과 하얀 깃털이 달린 화살이 그의 머리 위로 한참이나 솟아올라 있었다.

"로드펠트에서 오는 길이오. 그리고 집으로 돌아가는 길이요. 브뤼게로 말이오. 그런데 왜 그러시오?"

위쳐는 거짓말을 하고는 시리의 손을 누르며 못다한 말을 대신했다.

"지금 우리는 왕실의 일을 수행하는 중이오."

까무잡잡한 얼굴의 남자가 이제야 게롤트의 등에 찬 칼을 알아차린 듯 아까보다 공손하게 설명했다.

"우리는……."

"융한스, 그자를 이리로 데려오게!"

거리에서 조금 떨어진 곳에 서 있던 누군가가 명령했다. 용병들이 옆으로 물러섰다.

"보지 마, 시리. 돌아서. 저쪽은 보지 마."

게롤트가 재빨리 말했다.

길 위에는 나무가 한 그루 쓰러져 있었다. 나무의 수관 때문에 통행로가 가로막혀 있었다. 나무 기둥의 잘리고 부러진 부분에서 나온 길고 허연 나무 파편들이 길가에 있는 덤불 속에서 빛나고 있었다. 나무 앞에는 마차가 한 대 서 있었고, 마차에 실은 짐은 널빤지로 덮여 있었다. 끌채와 밧줄에 휩쓸려 들어간 작고 털이 마구 뻗친 말들이 몸에 화살을 맞은 채 누런 이빨을 드러내고 바닥에 누워 있었다. 아직 한 마리는 살아 있었지만, 힘겹게 숨을 쉬며 움찔움찔 경련을 일으키고 있었다.

사람들도 있었다. 모래에 스며든 핏물이 배어 나오면서 생긴 검은 웅덩이 속에 누워 있는 사람이 있는가 하면, 마차의 내부 바닥에 몸을 걸친 채 매달려 있는 사람도 있었고, 마차 바퀴 옆에 무너지듯 주저앉아 있는 사람들도 있었다.

무장한 사내들의 무리에서 두 명이 느릿느릿 앞으로 나왔다. 이어서 세 번째 남자가 나왔다. 대략 열 명 정도 되어 보이는 나머지 사내들은 미동도 않고 그대로 서서 각자의 말을 붙들고 있었다.

"이게 대체 다 무슨 일이요?"

위쳐는 그렇게 물으면서 시리의 시야에 살육 현장이 잡히지 않게 자리를 잡고 섰다.

고리를 엮어 짠 짧은 갑옷에 높은 장화를 신은 사팔뜨기 사내 하나가 그를 찬찬히 뜯어보며 거친 수염이 난 턱을 버적버적 문질렀다. 왼쪽 아래 팔뚝에 닳고 색이 바랜 소맷동을 차고 있었는데, 활을 쏠 때 보호대로 쓰는 것 같았다.

"숲에서 나온 요물 숲요정들이 곳곳에서 상인들을 살해하고 있소. 우리는 이곳에서 조사하는 중이오."

그가 무뚝뚝하게 말했다.

"요물 숲요정이? 요물 숲요정이 상인들을 습격했다는 말입니까?"

"직접 보시오."

사팔뜨기가 손으로 가리켰다.

"화살이 얼마나 많이 꽂혔던지, 고슴도치 같아요. 그것도 시골 국도에서 말이오! 숲의 마녀들은 점점 더 양심이 없어지고 있어요. 숲 속으로 다니지 못하는 것은 물론이고 이젠 도로도 안전하지 않소."

"그런데 당신들은? 당신들은 누굽니까?"

위쳐가 눈살을 찌푸리며 말했다.

"에르빌의 부대요. 나스트록의 십 인조 부대요. 프라익세네트 남작 휘하에 있었으나, 남작은 브로킬론에서 전사했소."

시리가 입을 열었다. 그러나 게롤트가 시리의 손을 힘차게 눌렀다. 아무말도 하지 말라는 뜻이었다.

"내가 말해두는데, 피에는 피요! 피에는 피! 이 상태로 계속 둘 순 없소. 처음엔 프라익세네트를 죽이고 신트라의 공주를 유괴하더니, 이제는 상인들까지. 맹세코 복수하고 말겠소, 복수! 그렇게 하지 않으면 사람들은 보게될 것이오, 내일 아니면 모레, 숲의 마녀들이 자기 집 문지방을 밟고 선 인간들을 살해하는 모습을."

사팔뜨기의 동료가 벽력같이 소리를 질렀다. 놋쇠로 된 징 장식이 박힌 밤스를 입은 거구의 사내였다.

"브릭의 말이 맞아요. 그렇지 않소? 그리고 형제여, 당신은 어디 출신이오?"

사팔뜨기 사내가 말했다.

"브뤼게요."

위쳐는 거짓말로 둘러댔다.

"그리고 꼬마는 딸이요?"

"그렇소."

게롤트는 또다시 시리의 손을 꾹 눌렀다.

"브뤼게라."

브릭이 이맛살을 찌푸렸다.

"그렇다면 형제여, 하고 싶은 말이 있소. 당신네 왕인 벤즐라프 왕이 몸소 저 괴물들의 기를 살렸단 말이오. 그건 벤즐라프가 우리의 에르빌 왕과 공동으로 행동하기를 원치 않아서요. 그리고 케락크의 비락사스와도. 우리가 세 방향에서 브로킬론으로 진격하면, 결국 그 오물들을 싹 걷어버릴 텐데 말이오……."

"어쩌다 이런 살육에 이르게 된 거요? 누구 아는 사람 있소? 상인들 가운데 살아남은 자는 있습니까?"

게롤트가 천천히 물었다.

"증인은 없소. 그러나 우리는 무슨 일이 벌어졌는지 알고 있소. 산림지기 융한스가 발자국을 책 읽듯 잘 읽거든. 융한스, 말해보게."

사팔뜨기 사내가 말했다.

"그러니까 그게 말입니다."

융한스는 이맛살을 찌푸리고 말했다.

"일이 이렇게 된 거요. 상인들이 긴 행렬을 이루고 국도를 따라 가고 있었소. 그러다 길을 막은 횡목과 맞닥뜨리게 되었소. 보이지요, 선생. 이렇게 길 위에 소나무가 누워 있었던 거요. 갓 쓰러진 것이지요. 나무 밑에 자취가 있는데, 보시겠소? 자, 그러니까 상인들은 나무를 치우려고 마차를 멈추었고, 그들에게 화살이 한 발, 두 발, 세 발, 차례로 날아왔소. 저기 저쪽, 구부러진 자작나무가 서 있는 덤불숲에서요. 저기에도 흔적이 있소. 그리고 이 화살들 좀 보시오. 전부 요물 숲요정들의 것이오. 송진으로 깃털을 붙였고, 화살 자루는 나무껍질로 감은 것이……."

"나도 보고 있소. 내가 보기에 몇몇은 화살을 맞고도 살아 있었으나, 그 후에 목이 잘렸소."

위쳐는 융한스의 말을 끊고 죽은 사람들을 살펴보았다.

그의 앞에 서 있던 용병들 뒤에서 한 명이 더 앞으로 나왔다. 마르고 왜소한 편이었고, 고라니 가죽으로 만든 밤스를 입고 있었다. 검은 머리는 짧게 잘랐고, 면도한 뺨에는 파르스름한 수염 자국이 나 있었다. 손가락이 없는 짧은 검은색 장갑을 낀 그의 작고 왜소한 손, 생선 눈알처럼 옅은 색의 눈동자, 칼, 허리띠와 왼쪽 장화 속에 꽂은 단도의 손잡이. 그것을 보는 것으로 충분했다. 살인자라면 한 눈에 알아볼 수 있을 정도로 지금껏 충분히 보아온 그였다.

"눈이 빠르군. 진짜로 많은 걸 보는군그래."

검은 머리가 아주 천천히 말을 했다.

"잘 되었지. 자신이 본 것을 그의 왕에게 이야기할 테니까. 벤즐라프는 늘 이렇게 이야기하지. '요물 숲요정을 죽여선 안 된다, 그들은 사랑스럽고 온순하기 때문이다.' 벤즐라프가 오월의 밤이면 요물 숲요정들에게 가서 그 짓을 하고 올지 누가 알겠나. 그 점에 있어선 요물 숲요정들이 정말로 온순할지도 몰라. 살아 있는 요물 숲요정을 하나라도 잡는다면, 우리도 직접 시험해볼 수 있을걸?"

사팔뜨기 사내가 말했다.

"아니면 최소한 반쯤 죽은 것이라도."

브릭이 큰 소리로 웃으며 화답했다.

"그런데 빌어먹을, 이 드루이드 사제는 어디에 있는 거야? 곧 점심때인데. 이 작자는 코빼기도 안 보이네. 곧 떠날 시간인데."

"무슨 계획이 있습니까?"

게롤트가 물었다. 그는 여전히 시리의 손을 꼭 잡고 있었다.

"그게 당신하고 무슨 상관이지?"

검은 머리가 목소리를 깔고 화가 난 듯 말했다.

"오, 레베크, 갑자기 왜 그렇게 예민하게 구시나."

사팔뜨기가 추하게 히죽이 웃어 보였다.

"우리는 점잖은 사람들이오. 비밀 같은 건 없소. 에르빌이 우리에게 드루이드 한 명을 보낼 거요. 나무들하고도 이야기할 수 있는 위대한 마법사라오. 그가 우리와 동행하여 숲으로 갈 거요. 프라익세네트의 원수를 갚고, 공주를 구출하려고 말이오. 이 일은 하찮은 일이 아니요, 형제여, 이 일은 정버…… 버…….."

"정벌."

검은 머리의 레베크가 말했다.

"맞아. 내가 막 하려던 말인데 자네가 대신해주는군. 그러니 형제여, 그대는 가려던 길을 가시오. 여기서 곧 일대격전이 벌어질지도 모르니까."

"그래. 특히 여자애를 데리고 있기에 이곳은 안전하지 못하지. 요물 숲요정들은 저런 여자애들을 사냥하니까. 그렇지, 꼬마야? 집에서 엄마가 기다리겠구나."

레베크가 기지개를 켜며 시리를 바라보았다.

시리가 벌벌 떨며 고개를 끄덕였다.

"그럼 이렇게 되면 안 좋겠다, 응? 엄마가 기다리는 게 허망한 일이 된다면 말이야. 너의 엄마는 분명히 벤즐라프 왕에게로 달려가서 말하겠지. '왕이시여, 당신은 드라이어드들 때문에 아주 바보가 되셨군요. 내 딸과 내 남편이 그리된 것은 당신이 덕이 없기 때문입니다.' 누가 알겠어, 그렇게 하고 나면 벤즐라프가 에르빌과의 연합을 곰곰이 생각해볼지?"

"레베크 님, 인제 그만 말씀을 맺으시고 이 사람들을 보내주시지요."

융한스가 퉁명스레 말을 뱉고는 가뜩이나 주름진 얼굴을 더욱 찡그렸다.

"잘 가라, 꼬마야."

레베크가 손을 뻗어 시리의 머리를 쓰다듬었다. 시리는 벌벌 떨며 뒤로 물러났다.

"뭐야? 겁 먹은 거냐?"

"당신 손에 피가 묻어 있잖소."

위쳐가 나직이 말했다. 그러자 레베크가 손을 들었다.

"아, 정말이네. 이건 저 사람들의 피라네. 상인들 말일세. 혹시 살아 있는 사람은 있는지 확인했거든. 하지만 유감스럽게도 요물 숲요정들이 좀 잘 맞춰야 말이지."

"요물 숲요정들이요?"

시리가 떨리는 목소리로 말했다. 게롤트가 힘주어 손을 잡았지만 시리는 아랑곳하지 않았다.

"오, 고귀하신 기사님, 그건 당신이 잘못 생각하는 겁니다. 이건 드라이어드들이 한 짓이 아닙니다!"

"이 꼬마가 지금 뭐라고 빽빽대는 거지?"

검은 머리의 엷은 담색 눈이 좁아졌다. 게롤트는 왼편, 그리고 오른편에 시선을 던지며 떨어진 거리를 가늠해보았다.

"이건 드라이어드들이 한 짓이 아닙니다, 기사님. 틀림없어요!"

시리가 반복하여 말했다.

"어허."

"이 나무는…… 이 나무는 쓰러트린 것입니다! 도끼로 쳐서요! 드라이어드라면 절대로 나무를 쓰러뜨리지 않았을 겁니다. 그렇지 않아요?"

"그렇지."

레베크는 그렇게 말하곤 사팔뜨기 사내에게 눈길을 보냈다.

"오, 당신, 아주 똑똑한 아이를 두었군그래. 똑똑해도 너무 똑똑한 걸."

위쳐는 이미 그전에 장갑을 낀 레베크의 작은 손이 검은 거미처럼 단도의 손잡이를 향해 기어가는 것을 보았다. 레베크가 시리에게서 눈길을 떼지 않았지만, 게롤트는 칼끝이 자기에게로 향하리라는 걸 알고 있었다. 그는 레베크가 무기에 손을 대고 사팔뜨기 사내가 멈칫 숨을 멈추는 순간까지 기다렸다.

세 번의 동작이었다. 단 세 번의 동작. 은으로 된 징 장식이 달린 아래 팔뚝이 검정 머리의 머리통 측면으로 가서 부딪혔다. 검정 머리가 쓰러지기도 전에 벌써 위쳐는 융한스와 사팔뜨기 사내의 사이에 서 있었고, 칼집에서 칼이 쇳소리를 내며 나오는가 싶더니 슈욱하고 공기를 가르고 날아가 놋쇠로 된 징 장식이 달린 밤스를 입은 거인의 관자놀이를 짓이겼다.

"시리, 도망쳐!"

사팔뜨기 사내가 칼을 끄집어내어 뛰어들었으나 헛수고였다. 위쳐는 그의 가슴을 후려친 다음, 위에서 아래로 일격을 가했다. 그리고 그 여세를 몰아 한쪽 무릎을 구부리며, 아래에서 위쪽으로 일격을 가하여 사팔뜨기 사내의 몸에 피에 젖은 X자를 새겼다.

"젊은이들! 내 쪽으로 오게!"

융한스가 놀라서 돌처럼 굳어버린 다른 용병들을 향해 소리쳤다.

시리는 다람쥐처럼 구부러진 너도밤나무의 수관까지 달려가 나뭇잎 사이로 사라졌다. 산림지기가 소녀를 향해 화살을 쏘았지만, 화살은 소녀를 비켜갔다. 나머지 사내들이 떼로 몰려와 반원 형태로 선 다음 활과 화살집에 든 화살을 꺼냈다. 게롤트는 여전히 무릎을 꿇은 상태에서 손가락을 한데 포개어 빙빙 돌리며 그들을 향해 아드 기호를 그렸다. 그의 목표는 멀리 떨어져 있는 궁수들이 아니라, 궁수들의 앞에 있는 모래투성이 도로였다. 모래바람에 궁수들이 휩싸일 수 있게 하려는 것이었다.

융한스가 용수철처럼 뒤로 도약하며 노련한 솜씨로 두 번째 화살을 화살집에서 뺐다.

"안 돼! 그를 놔둬, 융한스!"

레베크가 고함을 치며 오른손엔 칼을, 왼손엔 단검을 들고 뛰어올랐다.

위쳐는 유연한 동작으로 몸을 돌려 그에게로 향했다.

"그자는 내 것이야. 내 거라고!"

레베크는 고개를 저으며 말했다. 그러면서 손등으로 뺨과 입을 문질렀다.

게롤트는 살짝 몸을 숙여 옆으로 피했다. 하지만 레베크는 같은 원운동으로 대응하지 않았다. 레베크는 곧바로 공격을 감행하며 두 번의 도약으로 위쳐에게 다가왔다.

'실력이 좋군.' 위쳐는 맷돌을 돌리듯 칼을 돌리며 공격해오는 살인업자의 칼날을 간신히 막아내는 동시에 몸을 반쯤 돌려 단도를 피했다. 그는 일부러 리포스트*를 하지 않고 뒤로 도약했다. 위쳐는 레베크가 멀찍이서 전면을 향해 때릴 것이고, 그러면서 몸의 균형을 잃을 것이라고 예상했다. 그러나 레베크, 이 살인업자는 초보가 아니었다. 그는 몸을 숙이더니 마찬가지로 옆으로 반원을 그리며 걸었다. 걸음걸이가 고양이처럼 가벼웠다. 예상치 않은 순간, 레베크가 갑자기 도약을 하며 칼을 들어 맷돌을 돌리듯 한 번 돌린 다음 몸을 돌렸고, 그렇게 하여 둘 사이의 간격을 좁혔다. 위쳐는 맞서 나아가 레베크를 공격하는 대신, 위에서 공격할 것처럼 위장술을 구사하는 것으로 공격을 제한하여 상대가 어쩔 수 없이 뒤로 도약하게 했다. 레베크가 몸을 굽혔다. 그러고는 제 4자세*로 웅크리며 단도를 쥔 손을 등 뒤에 숨겼다. 위쳐는 이번에도 공격하지 않았다. 그렇다고 거리를 좁히지도 않았다. 그는 다시 레베크를 중심으로 원을 돌았다.

"아하, 좀 더 놀아보자는 건가? 안 될 것 없지. 노는 것보다 좋은 게 뭐 있나!"

레베크가 잇새로 짜내듯 말하고는 몸을 일으켰다.

레베크는 풀쩍 도약을 하며 몸을 나사 돌리듯 돌린 다음, 한 번, 두 번, 세 번에 걸쳐 신속하고 규칙적으로 칼을 내리쳤다. 위에서 아래로 칼을 내리찍는 즉시 왼쪽에서 편편하고 반듯하게 단도로 찌르기 공격을 가했다. 위쳐는 그 리듬을 깨트리지 않았다. 그는 방어하고, 뒤로 도약하고, 다시 옆으로 피하여 살인자가 몸을 돌릴 수밖에 없도록 만들었다. 레베크는 돌연 뒤로 물러나 반원을 그리며 마주 보는 방향으로 걸어갔다.

---

* 리포스트: 검으로 상대의 공격을 막으며 곧바로 되찌르기를 하는 펜싱 검술이다.
* 제 4자세: 오른쪽에서 적의 왼쪽을 노려치는 펜싱 검술이다.

"어떤 놀이든 반드시 끝이 나게 되어 있지. 자, 익살꾼 친구, 이제 공격하는 게 어때? 딱 한 번만 치는 거야. 그다음에 우리가 할 일은 저 나무에 있는 당신의 사생아를 쏘는 거지. 뭐 더 할 말 있나?"

레베크는 이를 악물고 잇새로 눌러 뱉듯 말했다.

게롤트는 알았다. 레베크가 자신의 그림자를 살피고 있다는 것을, 그리고 그림자로 유추해 게롤트가 해를 정면으로 섰을 때 따가운 햇빛 때문에 눈을 깜빡거리는 순간을 기다리고 있다는 것을. 게롤트는 레베크가 자신의 의도대로 행동할 수 있도록 옆으로 피하는 걸 중단했다.

그리고 위쳐는 동공을 작고 조그만 점처럼 수축시켰다.

그는 눈이 부신 척 얼굴을 살짝 찌푸렸다.

레베크가 풀쩍 뛰어오르며 빙그르르 몸을 돌렸다. 그리고 옆으로 쭉 뻗은 손과 손에 쥔 단검으로 균형을 유지하며, 도저히 가능할 것 같지 않게 관절을 휘어 튕기듯 칼로 일격을 가했다. 발걸음을 겨냥하고 아래에서부터 치고 올라오는 공격이었다. 게롤트가 한 발 빨랐다. 그는 몸을 돌리며 공격을 막아냈다. 그리고 팔과 관절을 상대와 똑같이 믿을 수 없을 정도로 구부렸다가 방어하는 힘으로 상대를 되받아치며 칼날 끝으로 레베크의 왼쪽 뺨을 베었다. 레베크는 비틀거리며 얼굴을 움켜쥐었다. 위쳐는 방향을 반쯤 틀고 몸의 중심을 왼쪽 발로 옮긴 다음 그의 목 동맥을 베었다. 레베크가 몸을 구부렸다. 피가 뿜어져 나왔다. 그는 무릎을 꿇고, 앞으로 고꾸라져 모래 속에 얼굴을 파묻었다.

게롤트가 천천히 융한스에게로 돌아섰다. 융한스는 분노로 일그러진 얼굴로 활을 겨누고 있었다. 위쳐가 몸을 숙이고 양손으로 칼을 높이 들어 올렸다. 다른 용병들 역시 활을 올렸다. 쥐 죽은 듯 정적이 일었다.

"뭘 기다리는 게야?"

산림지기가 벽력같이 소리를 쳤다.

"쏴! 쏘라고, 저기 저……."

그가 돌부리에 채인 것처럼 비틀거렸다. 그러고는 앞으로 한 걸음을 내디디더니 얼굴부터 바닥에 묻고 쓰러졌다. 그의 목구멍에는 화살이 한 개 솟아 있었다. 손잡이에 줄무늬가 있는 꿩의 깃털이 달린 화살이었다. 깃털은 나무껍질을 삶은 물로 노랗게 물들인 것이었다.

휘파람처럼 휙 휙, 슉슉 소리를 내며 숲의 검은 벽에서 길고 낮은 포물선을 그리며 화살들이 날아왔다. 화살에 달린 깃털에서 바스락거리는 소리가 날 뿐, 날아오는 화살의 속도는 느리고 차분해 보였다. 그래서 화살이 목표물에 가서 닿는 순간 비로소 속도가 더해지는 것처럼 보였다. 화살은 빗나가는 법이 없이 명중했다. 나스트록의 용병들은 보릿단 베이듯 쓰러졌고, 막대기를 맞고 꺾인 해바라기처럼 도로의 모래흙에 처박혀 미동도 하지 않았다.

살아남은 자들은 서로 옆 사람을 밀쳐가며 말이 있는 곳으로 도망쳤다. 화살이 끊이지 않고 휭휭거리며 그들이 달려가는 곳까지 날아왔다. 그들은 서둘러 등자에 올랐다. 그러나 말을 타고 출발할 수 있었던 것은 단 세 명뿐이었다. 그것도 고함을 치며 어찌나 박차를 가했는지 말들의 옆구리가 찢어져 피가 새어나왔다. 그러나 그들도 멀리 가지는 못했다.

숲은 닫혀 있었고, 도로는 막혀 있었다. 햇살이 내리쬐던 모래투성이 도로가 갑자기 없어졌다. 검은 나무둥치가 벽처럼 그들의 앞을 가로막고 있어 뚫고 지나갈 수 없었다.

용병들은 말을 멈춘 뒤 놀라고 당혹스러워하며 말을 돌리려고 했지만,

화살이 끊임없이 날아오고 있었다. 이제 화살은 그들이 있는 곳까지 날아왔다. 말들이 발을 구르고 숨을 헐떡이며 히힝 울어대는 가운데, 그들은 결국 말안장에서 떨어지고 말았다.

그리고 사방에 정적이 흘렀다.

도로에 가로누워 있던 숲의 벽이 희미하게 빛나기 시작했다. 그러더니 윤곽이 희미해지며 무지개 빛깔의 빛을 발하고는 흔적도 없이 사라졌다. 다시 도로가 나타났다. 그리고 도로 위에는 회색 말 한 마리가 서 있었다. 얼룩덜룩한 회색 말 위에는 기사가 앉아 있었다. 담황색의 긴 수염에 물개 가죽 밤스를 입고 체크무늬 모직 숄을 어깨에 비스듬히 걸친 묵직한 체구의 기사였다.

회색 말은 고개를 옆으로 돌리고 재갈을 질근거리며 걸어 나오다 시체와 마주치고 피 냄새를 맡자 말발굽을 높이 치켜들었고, 숨을 헐떡이며 앞으로 나가길 꺼렸다. 안장에 앉아 있던 기사가 몸을 곧추세우고 손을 들어 올렸다. 그러자 갑작스러운 돌풍이 나뭇가지들 새로 몰아쳤다.

숲 가장자리에서 그다지 멀리 떨어져 있지 않은 곳의 덤불 속에서 녹색과 갈색을 이어 붙인 헐렁한 옷을 입고 호두껍데기를 갈아 얼굴에 선을 그려 넣은 작은 체구의 형체들이 나타났다.

"캐드밀, 베드 브로킬로에네! 페일, 아네 보에드베드!"

기사가 외쳤다.

"페일!"

바람결처럼 숲에서 목소리가 들려왔다.

녹갈색의 형체들이 사라지기 시작했다. 한 명씩 차례로 덤불숲으로 녹아들듯 없어지더니 마침내 벌꿀색 머리를 풀어헤친 한 명만 남았다. 그녀는 위쳐가 있는 곳으로 몇 걸음 걸어왔다.

"바 페일, 그윈블리드!"

좀 더 가까이 다가오며 그녀가 큰 소리로 외쳤다.

"잘 있어, 모나. 너를 잊지 못할 거다."

위쳐가 말했다.

"잊어라."

그녀가 단호하게 대답했다. 그러고는 화살집을 제대로 고쳐 맸다.

"모나는 없다. 모나는 꿈이었어. 나는 브라엔이다. 브로킬론의 브라엔."

브라엔은 다시 한 번 그를 향해 손을 흔들었다. 그러고는 모습을 감추었다.

위쳐가 돌아섰다.

"모이스작."

위쳐는 얼룩덜룩한 회색 말의 기사를 바라보며 말했다.

"게롤트."

기사는 고개를 끄덕이고 차가운 눈길로 위쳐를 훑어보았다.

"묘한 만남이로군. 하지만 우선은 중요한 이야기부터 시작해보세. 시리는 어디 있나?"

"여기요! 이제 내려가도 돼요?"

나뭇잎 사이에 숨어 있던 소녀가 외쳤다.

"그래."

위쳐가 대답했다.

"하지만 어떻게 내려가야 하는지 모르겠어요!"

"네가 기어오를 때랑 똑같이 하면 돼. 다만 뒤로 내려와야 한다."

"무서워요! 나, 제일 꼭대기에 있단 말이에요!"

"내려오라고 말했지!"

"나눠야 할 이야기가 있습니다. 꼬마 아가씨!"

"무슨 이야기인데 그래요?"

"빌어먹을, 왜 숲으로 달려가지 않고 그 위로 기어 올라갔니? 그랬더라면 내가 너를 뒤따라 달려가서 이런 일을 안……. 아, 제기랄, 어서 내려와!"

"나는 동화에 나오는 고양이처럼 한 거예요! 내가 하는 건 뭐든 틀렸데! 왜 그러는 건지 나도 알고 싶어요!"

"나도 알고 싶습니다. 그리고 공주님의 할머니이신 칼란테 여왕님께서도 그것을 알고 싶어 하십니다. 자, 어서 내려오시지요, 공주님."

말에서 내려오며 드루이드 사제가 말했다.

나무에서 나뭇잎과 마른 가지들이 후두두 떨어졌다. 그런 다음 큰 소리로 천 찢어지는 소리가 났다. 그리고 마침내 시리가 모습을 드러냈다. 소녀는 기마자세로 나무의 몸통을 타고 미끄러져 내려왔다. 밤스에 붙어 있던 후드 대신 찢어진 조각이 너풀거렸다.

"모이스작 아저씨!"

"이렇게 친히 뵙게 되다니!"

드루이드 사제는 소녀를 품에 꼭 안았다.

"할머니께서 보내셨어요, 아저씨? 할머니께서 걱정 많이 하시죠?"

"많이는 아니고, 회초리에 물을 축이느라 아주 바쁘시답니다. 시리, 신트라로 가는 길은 시간이 꽤 걸릴 겁니다. 그 시간을 틈타서 그간 공주님이 했던 모든 일을 설명할 수 있도록 기억을 되살려두세요. 충고가 필요할까 싶어 말하는데, 설명이 짧고 군더더기가 없어야 할 거예요. 그래야 아주, 아주 빨리 말할 수 있을 테니까요. 그렇게 해도 마지막엔 공주님이 눈물 바람 깨나 뿌려야 할 것 같네요. 그것도 아주 거하게 말이죠."

모이스작이 웃으며 말했다.

시리가 벌써부터 아프다는 듯 얼굴을 찡그리고 코를 찌푸렸다. 그러고는 나직이 씩씩거렸다. 시리의 양손이 본능적으로 매를 맞을 만한 자리로 향했다.

"어서 여길 뜨죠."

게롤트가 주변을 둘러보며 말했다.

"여길 뜨죠, 모이스작."

VIII

"아닐세."

드루이드 사제가 말했다.

"칼란테 여왕은 계획을 바꾸었지. 이제 여왕은 키스트린과 시리의 결혼식을 더 이상 원하지 않는다네. 거기엔 나름의 이유가 있다네. 뿐만 아니라 이 추하디추한 상인 습격 날조 사건을 듣고 나면 에르빌 왕이 엄청나게 신용을 잃을 것 같은데, 이건 얘기할 필요도 없을 것 같군. 내 눈은 곧 왕실의 눈 일부이기도 하지. 그래, 우린 나스트록에도 들리지 않을 거라네. 나는 꼬마 숙녀를 곧바로 신트라로 데려갈 걸세. 우리랑 같이 가세, 게롤트."

"무엇 때문에요?"

위처는 잠시 시리 쪽으로 눈길을 돌렸다. 시리는 나무 아래에서 모이스작의 체크무늬 숄을 두르고 잠시 눈을 붙이고 있었다.

"뭣 때문인지는 자네가 더 잘 알 텐데. 이 아이의 운명은, 게롤트, 자네에게 예정되어 있네. 세 번째일세. 그래, 세 번째로 두 사람의 길이 서로 겹친 걸세. 과장해보자면 그렇다는 걸세. 무엇보다도 처음 두 번의 만남과 관련해보자면 당연히 과장되었지. 그래도 자네는 이걸 우연이라고 말하진 않겠지?"

"내가 그걸 어떻게 말하느냐에 따라 뭐가 달라지나요? 뭐라고 부르냐는 중요하지 않아요. 내가 무엇 때문에 신트라로 가야 하죠? 나는 벌써 신트라에 갔다 왔고, 당신이 그걸 두고 표현했다시피, 이미 두 번 길이 마주쳤지요. 그래서요?"

위쳐가 삐딱하게 웃으며 말했다.

"게롤트, 자네는 당시에 칼란테와 파베타, 그리고 그녀의 남편에게 맹세를 요구했네. 그리고 그 맹세는 지켜졌지. 시리는 놀라운 아이야. 운명이 요구하는 건……."

"내가 그 아이를 데리고 가서 위쳐로 만들 거라는 거요? 여자아이를 데려다가? 날 잘 보세요, 모이스작. 나를 어린 소녀라고 상상해보세요. 할 수 있겠어요?"

"위쳐의 세계에 관한 이야기는 집어치우게."

드루이드 사제가 흥분해서 대꾸했다.

"자네 대체 무슨 소리를 하는 건가? 그거랑 이거랑 무슨 상관이 있나? 없어, 게롤트. 보아하니 자네는 아무것도 이해하지 못하는 것 같군. 내 쉬운 말로 하지. 자네도 그랬지만, 모든 사람들은 선서를 요구하고 맹세를 강요하지. 그런데 개중에 어떤 맹세는 평범하지 않은 것이 있지. 그 평범하지 않은 맹세 중 하나가 아이라네. 그리고 아이가 태어날 때부터 시작되는 연결점 역시 평범하지 않은 경우 중 하나라네. 좀 더 명확하게 말해줄까? 게롤트, 시리가 태어난 순간부터 자네가 원하고 계획한 것은 더 이상 중요하지 않아. 마찬가지로 자네가 원하지 않든, 포기하든 그런 것 역시 아무런 의미가 없지. 자네의 의사 따위, 빌어먹을 다시 한 번 말하는데, 중요하지 않단말이네! 아직도 이해하지 못하겠나?"

"소리 좀 지르지 마요. 아이가 깨겠어요. 우리의 놀라운 아이가 자고 있잖아요. 그리고 아이가 깨어나면……. 모이스작, 사람들은 평범하지 않은것이라도 때로는 포기할 수…… 포기할 수밖에 없을 때가 있어요."

"자네도 잘 알고 있지. 자넨 절대로 자신의 아이를 갖지 못할 거라는 거."

드루이드가 차가운 눈길로 위쳐를 보았다.

"알고 있어요."

"그런데 포기한다는 건가?"

"그래요. 나는 그러면 안 됩니까?"

"안 되긴, 되지. 되고말고. 하지만 그건 위험하네. 오래된 예언이 있다네. 운명의 검은……."

"……양날의 검이다. 나도 들었어요."

게롤트가 나머지 문장을 말했다.

"아아, 자네가 옳다고 생각하는 걸 하게나. 나는 자네를 위해 내 목을 내놓을 각오까지 했었다네……."

드루이드가 고개를 돌리고 침을 퉤 뱉었다.

"당신이요?"

"자네와 달리 나는 예정된 운명을 믿거든. 그리고 양날의 검을 대수롭지않게 여기는 것이 위험하다는 것도 알고 있네. 그런 짓은 그만하게, 게롤트. 주어진 기회를 이용하게. 자네와 시리가 연결된 것을 아이와 보호자라는 평범하고 건강한 관계로 만드는 거야. 그렇게 하지 않으면……. 그렇게 하지 않으면 이 관계가 다르게 보일 수도 있으니까. 더 끔찍하게 보이겠지. 사악하고 파괴적인 방식으로. 나는 그렇게 되지 않도록 자네뿐 아니라 저 아이도 보호하고자 하네. 자네가 저 아이를 데리고 가겠다고 하면 난 반대하지 않을걸세. 나는 위험을 무릅쓰고 칼란테에게 그 이유를 설명할 걸세."

"뭘 보고 시리가 나와 함께 갈 거라고 생각하는 거요? 오래된 예언을 보고?"

"아니."

모이스작이 진지하게 말했다.

"저 아이가 자네가 안아주고 나서야 잠이 드는 걸 보고 알았네. 자면서 자네의 이름을 부르며 자네를 찾아 손을 뻗는 걸 보고 알았지."

"그만하면 충분해요. 나는 떠날 채비가 다 되었어요. 잘 가요, 회색 수염. 칼란테 여왕에게 경의를 표한다고 전해주시오. 그리고 시리에겐…… 당신이 알아서 말해줘요."

게롤트가 자리에서 일어섰다.

"게롤트, 자넨 도망칠 수 없을 걸세."

"운명으로부터 말인가요?"

위쳐는 나스트록의 십 인조 부대에게서 훔친 말의 안장을 조였다.

"아니. 저 아이한테서."

드루이드가 잠자는 소녀에게 눈길을 돌리고 말했다.

위쳐는 고개를 끄덕이고, 안장에 올라앉았다. 모이스작은 꼼짝도 않고 앉아서 나뭇가지를 들고 사그라지는 모닥불을 쑤셨다.

위쳐는 천천히 말을 달려 등자까지 올라오는 히드 들판을 지나 검은 숲을 향해 계곡으로 이어지는 비탈길을 따라 내려갔다.

"게로오오올트!"

그는 뒤를 돌아보았다. 시리가 언덕바지에 서 있었다. 작은 회색 형체 하나가 머리카락을 바람에 나부끼며 서 있었다.

"가지 마요!"

회색의 형체가 손을 흔들었다.

"가지 마세요! 가지 말아요오오오!"

소녀가 가느다란 목소리로 외쳤다.

'나는 가야 한단다. 가야만 해, 시리. 왜냐면…… 나는 언제나 떠나야 하거든.'

"당신은 떠나지 못해요. 그건 당신도 알고 있잖아요! 당신은 도망칠 수 없어요! 나는 당신의 예정된 운명이에요, 듣고 있어요?"

'미리 정해진 운명 같은 건 없어. 그런 건 존재하지 않아. 단 한 가지, 미리 정해진 것이 있다면, 그건 죽음이야. 죽음은 양날의 검을 이루는 다른 한쪽 날이지. 한쪽 칼날은 나야. 그리고 다른 쪽은 죽음이지. 그래서 죽음은 어디를 가나 나를 따라다니지. 나는 죽음에 너를 맡길 수도, 맡겨두어서도 안 된단다, 시리.'

"나는 당신에게 예정된 운명이라고요!"

게롤트를 파고드는 소녀의 목소리는 낮고 절망적이었다.

위쳐는 발꿈치로 말을 몰아 앞을 향해 달렸다. 그러고는 깊은 물속으로 잠수해 들어가듯 차갑고 축축한 검은 숲 속으로, 익숙하고 친절한 그늘 속으로, 끝이 보이지 않는 어둠 속으로 잦아들었다.

예정된 운명

I

다리의 나무판 위에서 갑자기 말발굽 소리가 울렸다. 유르가는 고개도 들지 못한 채 그저 나직하게 울부짖으며 안간힘을 쓰고는 쥐고 있던 마차 바퀴를 놓았다. 그러고는 할 수 있는 한 빨리 마차 아래로 기어갔다. 마차 아랫면에 단단하게 붙어 있는 거친 진흙과 거름층에 등이 패였지만, 두려움에 벌벌 떨며 납작 엎드려 단발적인 신음만 토해낼 뿐이었다.

서서히 말과 마차의 거리가 좁혀졌다. 유르가는 이끼가 듬성듬성 낀 썩은 나무다리 위를 요리조리 디디며 조심조심 발굽을 옮기는 것을 보았다.

"나오시지."

모습이 보이지는 않았지만 말에 탄 남자가 말했다. 유르가는 이가 딱딱 부딪히기 시작하자 어깨를 움츠리고 고개를 파묻었다. 말이 가쁜 숨을 몰아쉬며 발을 굴렀다.

"진정해라, 로치."

말에 탄 남자가 말했다. 유르가는 남자가 말의 목을 토닥거리는 소리를 들었다.

"거기, 나오시지. 난 아무 해도 끼치지 않을 거요."

남자 상인은 낯선 사람의 말은 한마디도 믿지 않았다. 그런데도 이 남자의 목소리에는 왠지 사람을 안심하게 하는 동시에 호기심을 불러일으키는 뭔가가 있었다. 음색이 절대 듣기 편안하다고 할 수 없는 목소리였는데도 말이다. 유르가는 족히 열 명도 넘을 만큼 많은 신에게 소리 죽여 도와달라고 간청하며 조심스럽게 마차 아래에서 머리를 내밀었다.

말에 탄 남자는 우유처럼 하얀 백발에 검은 순모 외투를 입고 있었다. 머리카락을 가죽끈으로 묶어 이마에 흘러내린 머리카락은 찾아볼 수 없었고, 외투 자락은 밤색 암말의 엉덩이를 덮고 있었다. 남자는 유르가는 보지도 않고, 안장에 앉은 채 몸을 구부려 마차 바퀴를 살펴보았다. 바퀴는 다리의 부러진 널빤지 사이에 끼어 있었다. 갑자기 남자가 고개를 들더니 상인을 찬찬히 훑어보았다. 그러고는 표정이 없는 얼굴로 협곡의 양쪽에 있는 덤불 숲을 살펴보았다.

유르가는 느릿느릿 무거운 몸을 끌고 마차 아래에서 기어 나왔다. 눈이 부셨다. 그는 손바닥으로 콧잔등을 닦았다. 그 바람에 손에 묻었던 바퀴 윤활유를 얼굴에 나눠바르는 꼴이 되고 말았다. 말에 탄 남자가 유르가를 바라보며 시선을 멈추었다. 그의 두 눈은 어둡고, 가늘었으며 송곳처럼 꿰뚫어보듯 날카로웠다. 유르가는 아무 말도 하지 않고 입을 다물고 있었다.

"우리 둘만으로는 이걸 꺼낼 수 없을 것 같소. 혼자 왔소?"

마침내 낯선 남자가 부러진 마차 바퀴를 가리키며 물었다.

"셋이었소. 하인들과 함께였소, 선생. 그런데 이 녀석들이 달아나버렸지 뭐요, 나쁜 놈들……."

유르가가 앓는 소리를 냈다.

"놀랄 일도 아니오. 하인들이 도망간 건 당연한 일이었을 거요. 내 생각엔 당신이라도 그렇게 할 수밖에 없었을 것 같소. 서둘러야겠소."

낯선 남자가 다리 아래, 협곡의 바닥을 바라보며 말했다.

유르가는 낯선 남자의 시선을 따라가지 않았다. 해골과 갈비뼈, 정강이뼈들이 무더기로 쌓여 있는 광경을 보고 싶지 않았다. 뼈들은 말라빠진 강바닥에서 무성하게 자라난 쐐기풀과 우엉 이파리 아래 돌 사이에 흩어져 있었다. 그는 검게 패인 눈구멍, 드러난 이, 깨진 뼛조각에 더 이상 눈길을 주기가 두려웠다. 그 모습을 보면 그의 안에 있는 모든 것이 으스러지고, 마지막 남아 있는 용기마저 물고기 부레에서 공기가 빠져나가듯 빠져나가 절망하게 될까봐 두려웠다. 짓눌린 목소리로 비명을 지르며 도로로 뛰쳐나갈까봐, 그래서거의 한 시간 전에 마부와 어린 하인이 겪었던 바로 그 상황을 맞이할까봐 두려웠다.

"뭘 기다리는 거요? 어두워지길 기다리는 거요? 그렇다면 너무 늦었소. 땅거미가 지는 즉시 놈들이 당신을 잡아갈 거요. 어쩌면 그보다 먼저 올 수도 있소. 어서 나와서 말을 타고 나를 따라오시오. 이곳을 최대한 빨리 떠나야 하니까."

게롤트가 낮은 목소리로 말하며 말의 머리를 돌렸다.

"선생, 그럼 내 마차는요? 물건들은요? 일 년치 내 사업은요? 차라리 여기서 죽으면 죽었지 나는 저것들을 두고는 가지 않을 겁니다!"

유르가가 큰 소리로 울부짖었다. 그조차도 자신이 두려워서 그러는 건지, 절망적인 심정에서 그러는 건지, 아니면 분노의 심정에서 그러는 건지 정확히 알 수 없었다.

"내 생각엔, 친구, 자네가 지금 빠져든 곳이 어딘지 잘 모르는 것 같군."

낯선 남자는 침착하게 말한 다음, 손을 뻗어 다리 밑에 괴이하게 펼쳐져 있는 공동묘지를 가리켰다.

"마차를 두고 떠나지 않겠다고 말했나? 그럼 나는 이렇게 말해주지. 어둠이 내리면 데스몬드 왕의 보물로도 자네를 구할 수 없다고 말이네. 그러니 자네의 보잘것없는 마차는 말해 뭣하겠나. 어쩌다가 이 협곡으로 건너는 길을 지름길로 택할 생각을 하게 되었나? 전쟁 이후에 여기에 뭐가 눌러앉아 있는지 몰랐나?"

유르가는 고개를 끄덕였다.

"몰랐나 보군."

낯선 남자가 고개를 끄덕였다.

"그러나 저기 바닥에 있는 것들은 보았겠지? 저걸 못 보고 지나치긴 어려울 테니까. 저건 이곳을 지름길로 삼았던 사람들일세. 그런데도 마차를 두고는 못 떠난다는 말이 나오나? 대체 마차에 뭐가 있기에 그러나?"

유르가는 아무 대답도 하지 않았다. 그는 찡그린 얼굴로 낯선 남자를 살펴보았다. 그리고 '삼밥'과 '오래된 넝마' 중에서 결정을 해보기로 했다. 어차피 이러나저러나 최선을 비껴간 건 마찬가지였다.

말을 탄 남자는 유르가의 대답에 특별히 관심이 있는 것 같지 않았다. 그는 재갈을 질겅거리며 고개를 절레절레 흔드는 암말을 진정시키고 있었다.

"선생……."

결국 상인은 북받치는 감정을 쏟아냈다.

"날 좀 도와주시오. 날 좀 구해주시오. 평생 당신에게 감사하며 살겠소……. 날 그냥 두고 가지 마시오. 당신이 원하는 걸 드리겠소. 당신이 언제든 요구할 것이 있으면 다……. 날 좀 살려주시오, 선생!"

낯선 남자가 양손으로 안장 손잡이를 잡고 유르가를 향해 고개를 홱 돌렸다.

"방금 뭐라고 말했나?"

유르가는 입을 벌린 채 아무 말도 못했다.

"내가 요구하는 것은 다 주겠다고 했나? 다시 한 번 말해보게."

유르가가 큰 소리를 내며 침을 꿀꺽 삼켰다. 그러고는 입을 다물고 수염이 없는 걸 한탄했다. 수염이 있었으면 거기에 대고 침이라도 뱉었으련만. 이상한 낯선 남자가 어떤 보답을 요구할지, 기괴망측한 온갖 상상이 그의 머릿속을 횡횡 맴돌았다. 그의 젊은 부인인 첼린다의 시중을 받을 권리를 매주 요구할지도 모른다. 그러나 그 상상을 포함한 대부분의 상상마저도 마차를 잃는다는 상상만큼 심각해 보이진 않았다. 그리고 협곡 바닥에서 퇴색해가는 또 하나의 해골로 생을 마칠 가능성만큼 소름 끼치지도 않았다. 숙련된 상인의 습관에 따라 유르가는 어쩔 수 없이 번개처럼 빠르게 계산을 했다. 말을 탄 남자는 전쟁이 끝나고 거리에 차고 넘치는 흔한 불량배나 떠돌이 혹은 약탈을 일삼는 패잔병처럼 보이지는 않았으나, 그렇다고 절대로 고귀한 신분처럼 보이지도 않았다. 고귀한 백작으로도, 자신을 떠받들고 후계자를 착취하는 데서 만족감을 찾는 자부심으로 뭉친 기사 나부랭이로도 보이지 않았다. 유르가는 그를 금화 20냥 이상의 값어치로는 보지 않았다. 상인의 본성상 그는 값을 부르는 걸 자제하고 그저 '평생 감사하겠다.'라는 식으로 중얼거린 것뿐이었다.

"내가 물었네."

낯선 남자는 대답을 기다렸으나 상인이 갑자기 입을 다물어 버리자, 그에게 자신이 질문했다는 사실을 조용히 상기시켰다.

"내가 요구하는 걸 나에게 주겠는가?"

유르가에게는 출구가 없었다. 그는 침을 꿀꺽 삼키고 머리를 숙였다. 그러고는 낯선 남자의 말을 인정한다는 듯 고개를 주억거렸다. 예상과 달리 낯선 남자는 미소를 지었다. 그러나 악의적인 미소가 아닌, 그 정반대의 미소였다. 낯선 남자는 협상에서 승전고를 울린 것에 대해 전혀 기뻐하는 것 같지 않았다. 그는 안장에 앉은 채 옆으로 몸을 깊숙이 기울이고는 침을 뱉었다.

"어쩐다?"

언짢은 말투였다.

"어떻게 하는 게 가장 좋은 길일까……. 좋네. 내가 자네에게 길을 내어 주도록 해보겠네. 이렇게 하는 게 우리 두 사람에게 치명적인 결과가 될 수도 있을 걸세. 그러나 만약 일이 잘되면 그 대신 나한테……."

거의 울상이 된 유르가가 고개를 들었다.

"나한테 주게."

검은 외투의 사내가 갑자기 빠르게 읊조렸다.

"집으로 돌아갔을 때 자네를 맞이할 전혀 예상하지 못한 어떤 것을 말일세. 맹세하겠나?"

유르가는 한숨을 쉬고 재빨리 고개를 끄덕였다.

"좋네. 그럼 이제 뒤로 물러나게. 마차 아래로 다시 들어가는 게 가장 좋을 것 같군. 곧 해가 질 걸세."

낯선 남자가 이맛살을 찌푸렸다. 그는 말에서 뛰어내리더니 어깨에 걸쳤던 외투를 벗었다. 유르가는 낯선 남자가 등에 차고 있는 칼과 가슴팍에 비스듬하게 매어 놓은 가죽끈을 보았다. 확실치는 않지만, 언젠가 이런 식으로 무기를 차고 다니는 사람들에 관해 들어본 것 같은 기분이 들었다. 엉덩이까지 오는 검은 가죽 밤스에 은으로 된 징으로 장식한 긴 소맷동은 이 낯선 남자가 노비그라드나 그 주변 일대에서 왔다는 걸 뜻했다. 하지만 최근 들어 이런 풍의 옷은 특히 젊은이들 사이에서 유행하면서 널리 퍼진 터라 지역에 국한되지는 않았다. 물론 그 남자는 젊은이도 아니었다.

남자가 안장주머니를 말에서 끌어낸 다음 돌아섰다. 그의 가슴에서 은색 줄에 매달린 동그란 메달이 좌우로 흔들거렸다. 겨드랑이에는 둥근 상자처럼 생긴 조그만 짐가방과 가죽과 가죽끈으로 둘둘 만 기다란 꾸러미가 끼워져 있었다.

"아직도 마차 아래로 들어가지 않았나?"

그가 가까이 다가오며 물었다. 유르가는 메달에 주둥이를 쩍 벌리고 송곳니를 드러낸 늑대 머리가 새겨져 있는 걸 볼 수 있었다. 그 순간 퍼뜩 생각이 났다.

"당신…… 위쳐요? 선생?"

낯선 남자가 어깨를 으쓱해 보였다.

"알아맞혔군. 그 말이 맞네. 그러니까 이제 물러나게. 마차 반대편으로 가게. 거기서 나오지 말고 조용히 있게나. 나는 잠깐 혼자 있어야 해서 말이지."

유르가는 그가 시키는 대로 했다. 바퀴 곁으로 가서 몸을 웅크리고 망토로 몸을 감쌌다. 유르가는 미지의 남자가 마차 저편에서 뭘 하고 있는지 보고 싶지 않았다. 그리고 협곡 바닥에 있는 뼈들은 더더욱 보고 싶지 않았다. 그래서 유르가는 자신의 장화를, 그리고 썩어 문드러진 다리의 각목 사이로 비죽이 돋아나 별 모양으로 벌어진 초록색 이끼를 바라보았다.

위쳐라니.

해가 지고 있었다.

발걸음 소리가 들렸다.

낯선 남자가 마차 뒤에서 천천히, 아주 천천히 나타나 다리 가운데로 걸어갔다. 그는 등을 돌리고 서 있었다. 유르가는 그가 등에 찬 칼이 아까 그가 보았던 것과 다르다는 사실을 깨달았다. 지금 보는 칼은 아름다웠다. 손잡이 끝장식과 손잡이, 칼날의 쇠장식은 거의 한 줌의 빛조차 없는데도 불구하고 별처럼 빛났다. 심지어 방금 전까지 산마루를 넘어가던 황금빛 석양마저 자취를 감추었는데도 말이다.

"선생······."

돌아선 낯선 남자의 얼굴은 창백했다. 막 건져내어 배 보자기로 문질러놓은 응고된 우유처럼 희고 무수한 작은 구멍이 뚫려 있었다. 그리고 그 눈. 세상에, 그 눈을 보자 유르가는 울부짖고 말았다. 눈이······.

"이제 마차 뒤로 가 있게."

낯선 남자가 쉰 목소리로 말했다. 아니, 유르가가 들었던 것은 목소리가 아니었다. 상인은 갑자기 끔찍하게 오줌보가 내리 눌리는 것 같은 기분이 들었다. 남자는 다시 돌아서서 계속 다리 위로 걸어갔다.

위처라니.

마차 몸체에 단단히 묶인 말이 가쁘게 숨을 쉬며 다리의 각목에 대고 먹먹하게 발굽을 굴렀다.

유르가의 귓전에서 모기 한 마리가 앵앵대기 시작했다. 상인은 손을 움직여 모기를 쫓아내는 건 생각도 못했다. 또 다른 모기가 앵앵대며 다가왔다. 협곡 반대편 덤불에서도 구름처럼 모기떼가 웽웽거렸다. 그들이 웽웽거렸다.

그리고 울어 젖혔다.

유르가는 고통에 이를 악물었다. 그리고 알아차렸다. 그것은 모기떼가 아니었다. 협곡의 비스듬한 경사면은 덤불이 무성하게 자라나 어두웠다. 그 어둠 속에서 기형의 작은 윤곽들이 등장했다. 키는 90센티미터에서 120센티미터 사이로 보였고, 놀라울 정도로 깡말라서 꼭 뼈대 모형 같았다. 편편하고 움푹움푹 갈라진 틈이 많은 이마 밑에서 두 눈이 황금빛으로 번들거렸고, 개구리 입처럼 옆으로 길쭉하게 벌어진 입속에선 하얗고 뾰족한 어금니가 번쩍였다. 쉿쉿 소리를 내며 그들이 다가왔다.

다리 한가운데에 동상처럼 꼼짝 않고 서 있던 낯선 남자가 갑자기 오른손을 들더니 이상한 형태로 손가락을 구부렸다. 발육부전으로 보이는 괴물들이 뒤로 물러나며 크게 쉭쉭 소리를 내기 시작했다. 그러나 그들은 곧바로 다시 빠르게 앞으로 몰려왔다. 갈고리 발톱으로 무장한 길고 뼈마디가 툭툭 불거진 앞발을 들고 놈들은 더욱 빠르게 몰려왔다. 다리 왼쪽으로 갈고리 발톱들이 다리를 긁으며 올라왔다. 곧이어 괴물이 갑자기 다리 밑에서 위로 풀쩍 올라왔다. 그러자 나머지도 엄청나게 도약하며 돌진해왔다. 낯선 남자가 즉석에서 몸을 돌렸다. 언제 꺼냈는지 칼이 번쩍였다. 다리 위로 기어오르던 괴물의 머리가 2미터쯤 날아올랐다. 그 뒤를 피가 부채꼴을 그리며 따라갔다. 백발의 남자가 무리의 한가운데로 도약해 들어갔다. 그와 동시에 몸을 회전하며 신속하게 왼쪽과 오른쪽으로 칼을 내리쳤다. 괴물들은 앞발을 휘두르고 우는소리를 내며 희미하게 빛나는 칼날에도 아랑곳 않고 사방에서 남자에게로 몰려들었다. 칼날은 면도날처럼 예리했다. 유르가는 마차에 착 달라붙은 채 몸을 웅크렸다.

뭔가가 유르가의 발 바로 앞에 떨어지며 피를 튀겼다. 그것은 뼈마디가 툭툭 불거져 나온 긴 앞발이었다. 닭발처럼 네 개의 갈고리 발톱이 달렸고,

각질로 덮여 있었다.

상인은 비명을 질렀다.

유르가는 뭔가가 그의 곁을 재빨리 지나쳐가는 걸 느꼈다. 그는 마차 아래로 기어들어가려고 했다. 그러나 바로 그 순간, 어떤 것이 그의 목에 내려앉아 갈고리 발톱이 달린 한쪽 앞발로 그의 관자놀이와 뺨을 움켜잡았다. 그는 손으로 두 눈을 가린 채 용수철처럼 벌떡 일어나 고래고래 소리를 지르며 머리를 마구 흔들었다. 그러고는 비틀거리며 다리 가운데를 향해 달려가다가 널빤지 위에 누워 있는 시체에 걸려 허우적거렸다. 다리 위에선 싸움이 한창이었다. 유르가는 끓어오르는 냄비처럼 먼지가 일고 실타래처럼 뒤엉킨 무리 속에서 쉬지 않고 번쩍이는 칼날 말고는 아무것도 볼 수 없었다.

"도와아아주어어어요!"

유르가는 울부짖었다. 날카로운 갈고리 발톱이 그의 모자를 뚫고 들어와 뒷머리를 파고들었다.

"머리를 숙여!"

유르가는 턱을 가슴에 붙였다. 그러자 번쩍하고 빛나는 칼날이 눈에 들어왔다. 슈욱하고 칼날이 공기를 가르며 모자를 스쳤다. 유르가는 소름 끼치고 축축한 무엇인가가 '빠각!' 하고 부러지는 소리를 들었다. 뒤이어 양동이를 쏟아부은 듯 뜨거운 액체가 그의 등 위로 흘러내렸다. 유르가는 풀썩 무릎을 구부렸다. 그의 목에 짐처럼 매달려 있던 것이 생명을 잃은 채 미끄러졌다.

유르가의 눈앞에서 괴물 세 녀석이 다리 아래에서 솟구쳐 올라왔다. 놈들은 기이하게 생긴 메뚜기처럼 풀쩍풀쩍 뛰어 낯선 남자에게로 돌진했다. 한 녀석은 아래턱을 짧게 가격 당한 뒤 뻣뻣하게 조금 걸어가더니 각목 위에 쓰러져 뚝하고 부러지는 소리를 냈다. 다른 한 놈은 칼 끄트머리에 맞아 경련을 일으키듯 움찔거리며 나자빠졌다. 나머지 놈들이 개미 떼처럼 쏟아져 나와 위쳐를 다리 가장자리로 몰고 갔다. 괴물 무더기 중 한 놈이 날아갔다. 놈은 등이 꺾인 채 사방으로 피를 튀기며 벌벌 떨고 울부짖으며 날아갔다. 순간 놈들이 한데 똘똘 뭉치더니 다리 가장자리를 넘어 협곡으로 돌진했다. 유르가는 그대로 납작하게 몸을 쓰러뜨리며 두 팔로 머리를 감쌌다.

다리 밑에서 울부짖으며 승가를 부르는 괴물들의 소리가 들려왔다. 그러나 그것도 잠시 곧 고통의 비명에 묻혀버렸고, 슉슉하는 칼날 소리에 중단되었다. 그리고 나자 어둠 속에서 '구르릉 콰쾅'하는 돌멩이 소리와 눌리고 으깨어지며 쩍쩍 뼈 부러지는 소리가 나는가 싶더니, 다시 그쪽을 향해 횡횡 날아오는 칼 소리와 동맥을 찔려 피 흘리는 고통에 절망적으로 부르짖는 소리가 들렸다.

그런 다음, 정적이 깃들었다. 숲 속 깊은 곳, 거대한 나무들 한가운데에서 겁먹은 새 한 마리가 갑작스럽게 질러대는 새된 소리가 정적을 깨뜨렸지만, 새도 곧 입을 다물었다.

유르가는 침을 꿀꺽 삼킨 다음 간신히 일어섰다. 여전히 적막이 감돌았다. 나뭇잎이 바스락거리는 소리조차 없었다. 온 숲이 놀라서 말문이 막힌 것 같았다. 지나가는 구름에 하늘이 어두워졌다.

"어이……!"

유르가는 뒤돌아서며 본능적으로 양손을 들어 방어 자세를 취했다. 위쳐가 그의 앞에 서 있었다. 아래로 내려뜨린 손에 번쩍이는 칼을 들고, 검은 형체로 꼼짝도 않고 서 있었다. 유르가는 그가 어딘지 비스듬하게, 옆으로 기울어져 있다는 사실을 알 수 있었다.

"선생, 왜 그러시오?"

위쳐는 대답하지 않았다. 그가 걸음을 내디뎠다. 걸음걸이가 어색하고 무거웠다. 왼쪽 다리를 끌면서 걷고 있었다. 그는 한 손을 뻗어 마차를 단단히 움켜쥐었다. 유르가는 윤기가 흐르는 검은 피가 널빤지 위로 흘러내는 것을 보았다.

"선생, 다치셨군요!"

위쳐는 아무 대답도 하지 않고 상인의 눈을 똑바로 바라보았다. 그러다 갑자기 마차 짐칸에 매달리더니 천천히 다리 위로 미끄러져 내렸다.

II

"조심조심, 천천히…… 머리를 받쳐야 해……. 누가 이 사람의 머리 좀 받치고 있어!"

"저기, 저리로, 마차 위로 데리고 가!"

"세상에, 출혈이 심해서 다 죽게 생겼어요……. 유르가 님, 붕대 사이로 피가 마구 솟구쳐 나오고 있어요……."

"이야기는 그만하고! 포크비츠, 어서 하던 일이나 서둘러! 벨, 여기 모피 담요 좀 덮어드리게. 이분이 떠는 게 안 보이나?"

"입에다 화주라도 좀 부어줘야 하지 않을까요?"

"의식도 없는 사람한테? 벨, 네놈이 아주 미쳤구나. 그래도 화주는 가져와. 내가 좀 마셔야겠다……. 너희, 이 개 같은 놈들, 아니 개만도 못한 놈들, 천하에 없을 겁쟁이 같은 놈들! 어떻게 셋이 있다가 한 사람을 그렇게 남겨놓고 도망을 칠 수 있느냐, 이놈들!"

"유르가 님, 이 사람이 무슨 말을 하는뎁쇼!"

"무슨 말? 무슨 말을 하는데?"

"음, 알아들을 수 없는 말인데…… 무슨 이름 같습니다요……."

"뭐라고 하는데?"

"예니퍼……."

Ⅲ

"여기가…… 어디지?"

"누워 계시오. 선생, 움직이지 마시오. 안 그러면 상처가 다시 다 터지고 벌어질 거요. 그 빌어먹을 괴물들이 선생, 당신의 허벅지를 뼈가 드러나도록 물어뜯었어요. 피를 많이 흘렸지요……. 날 알아보시겠습니까? 나는 유르가라고 합니다! 다리 위에서 나를 구해주었지요. 알아보시겠습니까?"

"아하……."

"목이 마릅니까?"

"엄청나게……."

"자, 마셔요, 마십시오, 선생. 열 때문에 오한이 나서 많이 떨었어요."

"유르가…… 그럼 여긴 어딘가?"

"우리는 지금 마차를 타고 가고 있어요. 선생, 아무 말도 마시고, 움직이지도 마세요. 어서 숲들을 지나 사람들이 거주하는 곳으로 가야 합니다. 가서 치료할 줄 아는 사람을 만나야 해요. 우리가 감은 붕대로는 아마 부족했던 모양입니다. 피가 계속 흐르고 있어요……."

"유르가?"

"예, 선생."

"내 조그만 짐가방 안에 보면…… 약병들이 있네. 그중엔 녹색 광택제를 칠한 병도 있지……. 봉인을 뜯어서 나에게 주게……. 대접에 담아서. 그리고 아무도 병에 손대지 못하게 해……. 목숨을 중히 여긴다면 말이야……. 빨리하게, 유르가. 빌어먹을, 마차가 왜 이렇게 덜컹거려……. 병을 주게, 병을, 유르가……."

"여기…… 마셔요."

"고맙네……. 이제 잘 들어두게. 나는 곧 잠이 들 거요. 이리저리 몸을 뒤척이며 헛소리를 할 걸세. 그러고 나면 죽은 사람처럼 늘어져 있을 거야. 그건 아무것도 아니니까 겁내지 말게나……."

"다시 누우시죠, 선생. 안 그러면 상처가 다시 터져서 또 많은 피를 흘리게 돼요."

위쳐는 모피 위에 다시 몸을 눕혔다. 그러고는 고개를 이리저리 뒤척였다. 상인이 모피와 말의 땀내가 풍기는 모포를 덮어주는 게 느껴졌다. 마차가 덜컹거리며 달렸다. 한 번 덜컹거릴 때마다 메아리치듯 미칠 것 같은 고통이 허벅지와 엉덩이로 욱신욱신하게 번졌다. 게롤트는 이를 악물었다. 그의 위로 갑자기 수백만 개의 별이 펼쳐졌다.

별이 어찌나 가까이 있는지, 손만 뻗으면 당장에라도 잡힐 듯했다. 별은 머리 위에 곧바로, 나무 우듬지 위에 닿을 듯이 떠 있었다.

그는 요리조리 길을 골라가며 걸어갔다. 그는 빛과 불빛이 보이는 곳에서 멀찍이 떨어져, 흔들거리는 그림자를 벗어나지 않도록 길을 택하여 걸었다. 사실 그건 쉬운 일이 아니었다. 주변 곳곳에서 기둥째 무더기로 쌓아올린 소나무가 타오르고 있었다. 붉은빛은 어둠 속에서 불꽃과 뒤섞여 삼각깃발 같은 하얀 연기와 함께 하늘을 향해 솟구쳐 올랐다. 그래서인지 더더욱 어둠과 대비되어 보였다. 타닥타닥 나무가 타들어 가는 소리가 크게 울렸고, 섬광 같은 불빛이 주변을 돌며 춤을 추는 검은 윤곽들을 비추었다.

게롤트는 길을 막은 채 큰 소리로 떠들며 거칠게 춤을 추는 무리가 가까이 다가오자, 그들이 지나갈 수 있도록 멈추어 섰다. 누군가 그의 어깨를 잡더니 거품이 넘쳐흐르는 커다란 나무잔을 그의 손에 쥐여 주었다. 그는 거절하며, 가볍게, 그러나 단호하게 비틀거리는 남자를 밀쳐냈다. 남자가 겨드랑이에 끼고 있던 병에서 맥주가 사방으로 뿜어져 나왔다. 위처는 술을 마시고 싶지 않았다.

오늘같이 이런 밤엔 더욱 한 방울도 마시고 싶지 않았다.

멀지 않은 곳에서 크게 불이 활활 타고 있었고, 그 곁에는 자작나무 몸통을 이어 만든 골조물이 비죽이 솟아 있었다. 자작나무 골조 위에서 화환과 삼베바지를 입은 오월의 왕과 여왕이 입맞추고 있었다. 밝은 금발의 왕은 붉은 머리 여왕의 땀에 젖은 얇은 드레스 속으로 손을 넣어 그녀의 가슴을 만졌다. 군주라는 자는 얼근하게 취해 있었다. 그는 비틀거리며, 여왕을 감싼 팔로 균형을 잡고 있었다. 그러면서 맥주잔을 잡느라 주먹 쥔 손으로 그녀의 등을 눌러댔다. 여왕 역시 맨정신이 아니긴 마찬가지였다. 머리에 쓴 화관이 미끄러져 눈까지 내려왔는데도 그녀는 왕의 목에 팔을 두르고 한 걸음 한 걸음 스텝을 밟았다. 골조물 아래에선 군중이 춤을 추고, 노래를 부르고, 녹색 잎사귀와 꽃으로 칭칭 감은 막대기를 흔들며 소리를 질렀다.

"역시 벨레타인이에요!"

아담한 어린 처녀가 게롤트의 귀에 대고 소리쳤다. 그녀는 그의 소맷부리를 잡아끌더니 억지로 그녀를 에워싼 무리와 함께 돌게 했다. 그녀는 그의 곁에서 춤을 췄다. 치마에서 바스락거리는 소리가 났고, 하나 가득 꽃 장식을 한 머리카락이 춤사위에 나부꼈다. 그는 그녀가 이끄는 대로 빙글빙글 돌며, 능숙하게 다른 쌍들을 비켜갔다.

"벨레타인! 오월의 밤이여!"

그들의 곁에서 난리가 났다. 날카로운 비명이 나더니, 어떤 처녀가 신경질적으로 웃는 소리가 들렸다. 겉으로 보기엔 한 젊은이가 처녀를 데리고 어둑한 곳으로 가려는 걸 그녀가 저지하는 것처럼 보였다. 춤추는 행렬이 갑자기 갈고리 모양으로 방향을 휙 바꾸더니 불타는 모닥불 사이로 지나갔다. 누군가 발에 걸려 비틀거리다 고꾸라졌고, 그 바람에 사슬처럼 이어진 무리가 갈라져 작은 무리로 나뉘었다.

어린 처녀가 이마에 장식한 나뭇잎 사이로 게롤트를 바라보며 다가왔다. 그러고는 전력을 다해 그에게로 달려들어 양팔로 그를 휘감고는 가쁜 숨을 내쉬었다. 그는 원했던 것보다 더 거칠게 그녀를 포용했다. 그녀의 등을 누른 손바닥으로 얇은 리넨에 싸인 그녀의 육체가 뜨겁고 축축하게 달아오른 것이 느껴졌다. 그녀가 그를 올려다보더니 눈을 감았다. 말려 올라간 윗입술 밑으로 치아가 반짝였다. 그녀에게서 땀과 창포 냄새, 연기와 갈망의 냄새가 났다.

'안 될 것 없지.' 게롤트는 그녀의 등을 쓰다듬으며 손가락 사이로 축축하게 배어나는 열기를 즐겼다. 사실 그 처녀는 그가 좋아하는 유형의 여자가 아니었다. 너무 작고, 너무 통통했다. 손바닥 아래로 여자의 몸을 위아래로 나누는 허리끈이 느껴졌다. 그리고 그 경계선 아래에서 갈라져 봉긋하게 솟아오른 두 개의 아치형 자리가 느껴졌다. 영락없이 그곳이었다. 안 될 것도 없었다. 오늘은 오월 벨레타인 축제의 밤이 아닌가…… 이건 아무런 의미도 없어.

벨레타인이다…… 지평선까지 불이 솟구치는 밤. 벨레타인, 오월의 밤.

바로 옆에 있던 장작더미에 던져 넣었던 바싹 마르고 터진 솔방울들이 타닥거리며 불길에 먹히자, 밝은 황금색 빛이 밀려오면서 모든 것이 불빛 속에 드러났다. 처녀가 눈을 뜨고 그의 얼굴을 올려다보았다. 그는 그녀가 '흑!' 하고 숨을 들이마시는 소리를 들었다. 그리고 그녀가 바짝 긴장하는 걸, 두 손을 그의 가슴에 대고 버티는 걸 느꼈다. 게롤트는 그녀를 놓아주었다. 그녀가 망설이는 게 보였다. 그녀는 그의 허벅지에 엉덩이를 붙인 채 가볍게 팔을 뻗어 상체를 뒤로 젖혔다. 그녀가 고개를 숙였다. 그러고는 양손을 뗀 다음, 뒤로 물러나 시선을 옆으로 돌렸다.

한동안 두 사람은 꼼짝도 않고 그렇게 가만히 서 있었다. 한 순배를 돌고 되돌아온 무리가 다시 그들과 맞닥뜨릴 때까지, 그리고 그 무리가 그들을 다시 행렬에 끌어들이며 둘을 갈라놓을 때까지. 처녀는 재빨리 돌아서서 달려갔다. 그러고는 춤추는 행렬 속으로 서툰 솜씨로 끼어들어 합류하려고 했다. 그녀가 뒤돌아보았다. 딱 한 번.

벨레타인, 오월의 밤…….

"뭣하러 여기 온 거지?

어둠 속에서 별 하나가 희미하게 빛을 발하더니 반짝반짝 빛나며 눈길을 사로잡았다. 위쳐의 목에 걸려 있던 메달이 움찔거렸다. 게롤트는 본능적으로 동공을 넓히고 힘들이지 않고 어둠을 꿰뚫어보았다.

여자는 농촌 아낙이 아니었다. 농촌의 아낙네들은 검은 벨벳 망토를 걸치지 않았다. 농촌 여자들은 남자가 덤불숲으로 데리고 가거나 끌고 가면 있는 대로 소리를 질러댔다. 그리고 키득거리고 버둥대면서 물에서 끌려나온 숭어처럼 몸을 뒤집고 팔딱거렸다.

농촌 여자들은 절대로 벨벳 천으로 된 목 밴드를 하지도, 다이아몬드 공법으로 세공한 흑요석 별로 목 밴드를 장식하지도 않았다.

"예니퍼."

갑자기 창백한 삼각형 얼굴 속에서 커다래진 보라색 눈동자가 이글거렸다.

"게롤트……."

그녀가 아기 천사 같은 금발의 곱슬머리에 가슴이 땀으로 범벅이 되어 동판처럼 번들거리는 사내의 손을 놓았다. 젊은 사내는 비틀거리다 무릎을 꿇고 풀썩 주저앉았다. 그러고는 이리저리 고개를 돌려 주변을 둘러보더니 무슨 말인가 웅얼거렸다. 천천히 자리에서 일어난 청년은 영문을 모르겠다는 듯 불안한 눈길로 그녀를 살펴보았다. 뒤이어 젊은 사내는 불안한 걸음걸이로 불이 있는 곳을 향해 걸어갔다. 여자 마법사는 멀어져가는 그에겐 눈길조차 돌리지 않았다. 그녀는 경계하는 눈길로 위쳐를 살펴보고는 망토의 가장자리 장식을 단단히 쥐고 여몄다.

"만나서 반갑군."

게롤트는 편하게 인사를 했다. 그 즉시 그는 둘 사이에 팽팽하던 긴장감이 누그러드는 걸 느꼈다.

"그러게 말이야."

예니퍼가 미소를 지었다. 미소 짓는 얼굴이 어딘가 파르르 경련을 일으키는 것처럼 보였지만, 확실하지는 않았다.

"정말이지 엄청나게 놀라긴 했지만 나쁘지는 않네. 정말이야. 여긴 웬일이야, 게롤트? 아아…… 바보 같은 질문을 해서 미안해. 당연히 나와 같은 걸 하려는 거겠지. 벨레타인이니까……. 다만, 말하자면 당신은 현장에서 나를 붙잡았을 뿐이고.”

“내가 당신을 방해했군.”

“아직 끝난 건 아냐. 유보해둔 거지. 밤은 아직 길어. 원하면 언제든 다음 남자를 만나 나한테 홀딱 빠지게 할 거야.”

예니퍼가 미소를 지었다.

“나는 유감스럽게도 도무지 방법이 없네.”

게롤트는 애써 태연한 척 대꾸했다.

“조금 전 한 명이 어둠 속에서 내 눈을 보고는 달아나버렸거든.”

“새벽녘에 분위기가 무르익을 대로 익으면 그런 건 신경도 안 쓸 텐데. 금방 또 다른 여자들이 나오겠지, 두고 봐…….”

그녀는 아까보다 훨씬 내키지 않는 웃음을 지어 보였다.

“옌…….”

그다음에 하려던 말이 목에 걸려 나오질 않았다. 두 사람은 그저 서로를 바라보았다. 오래도록, 아주 오래도록. 붉은빛이 둘의 얼굴 위에서 장난치 듯 일렁였다. 예니퍼가 갑자기 한숨을 쉬더니 눈을 내리깔았다. 긴 속눈썹 때문에 두 눈이 가려졌다.

“게롤트, 안 돼. 우리 그걸로 시작하지는 말자…….”

“벨레타인이야.”

게롤트가 그녀의 말을 막았다.

“예니퍼, 잊었어? 벨레타인이라고.”

그녀가 천천히 다가오더니 양손을 그의 어깨 위에 얹었다. 그러고는 천천히 조심스럽게 그에게 몸을 밀착시키고, 그의 가슴팍에 이마를 갖다 댔다. 그는 굽슬굽슬하게 이어져 내린, 까마귀처럼 새까만 그녀의 머리카락을 쓰다듬었다.

"내 말을 믿어도 좋아. 단지 거기서…… 거기서 끝난다면 나는 한 순간도 망설이지 않을 거야. 하지만 그렇게 해보았자 아무런 의미도 없어. 모든 게 다 새로 시작될 테지. 그리고 예전처럼 그렇게 끝날 거야. 아무런 의미도 없다고, 우리가 다시……."

예니퍼가 속삭이며 고개를 들었다.

"모든 일에 다 의미가 있어야 하나? 지금은 벨레타인이야."

게롤트의 말에 예니퍼가 고개를 돌렸다.

"벨레타인이지. 맞아, 그래서? 무엇인가가 우리를 불이 있는 곳으로, 즐거워하는 사람들이 있는 곳으로 끌고 왔어. 우리는 춤을 추고, 큰 소리로 외치며 돌아다니고, 약간은 술에 취해 멍하게 보내며, 이곳에서 매년 압도적인 호응을 받는 주소이전권*을 행사할 작정이었어. 자연의 순환주기와 맞물린 축제와 떼려야 뗄 수 없는 게 주소이전권이니까. 그러니까 말인데, 우리는 주소이전권을 행사하기도 전에 곧바로 맞닥뜨린 거야. 그것도 헤어진지…… 얼마나 되었지? 일 년인가?"

"일 년하고도 두 달 십팔 일이 되었지."

"감동적인걸. 일부러 말한 거지?"

---

* 주소이전권: 여기서 주소란 집 주소의 의미가 아니라 서로 구속되어 이전이 불가능한 파트너십, 즉 부부나 애인관계를 뜻한다. 놀고, 먹고, 즐기는 축제를 빌미로 배우자에 대한 구속에서 벗어나 주소를 옮기듯 다른 사람에게 옮겨 다니는 일탈이 허락된 디오니소스적 세계상을 표현한 것이다.

"물론 일부러 말한 거지. 옌⋯⋯."

"게롤트, 이건 분명히 밝히고 넘어가자. 나는 원치 않아."

예니퍼가 그의 말을 가로막고 갑자기 뒤로 물러나더니 고개를 살짝 뒤로 젖혔다.

게롤트는 충분히 알았다는 표시로 고개를 끄덕였다.

예니퍼가 망토를 뒤로 젖혔다. 망토 속에 아주 얇고 하얀 블라우스와 검은 치마를 입고 있었다. 치마에는 흘러내리지 않게 은고리로 만든 사슬 모양 허리띠를 차고 있었다.

"나는 원치 않아. 처음으로 다시 돌아가는 거 말이야. 그리고 내가 당신과 그걸⋯⋯ 아까 내가 금발이랑 하려고 했던 걸⋯⋯ 똑같은 규칙을 따라서 할 생각을 하면⋯⋯. 게롤트, 난 말이야. 이 생각이 추하다고 느껴져. 마치 당신과 내가 그 생각의 소유물이 된 것 같다고나 할까? 이해하겠어?"

또다시 게롤트가 고개를 끄덕였다. 예니퍼가 내리깐 눈썹 사이로 그를 바라보았다.

"당신 안 갈 거야?"

"응."

그녀는 한동안 말없이 있다가 불안하게 어깨를 움직였다.

"화났어?"

"아니."

"그럼 이리 와. 어디 가서 좀 앉자. 이 소란 통에서 벗어나서 잠깐 얘기 좀 해. 왜인지 알아? 나, 이렇게 당신을 만나게 되어서 기분이 좋거든. 정말이야. 잠깐 앉자. 좋지?"

"좋아, 옌."

그녀가 어둠 속으로 걸어갔다. 여기저기에 쌍쌍으로 뒤엉켜 있는 사람들을 피해 두 사람은 멀리 히드가 무성한 곳을 지나 숲의 검은 벽을 향해 걸었다. 단출하게 둘이 있을 만한 곳을 찾으려면 멀리 가야 했다. 축축한 기운이 없는 작은 구릉이 나왔다. 노간주나무 덤불이 자라난 구릉은 측백나무가 늘어선 듯 어두웠다.

여자 마법사가 망토의 브로치를 풀고, 망토를 털었다. 그러고는 바닥에 망토를 펼쳤다. 게롤트는 그녀의 곁에 앉았다. 그녀에게 팔을 올리고 싶은 마음이 간절했지만, 그렇게 하지 않았다. 예니퍼는 깊게 파인 블라우스를 바로잡았고, 게롤트를 뚫어지게 바라보다가 한숨을 짓고는 그를 끌어안았다. 어쩌면 그는 내심 이 장면을 기대했는지도 모른다. 그녀는 그의 생각을 읽어보려고 전력을 다했지만, 본능적인 의향까지 감지되고 말았다.

둘은 아무 말도 하지 않았다.

"에이, 젠장."

갑자기 말을 내뱉고 난 그녀가 떨어져 앉았다. 그녀가 손을 들어 올리더니 주문을 외쳤다. 그들의 머리 위에서 빨강, 초록의 동그란 비눗방울 같은 것이 날아다니더니 좀 더 멀리 공중에서 뿔뿔이 흩어져 알록달록 다채로운 꽃송이로 변했다. 불이 있는 곳에서 웃음소리와 환호성이 들려왔다.

"벨레타인. 오월의 밤……. 벨레타인의 주기는 되풀이되지. 사람들은 즐겨야 마땅하고…… 할 수 있는 한."

예니퍼의 목소리는 씁쓸했다.

주변에는 다른 마법사도 있었다. 멀리서 세 줄기 황금빛 섬광이 하늘 높이 솟구쳐 올랐다. 그리고 다른 쪽, 숲 속에선 무지개빛깔의 폭죽 유성들이 간헐천처럼 일정한 간격으로 분출되어 공중에서 터졌다. 불가에 있던 사람들이 연신 환호성을 지르기 시작했다. 게롤트는 정신을 가다듬고, 예니퍼의 곱슬머리를 쓰다듬으며 그녀에게서 풍기오는 라일락 향기와 구스베리 향기를 들이마셨다. '내가 너무 격정적으로 그녀를 열망하면, 그녀는 곧장 그걸 알아차릴 거야. 이상하다는 눈치를 채고 고슴도치처럼 잔뜩 웅크린 채 나를 밀쳐버리겠지. 조용히 물어나 보자, 그녀에게 새로운 연인이 있는지…….'

"새 연인? 없어. 전혀. 이야기할 필요도 없을 정도로."

예니퍼의 목소리가 살짝 떨렸다.

"나한테 이러지 좀 마, 옌. 내 생각은 읽지 마. 정말 화가 나니까."

"미안해. 습관적으로……. 그런데 게롤트, 당신은? 당신은 새로운 연인이 생겼어?"

"전혀, 전혀. 이야기할 필요도 없을 정도로."

둘은 아무 말도 하지 않았다.

"벨레타인이다!"

갑자기 그녀가 소리쳤다. 그는 자기의 가슴팍을 누른 그녀의 팔이 예전보다 더 강해지고 더 탄력적으로 변한 것이 느껴졌다.

"다들 즐겁게 이 시간을 즐기고 있어. 다시 태어난 자연의 영원한 순환을 축하하고 있지. 그런데 우리는? 우리는 여기에 왜 왔을까? 잔여물처럼 살아남은 우리들이, 응? 후손이 없이 사멸을 선고받은 우리, 절멸하여 잊히도록 선고받은 우리가? 자연은 계속해서 새로 생명을 내놓으며 재생되겠지. 순환주기가 되풀이되는 거지. 그러나 우리는 아니야, 게롤트. 우리에겐 되풀이할 순환주기가 없어. 아예 그럴 가능성을 빼앗겨버렸지. 우리가 할 수 있는 것이라곤 자연스럽지 못한 것으로 자연과 대면하는 것밖에 없어. 그게 심지어는 전적으로 자연과 어긋난 것일 때도 더러 있고. 그뿐인가? 마찬가지로 자연에선 가장 단순하고, 가장 자연스러운 것이 우리에겐 금지되어 있지. 우리가 저들보다 더 오래 사는 게 무슨 이익이 있지? 우리의 겨울엔 봄이 오지 않는 걸. 우리는 새 생명을 탄생시키지 못해. 유한한 것은 우리와 함께 끝을 향해 가지. 그런데도 우리는 이 불 곁으로 왔어. 우리가 여기에 있다는 건 이 세상에 대해 악의적으로 비방하고 조롱하는 것인데 말이야."

게롤트는 잠자코 있었다. 그는 그녀가 이런 분위기에 빠지는 게 싫었다. 그 이유를 그는 너무나도 잘 알고 있었다. '또 시작이로군. 또 그 사실이 그녀를 괴롭히기 시작했어. 잊은 것처럼, 그래서 다른 사람들처럼 그 사실을 감수하며 지내는 것처럼 보이던 시절이 있었는데.' 그는 그녀를 포옹했다. 그리고 그녀를 가슴에 꼭 안고 아이처럼 가볍게 흔들어주었다. 예니퍼는 그를 그대로 두었다. 그는 놀라지 않았다. 그는 알고 있었다. 그녀에게는 이것이 필요했다는 걸.

"게롤트, 알고 있어?"

그녀가 불쑥 말했다. 이미 차분해진 목소리였다.

"나는 당신의 그 침묵이 정말 그리웠어."

게롤트는 그녀의 머리카락과 귀에 입술을 갖다 댔다. '옌, 나는 당신을 원해. 나는 당신을 원한다고, 당신도 알잖아. 당신도 알고 있잖아, 옌.'

"알고 있어."

그녀가 속삭였다.

"옌……."

그녀는 다시 한 번 한숨을 쉬었다.

"오늘만이야."

예니퍼는 눈을 동그랗게 뜨고 그를 바라보았다.

"오늘 밤만이야. 이 밤도 곧 지나가겠지만. 이건 우리의 벨레타인이라고 하자. 내일 아침 일찍 우리는 헤어지겠지. 제발, 이젠 그만 생각해. 나는 할 수 없어. 할 수 없을지도 몰라……. 미안해. 내가 당신에게 상처를 주었다면, 나에게 입맞추고 떠나가 줘."

"당신에게 입맞추면 내가 어떻게 떠나. 못 떠나지."

"그걸 생각하고 한 말이었어."

예니퍼가 고개를 숙였다. 게롤트는 그녀의 벌어진 입술에 자신의 입술을 갖다 댔다. 조심조심. 처음엔 윗입술에, 그다음엔 아랫입술에. 그녀의 곱슬 곱슬한 머리카락 사이에 손가락을 파묻고, 그녀의 귀를, 그리고 작은 다이아몬드 귀고리를, 그리고 그녀의 목을 입술로 어루만졌다. 예니퍼는 입맞춤으로 화답하고 그에게 몸을 밀착했다. 그리고 능숙하게 손가락을 놀리어 빠르고 확실하게 게롤트가 입은 밤스의 쇰쇠를 풀었다.

그녀가 부드러운 이끼 위에 넓게 펼친 망토 위에 등을 대고 드러누웠다. 그는 그녀의 가슴에 입술을 눌렀다. 딱딱해진 조그만 젖꼭지가 얇은 블라우스 위로 봉긋 솟아오른 것이 느껴졌다. 예니퍼의 숨소리가 불안해졌다.

"옌……."

"아무 말도 하지 말아줘…… 제발."

그녀의 매끈하고 서늘한 살결을 만지자, 게롤트는 손가락과 손바닥으로 짜릿짜릿 전기가 흐르는 것 같았다. 예니퍼의 손톱이 닿은 등줄기로 소름이 끼치며 전율이 일었다. 환하게 불이 있는 곳에서 큰 소리로 외치는 소리, 노랫소리, 휘파람 소리가 들려왔고, 먼 데서는 불꽃이 흩날려 붉디붉은 연기가 되어 솟아올랐다. 그들은 쓰다듬고, 어루만졌다. 그녀가. 그를. 전율. 그리고 조바심. 그의 엉덩이를 휘감고 집게처럼 조이는 그녀의 허벅지. 갈색으로 그을린 허벅지를 미끄러지듯 어루만지는 손.

벨레타인!

숨결이 갈라져 한숨이 되었다. 불빛 속에서 섬광이 일었고, 라일락과 구스베리 향이 풍겼다. 오월의 여왕과 오월의 왕? 이 세상을 비방하고 조롱하는 것? 잊혀 가는 것?

벨레타인! 오월의 밤이여!

신음이 들렸다. 그녀인가? 그인가? 눈 위에 흘러내린 구불거리는 검은 머리카락. 입술. 떨리는 손들이 손깍지를 꼈다. 외마디 비명. 그녀였나? 검은 속눈썹이 촉촉해졌다. 외마디 신음. 그였을까?

고요했다. 영원히 사라지지 않을 것 같은 고요함이었다.

벨레타인……. 지평선까지 이어지는 불들…….

"옌?"

"오, 게롤트……."

"옌……. 당신 울고 있어?"

"아니야!"

"옌……."

"내가 그토록 맹세했는데…… 그토록……."

"아무 말도 하지 마. 그럴 필요 없어. 안 추워?"

"추워."

"그럼 지금은?"

"한결 따뜻해."

하늘은 놀라운 속도로 밝아졌다. 벽처럼 까맸던 숲이 윤곽선을 되찾았고, 무형의 암흑을 뚫고 우듬지의 비죽비죽한 선들이 선명하게 뻗어 나왔다. 그 너머로 새벽을 알리며 어둠을 걷어 올리는 뿌연 빛이 지평선 위로 쏟아져 내렸다. 램프처럼 하늘을 밝히던 별빛이 사위어 들었다. 날이 좀 더 선선해졌다. 게롤트는 격정적으로 그녀를 껴안고 두 팔을 둘렀다.

"게롤트?"

"으응?"

"곧 날이 밝을 거야."

"알고 있어."

"나 때문에 마음 아팠어?"

"조금."

"이제 처음부터 시작인 건가?"

"우리 사인 절대로 끝나지 않아."

"부탁하는데…… 나는 당신 때문에 그런 기분에……."

"아무 말도 하지 마. 다 잘 될 거야."

목재 더미 사이에서 스멀스멀 연기 냄새가 배어났고, 그녀에게선 라일락과 구스베리 향이 났다.

"게롤트?"

"응?"

"매 산맥에서 우리가 만났던 거 기억나? 그리고 황금용도? 그 용…… 이름이 뭐였더라?"

"세 갈가마귀, 드라이돌렌이었지. 내 기억엔 그래."

"그 용이 우리에게 말했지……."

"나도 알고 있어, 옌."

예니퍼는 그의 목에서 빗장뼈로 넘어가는 곳에 입을 맞췄다. 그러고는 그곳에 머리를 누르고, 머리카락으로 쓰다듬었다.

"우린 서로를 위해 태어났다고 그랬지. 어쩌면 우리는 서로에게 운명적으로 정해진 사람일지도 몰라. 그렇다고 해서 결과적으로 거기서 나오는 건 아무것도 없지만. 유감이야. 하지만 우리는 날이 밝는 대로 헤어질 거야. 달리 어쩔 도리가 없어. 우리는 헤어질 수밖에 없어. 서로를 고통스럽게 하지 않으려면. 우리, 서로에게 정해진 사람들인 우리. 서로가 서로를 위해 태어난 우리. 우리 둘을 위해 우리를 만든 사람은 여자가 되었든 남자가 되었든 조금만 더 신경을 썼어야 했는데. 미리 운명을 예정하는 것만으로는 충분치 않아. 너무 적다고. 그 이상의 것이 필요해. 미안해. 당신에게 이 말은 꼭 해주고 싶었어. 해줄 수밖에 없었고."

예니퍼가 속삭였다.

"알고 있어."

"나는 우리가 서로를 사랑한다면 그런 건 전혀 중요하지 않을 거라고 생각했어."

"그건 당신이 잘못 생각한 거야. 그건 중요해. 그 모든 것에도."

"신트라로 가, 게롤트."

"뭐라고?"

"신트라로 가라고. 그리로 가, 그리고 이번에는 포기하지 마. 그때처럼 그렇게 하지 말라고……. 당신이 그곳에 있었을 때……."

"그걸 당신이 어떻게 알지?"

"나는 당신에 대한 건 모두 알고 있어. 잊었어? 신트라로 가. 가능한 한 서둘러서 가. 게롤트, 어려운 시기가 시작될 거야. 몹시 어려운 시기가. 당신은 반드시 그리로 가야 해……."

"옌……."

"아무 말도 하지 말아 줘, 제발."

날이 좀 더 서늘해졌다. 그러고는 점점 더 서늘해지고, 점점 더 환해졌다.

"떠나지 마, 해가 뜰 때까지 기다리자……."

"그래, 그럼 기다리자."

IV

"움직이지 마세요, 선생. 붕대를 갈아야겠소. 상처가 곪았어요. 그래서 다리가 끔찍하게 부어올랐어요. 세상에, 아주 보기가 역겹군. 할 수 있는 한 서둘러 의사를 찾아야겠어요……."

"의사 이야기는 잊어버리게. 내 작은 짐가방 좀 가져오게, 유르가. 거기, 그 작은 병 있지. 그걸 내 상처에 곧바로 붓게. 오! 빌어먹을! 괜찮네, 계속 부어…… 우우우욱! 됐네. 이제 뚜껑을 단단히 돌려 닫고 담요나 덮어주게……."

위쳐가 신음을 냈다.

"허벅지가 전부 다 부어올랐어요. 게다가 열이……."

"열은 문제 삼지 말게. 유르가?"

"왜 그러십니까?"

"자네에게 고맙다는 말을 하는 걸 잊었네."

"고마워할 거 하나도 없습니다. 고마워하려면 내가 고마워해야지요. 당신이 내 목숨을 구해주었지 않습니까? 날 보호하려다 이렇게 부상을 당한 거잖아요. 그런데 나는요? 대체 내가 한 게 뭐가 있습니까? 의식을 잃은 부상자를 마차에 신고, 죽지 않게 돌본 거요? 그건 아주 평범한 일이지요, 위쳐 선생."

"그건 이제 평범한 일이 아니네, 유르가. 나는 이렇게 널브러져 있어본 적이 종종 있었다네. 비슷한 상황들이었지⋯⋯. 마치 개처럼."

상인은 한동안 고개를 숙이고 아무 말도 하지 않았다.

마침내 상인이 입을 열었다.

"그러게요, 어쩌겠어요. 어딜 가나 깔린 게 역겨운 세상과 사람들인걸. 하지만 그것이 우리도 역겨운 인간이 되어야 한다는 근거가 되지는 않습니다. 아무튼 누구나 재물이 있어야 합니다. 아버지께서 주신 가르침이지요. 나는 내 아들들에게도 그렇게 가르칠 겁니다."

위쳐는 아무 말도 하지 않았고, 거리에 늘어져 마차가 지날 때마다 어쩔 줄 모르고 방황하는 나뭇가지를 살펴보았다. 허벅지에 감각이 없었다. 아무런 고통도 느껴지지 않았다.

"여기가 어딘가?"

"우리는 트라베 강을 관통하는 얕은 여울을 지나왔습니다. 지금은 과리 숲을 지나는 중이에요. 그러니까 이제 테메리아 지방이 아니라 소든 지역에 들어온 거지요. 선생은 경계지역을 지나는 내내 잠에 취해 있었어요. 세관원이 마차를 이리저리 뒤적거릴 때도요. 당신을 보자 세관원들이 어찌나 놀라던지. 하지만 그들의 지휘관이 당신을 알고 있었지요. 그래서 지체 말고 우리를 통과시키라고 명령합디다."

"그가 날 알고 있었다고?"

"그럼요. 의심할 여지가 없었습니다. 게롤트라고 부르더군요. 그가 이렇게 말했지요. 리비아의 게롤트라고요. 당신 이름인가요?"

"그건⋯⋯."

"세관원 대장이 우선 의사가 필요하다는 전갈을 들려 사람 한 명을 먼저 보내기로 약속했습니다. 그래서 그 사람이 그걸 잊지 않도록 손에 뭘 좀 쥐여 주었지요."

"고맙네, 유르가."

"아닙니다, 위쳐 선생. 이미 말했다시피, 나는 당신에게 감사할 따름입니다. 그리고 이것뿐만이 아니지요. 나는 당신에게 갚아야 할 것도 있는걸요. 약속했잖아요⋯⋯. 왜 그러십니까, 선생? 또다시 안 좋습니까?"

"유르가⋯⋯ 녹색 봉인이 되어 있는 작은 병⋯⋯."

"선생⋯⋯ 그러시면 또⋯⋯. 그거 드시고 주무시면서 끔찍이도 소리를 질렀어요⋯⋯."

"나도 어쩔 수 없이 이러는 거네, 유르가."

"좋으실 대로 하십시오. 기다리세요, 얼른 대접에 붓도록 하지요⋯⋯. 맹세코 지금 우리에겐 의사가 필요합니다. 그것도 급히 서둘러야겠어요. 그렇지 않으면⋯⋯."

위쳐는 고개를 돌렸다. 그의 귓전으로 큰 소리로 빽빽거리는 아이들의 소리가 들렸다. 아이들이 성의 정원을 빙 두른 도랑 안에서 놀고 있었다. 도랑은 물이 말라 건조했다. 아이들은 대략 열 명 정도였다. 코흘리개 꼬마들이 귀가 먹먹해질 정도로 시끄럽게 떠들어대며 가느다란 목소리, 끼익끼익 벽을 긁는 것 같은 목소리, 가성으로 미끄러지는 목소리로 서로 내기하듯 목청을 돋우고 있었다. 아이들은 도랑 바닥을 이리저리 뛰어다니고 있었다. 그

모습을 보자니, 예상치 못한 쪽으로 번개처럼 빠르게 휙휙 방향을 바꾸면서도 늘 한데 뭉쳐 다니는 부지런한 물고기 떼가 생각났다. 언제나 그렇듯 고래고래 소리를 지르는 아이들은 허수아비처럼 바싹 말랐고, 한 번도 아이들을 따라잡아 본 적 없는 키 작은 아이는 무리 뒤를 죽어라 쫓고 있었다.

"애들이 많군요."

위처의 말에 모이스작이 불쾌하게 웃으며 수염을 쓰다듬고는 어깨를 으쓱해 보였다.

"그렇지, 많긴 많지."

"그런데 저 아이 중에 어떤 아이가……. 이 사내 녀석 중에 어떤 녀석이 그 유명한 '예기치 못한 아이'일까요?"

드루이드가 눈길을 돌렸다.

"게롤트, 난 말해주면 안 된다네……."

"칼란테 여왕 때문인가요?"

"물론이지. 설마 칼란테 여왕이 순순히 자네에게 아이를 내어줄 거라고 생각한 건 아니겠지? 자네도 그녀를 알지 않나. 그녀는 철의 여인일세. 내 자네에게 조언해줄까 하네. 말해서는 안 되는 이야기네만, 자네가 이야기를 잘 이해할 수 있기를 바라네. 그리고 또 자네가 이 이야기를 들었다고 발설하고 다니지 않으리라 믿는 심정으로 말하는 걸세."

"말해보세요."

"아이가 태어났을 때, 그러니까 육 년 전이었지. 칼란테 여왕이 나를 불러오라고 해서 갔더니, 나에게 자네를 찾아서 죽이라고 명령하더군."

"당신은 거절했고요."

"칼란테 여왕에겐 누구도 거부할 수 없다네. 그녀가 다시 사람을 시켜 나를 오라고 했을 땐, 이미 내가 막 출발한 뒤였다네. 그녀는 단 한마디의 설명도 없이 명령을 거두어들였지. 그녀와 이야기를 하게 된다면 조심하게."

모이스작은 심각하게 말하고 게롤트의 두 눈을 뚫어지게 바라보았다.

"그러죠. 모이스작, 듀니와 파베타에게 무슨 일이 벌어진 건가요?"

"스켈리게에서 신트라로 돌아오던 중 돌풍이 그들을 기습했네. 그들이 탔던 배는 어디 한 군데 가느다란 실금조차도 가지 않은 멀쩡한 상태로 발견되었지. 게롤트…… 그런데 당시에 그 아이는 제 부모와 함께하지 않았다네. 하늘에 대고 하소연하기도 뭣할 만큼 이상한 일이지 않나. 설명할 길 없는 일이었지. 그들이 아이와 함께 배에 올라야 마땅했을 텐데, 마지막 순간에 그렇게 하지 않았다네. 이유는 아무도 모르네. 파베타는 절대로 아이와 떨어지지 않았거든……."

"칼란테 여왕은 그 아이를 받아들였나요?"

"그랬지, 자네는 대체 무슨 생각을 하는 건가?"

"이제 이해가 되네요."

개구쟁이 집요정들이 총출동한 듯 시끌벅적하게 사내아이들이 달려나와 그들의 곁을 지나갔다. 게롤트는 휙하니 지나가는 무리의 선두를 달리는 아이가 여자아이라는 걸 알아챘다. 소녀는 다른 남자아이들과 마찬가지로 깡마른데다 고래고래 소리를 지르고 있었다. 다만 바람에 날리는 밝은 금발의 땋은 머리만이 사내아이들과 다를 뿐이었다. 아이들의 무리가 거칠게 소리를 지르며 다시 도랑의 가파른 경사면으로 몰려 내려갔다. 그중에는 소녀도 끼어 있었다. 거의 절반은 엉덩이로 미끄럼을 타고 내려갔다. 가장 키 작은 아이가 여전히 아이들을 따라가다가 고꾸라져 데굴데굴 경사면 바닥으로 굴러떨어졌다. 아이는 바닥에 닿자마자 큰 소리로 울음을 터트렸다. 사내 아이들은 넘어진 아이 주변에 둘러서서 놀리며 한껏 웃어댔다. 그러고는 다시 계속해서 뛰어갔다. 그러나 소녀는 키 작은 아이의 곁에 무릎을 꿇고 앉아서 아이를 안아주고는 흙먼지와 콧물이 범벅된 찡그린 얼굴에서 눈물을 닦아주었다.

"가지, 게롤트. 여왕님께서 기다리시네."

"그래요. 가죠, 모이스작."

여왕은 등받이가 달린 커다란 긴 의자에 앉아 있었다. 긴 의자는 커다란 보리수의 굵은 가지에 사슬을 매달아 만든 그네 의자였다. 조는 것처럼 보였지만, 그네가 앞뒤로 흔들리도록 가끔 다리를 움직이는 것으로 보아 졸고 있지 않다는 걸 알 수 있었다. 그녀의 곁에는 세 명의 젊은 여인이 있었다. 그네 곁에 있는 여인은 풀밭에 앉아 있었는데, 활짝 펼쳐진 그녀의 흰 드레스는 초록 풀 위에 마치 눈이 쌓인 것처럼 빛을 발했다. 다른 두 여인도 그리 멀지 않은 곳에서 쫑알거리며 나무딸기 덤불에서 조심스럽게 나뭇가지들을 골라 옆에 치우고 있었다.

"전하."

모이스작이 절을 하자 여왕이 고개를 들었다. 게롤트는 한쪽 무릎을 꿇고 인사했다.

"위쳐로군."

여왕의 대답은 간결했다.

예전처럼 그녀는 에메랄드 장신구를 하고 있었다. 에메랄드는 그녀의 녹색 옷에 잘 어울렸다. 그리고 그녀의 눈 색깔과도 잘 어울렸다. 예전처럼 그녀는 회백색 머리에 가느다란 황금 왕관을 쓰고 있었다. 그러나 그의 기억 속에서 희고, 작았던 손은 이젠 그렇게 작지 않았다. 손에 살이 더 붙어 있었다.

"안부를 여쭙니다, 신트라의 칼란테 여왕 폐하."

"어서 오게, 리비아의 게롤트. 일어서게. 내 자네를 기다리고 있었네. 모이스작, 친구여, 저 여인들을 성으로 데리고 가주게나."

"분부대로 거행하겠습니다, 여왕님."

이제 두 사람만 남게 되었다.

"육 년이로군. 위쳐, 자네 놀라울 정도로 정확하구먼."

웃음기 없는 얼굴로 여왕이 말문을 열었다.

그는 그 말에 한마디도 덧붙여 말하지 않았다.

"순간들이 있었다네. 아니 어떻게 말해야 할까? 이렇게 생각하며 보낸 세월이 있었지. 자네가 그걸 잊어버릴 거라고, 내지는 다른 어떤 이유 때문에 자네가 이곳에 오지 못하는 것이라고 여기며 보냈던 세월이. 아니, 근본적으로 자네의 불행을 바랐던 건 아니었네. 하지만 어느 정도는 자네 직업의 위험성을 참작할 수밖에 없었지. 즉, 죽음이 자네가 어디를 가든 뒤를 밟고 다닌다는 것 말일세, 리비아의 게롤트. 그러나 자네는 단 한 번도 뒤돌아보는 법이 없지. 그러나 훗날…… 파베타가 다시……. 이미 알고 있겠지?"

"알고 있습니다."

게롤트는 고개를 숙였다.

"전심을 다해 여왕 폐하의 심정을……."

여왕이 게롤트의 말을 중단시켰다.

"아닐세. 벌써 오래전 일인걸. 보다시피 이젠 상복도 입고 있지 않네. 벌써 오랫동안 나는 할 수 있는 만큼 다 해보았네. 파베타와 듀니는……. 서로가 서로를 위해 운명적으로 정해진 배필이었어. 마지막까지 함께하도록.

그런데 어떻게 운명의 힘을 믿지 않겠나?"

두 사람은 아무 말 없이 잠자코 있었다. 칼란테가 다리를 움직여 다시 그네를 흔들었다.

"그리고 이제 약속한 대로 육 년이 지나자 위쳐가 되돌아왔지."

천천히 말하는 그녀의 입가에 묘한 미소가 번졌다.

"되돌아왔지, 맹세한 걸 거두어 가겠다고 요구하려고. 게롤트, 자네 생각은 어떤가. 한 백 년쯤 흐른 뒤에 동화 작가들이 우리의 만남을 어떻게 이야기할 것 같은가? 내 생각엔 있는 그대로 그릴 것 같네. 다만 그들은 분명히 이야기를 미화하겠지. 감상적인 음악을 깔고 감정에 호소하겠지. 그래, 그들은 그런 것에 능숙할 테니까. 그림이 아주 잘 그려져. 자, 잘 들어보게. '그리고 잔인한 위쳐가 말했습니다. '맹세를 지키시죠, 여왕 폐하. 나의 저주가 당신에게로 향하기 전에.' 그러자 여왕은 눈물을 철철 흘리며 위쳐 앞에 무릎을 꿇고 이렇게 울부짖었답니다. '자비를 베풀어주세요! 이 아이를 데려가지 마요! 나에게 남은 건 이제 이 아이뿐이랍니다.'라고."

"칼란테……."

"내 말에 끼어들지 말게."

날이 선듯한 말투였다.

"난 지금 동화 이야기를 하고 있는 게 아니네. 그걸 눈치채지 못했나? 계속 들어보게. '잔인하고 사악한 위쳐는 발을 구르고 주먹을 휘두르며 소리쳤어요. '약속을 지키지 않는 여인이여, 조심하시오. 운명의 복수가 두렵지 않소? 맹세를 지키지 않으면 당신은 벌을 면치 못할 것이오.' 그러나 여왕은 그에게 대답했습니다. '좋아요, 위쳐. 운명이 원하면 그렇게 될 수밖에 없겠지요. 저기, 저기를 보세요. 저기에 열 명의 아이들이 놀고 있어요. 당신은 저 아이 중 어떤 아이가 당신에게 예정된 아이인지 알아볼 수 있겠지요. 그리고 그 아이를 데려가고 나에겐 상심만 남겨 놓겠지요.'"

위쳐는 잠자코 있었다.

"동화에서 여왕은 내가 상상한 대로라면 위쳐에게 알아맞힐 기회를 세 번 허락할 걸세. 그러나 우리가 사는 곳은 동화 속이 아니야. 우리는 여기 현실에 존재하지, 자네와 나, 그리고 우리의 문제들도. 그리고 미리 예정된 우리의 운명도. 이건 동화가 아니야. 삶이라네. 보잘것없고, 독하고, 힘든 삶. 오류와 상심, 고통, 실망, 불행을 내어주는 데 인색하지 않은 삶, 위쳐든 여왕이든 제아무리 요령을 부려도 잡아둘 수 없는 삶. 리비아의 게롤트, 그래서 자네에게 단 한 번만 알아맞힐 기회를 주겠네."

칼란테의 미소가 점점 더 위협적으로 변해갔다.

위쳐는 계속해서 잠자코 있었다.

"단 한 번뿐이네. 그러나 말했다시피 이건 동화가 아니라 삶이네. 우리 스스로가 행복한 순간들을 채워나가야 하는 게 삶이지. 자네도 알다시피 우리 인간은 운명과 운명의 은총에만 기대어 살 수 없기 때문이라네. 그러므로 자네가 아이를 알아맞히든 아니든, 빈손으로 이곳을 떠나지는 않을 걸세. 아이 한 명은 데리고 갈 걸세. 자네가 선택한 아이 말이네. 자네가 장차 위쳐로 만들 아이지. 물론 그 아이가 약초 시험을 통과한다면 말일세."

칼란테가 말했다.

게롤트가 격하게 고개를 들었다. 여왕은 미소를 짓고 있었다. 그는 이 웃음을 잘 알고 있었다. 이것은 비열하고 악의적이다 못해 작위적이라는 걸 그대로 드러냄으로써 사람을 경멸하는 웃음이었다.

"놀란 모양이군그래. 그렇다면 좀 더 알려줘야겠구먼. 혹시라도 파베타의 아이가 위쳐가 될 수도 있기 때문에 내가 애를 좀 썼네. 하지만 게롤트, 나의 소식통들이 말이야, 저 열 명 중 몇 명이 약초 시험을 이겨낼지에 대해서는 입을 다물더군. 이 점에서 자네, 나의 호기심을 만족시켜줄 생각 없나?"

그녀가 확신하듯 말했다.

"여왕님."

게롤트가 흠흠 헛기침을 했다.

"그걸 알아보시느라 틀림없이 많은 수고를 하셨으리라 생각합니다. 우리의 법전과 서약에 따르면 그 약초들에 관해 논하는 것은 물론이고, 그 명칭을 열거하는 것도 금지되어 있는데, 그런 것을 알아내시려 했으니."

칼란테가 구두 뒷굽을 땅에 찍어 누르며 단숨에 그네를 세웠다.

"세 명, 많으면 열 명 중에 네 명이라더군."

그렇게 말한 다음 그녀는 짐짓 깊은 생각에 빠진 듯 고개를 주억거렸다.

"혹독한 선발전이야, 아주 혹독해. 나는 혹독하다고 말하고 싶네. 그것도 매 단계별로 그렇다더군. 먼저 선발하고, 그런 다음엔 시험하고. 그러고 나면 완전 변이가 이루어진다더군. 마지막에 메달과 은줄을 받은 미성년자들이 몇 명이나 될까? 열 명 중 한 명? 아니면 스무 명 중 한 명?"

위쳐는 아무 말도 하지 않았다.

"오랫동안 그 문제에 대해 숙고해보았네. 그리고 이런 결론에 도달했다네. 선택 단계에서 아이들을 골라내는 부분이 소홀할 수 있을 거라고. 마취제를 과도하게 먹고 죽거나 미쳐 죽을 아이가 어떤 아이인지 아는 것이 결론적으로 무슨 차이가 있을까? 열에 들떠 헛소리를 하다가 뇌가 파열될 아이, 고양이 눈이 되는 대신 눈알이 터지고 빠져 버릴 아이인데 뭐가 대수일꼬? 자신의 피와 토사물에 질식사하는 아이가 정말로 운명이 예정된 아이인지, 아니면 어쩌다 우연히 선택된 그렇고 그런 아이인지, 그게 무슨 차이가 있을까? 대답해보게."

칼란테의 얼굴에선 더 이상 웃음기를 찾아볼 수 없었다.

위쳐는 떨리는 손을 제어하기 위해 가슴께에서 깍지를 끼었다.

"뭐하려요? 대답을 기대하긴 하시는 겁니까?"

"맞아, 나는 아무 대답도 기대하지 않네. 언제나처럼 자네는 자기가 내린 결론에서 한 치의 허점도 허락하지 않는군. 그러나 누가 알겠나, 어쩌면 내가 대답은 기다리지 않지만, 자네가 자발적으로 했던 솔직한 말에 주의를 기울이는 경향이 있었을지? 자네가 스스로에게 즐겨 했던 말들, 그리고 그와 더불어 자네의 영혼을 괴롭히는 것들까지? 하지만 그런 경향이 없다면, 마찬가지로 없던 일이 되는 거지. 자, 그럼 우리가 하던 일이나 계속하세. 우리 동화작가들에게 동화의 소재를 마련해줘야 하지 않나. 위쳐, 그럼 아이를 고르러 가세."

여왕이 다시 미소를 지었다.

"칼란테 여왕님, 동화 작가들은 염려할 필요가 없으실 것 같습니다. 자료가 부족하면 그들은 어차피 뭐라도 생각해낼 테니까요. 그러나 그들이 권위 있는 진짜 자료를 재량껏 주무른다면, 그들 손에 이야기가 엉망이 되고 말겠지요. 당신께서 정확히 짚어주셨듯이, 이 일은 동화가 아니라 삶입니다. 추하고 나쁘지요. 그래서 우리는 동화를 원합니다, 빌어먹을, 중간 정도는 점잖고 선량하게 살기를 말입니다. 우리가 다른 사람들을 상심시킬 수 있는 일은 실로 엄청납니다. 하지만 우리는 그 엄청나게 많은 일을 어쩔 수 없을 때에만 범하며 살기를 원하지요. 동화 속에선 어떤가요? 확실히 거기선 여왕 폐하가 위쳐에게 간청해야 합니다. 그리고 위쳐는 자기에게 귀속된 것을 요구하면서 발을 굴러야 합니다. 실제 삶에서라면 폐하는 이렇게 말하겠지요. '아이를 앗아가지 말아주게.' 그러면 위쳐는 이렇게 답하겠지요. '당신의 요청대로 저는 아이를 데려가지 않겠습니다.' 그러고는 떠나가겠지요, 지는 해를 따라서요. 진짜 삶에선 그렇게 끝나지요. 그러나 동화에서 결론이 그렇게 끝난다면, 작가는 청자들에게 땡전 한 푼 받지 못할 겁니다. 기껏해야 엉덩이나 걷어차일 뿐이겠죠. 그건 지루하니까요."

게롤트는 여왕의 두 눈을 들여다보았다.

칼란테가 웃음을 거두었다. 그녀의 두 눈에서 전에 이미 본 적이 있는 어떤 것이 번득였다. 그녀가 화난 목소리로 나직이 말했다.

"그게 대체 무슨 소리인가?"

"에둘러 말하는 건 이제 그만했으면 합니다. 칼란테 여왕님. 제가 무슨 뜻으로 말하는 건지 알고 계실 겁니다. 저는 이곳에 왔던 대로 이곳을 떠날 겁니다. 제가 아이를 선택해야 한다고 하셨습니까? 제가 그 아이를 데리고 뭘 어떻게 할까요? 여왕님께선 제가 손자를 데려가리라는 생각에 갇혀 이곳으로 왔다고 생각하십니까? 아닙니다, 칼란테 여왕님. 어쩌면 저는 이 아이가 보고 싶었을지도 모릅니다. 미리 예정된 운명의 아이를 눈 속에 담고 싶었을지도 모릅니다……. 제 스스로도 이유를 잘 모르겠기에 그렇습니다……. 그러나 아무것도 두려워하지 마십시오. 저는 아이를 데려가지 않을 겁니다. 당신이 저에게 부탁하신 것만으로도 충분합니다."

칼란테가 그네에서 벌떡 일어섰다. 그녀의 눈에서 녹색 불꽃이 튀었다.

"부탁해? 자네한테? 그리고 내가 두려워해? 저주받은 마법사인 자네를 내가 왜 두려워해야 한단 말이지? 감히 자네가 내 면전에 대고 불쾌하게 동정의 말을 던지는 게야? 자네의 동정심으로 나를 모욕하는 건가? 나의 비겁함을 비방하고, 나의 뜻을 의심하는 건가? 상냥하게 대해주었더니 그만 취해서 정신을 못차리는군! 조심하게!"

그녀가 노기 서린 숨을 쉬며 씩씩거렸다.

위쳐는 어깨를 으쓱하는 대신 무릎을 꿇고, 고개를 숙이는 편이 더 안전할 것 같다는 결론을 내렸다. 그의 생각은 빗나가지 않았다.

"그럼, 그래야지."

여왕이 날카롭지만 낮은 목소리로 말했다. 여왕은 게롤트의 앞에 선 채로 양팔을 내리고 반지를 낀 손을 그러쥐고 있었다.

"결국 이제야 그렇게 나오느냐? 이것이 올바른 자세다. 여왕이 물으면 이런 자세를 하고 대답하는 것이다, 질문이 아니라. 내가 명령을 내리면 좀 더 깊숙이 머리를 숙여라. 그리고 머뭇거리지 말고 곧장 명령을 수행하러 가거라. 알아들었나?"

"예, 여왕님."

"아주 좋아. 일어나라."

게롤트가 일어났다. 그녀는 그를 바라보며 입술을 깨물었다.

"내 자네에게 심하게 감정을 내비쳤는가? 내용이 아니라 형식으로 그랬냐는 말이다."

"그렇게 심하진 않았습니다."

"좋네. 더 이상은 흥분하지 않도록 해보겠네. 그러니까 말했다시피, 저기 도랑 안에 열 명의 아이들이 놀고 있다네. 자네는 보기에 자네와 가장 잘 맞을 것 같은 아이를 선택해서 데리고 가면 되네. 그리고 맹세컨대, 그 아이를 위쳐로 만들겠지. 운명이 그걸 원하니까. 하나 운명이 원치 않는다 해도, 내가 그렇게 되기를 원한다는 걸 알아두게나."

게롤트는 그녀의 두 눈을 바라보았다. 그러고는 깊이 허리를 숙여 절했다.

"육 년 전, 여왕 폐하께 여왕님의 의지보다 더 강력한 것들이 있다는 걸 입증해드렸습니다. 맹세컨대 저는 그것을 다시 한 번 입증하게 될 겁니다. 여왕님께선 저에게 제가 원치 않는 선택을 하도록 강요하실 수 없습니다. 제가 드리는 말의 형식이 아니라 내용에 용서를 구합니다."

"내 성의 지하 깊은 곳에 토굴 감옥이 있다네. 내 경고하는데, 한마디만 더하면 자네는 거기서 썩게 될 거야."

"도랑에서 노는 아이 중 한 명도 위처가 되기에 적합한 아이는 없습니다. 저 아이 중 누구도 파베타의 아들이 아닙니다."

위처는 천천히 답했다.

칼란테가 눈살을 찌푸렸다. 그녀의 표정에는 아무런 변화도 없었다.

"따라오게."

마침내 그녀가 입을 열었다. 그러고는 즉시 돌아섰다.

게롤트는 여왕을 따라 두 줄로 늘어선 만개한 덤불 사이를, 화단과 산울타리 사이를 지나갔다. 여왕이 둥근 아치형의 정자로 들어갔다. 그곳에는 네 개의 등나무 소파가 공작석 탁자를 중심으로 세워져 있었다. 네 마리 그리핀이 떠받드는 탁자 상판에는 공작석 특유의 가느다란 줄무늬가 있었고, 그 위에는 술 단지 한 개와 은잔 두 개가 놓여 있었다.

"앉게. 그리고 한잔하지."

그녀는 남자처럼 격정적이고 무게감 있게 위처에게 건배를 청했다. 게롤트는 자리에 앉지 않고 그녀와 똑같이 건배를 했다.

"앉게. 자네와 얘기를 좀 하고 싶네."

"말씀하십시오."

"자네, 도랑에서 노는 아이 중 아무도 파베타의 아들이 아니란 걸 어떻게 알았나?"

"그건 몰랐습니다. 저는 그저 추측했을 뿐입니다."

게롤트는 솔직하게 말했다.

"아하. 그럴 수도 있다고 생각했네. 그런데 아이들 중 위쳐에 적합한 아이가 아무도 없다는 건가? 그거 정말인가? 그걸 어떻게 알아차렸지? 마법으로 알 수 있나?"

"칼란테 여왕님, 저는 그걸 밝힐 필요도, 다음에 재검증할 필요도 없습니다. 조금 전에 말씀하셨던 것, 흠잡을 데 없는 진실이었습니다. 아이들이라면 누구든 다 적합합니다. 선택을 결정하는 것은 아이들입니다. 훗날 말이죠."

게롤트가 낮은 목소리로 설명했다.

"바다의 신들께 맹세코 그러한가? 영원히 부재중인 내 남편이 입버릇처럼 말했던 것처럼 '바다의 신께 맹세코!' 정말로 이 모든 것이 사실이 아니란 말이냐? 놀라운 아이에 대한 권한 전부가? 예기치 않았던 아이들에 관한 전설이? 내 그럴 거라 예감했다! 그건 놀이야! 우연과 운명을 갖고 노는 놀이! 하지만 지독하게 위험한 놀이지, 게롤트."

칼란테가 웃었다.

"알고 있습니다."

"누군가의 고통을 갖고 노는 놀이기도 하고. 말해보게, 왜 아이들의 부모나 보호자들이 그런 식으로 어렵고 힘든 맹세를 강요당해야 하는 건가? 왜 아이들을 빼앗겨야 하는 거지? 조금만 둘러보면 굳이 아이들을 빼앗을 필요가 없는데. 거리에 가보게. 몸을 파는 부랑자와 고아들이 널려 있지. 또 어느 마을에 가든 아이를 값싸게 살 수 있지 않은가. 추수철을 앞둔 농부들은 입 하나 덜자고 기꺼이 아이를 내다 팔려고 하지. 그게 뭐 대수겠나, 아이야 금방 또 만들면 되는걸. 그러니까 왠가? 자네가 듀니와 파베타, 그리고 나에게 맹세를 강요한 건 왠가? 아이가 태어난 후 육 년 만에 이곳에 나타난 건 왠가? 그리고 빌어먹을, 그렇게 나타나선 아이를 원치 않는다는 건 또 왜지? 자네에게 아이가 중요하지 않다고 말하는 건 왠가?"

그는 아무 말도 않고 잠자코 있었다. 칼란테는 고개를 끄덕였다.

"자네, 대답하지 않는군."

그녀는 단정 지어 말하곤 의자에 등을 기대었다.

"그럼 우리 자네가 침묵하는 이유를 찾아보지. 논리는 모든 지식의 어머니이니까. 모든 지식의 어머니가 우리에게 뭐라고 말하는지 들어볼까? 우리는 여기서 뭘 하려는 걸까? 여기에 위쳐가 한 명 있어. 그는 예기치 않은 놀라운 사건, 그 사건이 갖는 특별하고도 미심쩍은 권한, 그 가운데 숨겨진 운명적 존재를 찾으러 왔지. 위쳐는 예정된 운명을 타고난 아이를 발견하게 되지. 그러고는 갑자기 그 아이를 포기하겠다네. 주장한 대로 이 경이로운 아이를 데려가지 않으려고 해. 그의 얼굴은 돌처럼 굳어 있고, 그의 목소리에선 얼음과 금속이 부딪히는 것 같은 소리가 나지. 그는 생각하지. 여왕이, 어쨌든 한 명의 여인인 여왕이 엄격한 남성적 외관을 통해 스스로를 속이고, 자신에게 불리한 길을 가려 한다고. 아니, 게롤트, 나는 자네를 조심스럽게 대하진 않을 거라네. 나는 자네가 왜 아이를 선택하는 걸 포기했는지 알고 있네. 자네가 포기한 건, 스스로 예정된 운명을 믿지 않기 때문이야. 그리고 자네는 확신하지 않으면…… 그다음은 두려워하기 시작하지. 그래, 게롤트. 자네를 움직인 건 두려움이야. 이 말을 반박해보게."

게롤트는 천천히 탁자 위에 잔을 내려놓았다. 공작석 탁자 위에 은잔이 닿으면서 내는 쨍그렁거리는 소리에 제어할 길 없이 떨리는 손길의 떨림까지 드러날까봐 천천히 잔을 내려놓았다.

"반박하지 않을 셈인가?"

"예."

여왕은 재빨리 몸을 앞으로 몸을 숙이고 그의 손을 잡았다. 힘껏.

"내가 보기엔 자네가 이겼네."

그녀는 미소를 지어 보였다. 그것은 아름다운 미소였다. 그의 의지와는 반대로 게롤트 역시 미소로 화답했다.

"어떻게 그런 생각을 하시게 되었습니까, 칼란테 여왕님?"

그녀는 여전히 그의 손을 놓지 않았다.

"그런 생각을 한 게 아닐세. 그냥 알아맞혀본 거라네."

그 말이 끝나자마자 두 사람은 동시에 웃음을 터트렸다. 그런 다음 두 사람은 녹음과 귀룽나무 향기에 둘러싸여, 따뜻한 공기와 벌들이 붕붕거리는 소리에 둘러싸여 말없이 앉아 있었다.

"게롤트?"

"예, 폐하?"

"자네는 운명예정설을 믿지 않는 게지?"

"대체 제가 뭘 믿기는 믿는 건지, 그런 것이 있는지 저도 잘 모르겠습니다. 그러나 예정된 운명에 관해선…… 그것만으로는 충분하지 않다는 생각이 듭니다. 그 이상의 것이 좀 더 필요한 것 같습니다."

"내 자네에게 뭘 좀 물어봐야겠네. 자네는 어떤가? 자네 역시 예기치 않은 아이였겠지. 모이스작이 주장하길……."

"아닙니다, 칼란테 여왕님. 모이스작이 완전히 잘못 생각한 것 같습니다.

모이스작은…… 그는 아마 알고 있을 겁니다. 하지만 그는 적절한 때를 만
나면, 이 유용한 신화를 쓸모 있게 이용할 겁니다. 제가 전혀 예상하지 못했
던 아이였다는 건 사실이 아닙니다. 그랬기 때문에 제가 위쳐가 된 것도 아
니고요. 저는 그저 흔히 볼 수 있는 버려진 아이였습니다, 칼란테 여왕님.
저는 기억조차 나지 않는 한 여인의 원치 않던 사생아였습니다. 그러나 저
는 그녀가 누구인지는 알고 있습니다."

여왕이 그를 뚫어지게 바라보았다. 그러나 위쳐는 더 이상 말하지 않았다.

"뜻밖의 사건과 아이에 대한 권한 말이네. 그걸 다룬 이야기들은 전부 다
전설인가?"

"전부요. 우연을 어려운 말로 숙명 내지 미리 예정된 운명이라고 할 수도
있겠지요."

"그러나 위쳐들은 그런 아이들을 찾는 일을 중단하지 않고 있잖은가?"

"중단하지 않을 겁니다. 그렇다고 해서 그것이 어떤 의미가 있는 것은 아
닙니다. 아무런 의미도 없습니다."

"운명의 아이라면 많은 시험을 위험 없이 잘 통과할 수 있을 거라 믿는 건
아니고?"

"우리가 믿는 건 그런 아이들에겐 그렇게 많은 시험이 필요하지 않을 것
이라는 겁니다."

"하나만 더 묻겠네, 게롤트. 상당히 사적인 건데 허락해주겠나?"

위쳐는 고개를 끄덕였다.

"알다시피 자연스럽게 특성을 물려주는 것보다 더 좋은 방법은 없지. 자
네는 시험들을 끝까지 통과했고 살아남았네. 그러니까 자네가 아이에게 의
미를 둔다면, 특정한 특성과 저항력을 가진 아이를 낳을 수……. 자네 왜 여

자는 찾지 않는가, 자네의 아이를……. 이런, 내가 눈치 없이 굴었군, 그렇지? 하지만 내 짐작이 맞는 것 같은데?"

"칼란테 여왕님, 언제나 그러시듯 당신은 당신이 내린 결론에서 한 치의 허점도 허락지 않으시는군요. 물론 당신 짐작이 맞았습니다. 당신께서 말씀하신 그것이 저에겐 허용되지 않습니다."

게롤트는 처량하게 웃어 보였다.

"미안하네. 그렇지 뭐, 인간적인 거지, 그런 게."

여왕의 얼굴에서 미소가 사라졌다.

"그건 인간적인 것이 아닙니다."

"아하, 그렇다면 위쳐는 누구라도 그렇게 할 수 없……."

"아무도요. 칼란테 님, 약초 시험은 끔찍하답니다. 그리고 변형 중에 소년들에게 벌어지는 일은 더욱 끔찍하답니다. 그리고 돌이킬 수 없습니다."

"눈물만은 흘리지 말게나. 그건 자네한테 어울리지 않으니까. 자네가 어떤 과정을 거쳤는지 상관없네. 나는 그 결과물을 보고 있으니까. 내 취향을 충분히 만족시켜주기도 하고. 파베타의 아이가 언젠가 자네와 닮을 거라는 근거만 있다면, 나는 한순간도 망설이지 않을 걸세."

그녀가 중얼거렸다.

"감수해야 할 위험이 너무 큽니다. 당신께서 말씀하셨던 대로 말입니다. 열 명 중 많아야 네 명이 살아남습니다."

"젠장, 위험을 무릅써야 할 것이 어디 약초 시험뿐이란 말인가? 장차 위쳐가 될 아이들만 위험을 감수하는가? 감수해야 할 위험으로 가득한 것이 삶이거늘. 삶 속에선 끊임없는 선택을 해야 한다네, 게롤트. 불행한 우연, 병, 전쟁. 운명에 저항하는 것이나 운명에 맡기는 것이나 위험하기는 마찬가지라네. 게롤트, 나는 자네에게 이 아이를 줄지도 몰라. 하지만 나 역시도 두렵네."

"저는 그 아이를 받지 않을 겁니다. 아이에 대한 책임을 질 수 없을지도 모르니까요. 그러나 폐하께 그에 대한 책임을 지울 용의도 없지요. 이 아이가 언젠가 당신을 생각하게 되는 걸 원치 않습니다. 저처럼요……."

"자네는 그 여인이 밉나, 게롤트?"

"제 어머니요? 아닙니다, 칼란테 여왕님. 상상할 수 있으니까요, 어머니가 선택의 갈림길에 섰다는 걸. 선택의 여지가 없었던 걸까요? 아니요, 제 어머니는 선택할 수 있었습니다. 당신도 아시다시피, 단지 주문이 적합할지, 아니면 영약이 적합할지 선택하는 것이긴 했지만…… 선택이었습니다. 선택은 주의해서 해야 하지요. 그것은 여인들 각자가 가진 성스럽고 번복할 수 없는 권리니까요. 감정은 거기서 아무런 역할도 하지 않습니다. 그녀에겐 번복할 수 없는 결정권이 있었고, 그녀는 그 결정을 내린 것이었죠. 저는 생각합니다. 어머니와의 만남, 어머니가 지을 표정을요. 그럴 때 그 만남은 저에게 일종의 반항적인 즐거움을 주겠지요. 제가 무슨 생각으로 하는 말인지 아실 겁니다."

재빠른 위쳐의 대답에 여왕은 미소를 지었다.

"무슨 말인지 정확히 알지. 그러나 자네는 아마 그런 즐거움을 가질 기회를 얻지 못할 걸세. 나는 자네의 나이를 가늠할 수 없네, 위쳐. 하지만 짐작건대, 자네는 외견상 추측할 수 있는 것보다 훨씬 더 나이가 많겠지. 그걸 생각하면 그 부인은 분명히……."

"그 부인은 틀림없이 저보다 훨씬 더 젊어 보일 겁니다."

게롤트가 쌀쌀맞게 칼란테의 말을 막고 끼어들었다.

"마법사인가?"

"예."

"흥미롭군. 나는 여자 마법사들은 아이를 낳지 못하는 줄······."

"그녀도 분명히 그렇게 생각했을 겁니다."

"분명히 그랬겠지. 그러나 자네가 옳아. 그 여인이 결정할 권리를 두고 우리 논쟁하지 말자고. 이 일은 논쟁할 차원의 일이 아니니까. 이제 우리의 문제로 다시 돌아가지. 자네, 아이를 데리고 가지 않을 거란 말이지? 취소할 생각도 없고?"

"없습니다."

"그런데 만약 예정된 운명에 관한 이야기가 전혀 신화나 전설이 아니라면? 그것이 사실이라면, 보복이 돌아올지도 모르는데 걱정이 되지 않나?"

"보복이라면 다름 아닌 저에게 돌아오겠지요. 그것을 저버린 건 다름 아닌 저, 리비아의 게롤트니까요. 요컨대 당신은 당신이 맡은 의무는 다하셨습니다. 그러나 예정된 운명에 관한 이야기가 전설이 아니라면, 당신이 정해준 아이 중에서 나는 예정된 아이를 고를 수밖에 없었을 겁니다. 파베타의 아이가 그러니까 저 아이 중에 있다는 말씀이지요?"

"그렇다네. 그 아이를 보고 싶나? 운명을 직접 보고 싶나?"

위쳐가 천천히 고개를 저었다.

"아닙니다. 그러고 싶지 않습니다. 저는 포기했고, 단념했습니다. 저는 이 사내아이를 단념합니다. 운명이 정해준 아이를 보지 않겠습니다. 왜냐면 저는 예정된 운명을 믿지 않으니까요. 그리고 운명적으로 예정된 두 사람이 연결되는 데는 미리 예정된 운명만으로는 충분하지 않다는 걸 알고 있으니까요. 저는 미리 정해진 운명을 조롱합니다. 결코 눈먼 사람처럼 운명의 뒤를 따라가지 않을 겁니다. 아무것도 모르고 순진하게 누군가 손을 잡고 이끄는 대로 따라가는 눈먼 사람이 되지 않을 겁니다. 이것이 번복하지 않을 저의 결정입니다, 신트라의 칼란테 여왕님."

여왕이 일어섰다. 그녀가 웃고 있었다. 위쳐는 이 웃음 뒤에 무엇이 숨겨져 있는지 알 수 없었다.

"그렇게 해야 한단 말이지, 리비아의 게롤트. 어쩌면 자네는 단념하고 포기하도록 예정되어 있었던 것이 아닐까? 나는 정확히 그렇다고 보네. 그도 그럴 것이 자네가 알아야 할 게 있다네. 자네가 선택했더라면, 자네가 규칙에 맞게 선택했더라면, 자네가 조롱해마지 않는 운명이 자네를 잔인하게 놀려댔을 거라는 걸 말이네."

게롤트는 여왕의 녹청색 눈동자를 바라보았다. 그녀는 웃고 있었다. 그는 이 웃음에 숨은 의미를 해독할 수 없었다.

정자 옆에는 장미넝쿨이 자라나 있었다. 그는 장미 줄기 한 개를 부러뜨렸다. 그러고는 줄기에서 꽃송이를 꺾고 무릎을 꿇으며 고개를 숙인 채 칼란테에게 꽃송이를 내밀었다.

"자네를 옛날에 만나지 못한 게 유감이네, 백발의 친구여."

위쳐의 손에서 장미를 받아들며 그녀가 중얼거렸다.

"일어나게. 생각이 변해서 결심이 서면 신트라로 다시 오게나. 나는 기다릴 걸세. 그리고 자네에게 예정된 운명의 아이도 기다릴 걸세. 아마 하염없이 기다리고만 있지는 못하겠지. 그러나 분명히 꽤 오랜 시간 동안 기다릴 게야."

여왕은 장미를 얼굴까지 들어 올렸다.

"안녕히 계십시오, 칼란테 여왕님."

"잘 가게, 위쳐. 몸조심하고. 방금 어떤 묘한 예감이 들었는데……. 지금 이 내가 자네를 보는 마지막이라는 느낌이었네."

"안녕히 계십시오, 여왕님."

V

잠에서 깨어난 게롤트는 놀랍게도 허벅지를 꿰뚫듯 파고들던 통증이 사라진 것을 알 수 있었다. 피부가 말갛도록 부풀어올라 욱신거리던 붓기도 더는 그를 괴롭히지 않는 것 같았다. 그는 손을 써서 다리를 걷게 해보려고 했지만, 움직일 수 없었다. 자신이 덮은 털가죽의 무게 때문에 움직임이 자유롭지 못하다는 걸 깨닫기도 전에, 뱃속에서 경악할 정도로 역겨운 기운이 폭풍우처럼 휘몰아치더니 새매의 갈고리 발톱이 내장을 파고드는 것 같은 고통이 밀려왔다. 그는 천천히 손을 쥐었다가 다시 폈다. 그리고 속으로 몇 번이고 되풀이했다. '아니다, 아니야, 다행히…… 마비되지 않았어.'

"깨어났군요."

확인하는 목소리. 질문은 없었다. 나직하지만 분명하고 부드러운 목소리. 여자였다. 분명히 젊은 여인일 것이다. 그는 고개를 들고, 신음을 하며 몸을 일으키려 했다.

"움직이지 마요. 어쨌든 그렇게 거칠게 움직여서는 안 돼요. 아픈가요?"

"아, 아니."

한데 붙어 있던 입술이 벌어졌다.

"아니요. 상처는 아닌데 등이……."

"욕창이에요."

부드럽고 낮은 목소리에 어울리지 않게 무미건조하고 차가운 확답이 돌아왔다.

"곧 회복될 거예요. 자, 이건 남기지 말고 다 마셔야 해요. 조금씩 천천히, 한 모금씩 삼켜요."

액체에선 노간주나무의 향과 맛이 진하게 풍겼다. 오랜 방법이었다. 노간주나무나 박하, 이 두 가지 첨가물은 치료보다는 진짜 조합물의 향이나 쓴맛을 덮을 용도로 넣는 재료였다. 그는 그 이외에도 솔잎이 들어간 걸 알 수 있었다. 그리고 해독에 강력한 효능을 발휘하는 약초인 분트푸쓰도 들어간 것 같았다. 그래, 틀림없이 분트푸쓰가 들어갔다. 분트푸쓰는 독소를 중화시켜 탈저*나 중독되어 상한 피를 정화해주었다.

"전부 다 마셔요. 좀 더 천천히. 그러다 사레가 들 수도 있어요."

그의 목에 있는 메달이 가볍게 진동하기 시작했다. 그러니까 마법을 가미한 약물이었다. 그는 전력을 다해 동공을 넓혔다. 여인이 그의 머리를 떠받치고 있었기 때문에, 이제 여인을 더 자세히 관찰할 수 있었다. 그녀는 뼈가 가는 날씬한 체형의 여인이었다. 그 여인은 남자옷을 입고 있었다. 얼굴은 어둠 속에서 작고 창백해 보였다.

"여기가 어딥니까?"

"타르 화덕이 있는 숲 속 빈터 중 한 곳이에요."

정말이었다. 공기 중에 목탄 향이 배어 있었다. 불이 있는 곳에서 목소리들이 들려왔다. 누군가 방금 섶나무를 던져 넣었는지, 타닥거리며 불꽃이

---

* 탈저: 발가락이나 손가락이 썩어서 떨어져 나가는 증상이다.

높게 솟구쳐 오르며 환해졌다. 게롤트는 주위가 밝아지자 다시 한 번 그녀를 보았다. 그녀는 뱀 가죽으로 만든 밴드로 머리카락이 내려오지 않게 붙잡아 두었다. 이 머리카락은…….

목구멍과 가슴께에서 숨이 막힐 듯한 고통이 느껴졌다. 그는 손으로 가슴을 움켜쥐고 눌렀다.

그녀는 빨강 머리였다. 불처럼 붉은 빨간색. 불빛 속에서 그녀의 머리카락은 벽돌색처럼 보였다.

"아파요?"

그녀는 그의 상태를 감지하고 물었지만, 잘못 짚은 것이었다.

"잠깐만……."

위쳐는 그녀의 손에서 나오는 온기에 갑작스레 전율을 느꼈다. 전율은 온 등을 훑고 내려가 엉덩이까지 흘렀다.

"우리가 당신을 돌려 눕힐 거예요. 그러니까 혼자서 뒤집으려고 하지 마요. 당신은 지금 아주 쇠약해진 상태예요. 저기요, 누구 날 좀 도와줄 수 있어요?"

불이 있는 곳에서 발걸음 소리가 들렸고, 그림자가 나타나더니 윤곽이 드러났다. 누군가가 그에게로 몸을 숙였다. 유르가였다.

"이 사람을 엎드려 눕히게 좀 도와줘요. 조심조심, 천천히. 이렇게요, 그래요. 잘했어요. 고마워요."

이제 게롤트는 여인을 더 이상 바라볼 수 없었다. 배를 바닥에 대고선 그녀의 눈이 보이지 않았으니까. 그는 마음을 가라앉히고, 떨리는 양손을 통제할 수 있었다. 어쩌면 그녀도 그것을 감지했을지 모른다. 그녀의 가방에 달린 자물쇠가 '찰칵' 닫히는 소리가 들렸다. 유리와 사기로 된 플라스크가 짤그랑거리는 소리도 났다. 숨소리에 이어 그녀의 따뜻한 허벅지가 와 닿는 것이 느껴졌다. 여인이 그의 곁에 무릎을 꿇고 앉았다.

"내 상처 말이에요, 치료하기 어렵습니까?"

그는 둘 사이에 흐르는 정적을 참을 수 없어 말문을 열었다.

"그러게요, 조금은요. 이빨에 물려서 난 상처의 경우엔 이런 현상이 가끔 나타나곤 해요. 상처 중에서도 가장 볼썽사나운 상처지요. 하지만 당신한테는 처음 있는 일도 아니잖아요, 위쳐."

그녀의 목소리에서 쌀쌀함이 느껴졌다.

그녀는 그걸 알고 있었다. 이 여인이 내 기억을 여기저기 쑤셔댔다. 기억을 읽는 것일까? 아마 아닐 것이다. 그리고 게롤트는 그녀가 그러지 못하는 이유를 알고 있었다. 기억을 읽는 것이 두려울 테니까.

"그래요, 처음 있는 일은 아닐 거예요."

그녀는 다시 한 번 그 말을 반복하고는 다시 유리 용기들을 달그락거렸다.

"당신 몸에 난 몇몇 상처들을 살펴보았어요. 그래도 나는 제때에 온 거예요. 알고 있나요? 나는 마법사예요. 동시에 치료사이기도 해요. 내 전문 분야이지요."

'치료하는 일을 하는군.' 그는 아무 말도 하지 않았다.

"상처에 관해서는, 이건 알아둬야 할 필요가 있을 것 같아요. 당신이 목숨을 구한 건 당신의 맥박 덕분이었어요. 보통 사람보다 4배나 느리게 뛰더군요. 그렇지 않았다면 살아남지 못했을 거예요, 그건 내가 확실하게 말할 수 있어요. 그들이 당신의 다리에 붕대를 감은 걸 보았어요. 어디서 붕대 감는 걸 보고 흉내를 낸 것 같았는데, 어설프기 짝이 없었어요."

그녀는 침착하게 말을 이었고 게롤트는 잠자코 있었다.

"나중에 패혈증으로 진행되었으니까요. 물론 물린 상처는 그런 경우가 일반적이긴 해요. 일단 패혈증은 제동이 걸렸어요. 당연히 위쳐의 영약 덕분이었겠죠? 그게 많은 도움이 되었답니다. 하지만 왜 곧장 환각제를 복용했는지, 그건 나로선 이해할 수가 없네요. 나는 당신이 열에 들떠 했던 많은 이야기를 들었어요, 리비아의 게롤트."

그녀는 계속 이야기를 하며 그의 밤스를 목까지 끌어올려 주었다.

'내 생각을 읽는군. 이 사람도 생각을 읽을 줄 알아. 아니, 어쩌면 유르가가 그녀에게 내 이름이 뭔지 말해주었을지도 모르지. 혹시 내가 잠을 자면서 '검은 갈매기'의 약효에 취해 온갖 비밀을 불어버린 건가? 아무도 모를 일이지. 하지만 내 이름을 아는 게 이 여인에게 무슨 소용이 있겠는가. 아무 소용없지. 내가 누군지 알지 못하는데. 그녀는 내가 누구인지 감도 못 잡고 있어.'

게롤트는 그녀가 그의 등에 장뇌* 향이 진동하는 차갑고, 고통을 누그러뜨리는 연고를 바르는 것을 느꼈다. 그녀의 손은 작고 아주 부드러웠다.

"미안해요, 이런 구닥다리 방법을 써서요. 욕창이 난 자리는 마법을 써서 고칠 수 있지만, 다리 상처를 치료하는 데 전력을 다하느라 욕창은 특별히 신경 쓰지 못했어요. 다리는 벌어진 곳을 가능한 한 잘 접합하고, 봉했어요. 그러니 이제 위험한 고비는 넘겼다고 봐요. 그러나 앞으로 이틀 간은 일어나선 안 돼요. 마법을 써서 연결한 혈관이라 해도 쉽게 터질 수 있고, 그러면 끔찍한 출혈이 일어날 거예요. 물론 상처도 남고요. 상처 수집 목록에 새

---

* 장뇌: 모노테르펜에 속하는 케톤의 하나이다. 독특한 향기가 있는 무색의 고체로, 물이 아닌 유기 용매에 잘 녹는다. 상온에서 승화하기 쉽고, 장뇌삼 혹은 캠퍼라고도 부른다.

로운 상처 하나를 추가하려는 것이 아니라면요."

"고마워요."

게롤트는 모피에 뺨을 가져다 댔다. 원래의 목소리를 변조하여 알아듣지 못하게 위장하려는 것이었다.

"혹시 알 수 있을까요? 내가 감사해야 할 사람이 누구인지?"

"나는 비세나예요."

그가 아는 이름이었다.

"반갑습니다. 다른 길을 걷던 사람들이 이렇게 길이 마주쳐 만나게 되다니 반갑습니다, 비세나."

그는 여전히 털가죽에 볼을 댄 채 천천히 말했다.

"우연이었지요."

그녀는 밤스의 등 쪽을 다시 여며주고 모피를 등에 덮어준 뒤 시원스럽게 대답했다.

"국경지대의 세관원들에게서 나를 필요로 한다는 소식을 들었어요. 나는 나의 손길을 필요로 하는 곳이면 어디든 말을 달려가죠. 그건 나의 이상한 습관 중 하나예요. 조심해요, 연고는 저 상인에게 두고 갈게요. 그에게 아침저녁으로 연고를 발라주라고 부탁해둘게요. 상인의 주장대로라면 당신이 그의 목숨을 구했다면서요. 그래서 감사의 뜻을 표하고 싶다더군요."

"그럼 나는요? 어떻게 해야 내가 당신에게 감사의 뜻을 표할 수 있을까요, 비세나?"

"그 이야기는 하지 맙시다. 나는 위처에게는 보수를 받지 않아요. 알고 싶다면 연대감 때문이라고 해둡시다. 직업상의 연대감 말이에요. 그리고 또 공감 때문이라고요. 이 공감의 틀 안에서 친절한 조언을 하나 할게요. 아니 원한다면, 치료사의 조언이라 여겨도 좋아요. 이제 환각제 복용은 그만 둬요. 게롤트. 환각제는 도움이 되지 않아요. 아무것도 막아줄 수 없어요."

"고마워요. 비세나. 이렇게 도움도 주고, 충고도 해줘서요. 고마워요, 전부다."

그는 덮고 있던 모피에서 손을 꺼내 그녀의 무릎을 쓰다듬었다. 비세나는 놀라서 몸을 움츠렸다. 뒤이어 게롤트의 손에 자신의 손을 얹고는 가볍게 힘을 주어 잡았다. 그는 조심스럽게 손가락을 풀고 그녀의 손과 그녀의 아래 팔뚝을 쓰다듬었다.

그녀의 피부는 어린 소녀의 것처럼 매끈했다. 그녀는 아까보다 더 놀라며 몸을 움츠렸지만, 뒤로 물러나지 않았다. 게롤트는 다시 손을 내려 그녀의 손을 꼭 잡았다.

목에 걸린 메달이 부르르 떨기 시작하더니 펄떡였다.

"고마워요, 비세나. 서로 걷던 길이 이렇게 교차하여 우리가 다시 만나게 되어서 기쁩니다."

그는 평정을 잃지 않은 목소리로 또 한 번 고맙다는 인사를 했다.

"우연이었지요. 아니면 혹시 예정된 운명이 아니었을까요?"

그러나 이번에는 어떤 쌀쌀함도 느껴지지 않는 목소리로 여인이 대답했다.

게롤트도 의아했다. 이 말을 하는데 흥분과 초조함이 일시에 흔적도 없이 사라져버렸던 것이다.

"비세나, 당신은 운명이 예정되었다고, 숙명이 있다고 믿습니까?"

"그래요. 나는 그렇다고 믿어요."

그녀는 잠시 머뭇거린 뒤 대답했다.

"그러면 운명적으로 연결된 사람들은 언제든 서로 만나게 된다는 것도 믿습니까?"

"그것도 믿죠. 뭐하는 거예요? 몸을 돌리면 안 돼요."

"당신 얼굴이 보고 싶어요. 비세나, 당신의 눈을 보고 싶어요. 그리고 당신…… 당신도 내 눈을 봐야만 해요."

그녀가 일어서려는 듯 몸을 움직였다. 그는 천천히 몸을 돌렸다. 고통 탓에 입가가 일그러졌다. 아까보다 주위가 밝았다. 누군가 다시 모닥불에 나무를 던져 넣은 모양이었다.

비세나는 더 이상 움직이지 않았다. 그녀는 단지 옆으로 고개를 돌렸을 뿐이었다. 그녀의 옆모습이 드러났다. 그러나 그가 자세히 볼수록 그녀의 입술이 경련을 일으키듯 움찔거렸다. 그녀가 그의 손을 힘껏 쥐었다.

게롤트는 보았다.

닮은 구석이라곤 하나도 없었다. 옆모습은 전혀 달랐다. 작은 코에 좁은 턱. 그녀는 아무 말도 하지 않았다. 다음 순간 그녀는 갑자기 몸을 숙여 그의 두 눈을 똑바로 바라보았다. 가까이에서. 아무 말도 하지 않고.

"나 어때요, 마음에 들어요?"

위쳐가 조용히 물었다.

"내 변이된 두 눈은요? 평범함과는…… 아주 거리가 먼 눈이지요. 비세나, 그거 알아요? 위쳐들이 두 눈을 변이시키기 위해 무슨 짓을 하는지? 그리고 그게 늘 성공적으로 끝나지는 않는다는 것도?"

"그만하지. 그만해요, 게롤트."

비세나가 느릿하게 대답했다.

"게롤트……"

그는 갑자기 내면에서 뭔가가 쩍하고 찢어지는 것 같은 느낌을 받았다.

"이 이름은 베세미르가 나에게 붙여주었어요. 리비아에서 온 게롤트! 심지어 나는 리비아 지방의 억양도 배워두었어요. 아마 고향에 대한 결속감을 갖고자 하는 욕구에서 그랬던 것 같아요. 비록 그것이 날조된 것이라고 해도 말이죠. 베세미르…… 그는 나에게 이름을 지어주었고, 또 당신의 이름도 알려주었지요. 물론 아주 마지못해서요."

"조용히 해라, 게롤트, 조용히."

"당신이 오늘 나에게 말했지요. 운명이 미리 예정되어 있다는 걸 믿는다고. 그럼 당시에…… 당시에도 그렇게 믿었나요? 아, 그렇지, 당신은 그걸 틀림없이 믿었겠죠. 당신은 틀림없이 믿었을 겁니다. 운명이 우리를 한곳으로 모이게 할 거라고. 당신은 그러니까 만나려는 노력을 절대로 하지 않았노라, 그렇게 주장할 수밖에 없겠지요."

비세나는 아무 말도 하지 않았다.

"나는 늘 원했지요. 마침내 우리가 만나게 되면 당신에게 무슨 말을 할까, 곰곰이 생각했죠. 당신에게 어떤 질문을 할지도 깊이 생각해보았어요. 우리의 만남이 나에게 엇나간 만족감을 줄지도 모른다고 생각했어요……."

그녀의 뺨에서 번들거리는 것은 눈물이었다. 의심할 여지가 없었다. 그는 목이 메는 것을, 정말 아플 정도로 목이 메는 것을 느꼈다. 무척 피곤했다. 졸리고 힘이 빠졌다.

"내일, 날이 밝으면 햇빛 아래에서 당신의 눈을 볼게요, 비세나. 난 당신에게 그동안 생각해둔 질문들을 할 겁니다. 아니 어쩌면 그 질문들을 안 할지도 몰라요, 이미 너무 늦은 걸요. 예정된 운명이요? 아, 그래요, 옌이 옳았어요. 서로가 서로에게 운명적으로 정해지는 것만으로는 충분하지 않아요. 거긴 그 이상의 것이 더 필요해요. 그러나 당신의 눈은 내일 볼게요……. 밝은 햇빛 속에서요."

게롤트가 신음하며 말했다.

"안 된다."

비세나가 부드럽고 나직하게, 벨벳 같은 목소리로 말했다. 목소리가 떨렸다. 목소리가 갈라져 겹겹이 쌓인 기억을 잡아 찢어 하나의 기억, 즉 존재하지 않는 기억을 떼어냈다. 절대 존재하지 않았지만, 늘 그곳에 있는 기억이었다.

"돼요!"

그가 반박했다.

"돼요. 나는 그렇게 할 겁니다."

"아니. 이제 너는 잠이 들 거야. 그리고 깨고 나면, 그렇게 하고 싶은 생각이 더는 들지 않을 게다. 무엇을 위해 우리가 밝은 햇빛 속에서 서로를 쳐다보아야 한다는 거냐? 그렇게 한다고 뭐가 달라지니? 그렇게 한다고 이제 와서 돌이킬 수 있는 건 아무것도 없어. 변할 수 있는 건 아무것도 없단다. 나에게 묻는 게 무슨 의미가 있겠니, 게롤트? 내가 너의 물음에 답할 입장이 아니라는 사실이 진짜로 너에게 만족감을 줄까? 서로를 아프게 하는 것이 우리에게 무슨 소용이 있겠어? 안 된다, 우리가 밝은 햇빛 아래에서 서로를 바라보는 일은 없을 거다. 잘 자라, 게롤트. 그리고 우리끼리 하는 이야기인데, 너에게 이름을 지어준 사람은 결단코 베세미르가 아니었다. 물론 그 사실을 안다고 해서 변하는 건 아무것도 없고, 돌이킬 수 있는 것 역시 아무것도 없겠지. 하지만 나는 네가 그 사실을 알고 있었으면 싶구나. 건강하고 몸조심하렴. 그리고 나를 찾으려고 하지 마라."

"어머니……."

"안 돼, 게롤트. 이제 곧 잠이 들게야. 그리고 나는…… 네가 꾼 꿈이었어. 안녕."

"안 돼요! 어머니!"

"잠들어라."

벨벳 같은 목소리가 명령했다. 그 명령은 그의 의지를 꺾었고, 천 조각처럼 갈기갈기 찢었다. 비세나의 손에서 갑자기 온기가 흘러나왔다.

"잘 자라."

게롤트는 잠이 들었다.

VI

"벌써 리버렐에 온 건가, 유르가?"

"어제 저녁부터 있었습니다. 게롤트 선생. 이제 곧 있으면 야루가입니다. 그리고 그 너머가 제가 사는 지역입니다. 보세요, 말들도 고개를 흔들어대며 쾌활하게 걷고 있지 않습니까? 녀석들도 집이 가까워졌다는 걸 감지하는 거죠."

"집이라…… 사는 곳이 시내인가?"

"변두리입니다."

"흥미롭군."

위쳐가 주변을 둘러보았다.

"전쟁의 흔적이라고는 거의 보이지 않아. 전쟁 때문에 끔찍하게 황폐화되었다고 하던데."

"물론이죠. 널린 게 폐가이고 폐허인 걸요. 새 목재가 없어 오두막도, 울타리도 거의 찾아볼 수 없습니다. 저기 저 강 건너, 보이지요? 저곳은 훨씬 더 심합니다. 저곳은 땅바닥까지 전부 다 타버렸어요……. 그러니까 전쟁은 전쟁인 겁니다. 그 와중에도 삶은 계속되어야 하지요. 검은 무리가 우리 땅을 훑고 지나갈 때, 이곳은 모든 게 뒤죽박죽 난장판이었습니다. 당시에는 정말로 그들이 모든 것을 황무지로 변화시킬 것만 같았지요. 당시 도망갔던 사람 중 다수가 되돌아오지 않았습니다. 하지만 돌아오지 않은 사람들의 자리에는 새로운 사람들이 이주하여 생활하고 있지요. 삶은 계속될 수밖에 없으니까요."

"맞네. 산 사람은 계속 살아야지. 어떤 삶이든 상관없이. 전부 '전진, 앞으로'하며 계속 나아가야지."

게롤트가 중얼거렸다.

"맞습니다. 자, 이제 입어보세요. 바지를 꿰매고 짜깁기하여 다시 붙여 놓았습니다. 바지 이야기를 하다 보니 꼭 이 땅 이야기 같습니다, 게롤트 선생. 전쟁이 이 땅을 찢어 놓았고, 강철 써레로 써레질하듯 이 땅을 가로질러 갔지요. 그리고 꿰맨 것을 풀어서 뜯어내듯 이 땅을 뜯어내고 피로 더럽혔어요. 그러나 이제 땅은 다시 새것처럼 되어가고 있어요. 그리고 더 많은 열매를 맺을 겁니다. 게다가 썩은 것들까지 합세하여 좋은 목적에 공헌하겠지요. 거름이 되어서 말이죠. 당분간은 여전히 좀 어렵겠지만요. 들판 곳곳에 뼈와 칼이 널브러져 있으니까요. 하지만 이 땅은 그런 쇠붙이들까지 말끔히 청소해줄 겁니다."

"자네들은 두렵지도 않나, 닐프가드 사람들이……. 그 검은 무리가 다시 올까봐 두렵지 않은가? 그들은 이미 산을 관통하는 길을 찾았는데……."

"물론 두렵습니다. 그러나 그런다고 무슨 소용이 있겠습니까? 웅크리고 앉아서 울면서 떨고 있을까요? 삶은 계속되어야 합니다. 그리고 벌어질 일은 벌어지겠지요. 운명적으로 미리 예정된 것, 그것은 피할 수 없으니까요."

"자네는 예정된 운명을 믿나 보군?"

"어떻게 그걸 믿지 않을 수 있겠습니까? 우리가 다리에서 만나고, 협곡에서 당신이 나를 구해준 일까지 겪었는데요. 아, 위쳐 선생, 두고 보세요. 나의 아내 첼린다가 당신의 발치에 쓰러져……."

"진정하게. 솔직히 말해서 내가 자네에게 더 많은 신세를 졌지. 그곳 다리에선…… 그건 평소 내가 하는 일이라네, 유르가, 내 직업인걸. 나는 돈을 받고 사람들을 보호한다네, 온정에서 우러나서가 아니라네. 유르가, 인정하게. 자네도 사람들이 위쳐에 대해 이야기하는 걸 들어봤지? 사람들이 위쳐들을 잘 모르고, 아니 위쳐들이 죽이는 괴물이 얼마나 끔찍한지 잘 모르고 하는 소리지……."

"그건 사실이 아닙니다, 선생. 왜 그런 말씀을 하는지 잘 모르겠습니다. 내가 무슨 머릿속에 눈이 달린 것도 아니지 않습니까? 당신은 치료사 여인과 똑같습니다."

"비세나……."

"그녀는 이름을 말하지 않았습니다. 그런데 그녀가 서둘러 우리에게 말을 달려왔지요. 자기가 필요하다는 걸 알았기 때문이었답니다. 그녀는 저녁에 우리가 있는 곳에 다다랐고, 안장에서 미처 내려오기도 전부터 당신을 치료하는 일에 뛰어들었습니다. 오, 선생, 그녀는 당신 다리를 치료하려고 엄청나게 애를 썼답니다. 마법을 부리는데 공기가 제대로 진동하더군요. 우리는 겁을 집어먹고 숲 속으로 도망쳤습니다. 마법을 쓴 다음에 그녀는 코피를 쏟았지요. 마법을 부리는 것이 참으로 간단하지 않더군요. 맞아요, 그녀는 당신을 돌보아주었어요. 꼭…….”

“어머니처럼?”

게롤트는 이를 악물었다.

“확실히 그랬어요. 말씀 한번 잘하셨습니다. 그리고 당신이 잠들었을 때…….”

“잠이 들었을 때, 뭐? 유르가?”

“그녀는 지칠 대로 지쳐 거의 쓰러지기 일보 직전이었죠. 얼굴이 회벽처럼 하얗게 되었더군요. 그런데도 그녀는 우리에게 왔습니다. 그리고 우리 중 도움이 필요한 사람은 없는지 묻더군요. 그러고는 나무 기둥에 팔이 으깨어진 한 역청 화부의 팔을 치료해주었지요. 돈은 단 한 푼도 받지 않았고요. 게다가 약까지 놓고 갔습니다. 게롤트 선생, 나는 압니다. 위쳐에 대해 갖은 이야기들이 세상에 회자되고 있고, 또 마법사에 관해서도 갖은 이야기들이 떠돈다는 것을 압니다. 하지만 우리의 경우엔 그렇지 않습니다. 우리 소든 상부의 사람들과 리버델 출신의 사람들은 위쳐와 마법사에 대해 더 많은 걸 알고 있거든요. 우리는 마법사들에게 많은 신세를 졌습니다. 그들을 개별적으로 잘 알지는 못해도요. 우리는 그들에 대한 기억을 소문이나 잡설로 허비하지 않고 돌에 새겼습니다. 융발트 숲만 지나면 곧바로 보일 겁니다. 덧붙여 말하자면, 당신은 분명히 누구보다도 그걸 잘 알고 있을 겁니다. 이 전투에 관해 온 세상 사람들이 얘기했으니까요. 딱 일 년이 지났네요. 전투에 관해 들어보셨을 겁니다.”

“나는 이곳에 없었네. 일 년 전부터. 나는 북쪽 지방에 있었다네. 하지만 듣기는 들었지. 소든을 둘러싼 두 번째 전투가…….”

위쳐가 웅얼거리며 말했다.

"사실이에요. 곧 높은 야산과 바윗덩어리들을 보게 될 겁니다. 옛날에 우리는 이 야산에 솔개 언덕이라는 평범한 이름을 붙였더랬지요. 그러나 지금은 모두 '마법사 언덕' 또는 '14인의 언덕'이라고 말하죠. 마법사 스물두 명이 그곳에서 벌어진 전투에 섰고, 그중 열네 명이 전사했거든요. 게롤트 선생, 그 전투는 정말 끔찍했어요. 땅이 벌떡벌떡 일어섰고, 하늘에선 불비가 내렸고, 벼락이 떨어졌죠. 시신들이 빽빽하게 누워 있었습니다. 그러나 마법사들은 그 검은 무리를 제압했고, 그들이 이끌었던 폭력을 꺾었지요. 그를 위해 열네 명이 목숨을 바쳤습니다. 왜 그러십니까, 선생? 어디 편찮으세요?"

"아무것도 아니네. 계속 얘기해보게, 유르가."

"정말 끔찍한 전투였습니다. 어휴, 누가 압니까? 만약 마법사들이 이 야산에 살지 않았더라면, 아마 우리는 지금처럼 집으로 가면서 이렇게 얘기를 나눌 수 없었을지도 모르죠. 집은커녕 나에겐 아무것도 없었을 것이고, 아마 당신을…… 만나지도 못했을 테니까요. 그렇습니다, 이게 다 마법사들 덕분이지요. 그들 가운데 열네 명이 우리를, 소든과 리버델 사람들을 지키기 위해 목숨을 잃었습니다. 하, 물론 다른 사람들도 전투에 참가해서 싸웠지요. 군인이며 귀족, 그리고 농부들도 있었습니다. 거름이나 치고 농사일이나 할 줄 알던 농사꾼까지 쇠스랑과 도끼, 몽둥이를 들고 전투에 참가했습니다. 모두 용감하게 싸웠어요. 그러나 마법사들은……. 군인에게 전사란 간단한 문제입니다. 그건 그들의 직업이니까요. 그리고 어차피 삶은 한순간이니까요. 하지만 마법사들은 자신이 원하는 만큼 살 수 있지요. 그런데 그들은 망설이지 않았습니다."

"그들은 망설이지 않았다."

위처는 유르가의 말을 반복하곤 이마를 문질렀다.

"망설이지 않았다. 그리고 나는 북쪽지방에 있었다……."

"왜 그러십니까, 선생?"

"아무것도 아니네."

"그러시군요. 그래서 우리, 이 지역의 사람들은 이제 그 언덕배기 야산 위에다 꽃을 가져다 놓죠. 그리고 오월이 되어 벨레타인이 되면 그곳에 늘 불이 타오르게 합니다. 그 불은 영원히 타오를 겁니다. 그리고 열네 명의 마법사들은 영원히 우리의 기억 속에서 살아 있을 겁니다. 그리고 그렇게 기억 속에 살아 있는 삶은 참으로…… 그것은…… 뭔가 그 이상의 어떤 것입니다! 삶 그 이상이지요, 게롤트 선생!"

"자네 말이 맞네, 유르가."

"우리가 사는 곳에선 어떤 아이든 열네 명의 이름을 알고 있습니다. 야산 꼭대기에 세워 둔 돌에 그 이름을 새겨 놓았으니까요. 믿지 못하겠어요? 들어보세요. 점박이라 불리던 액셀 래비, 트리스 메리골드, 아틀란 커크, 브뤼게의 바니엘, 볼레의 다고베르……."

"그만하게, 유르가."

"무슨 일입니까, 선생? 죽은 사람처럼 얼굴이 창백해요!"

"아무것도 아니네."

VII

게롤트는 아주 천천히 산을 올랐다. 마법으로 치유된 상처에 유의하며 힘줄과 근육을 조심스럽게 움직여 산을 올랐다. 염증이 완전히 가신 것처럼 보였지만, 그는 계속해서 다리를 조심해서 다뤘고, 다리에 체중을 싣는 행동은 하지 않았다. 날이 더웠다. 풀 냄새가 코끝까지 올라와 정신이 아득해졌지만, 그래도 기분이 좋았다.

기념비는 산꼭대기 한가운데에 서 있지 않았다. 모가 난 돌들이 둥그렇게 원을 이룬 가운데, 중심에서 한 발짝 물러선 자리에 우뚝 솟아올라 있었다. 해가 지기 직전에 왔더라면, 선돌의 그림자가 원 안으로떨어져 정확히 원의 중심을, 더불어 전투 중 마법사들의 얼굴이 향했을 그 방향을 가리키는 모습을 봤을 것이다. 게롤트는 구릉이 많은 끝없는 들판을 향해 시선을 돌렸다. 저곳, 저곳에 아직 전사자들이 있다면, 무성하게 자란 풀들이 뼈를 덮고 있을 것이다. 그곳에는 틀림없이 전사자들의 뼈가 있을 것이다. 송골매 한 마리가 넓게 날개를 펼치고 조용히 그곳을 맴돌고 있었다. 작열하는 태양 아래 굳어버린 풍경 속에서 송골매는 유일하게 움직이는 존재였다.

기념비의 주춧돌은 둘레가 넓었다. 적어도 네댓 명의 사람이 있어야 서로 깍지를 끼고 둘레를 한 번 두를 수 있을 것 같았다. 마법의 힘을 빌리지 않고 이 돌을 야산 꼭대기까지 가져다 놓지는 못했으리라. 원형으로 둘러선 돌들을 향한 면은 매끈하게 깎아 다듬어 놓았고, 그 위에 룬문자를 새겨 놓았다.

전사한 열네 명의 이름이었다.

게롤트는 천천히 다가갔다. 정말 유르가의 말이 옳았다. 기념비 발치에

예정된 운명 283

꽃들이 놓여 있었다. 양귀비, 층층이부채꽃 루핀, 당아욱, 물망초 등 평범한 야생화들이었다.

열네 명의 이름이라.

게롤트는 천천히, 위에서 아래로 읽어 내려갔다. 그리고 그의 눈앞에는 그가 잘 아는 얼굴들이 서 있었다.

붉은 머리의 트리스 메리골드. 기회만 나면 닥치는 대로 킥킥거리던 그녀는 소녀처럼 앳돼 보였다. 그는 그런 그녀를 좋아했다. 그리고 그녀도 그를 좋아했다.

무리벨의 로드보르. 비지마에서 그와 게롤트는 하마터면 서로 결투를 할 뻔했다. 그가 섬세한 원격 마술로 주사위 게임을 조작하는 걸 게롤트가 붙잡았을 때였다.

리타 네이드. 일명 산호라고 불렸던 여인. 그녀가 애용하던 입술 연지색 때문에 얻은 별명이었다. 리타는 언젠가 벨로훈 왕 앞에서 게롤트를 중상해서 일주일이나 지하 감옥에 갇혀 있게 한 장본인이었다. 감옥에서 풀려나자 게롤트는 대체 왜 그랬는지 물어볼 요량으로 그녀를 찾아갔다. 그런데 어느 순간 그는 리타의 침대에 들어가 있었고, 거기서 일주일이나 머물렀다.

늙은 고라츠. 그는 게롤트의 눈을 조사하는 대가로 100굴덴을 지급하겠다고 했다. 그리고 해부를 하게 해주면 1,000굴덴을 주겠다고 제안했다. 당시 그는 이렇게 말했다. '꼭 지금 당장이 아니라도 돼.'

세 명이 더 남아 있었다.

뒤에서 바스락거리는 소리가 났다. 게롤트가 뒤돌아섰다.

그녀는 맨발에 검소한 아마포 드레스를 입고 있었다. 밝은색의 긴 머리카락이 어깨까지 내려왔고, 머리에는 데이지꽃 화관을 쓰고 있었다.

"어서 와라."

게롤트가 말했다.

그녀는 차가운 파란 눈을 들어 그를 올려다보았지만, 대답은 하지 않았다.

그는 그녀가 햇볕에 그을리지 않았다는 사실을 알아차렸다. 이상한 일이 었다. 지금, 그것도 여름이 끝나갈 무렵이면 농가의 소녀들은 일반적으로 햇볕에 그을려 얼굴은 물론이고 드러난 어깨까지 가볍게 황금색을 띠기 마련이었다.

"꽃을 가져왔구나?"

그녀가 속눈썹을 내리깔며 미소를 지었다. 서늘함이 느껴졌다. 그녀는 아무 말 없이 그의 곁을 지나 선돌의 발치에 무릎을 꿇고는 두 손으로 돌을 만졌다.

"나는 꽃을 가져오지 않았어요. 하지만 이것들, 여기 놓여 있는 것들은 나를 위한 것이지요."

그녀가 고개를 들었다.

게롤트는 그녀를 살펴보았다. 그녀는 그렇게 앉아서 선돌에 새겨진 마지막 이름을 그의 시야에서 감추었다. 어두운 바윗덩어리를 배경으로 앉은 그녀의 모습은 밝게 보였다. 부자연스러울 정도로 밝게 빛났다.

"너는 누구지?"

위쳐가 느린 말투로 물었다.

그녀가 미소를 지었다. 그러자 냉기가 불어왔다.

"몰라서 묻는가?"

'알고 있어.' 그녀의 차가운 파란 눈을 바라보다가 그는 생각했다. '그래, 이 소녀는 분명히 내가 아는 소녀야.'

그는 조용히 있었다. 달리 할 수 있는 게 없었다. 더 이상은.

"나는 항상 궁금했습니다. 당신이 어떤 모습일지요, 주인님."

"나를 그렇게 말할 필요 없네. 우리가 어디 한두 해 만난 사이던가?"

그녀가 목소리를 낮추어 말했다.

"우리가 아는 사이이긴 하죠. 이 말은 당신이 내가 어디를 가든 내 뒤를 따라다녔다는 말이지요."

"그랬지. 하지만 자네는 단 한 번도 나를 뒤돌아본 적이 없었지. 오늘까지. 오늘 처음으로 뒤를 돌아보더군."

게롤트는 잠자코 있었다. 그는 할 말이 없었다. 피곤했다.

"어떻게…… 어떻게 이런 일이 일어났죠?"

마침내 그가 아무런 미동도 없이 쌀쌀맞게 물었다.

"내가 자네의 손을 잡을 걸세. 자네의 손을 잡고 초원을 가로질러 갈 걸세. 그리고 안개 속으로 들어갈 거야. 차갑고 축축하겠지."

그렇게 말하고 그녀는 서슴없이 그의 눈을 바라보았다.

"그리고 그다음은요? 안개를 넘으면 뭐가 나옵니까?"

"없어, 아무것도."

그녀가 웃었다.

"그다음엔 아무것도 올 것이 없어."

"당신은 내가 가는 곳마다 내 뒤를 따라왔어요. 하지만 다른 사람들, 나의 길을 스쳐 지나가는 사람들은 따라 잡았지요. 왜죠? 내가 혼자 남는 것이 중요하기 때문이지요? 그리하며 마침내 내가 당신을 두려워하도록 하는 것이 중요하기 때문이지요? 당신에게 진실을 털어놓고 싶네요. 나는 항상 당신이 두려웠습니다, 언제나요. 두려워서 뒤돌아보지 않은 겁니다. 어찌면 겁이 나서였겠지요. 당신이 내 뒤를 곧장 따라오고 있는지, 돌아볼 수도 있었겠지요. 나는 항상 두려웠어요. 나는 평생 두려움 속에 살아왔습니다. 나는 두려웠습니다. 오늘까지 말입니다."

"오늘까지?"

"그래요, 오늘까지. 우리는 서로의 얼굴을 마주 보고 서 있습니다. 그런데 두려움이 느껴지지 않는군요. 당신은 나에게서 모든 것을 앗아갔지요. 이제 두려움도 앗아갔나 봅니다."

"그런데 왜 자네의 눈에는 공포가 가득하지, 리비아의 게롤트? 두 손은 떨고 있고, 얼굴은 납빛이로군. 왠가? 기념비에 새겨진 마지막 열네 번째 이름이 그토록 두려운 건가? 자네가 원한다면 내가 이름을 말해주지."

"그럴 필요 없습니다. 그 이름이 무엇인지 알고 있으니까요. 원은 열리지 않고 연이어 돌고, 뱀은 제 이빨로 제 꼬리를 물고 싸웁니다. 그래야 하니까요. 당신과 그 이름 그리고 꽃들. 그들을 위한 것이자 당신을 위한 것이지요. 기념비에 새겨진 열네 번째 이름, 그 이름은 내가 한밤중에, 그리고 미끄러지듯 떨어지는 햇살 아래에서 입 밖에 냈던 이름이고, 추울 때에도, 타들어가듯 뜨거울 때나 비가 올 때에도 한결같이 불렀던 이름이지요. 아니요, 이제 나는 그 이름을 말하는 게 겁나지 않습니다."

"그렇다면 말해보라."

"예니퍼……. 벤거버그의 예니퍼."

"하지만 이 꽃들은 나를 위한 것들이다."

"이제 그 이야기는 그만합시다. 잡아요……. 내 손을 잡아요."

게롤트는 간신히 말했다.

그녀는 자리에서 일어나 그에게 다가왔다. 그는 그녀에게서 폭풍처럼 밀려오는 서늘한 기운을 느꼈다. 살을 에고 뼛속을 파고드는 것 같은 냉기였다.

"오늘은 아니다. 언젠가 그런 날이 오겠지. 하지만 오늘은 아니다."

"당신은 나에게서 모든 것을 앗아갔어요……."

그녀가 그의 말을 막았다.

"아니. 나는 아무것도 빼앗지 않아. 나는 단지 손을 잡을 뿐이지. 아무도 홀로 가지 않도록 말이야. 안개 속을 혼자 간다는 건……. 잘 가게, 리비아의 게롤트. 언젠가 다시 보자고."

게롤트는 대답하지 않았다. 그녀가 천천히 돌아섰다. 갑자기 안개가 야산 꼭대기를 뒤덮었다. 그녀는 모든 것이 침잠하는 그 안개 속으로, 부드럽고 축축한 그 안개 속으로 걸어갔다. 안개에 휘감겨 기념비도, 그 발치에 놓아둔 꽃들도, 그 속에 새겨진 열네 명의 이름도 어렴풋해졌다. 오직 안개와 이슬에 젖어 축축하게 빛나는 풀들만이 있을 뿐, 아무것도 없었다. 풀에서 진하고 달콤한 냄새가 올라와 정신이 아득해지며 관자놀이가 욱신거렸다. 그리고 망각이, 피로가 찾아왔다.

"게롤트 선생! 무슨 일입니까? 주무신 겁니까? 내가 말했잖아요, 당신은 아직 몸이 많이 쇠하다고요. 어쩌자고 이 산꼭대기에 오르신 겁니까?"

게롤트는 손으로 얼굴을 문지르고는 눈을 껌뻑였다.

"내가 잠이 들었던 모양이네. 잠이 들었던 모양이야, 젠장. 아무 일도 아니네, 유르가. 왜 이렇게 더워……."

"그러게요, 지독하게 덥네요. 그래도 갈 길이 멀었습니다, 선생. 가시죠. 비탈길을 내려가는 걸 도와드릴게요."

"나는 괜찮네."

"암요, 암요. 그런데 왜 이렇게 비틀거리시는지 궁금하네요. 도대체 빌어먹을 이 더운 날씨에 무슨 일로 산꼭대기까지 올라오신 겁니까? 그 이름들을 읽고 싶으셨던 겁니까? 내가 전부 다 말해드릴 수 있다니까요. 왜 그러십니까?"

"아무것도 아니야. 자네 정말로 열네 명의 이름을 모두 알고 있나?"

"물론이지요."

"자네의 기억력이 어떤지 시험해보고 싶군. 마지막 이름, 열네 번째 이름 말일세. 그 이름이 뭐지?"

"진짜 의심이 많네요. 아무 말도 믿질 않으시네요. 내가 거짓말을 하는지 시험하는 건 아니고요? 이 이름은 우리가 사는 곳에선 아이들도 전부 알고 있다고 말씀드렸잖습니까. 마지막 이름이라고 하셨습니까? 그렇다면 그건 카레라스의 요엘 그레텐입니다. 혹시 아는 분입니까?"

게롤트는 손으로 눈꺼풀을 문질렀다. 그리고 선돌을 보았다. 열네 명의 이름도 모두.

"아니, 내가 아는 사람이 아닐세."

VIII

"게롤트 선생?"

"왜 그러나, 유르가?"

상인은 고개를 푹 숙이고 한동안 아무 말도 하지 않았다. 그러면서 위쳐의 안장을 고치는 데 쓰고 남은 가느다란 가죽끈을 괜스레 손가락에 감았다. 마침내 그는 자리에서 일어나 앞에 앉아 있던 청년의 등을 주먹으로 가녑게 툭툭 쳤다.

"포크비츠, 오른편 말에 가서 앉아. 내가 직접 마차를 몰겠다. 게롤트 선생, 이리로 와서 마부석에 오르시죠. 포크비츠, 뭘 하느라 그렇게 마차 곁에서 얼쩡거리고 있어? 어서 출발해, 앞장서 달려! 우리끼리 나눌 이야기가 있어서 그래. 들어줄 귀까지 필요하진 않아, 어서 가!"

마차와 나란히 달리던 로치가 히힝거리며 거칠게 줄을 잡아당겼다. 보아하니 국도를 따라 전속력으로 달리는 포크비츠의 암말이 샘이 나서 그러는 것 같았다.

유르가가 혀를 찬 다음 가볍게 고삐로 말들을 때렸다.

"그러니까 말입니다."

유르가가 길게 말끝을 늘렸다.

"요지는 이것입니다, 선생. 나는 당신에게 약속했습니다. 그때 그 다리에서요. 당신에게 맹세했지요."

"없던 일로 하게. 그건 그냥 덮어두라고, 유르가."

위쳐가 얼른 그의 말을 가로막았다.

"아닙니다. 제가 하는 말은 괜한 말이 아닙니다. 집으로 돌아와서 본 예기치 못했던 것, 그것은 당신의 것입니다."

"진정하게. 나는 자네에게 아무것도 원하는 게 없네. 빚은 다 청산되었어."

"아닙니다, 선생. 내가 집에서 그런 것을 발견하게 된다면, 그건 운명적으로 예정된 것이 틀림없을 겁니다. 예정된 운명을 비웃거나 그것을 속이면, 운명에게 혹독하게 벌을 받게 됩니다."

"나도 알고 있네, 나도 알고 있어."

"하지만 게롤트 선생……."

"뭔데 그러나, 유르가?"

"나는 내가 예상하는 그 어떤 것도 집에서 발견하지 못할 겁니다. 아무것도요. 그리고 당신이 염두에 두는 그것도 발견하지 못할 겁니다. 위쳐 선생, 들어보세요. 내 아내 첼린다는 막내아이를 낳고 난 뒤에 더는 아이를 가질 수 없게 되었습니다. 어쩌다 보니 그렇게 되었지요. 그러니 집에 새로 태어난 아이가 있지는 않을 겁니다. 그 점에 있어선 당신이 운이 나빴던 것 같습니다."

게롤트는 대답하지 않았다.

유르가 역시 침묵했다. 로치가 다시 힝힝거리며 고개를 앞으로 쭉 뺐다.

갑자기 유르가가 도로 쪽에 시선을 두더니 서둘러 말했다.

"하지만 제게는 아들이 두 명 있습니다. 두 녀석 모두 건강하고, 체력도 좋고, 머리도 나쁜 편이 아닙니다. 언젠가 나는 두 아이를 도제로 보내게 되겠지요. 그중 한 녀석은 나처럼 상인으로 키워야겠다는 생각도 했고요. 그리고 다른 한 녀석은……."

게롤트는 묵묵히 듣고만 있었다.

유르가가 고개를 돌리고 그를 바라보았다.

"당신 생각은 어떻습니까? 당신은 다리에서 맹세를 요구했습니다. 당신에게 중요한 건 아이이고, 그 아이는 당신에게서 위쳐가 되는 도제 과정을 거쳐 위쳐가 될 거라고 말씀했습니다. 왜 이 아이는 꼭 예기치 않은 아이여야 합니까? 예상했던 아이는 어째서 안 되는 겁니까? 저에겐 두 아이가 있고, 한 아이는 위쳐가 될 겁니다. 다른 직업처럼 위쳐도 하나의 직업이지요. 더 나을 것도, 더 나쁠 것도 없는 직업 말입니다."

"자네는 확신할 수 있나? 위쳐가 더 나쁠 게 없는 직업이라고?"

게롤트가 나직한 목소리로 툭 던지듯 묻자 유르가는 눈을 끔뻑거렸다.

"사람들은 자신의 목숨을 구하려고 방어합니다. 당신은 그것이 나쁘다고 생각하십니까, 아니면 좋다고 생각하십니까? 저 야산 위에 있는 열네 명의 마법사는 어떻습니까? 그때 그 다리 위에서의 당신은요? 당신이 행한 행동은 좋은 것이었습니까, 아니면 나쁜 것이었습니까?"

"나도 모르겠네. 나도 모르겠어, 유르가. 그걸 잘 알고 있다고 생각될 때도 있지만, 때로는 의심이 들 때도 있지. 자네는 아들이 그런 회의에 빠지길 원하는 건가?"

게롤트는 겨우 목소리를 냈다.

"그야 그럴 수도 있겠지요. 바로 그런 것이 인간적이고 좋은 것이지요."

상인은 진지하게 말했다.

"뭐가 말인가?"

"의심이요. 의심하고 회의에 빠지지 않는 것은 악밖에 없습니다, 게롤트 선생. 악만이 절대 의심하지 않지요. 아무튼 자신에게 미리 예정된 운명을 피할 자는 아무도 없습니다."

위쳐는 아무 대답도 하지 않았다.

국도는 높은 강 언덕을 돌아, 어떻게 그게 가능한지, 수직의 경사면에서도 균형을 유지하고 자라난 구부러진 자작나무 아래로 이어졌다. 자작나무의 잎사귀들은 노란빛을 띠고 있었다. '가을이로군.' 게롤트는 생각했다. '다시 가을이 찾아오겠군.' 계곡에선 강물이 윤기를 드러냈고, 경비초소의 건물 전면과 오두막의 지붕들이, 도끼로 잘 다듬어 부둣가에 박아놓은 말뚝들이 하얗게 반짝였다. 나룻배 한 척이 강기슭으로 다가왔다. 배 앞쪽에 있던 물결이 뒤로 밀려났다. 뭉툭한 뱃머리가 물을 가르며 수면을 덮은 두터운 먼지층

위에 미동도 없이 떠 있던 나무줄기와 낙엽들을 흩어 놓았다. 사공들이 잡아당기는 닻줄에서 삐꺽삐꺽 소리가 났다. 강기슭에 몰려든 사람들이 큰 소리로 떠들었다. 여자들의 비명, 남자들의 욕지거리, 아이들의 울음소리, 음매음매 소 울음소리, 히힝 말 울음소리, 메에에 양 울음소리 등 온갖 소리가 빚어낸 소음이었다. 불안이 빚어낸 일률적인 베이스노트*였다.

"꺼져라! 꺼져, 뒤로 가란 말이다. 이런 뻔뻔한 자들을 보았나!"

기마병이 소리를 질렀다. 남자는 피를 흠뻑 먹은 헝겊을 머리에 두르고 있었다. 배까지 물속에 빠진 말이 뒷다리로 우뚝 서서 물을 흩뿌리며 앞발굽을 높이 들어 올렸다. 부두의 판자 다리 위에선 부르짖는 소리, 외치는 소리로 난리였다. 보병들이 몰려든 사람들을 잔혹하게 밀치며 닥치는 대로 창으로 사람들을 팼다.

"배에서 떨어지란 말이다! 군인들만 탄다! 물러나라, 그렇지 않으면 너희 목을 칠 것이다!"

아까의 그 기마병이 고함을 치며 칼을 휘둘렀다.

게롤트가 고삐를 당겨 암말을 제지했다. 말이 겅중거리며 오목하게 파인 길의 경사진 가장자리에 바싹 붙어 섰다.

오목하게 파인 길로 무기와 갑옷을 쩔그렁거리며 기갑부대의 기마병들이 전속력으로 지나갔다. 그 뒤를 따르던 보병부대는 그들이 불러일으킨 먼지구름을 고스란히 뒤집어썼다.

"게롤트!"

게롤트는 소리가 난 아래쪽을 보았다. 나무 새장으로 가득 찬 마차 한 대

---

* 베이스노트: 코드의 최저음으로, 코드의 배치에 따라 그때그때 달라진다.

가 도로에서 밀쳐져 있었고, 그 위에서 푸른빛이 감도는 자두색 밤스에 머리에는 왜가리 깃털을 단 모자를 쓴 가냘픈 몸매의 한 남자가 풀쩍풀쩍 뛰며 손짓 발짓을 하고 있었다. 새장에선 닭과 오리들이 꼬꼬댁, 꽥꽥 울어댔다.

"게롤트! 나야 나!"

"단델라이언! 여기로 올라오게!"

"물러서, 배에서 썩 물러나란 말이다! 배는 군인들만 타야 한다! 이 염치 없는 것들아, 반대편 기슭에 가고 싶으면 도끼를 들고 산으로 가서 뗏목에 쓸 나무부터 베라! 배에는 군인들만 탄다!"

부두의 좁다란 판자 다리 곁에서 머리에 붕대를 두른 기마병이 소리를 질렀다.

"세상에, 게롤트."

단델라이언이 헐떡거리며 움푹 파인 길의 비탈면을 기어오르면서 말했다. 그의 자두색 밤스는 눈을 뒤집어쓴 듯 깃털로 뒤덮여 있었다.

"여기서 무슨 일이 벌어지고 있는지 자네도 봤지? 소든의 병사들이 아마 전투에서 패한 것 같네. 퇴각 행렬이 시작되었어. 내가 무슨 소리를 하는 거지, 퇴각은 무슨 퇴각? 이건 도주야, 그냥 공포에 떨며 정신없이 도망치는 거지! 우리도 여길 떠나야 하네, 게롤트. 야루가의 반대편 기슭으로……."

"여기서 뭘 하는 건가, 단델라이언? 여긴 어떡하다 왔어?"

"내가 뭘 하고 있냐고? 그것도 질문이라고 하는 건가? 나도 다른 사람들처럼 도망치는 중이지. 그래서 온종일 이 마차 안에 쪼그리고 있었단 말이네! 어떤 개자식이 밤중에 내 말을 훔쳐갔다네! 게롤트, 이렇게 애원하네. 나를 이 지옥에서 꺼내주게! 내 장담하는데, 닐프가드 놈들이 언제 이곳에 닥칠지 모르네! 그들은 야루가 사람들이 끼어 있지 않거나 그들을 데리고 가지 않는 사람은 목을 따버린다네, 목을. 알겠나?"

음유시인이 소리를 질렀다.

"침착하게, 단델라이언."

아래쪽의 좁은 나무다리에선 억지로 배로 끌려가는 말들이 가쁘게 숨을 몰아쉬며 발굽으로 나무판을 굴러대고 있었다. 비명에 난리 북새통이 따로 없었다. 위에서 마차 한 대가 굴러와 물속으로 떨어지자 철썩하는 물소리와 함께 물 밖으로 주둥이를 내민 황소가 음매하며 울음소리를 냈다. 게롤트는 마차에서 짐 꾸러미와 상자들이 빠져나와 물결을 따라 빙빙 돌다가 뱃전에 부딪혀 다시 둥둥 떠가는 모습을 바라보았다. 울부짖는 소리, 욕설. 움푹 파인 좁은 길에 다시 이는 먼지구름과 말발굽 소리.

"차례대로 가!"

머리에 붕대를 한 남자가 격분하여 목소리를 높였다. 그리고 군중 속으로 말을 타고 갔다.

"이 염치없는 것들아, 순서를 지키라잖아! 차례차례 가라고!"

"게롤트, 저기서 무슨 일이 벌어지는지 보이지? 우리는 평생 저 배에 오르지 못할 거야. 병사들은 저걸 타고 강을 건너겠지, 그리고 무사히 건너고 나면 닐프가드의 병사들이 배를 이용할 수 없도록 태워버릴 거야. 대체로 그렇게 하지 않나, 응?"

단델라이언이 신음하며 등자를 잡았다.

"그런 것 같군."

위쳐가 고개를 끄덕였다.

"대체로 그렇게들 하지. 다만 내가 이해할 수 없는 건 왜 이렇게 공황에 빠진 건지, 그 이유라네. 마치 전쟁이라곤 한 번도 겪어보지 못한 것 같구만. 혹시 이번이 처음 겪는 전쟁인가? 통상 하던 대로 한다면, 왕실 군대들이 서로 치고받고 싸우겠지. 그러고 난 다음엔 왕들이 합의하고, 협정서에 사인하겠지. 경우에 따라선 정이 넘쳐나 술에 취하기도 하고. 방금 뱃전에 갈비뼈가 으스러진 사람들도 근본적으로는 다를 게 아무것도 없어. 그런데 이렇게 난리법석을 떠는 건 왠가?"

단델라이언은 여전히 등자를 손에 쥔 채 경계하는 눈초리로 게롤트를 바라보았다.

"자네는 아마 형편없는 정보를 가진 것 같네, 게롤트. 아니면 자네가 그 의미를 이해하지 못했을지도 모르지. 이건 왕위 계승이나 몇 줌 안 되는 땅 뙈기 때문에 벌이는 그런 일반적인 전쟁이 아니라네. 이건 봉건 군주들 사이에서 벌어지는 사소한 수색전이 아니란 말일세. 그런 수색전은 농부들이 건초 수확하던 일손을 멈추지 않고 구경하는 수준이지."

"그럼 이건 뭔데? 내가 정말로 몰라서 그러니, 뭣 때문인지 알려주게. 우리끼리 이야기인데, 아무리 생각해봐도 그게 뭐든 내가 별로 신경 쓸 일은 아닌 것 같네. 그래도 어서 설명해보게나."

"이번 같은 전쟁은 아직 한 번도 없었다네."

음유시인의 표정이 심각해졌다.

"닐프가드의 군대가 지나가고 나면 뒤에 남는 것은 불타버린 땅과 시체뿐이라네. 들판이란 들판은 전부 시체로 가득하지. 이건 섬멸전이야. '닐프가드 대 모두'의 전쟁이지. 그 잔인함이란……."

위쳐가 그의 말을 가로막고 말했다.

"잔인하지 않은 전쟁은 이제껏 한 번도 없었네. 단델라이언, 자네가 과장하는 걸세. 그건 이 배를 처리하는 것과 같다네. 대체로 그렇게들 하지. 말하자면 군대의 전통에 따르는 거라네. 세상이 생긴 이후로 지금까지 육지를 지나가는 군인들은 살인하고, 약탈하고, 태우고, 겁탈했다네. 물론 무조건 이 순서대로 하지는 않았겠지만. 세상이 존재한 이후로 지금까지 전쟁이 나면 농부들은 여자들과 가축을 끌고 숲 속에 몸을 숨기고 있다가 모든 것이 지나고 나면 다시 되돌아왔지."

"이 전쟁에선 그렇지 않다네, 게롤트. 이 전쟁이 끝나고 나면 돌아올 사람도, 돌아올 곳도 없을 걸세. 닐프가드는 타버린 재 외에는 아무것도 남겨 놓지 않는다네. 군대가 대규모 병력을 이끌고 광정면*을 이루며 행진해 와서는 모든 것을 남김없이 학살하지. 교수대와 죄인을 묶어두는 기둥들이 수 킬로미터 떨어진 먼 곳에 이르기까지 국도를 따라 늘어서 있다네. 눈길이 닿는 한 멀리까지 하늘로 솟구쳐 오르는 연기를 볼 수 있어. 자네, 세상이 존재한 이후로 그런 전쟁은 없었다고 말했나? 그래, 세상이 존재한 이후로 그랬지, 지금까지 세상이 존재한 후로. 닐프가드가 우리의 세상을 섬멸하기 위해 산을 넘어온 다음에도 과연 지금까지 있던 세상이 존재할까?"

"그건 중요하지 않아. 누가 세상이 파멸하는 걸 좋아하겠나? 사람들은 파멸하려고 전쟁하는 게 아니야. 전쟁은 두 가지 이유에서 하는 거지. 그 하나는 권력, 다른 하나는 돈이라네."

"철학적 사색은 집어치우게, 게롤트! 여기서 벌어진 일은 철학으로 변화시킬 수 없는 것이야! 왜 귀 기울여 듣질 않나? 왜 저쪽을 바라보지 않는 건가? 왜 그걸 이해하려고 하질 않는 거야? 내 말 좀 믿어. 야루가 사람들은

---

* 광정면: 廣正面. 대규모의 병력을 동원하여, 가급적 넓은 지역에서 적과 대결함으로써 적에게 돌파구를 허용하지 않는 동시에 좁은 지역엔 기갑·기병부대를 집중하여 적의 방어선을 돌파, 전진하는 군사기술이다.

닐프가드를 저지하지 못할 거야. 겨울이 되어서 강이 얼면 닐프가드의 군대가 행군을 계속할 걸세. 내 자네에게 말했지, 이곳에서 사라져야 한다고. 북극까지 가면, 거기라면 따라오지 않을지도 모르지. 하지만 그들이 그곳으로 오지 않는다 해도, 이미 우리의 세상은 더 이상 예전 모습 그대로 존재하지 못할 거야. 게롤트, 날 여기에 두고 가지 말아줘! 나 혼자선 감당할 수 없어! 날 버리고 가지 말게!"

"자네 미쳤구먼, 단델라이언. 공포 때문에 미친 게 분명해. 그러지 않고서야 내가 자네를 버리고 갈 거라고 생각할 수 있겠나. 손을 이리 주게. 어서 말에 오르게. 여기서 뭘 찾겠나. 어차피 배에 오르긴 글렀으니 강의 상류로 데려다 주지. 거기서 배든 뗏목이든 찾아보세."

위쳐가 안장에서 아래쪽을 향해 몸을 숙였다.

"닐프가드 병사들이 우릴 몰아낼 거야. 벌써 가까이 왔다고. 자네 그 기마병들을 봤지? 전장에서 곧바로 온 게 분명했어. 그러니 하류로 내려가세. 포구 쪽으로 가자고."

"우는소리 좀 작작해. 우리는 할 수 있어, 두고 보게나. 다른 많은 사람도 강 하류로 이동하고 있네. 배가 있는 곳마다 지금 여기서 벌어진 것과 똑같은 일을 겪게 될 거야. 틀림없이 배는 이미 누군가의 수중에 들어갔을 거야. 우리는 상류로 물살을 거슬러 갈 걸세. 겁먹지 말게. 강을 건너게 해줄 테니까. 빗물받이에 넣어서라도 말이야."

"반대편 기슭이 거의 보이지 않는데도?"

"진정하게. 강을 건너게 해준다고 약속하지 않았나."

"그럼 자네는?"

"빨리 말에 오르기나 하게. 가면서도 이야기할 수 있으니까. 여보게, 빌어먹을, 이 자루는 안 돼! 자네, 로치의 등골뼈를 부러뜨리려고 작정했나?"

"로치였어? 로치는 밝은 갈색이었는데, 얘는 완전히 밤색인데?"

"내 말은 모두 이름이 로치라네. 그건 자네도 잘 알고 있잖은가? 그러니까 말꼬리 돌리지 말게. 내가 말했네, 그 자루는 놓고 타라고. 빌어먹을, 그 안에 대체 뭐가 들었는데 그러나? 황금이야?"

"원고 초안일세! 시도 있어! 그리고 씹어 먹을 것들 약간이랑……."

"다 강에다 던져버리게. 시구는 다시 쓰면 되고, 음식은 나한테 있는 것들을 나눠 먹도록 하지."

단델라이언의 표정이 우울해졌다. 그러나 그는 오래 망설이지 않았고, 자루를 앞뒤로 흔들더니 반동을 이용하여 물속으로 던졌다. 단델라이언은 안장에 올라탔다. 그러고는 안장주머니에 적응할 때까지 몸을 이리저리 미끄러뜨렸다. 그런 다음 위쳐의 가죽띠를 단단히 부여잡았다.

"가세, 가세."

단델라이언이 안절부절 못하며 재촉했다.

"한순간도 허비하지 말자고, 게롤트. 그들보다 먼저 숲에 있으려면……."

"그만해, 단델라이언. 자네가 불안해하니까 덩달아 로치도 불안해하고 있다네."

"비웃지 말게. 자네도 내가 본 걸 보았다면……."

"조용히 해, 젠장. 우리는 지금 말을 탔고, 나는 해가 지기 전에 자네가 강을 건널 수 있게 해주려고 하잖아."

"나를? 그럼 자네는?"

"나는 강 이쪽 편에서 해야 할 일이 있네."

"자네 아마도 머리가 나쁜 것 같군. 사는 게 지겨워? 무슨 할 일인데 그래?"

"자네가 상관할 일이 아니네. 신트라로 갈 걸세."

"신트라로? 신트라는 이제 없어졌다네."

"그게 무슨 말인가?"

"신트라는 더 이상 존재하지 않는다고. 아직도 연기가 가시지 않은 폐허 더미밖에 없어. 닐프가드 병사들이⋯⋯."

"내리게, 단델라이언."

"뭐?"

"내리라고!"

위쳐가 거칠게 뒤를 돌아보았다. 음유시인은 그의 얼굴을 보고는 말에서 미끄러지듯 내려와 한 걸음 뒤로 물러서며 비트적거렸다.

게롤트도 천천히 말에서 내렸다. 그는 고삐를 말의 머리에 던져놓고는 잠시 어떻게 할지 결정하지 못하고 가만히 서 있었다. 게롤트는 장갑 한 짝을 들어 얼굴로 가져갔다. 그는 비탈진 경사면의 가장자리에 비죽이 돌출되어 나온, 가지가 피처럼 빨간 층층나무 아래로 가서 앉았다.

"이리 오게, 단델라이언. 앉게. 그리고 신트라가 어떻게 되었는지 말해보게. 전부 다."

시인도 자리에 앉았다.

"닐프가드의 군대가 좁고 험한 저 산길을 넘어 신트라를 공격했다네."

단델라이언은 잠시 묵묵히 있다가 다시 말을 이었다.

"수천 명의 병력이었다네. 그들은 마르나달 계곡에서 신트라의 군대를 포위했지. 전투가 시작되었지. 전투는 하루 온 종일, 그러니까 아침 여명 때부터 저녁 어스름까지 계속되었지. 신트라의 군대는 용감하게 싸웠지만,

떼죽음을 당하고 말았다네. 왕은 전사했지만 왕비는……."

"칼란테."

"맞아. 그녀는 사람들이 공포에 빠지는 것을 막았고, 뿔뿔이 흩어지는 걸 허락하지 않았지. 그래서 자신과 깃발 주위로 계속해서 사람들을 모을 수 있었다네. 사람들은 포위망을 뚫으려고 악전고투하며 강으로, 그러니까 도시를 향해 갔지. 누가 그럴 줄 알았겠나."

"그럼 칼란테는?"

"몇 안 되는 기사들을 데리고 강을 넘어가는 곳에서 후방을 지켰지. 사내대장부처럼 싸웠다는 말이네. 그녀는 미친 듯 전장의 혼잡 속으로 돌진했다네. 그리고 닐프가드의 보병을 공격하다가 그만 창에 찔리고 말았다네. 왕비는 중상을 입고 도시로 옮겨졌지. 이 수통 안엔 뭐가 들었나, 게롤트?"

"화주. 마시려나?"

"당연하지."

"얘기해. 계속 얘기해보게, 단델라이언, 전부."

"사실 도시는 근본적으로 사수할 수 있는 상태가 아니었다네. 포위 공격은 없었지만, 이젠 성벽 위에 서 있을 사람이 아무도 없었던 거야. 남은 기사들과 그들의 가족, 귀족과 여왕……. 그들은 성 안에 보루를 쌓았지. 닐프가드의 군대는 그냥 성으로 행군했다네. 그들의 마법사들이 성문과 성벽 일부를 무너뜨려 가루로 만들어버렸지. 다만 아성만은 지켜낼 수 있었는데, 그것이 아마 마법으로 쌓아올린 성이었던 모양이야. 닐프가드의 마법에 굴하지 않았으니까. 그럼에도 나흘 후에 닐프가드 병사들은 다시 성으로 몰려들었지. 그들은 살아 있는 사람은 한 명도 찾아내지 못했네. 여자들은 아이들을 죽였고, 남편들은 부인을 죽인 다음 칼로 자결했거나……. 왜 그러나,

게롤트?"

"계속하게, 단델라이언."

"칼로 자결했거나 칼란테 여왕처럼 흉벽* 가장 높은 곳에서 머리부터 떨어졌다네. 사실 왕비가 사람들에게 부탁했다더군. 자기를 밀어달라고……. 그러나 아무도 그렇게 하려고 않았던 것 같아. 그래서 그녀는 직접 흉벽 꼭대기로 올라가서…… 몸을 던졌다네. 그 말은 또 뭐냐. 그녀의 몸이 끔찍하게 처리되었다는 말이지. 이것에 관한 얘기는 별로 하고 싶지…… 자네, 왜 그래?"

"아무것도 아니네. 단델라이언, 신트라에…… 소녀가 있었다네. 칼란테의 손녀딸인데 대략 열 살, 열한 살쯤 되었을 거야. 이름이 시리였지. 자네 그 아이에 관해서 들어봤나?"

"아니. 하지만 시내든 성안이든 할 것 없이 끔찍한 살육이 벌어졌지. 살아서 그곳을 벗어난 사람은 거의 없다네. 이미 말했다시피, 아성을 수호하던 사람 중 아무도 살아남지 못했네. 명문가의 자제들과 부인들 대부분이 그곳에 있었지."

게롤트는 묵묵히 있었다.

"칼란테 여왕 말일세, 그녀와 알고 지냈나?"

단델라이언이 물었다.

"그랬네."

"그리고 자네가 물어본 그 소녀는? 시리라고?"

"그 아이도 알고 지냈지."

---

* 흉벽: 톱니 모양으로 성 위에 낮게 쌓은 담이다. 주로 총안이 있어 전투 시엔 공격과 엄호를 동시에 할 수 있다.

강에서 곧장 불어온 바람이 수면에 물결을 일으키며 나뭇가지와 씨름했다. 가지에서 한 떼의 나뭇잎들이 파르르 떨리며 떨어졌다. '가을이로군. 다시 가을이 돌아왔어.'

게롤트가 일어섰다.

"자네는 운명이 정해져 있다는 걸 믿나, 단델라이언?"

음유시인이 고개를 들었다. 그러고는 눈을 휘둥그레 뜨고 위쳐를 쳐다보았다.

"그건 왜 묻나?"

"대답하게."

"그게 그러니까…… 나는 믿네."

"그럼 예정된 운명만으로는 충분하지 않다는 것도 알고 있나? 그 이상의 무엇이 더 필요하다는 걸?"

"무슨 말인지 모르겠네, 게롤트."

"자네만 그런 건 아니네. 하지만 실상은 그렇다네. 그 이상의 무엇이 필요하단 말일세. 문제는 내가…… 이젠 그 무엇이 뭔지 결코 듣지 못할 거라는 게 문제네."

"무슨 일이 있나, 게롤트? 왜 그래?"

"아무 일도 아니네, 단델라이언. 가세, 어서 말에 타게. 가야지. 아쉽게도 하루를 공치게 생겼어. 누가 알겠나, 배를 찾는데 또 얼마나 걸릴지. 게다가 우리는 큰 배가 필요하다네. 로치도 데리고 갈 거니까."

"그럼 함께 건너는 건가?"

시인이 반색하며 물었다.

"그렇다네. 강 이편에서는 이제 찾을 게 없거든."

IX

"유르가!"

"첼린다!"

그녀는 머릿수건 밑으로 흘러내린 머리카락을 바람에 나부끼며 대문 앞에서부터 뛰쳐나왔다. 그러다 헛발을 디뎠는지 소리를 질렀다. 유르가는 하인에게 고삐를 주고 마차에서 뛰어내렸다. 그는 첼린다에게로 달려가 그녀의 허리를 힘껏 안은 채 그녀를 들어 올리고 빙글빙글 돌았다.

"내가 왔어, 첼린다! 내가 돌아왔어!"

"유르가!"

"내가 돌아왔어! 헤다, 대문을 열어라! 주인님이 돌아왔다! 아, 첼린다!"

첼린다는 축축했다. 빨래 냄새가 났다. 아마 빨래를 했던 모양이다. 그는 그녀를 바닥에 내려놓았다. 그러고도 유르가는 첼린다를, 그리고 그녀도 그를 놓지 못하고 서로 쥐어도 보고 흔들어도 보았다. 따뜻했다.

"자, 집으로 들어가지, 첼린다."

"세상에, 당신이 다시 집에 돌아오다니……. 밤마다 잠을 이룰 수 없었는데……. 유르가, 나는 밤마다 잠을 이룰 수 없었어요."

"내가 돌아왔어. 아, 내가 다시 돌아왔다고! 그리고 부유한 몸으로 돌아왔지, 첼린다. 저 마차가 보여? 어이, 앞으로 오게, 대문으로 들어와. 마차 보이지, 첼린다? 내가 물건들을 잔뜩 가져왔어, 당신이랑……."

"유르가, 마차나 짐들이 지금 나에게 무슨 의미가 있겠어요. 이렇게 당신이 돌아왔는데. 건강하게 몸 성히 돌아왔는데……."

"이제 부자라고 말했잖아. 금방 보여줄게."

"유르가? 그런데 저기 저 사람은 누구죠? 검은색 옷을 입은 사람 말이에요? 세상에, 칼도 차고 있네."

상인이 뒤를 돌아보았다. 위쳐는 진즉 말에서 내리고는 등을 돌린 채 말의 머리 장신구와 안장주머니를 바로잡는 것처럼 행동했다. 그는 그들을 보지도, 가까이 오지도 않았다.

"나중에 얘기해줄게. 첼린다, 저분이 없었더라면……. 그런데 애들은 어디 있어? 다들 건강하지?"

"건강하지요, 유르가, 건강하고 말고요. 들판에 나갔어요. 참새를 잡으러요. 하지만 이웃사람들이 당신이 돌아온 걸 아이들에게 말해줄 거예요. 곧 애들이 올 거예요…… 셋 다요."

"셋이라고? 그게 무슨 말이야, 첼린다? 당신 혹시……."

"아니에요. 당신한테 해줄 말이 있는데……. 화내지 않을 거죠?"

"내가? 당신한테 화를 내?"

"내가 여자 아이 한 명을 거두었어요, 유르가. 드루이드 사제들한테서요. 당신 아시죠, 드루이드 사제들이 전쟁이 끝난 뒤에 아이들을 구해준 것을요. 이런 오갈 데 없이 버려진 아이들이 숲마다 많이도 모여 있지요, 반죽음 상태로 말이에요. 유르가, 화났어요?"

유르가는 손으로 이마를 짚고 뒤를 돌아보았다. 위쳐가 천천히 마차 뒤에서 모습을 드러냈다. 그가 말을 끌고 왔다. 위쳐는 그들을 바라보지 않았다. 여전히 고개를 옆으로 돌린 모습이었다.

"이럴 수가. 세상에, 이럴 수가! 첼린다, 내가 예기치 못했던 것이 집에 있다니!"

"화내지 마요, 유르가. 그 아이를 보면 당신도 좋아하게 될 거예요. 똑똑한 아이예요, 사랑스럽고, 부지런한걸요. 약간은 묘한 구석도 있고요. 자기가 어디에서 왔는지 말하려 들지 않고, 대신 울기만 해요. 그래서 나도 묻지 않아요. 유르가, 당신도 알지요? 내가 얼마나 딸을 갖고 싶어 했는지…….
왜 그래요?"

"아무것도 아니야. 아무것도 아니야. 운명이었지. 그가 종일토록 잠만 자던 날, 잠결에 말했던 것이. 그리고 열에 들떴을 때도 그는 계속해서 운명과 예정된 운명에 관해 말했어. 세상에……. 이건 우리의 이성을 넘어선 일이야. 첼린다, 우리는 저 사람과 같은 사람들이 무엇을 생각하고 있는지 절대로 알지 못할 거야. 그들이 무엇을 꿈꾸는지도. 이건 우리의 이성을 넘어선 일이거든……."

그는 나직이 말했다.

"아빠!"

"나트보르! 술리크! 너희가 이렇게 자랐다니, 송아지 자라듯 컸구나! 자, 얼른 아빠한테로 오너라!"

유르가는 남자아이들 뒤에서 서서히 모습을 드러내는 작고, 가냘픈 잿빛 금발 아이를 보자 말문을 잃고 말았다. 소녀가 그를 바라보았다. 그는 봄 새싹과 같은 녹색의 두 눈을 보았다. 눈이 샛별처럼 빤짝였다. 소녀는 갑자기 달리기 시작했다. 그리고 유르가는 소녀가 가늘고, 귀청을 찢을 듯한 목소리로 외치는 소리를 들었다.

"게롤트!"

위쳐가 번개처럼 빠르고 노련한 동작으로 뒤를 돌아보았다. 그리고 소녀를 향해 달렸다. 유르가는 홀린 것처럼 그 모습을 바라보고 있었다. 사람이 저렇게 빨리 달릴 수 있다고는 단 한 번도 생각해본 적이 없었다.

그들은 마당 한가운데서 마주쳤다. 잿빛 금발의 소녀는 녹색 드레스를 입고 있었다. 그리고 등에 칼을 찬 백발의 위쳐는 은장식이 반짝이는 검은색 옷을 입고 있었다. 위쳐는 부드럽게 도약하듯 걸었고, 소녀는 종종걸음을 쳤다. 위쳐가 무릎을 꿇었다. 소녀의 가느다란 손이 위쳐의 목을 감쌌고, 잿빛이 감도는 금발이 그의 어깨 위로 흩어졌다. 첼린다는 소리 없이 비명을 질렀다. 유르가는 첼린다의 어깨에 팔을 두르고 말없이 그녀를 꼭 안았다. 다른 한 손으로는 두 아들을 끌어당겼다.

　　"게롤트!"

　　소녀가 위쳐의 가슴에 몸을 기대고 다시 그의 이름을 불렀다.

　　"나를 찾아냈군요! 그럴 줄 알았어요! 나는 알고 있었어요! 당신이 나를 찾아낼 거라는 걸 알고 있었어요!"

　　"시리."

　　위쳐가 말했다.

　　유르가는 잿빛 금발 속에 숨어 있는 소녀의 얼굴을 보았다. 그는 검은 장갑을 낀 양손이 소녀의 어깨와 등을 꼭 누르는 모습을 보았다.

　　"당신이 나를 찾아냈다고요! 아, 게롤트! 그동안 계속, 날마다 기다렸단 말이에요! 정말 끔찍하게 긴 시간이었어요. 이제 우리 함께하는 거죠? 우린 함께할 거예요, 그렇죠? 말해요, 게롤트! 영원히 함께한다고요! 말해요!"

　　"영원히 함께할 거야, 시리."

　　"사람들이 말했던 대로 되었어요! 게롤트! 사람들이 말했던 대로요…….
나는 당신에게 예정된 운명이에요? 말해봐요! 내가 당신의 숙명인 거죠?"

　　유르가는 위쳐의 눈을 보았다. 그리고 무척 놀랐다. 첼린다가 나직이 우는 소리가 들렸다. 그녀의 어깨가 들썩이는 게 느껴졌다. 유르가는 위쳐를 살펴보았다. 그리고 바싹 긴장한 채 그의 대답을 기다렸다. 유르가는 자신이 그가 하는 대답을 이해하지 못할 거라는 걸 알고 있었다. 그러나 대답을 듣고 싶었다. 그리고 그는 대답을 들었다.

"시리, 너는 예정된 운명 이상의 것이야. 그 이상의 무엇."

〈위쳐『운명의 검』끝〉